HEYNE <

Das Buch

Viola ist vierzehn Jahre alt. In ihr schwirren so viele Fragen, die sie ihrem Vater Giacomo stellen will, doch er starb ganz plötzlich, und Viola musste ihn tot in seinem Bett finden. Von diesem traumatisierenden Moment an hat das Mädchen kein Wort mehr gesprochen, doch sie kann nicht aufhören, an das große Geheimnis zu denken, das ihr Vater mit ins Grab genommen hat.
Mit einem zerfallenden Buch, persönlichen Aufzeichnungen des Vaters und einer alten Fotografie versucht das Mädchen, die Lebensgeschichte ihres Vaters zu rekonstruieren. Gemeinsam mit ihrer exzentrischen Freundin Leslie, die sie auf einer Schweizer Privatschule kennenlernt, auf der sie ihre Sprache wiederfinden soll, taucht sie in das rauschende London der 1980er-Jahre ein, in dem der 20jährige Giacomo einst in eine große Liebesgeschichte verwickelt war.

Der Autor

Daniele Bresciani arbeitet seit 1989 als Journalist. Er lebte und arbeitete im London der frühen 1990er-Jahre und ist derzeit stellvertretender Direktor von Vanity Fair Italia. Er hat eine große Leidenschaft für antike Bücher.

Daniele Bresciani

EIN JAHR WIE DIESES

Roman

Aus dem Italienischen von Bruno Genzler

WILHELM HEYNE VERLAG
MÜNCHEN

Die Originalausgabe
erschien 2013 unter dem Titel
Ti volevo dire bei Rizzoli.

MIX
Papier aus verantwortungsvollen Quellen
FSC® C014496

Verlagsgruppe Random House FSC® N001967
Das für dieses Buch verwendete FSC®-zertifizierte Papier
Holmen Book Cream liefert Holmen Paper, Hallstavik, Schweden.

Taschenbucherstausgabe 12/2015

Printed in Germany
Umschlaggestaltung: Eisele Grafik Design, München
unter Verwendung von Bigstock/Veneratio; Fotolia/olly
Satz: Fotosatz Amann, Memmingen
Druck und Bindung: GGP Media GmbH, Pößneck

ISBN 978-3-453-41928-5
www.heyne.de

Für Marta, die mir eine Stimme gab

»Gott, die Liebe, das Leben, der Tod … Vielleicht denkst du morgen anders darüber. Aber jetzt, was fühlst du in diesem Moment? Ich möchte es wirklich wissen, Dad. Ich wünschte, du hättest mit mir über diese Dinge gesprochen: Selbst deine Zweifel wären besser gewesen als dein Schweigen.«

Daniel Wallace, *Big Fish*

~ I ~

Giacomo

London, 21. September 1981

Die Frau in dem gelben Mantel hatte die Wagentür geöffnet und war ausgestiegen. Eine Hand auf dem Mund, die andere auf der Brust, stand sie da und betrachtete entsetzt die demolierte Schnauze ihres roten Mini Coopers. In dem anderen Wagen saß noch ein Mann und hielt, vielleicht benommen vom Aufprall, das Lenkrad fest umklammert. Als es so heftig gekracht hatte, waren die Köpfe der Passanten wie auf Kommando herumgefahren. Alle Augen waren auf die Unfallstelle gerichtet. Nur die der beiden jungen Leute nicht, die vor dem Krankenhauseingang standen.

»Geh nicht rein! Bitte. Komm, lass uns wieder gehen«, flehte Giacomo die Frau an, deren Hand er hielt und sie zurückzuhalten versuchte. Claire wandte ihm das Gesicht zu, doch ihr Blick wich dem seinen aus und verlor sich sofort wieder an dem Gebäude vor ihnen, dem Mauerwerk, den niedrigen Bögen über den Balkonen des zweiten Stocks. Sie löste den Gürtel ihres Regenmantels, in dem sie sich mit einem Male beengt fühlte, auch wenn er ihr, wie sie wusste, noch nicht zu eng geworden sein konnte. Ob diese kaum wahrnehmbare Wölbung ihres Bauches sogleich oder erst nach ein paar Tagen verschwinden würde, fragte sie sich.

Während sie sich wieder zum *St. Mary's Hospital* umwandte, erfasste eine Bö des ungewöhnlich kalten Windes eine blonde Strähne, die sich aus ihrem dickem Zopf gelöst hatte. An der Fassade bemerkte sie ein Schild, das daran erinnerte, dass Alexander Fleming 1928 in diesem Krankenhaus das Penicillin erfunden hatte. Doch für das, wozu sie hier war, würde eine Spritze nicht reichen. Und eine Impfung gab es nicht. Ein absurder Gedanke, und sie schüttelte den Kopf.

»Komm, lass uns gehen. Was sollen wir hier? Wir haben einen Fehler gemacht. *Ich* habe einen Fehler gemacht …«

Nun war es Claire, die seinen Blick suchte. Instinktiv, so wie sie es häufig getan hatte, steckte sie ihm den Hemdkragen unter den Ausschnitt des grauen Pullovers, den sie ihm einmal geschenkt hatte, zurück. Langsam löste sie ihre Hand aus seinen Händen und streichelte ihm übers Gesicht.

Dann, fast ruckartig, wandte sie sich ab und trat auf den Eingang zu.

Sie nahm die sechs Stufen zu der Glastür hinauf und schritt, unter dem roten Backsteinbogen hindurch, über die Schwelle. Hinter der Empfangstheke saß eine korpulente Krankenschwester.

Wie gelähmt stand Giacomo da, betastete sich die Wange und schnupperte dann an seinen Fingerspitzen, auf der Suche nach Claires Geruch, nahm aber nur den seines eigenen Aftershaves wahr. Mit starrem Blick schaute er auf die vom Montagmorgenverkehr belebte Straße, wo Männer zu ihren Büros oder zum U-Bahnhof Paddington hasteten. Frauen zogen quengelnde Kinder an der Hand hinter sich her in Richtung Schule. Ein in Tränen aufgelöster rothaariger kleiner Junge bettelte seine Mama an, doch bitte umzukehren.

2

Viola

Mailand, 8. Februar 2010

»Komm, Papa, steh auf!«

Viola stellte ihre Frühstückstasse ins Spülbecken: Sie wusste, dass ihr Vater sich ärgerte, wenn sie sich noch nicht einmal die Mühe machte, ihr schmutziges Geschirr in die Spülmaschine zu räumen, doch die Bequemlichkeit war stärker als sie. »Wir haben den Wecker nicht gehört, und in der zweiten Stunde schreibe ich Mathe!«

Viola ging wieder ins Badezimmer, putzte sich die Zähne und blieb dann noch, wie so häufig, einen Augenblick länger vor dem Spiegel stehen, schnitt Grimassen, klimperte mit den Lidern, entblößte ihr Zahnfleisch, bevor sie wieder rief: »Die bringt mich um … Komm, Papa, bitte!« Sie löste ihr langes Haar, das sie nachts immer zusammenband, und bürstete es kräftig aus. Noch einmal rief sie laut durch die ganze Wohnung: »Papaaaa, was soll das?! Ausgerechnet heute Morgen.«

Nichts rührte sich. Mittlerweile war sie sich fast sicher, dass sie es noch nicht einmal mehr rechtzeitig zur zweiten Stunden schaffen würden. Sie eilte ins Schlafzimmer hinüber. Seit ihre Eltern sich getrennt hatten, lebte sie mit ihrem Vater in einer Wohnung, die er selbst als »Übergang« bezeichnete. Ein Übergang, der sich mittlerweile schon zwei Jahre hinzog.

Ein kleines Wohnzimmer mit offener Küchenzeile, in dem der einzige Luxus ein großer Plasmafernseher vor einem schmalen zweisitzigen Sofa war. Neben dem Sofa erhob sich ein schmales Regal, in dem die Bücher dicht an dicht und zweireihig standen. Ein Bad und ein Schlafzimmer mit einem Klappbett neben dem Ehebett. Anfänglich hatte Viola regelmäßig neben ihrem Vater in dem großen Bett geschlafen, aber dazu war sie inzwischen zu groß.

Sie trat ans Bett und stieß ihn sanft an. »Papa, bitte …«

Er bewegte sich nicht. Viola schlug das Federbett zurück und sah ihren Vater zusammengekrümmt auf der Seite liegen, die Knie angezogen, die rechte Hand auf der Höhe der Brust in den Stoff seines Schlafanzugs gekrallt, die Augen zusammengekniffen in einem Gesicht, das zur Grimasse erstarrt war.

Noch einmal stieß sie ihn an, energischer nun, und rüttelte ihn dann kräftig, indem sie mit beiden Händen seine Schultern packte und ihn hin und her zog.

»Papa …!«

Einen Augenblick verharrte sie so, vor Schreck wie gelähmt, über ihn gebeugt. Dann fuhr sie herum und lief zur Wohnungstür, überlegte es sich anders, rannte ins Bad und drehte den Wasserhahn auf. Der Strahl war so stark, dass sie sich Jeans und T-Shirt vollspritzte: Was tat sie da eigentlich?

Sie kehrte ins Schlafzimmer zurück, erblickte sein Handy auf dem Nachttisch und nahm es zur Hand. Rasch ließ sie die Liste mit seinen letzten Anrufen durchlaufen: FuN, Fulvio Natali.

Es klingelte lange, bis sich endlich eine verschlafene Stimme meldete. »Giacomo, spinnst du? Es ist erst acht, was willst du denn so früh?«

»Entschuldigung, Fulvio, hier ist Viola …«

Der Tonfall änderte sich, ein kurzes Husten, um die Stimme freizubekommen:

»Ach so … Viola, du bist es. Guten Morgen. Was ist denn los? Ist was passiert?«

»Ja, tut mir leid, Fulvio, aber ich wusste nicht, wen ich anrufen sollte. Papa liegt im Bett und rührt sich nicht.«

~ 3 ~

Viola

Mailand, 21. Juni 2010

Ich schlage die Augen auf, und der Stachel der Spinne, die mich vergiften wollte, ist der Finger meiner Mutter, der auf meiner Stirn herumtippt. »Beweg dich, Viola, wasch dich, zieh dich an und komm zum Frühstück. Wir müssen gleich los.« So weckt sie mich immer, indem sie auf meinem Kopf herumtrommelt. Sie weiß, dass ich das nicht ausstehen kann, ich bin sicher, dass sie es weiß. »Viola! Wird's bald?«

Sie ist schon wieder aus meinem Zimmer raus. Aber natürlich hat sie vorher den Rollladen hochgezogen und das Fenster aufgerissen. Ich schließe noch mal die Augen, zum einen, weil mich das grelle Licht blendet, zum anderen aber auch, um sicherzugehen, dass die Spinne verschwunden ist. Dass ich nicht mehr sprechen kann, ist manchmal fast ein Vorteil: Ich schreie nur noch in meinen Träumen.

Ich schnuppere an meinen Händen, zuerst an den Fingerspitzen, dann an den Handflächen. So hat es Papa auch immer gemacht, aber Mama kann das nicht ausstehen.

»Viola?«

In der Diele knarrt das Parkett unter Mamas Schritten. Am Klimpern der Flaschen höre ich, dass die Kühlschranktür aufgezogen wird. Endlich stehe ich auf, schlüpfe in meine Flipflops und schlurfe ins Bad. Alle Handtücher hängen ordentlich aufgereiht nebeneinander: Jeder hat seine in der gleichen Farbe, ein großes fürs Duschen, ein mittleres fürs Gesicht, ein kleines fürs Bidet. Die Zahnbürsten stehen im Becher, die Zahnpastatube daneben ist vom Ende her ausgepresst, ich selbst drücke sie manchmal von der Mitte her aus, nur um zu sehen, ob meine Mutter irgendwann mal darauf verzichtet, mir zu erklären, dass sich das nicht gehört. Aus der Küche dringt ihre Stimme zu mir.

»Jetzt beweg dich mal, Viola, das Frühstück ist fertig. Heute treffen wir uns doch mit der Direktorin des Internats? Oder hast du das vergessen?«

Wie könnte ich das vergessen? Seit einem Monat liegst du mir damit in den Ohren.

»Also da muss es wirklich wunderschön sein, rings herum nur weite Natur.«

Schon wieder. Als hättest du mir das nicht schon tausend Mal gesagt.

»In solch einer Umgebung hast du die besten Voraussetzungen, wieder gesund und ganz normal werden.«

Ich *bin* normal. Ich rede nur nicht. Meine Stimme ist weg, verschwunden. Kein Ton mehr, nicht mal mehr das komische Näseln der Taubstummen oder das Krächzen von Leuten, die an den Stimmbändern operiert wurden. Solche Fälle sind mir reichlich begegnet, bei den unzähligen Untersuchungen bei wer weiß wie vielen Fachärzten. Eine körperliche Ursache ist dabei nicht entdeckt worden. Es ist eher so, als wollten die Worten meinen Kopf nicht verlassen, denn irgendetwas hält sie und hindert sie daran, meine Zunge zu erreichen. Die Ärzte nennen das »selektiven Mutismus«. Alles, was man zum Sprechen so braucht, funktioniert tadellos, aber ein Teil in mir scheint beschlossen zu haben, dass ich nicht reden soll, und dagegen komme ich nicht an. Ebenso wenig wie gegen die ständige Nerverei meiner Mutter.

»Was hast du denn? Warum rührst du deine Cornflakes nicht an?«

Weil ich die nicht mag, Mama. Ich finde sie eklig. Ich hab noch nie gern Cornflakes gegessen, und jeden Morgen würge ich ein wenig von dem Zeug runter, nur um dir einen Gefallen zu tun.

»Und setz dich ordentlich hin. Nicht die Ellbogen aufstützen. Oder hast du Angst, dass dir der Kopf in die Tasse fällt. Rücken gerade, die Unterarme auf den Tisch, Viola. Herrje, wie oft muss ich dir das noch sagen?!«

Normalerweise läuft es so: Zuerst ärgert sie sich und fährt mich an, dann tut es ihr leid, und sie wird ganz sanft.

»Komm, Schatz ...«

Hab ich's nicht gesagt?

»Deine Lehrer waren sehr verständnisvoll und haben dich aufgrund deiner schriftlichen Arbeiten doch noch versetzt. Aber das war jetzt nur die zehnte Klasse, und sie haben gesagt: Wenn du dieses Problem mit in die Oberstufe nimmst, wirst du kaum jemanden finden, der noch mal ein Auge zudrückt. Und auf eine Sonderschule wollen wir dich doch nicht schicken, oder? Obwohl du natürlich besondere Aufmerksamkeit brauchst. Und eben die wirst du in dem Schweizer Internat erhalten. Es ist wirklich herrlich gelegen: ein schönes, ehrwürdiges Gebäude mit einem riesengroßen Park.«

Ich weiß, ich weiß, du hast mir die Website schon hundert Mal gezeigt.

»Und ohne Gian, der selbst dieses Internat besucht hat, würde man dich dort mit Sicherheit nicht annehmen. Das weißt du doch?«

Danke, Signor Avvocato Giancarlo Maria Medusian. Aber wenn es dort so herrlich ist, warum schickst du dann nicht auch deinen Sohn dahin?

»Guten Morgen, Arianna … Viola …«

Wenn man vom Teufel spricht … Das ist er, Tancredi Medusian, von seinen Freunden Tan genannt, den ich aber, aus Abneigung, wie ich zugebe, weil er so ein *cretino*, ein Idiot ist, für mich Credino getauft habe. Er wohnt mit uns zusammen und sieht seine Mutter, eine Amerikanerin, die nach Washington zurückgekehrt ist, gerade mal einen Monat im Jahr. Ich kann mir vorstellen, wie schwierig es für sie war, sich wegen des Sorgerechts mit der international tätigen Kanzlei *Medusian & Partner* auseinandersetzen zu müssen. Doch Credinetti – ein weiterer Spitzname von ihm, den sich aber sein Vater hat einfallen lassen – scheint an der Situation nichts auszusetzen zu haben, denn schließlich hat er hier alles, was ihm wichtig ist, Playstation, Xbox, Wii, PSP, Nintendo DS. Was elektronisches Spielzeug betrifft, ist er mit seinen erst elf Jahren ein echter Profi und macht vielen Erwachsenen noch was vor.

»Gut Morgen, Tancredi, hast du gut geschlafen, mein Schatz?«

Er schaut meine Mutter noch nicht mal an, ich aber betrachte sie: Aus welchen Tiefen holst du nur diese süße Stimme, Mama? Warum wirst du nicht sauer, wenn er dir nicht antwortet?

»So ihr beiden, ihr beeilt euch jetzt mit dem Frühstück, ich mach mich noch schnell fertig zurecht, und dann fahren wir.«

Gekämmt, die Haare gegelt, ein Scheitel wie vom Laser gezogen, so sitzt er da und schaufelt seine Cornflakes in sich hinein. Er ist es, der sie so gerne isst, Mama, nicht ich …

»Was gibt's da zu glotzen, Stumme?«

So nennt er mich am liebsten, wenn meine Mutter nicht im Raum ist, und zieht dabei die »mm« in die Länge: Stummmme.

»Was hast du gesagt? Ich verstehe dich nicht, Stumme. Red doch mal ein bisschen lauter?«

Ich springe auf und stoße dabei mit der Hand meine Tasse um, und die wenigen Tropfen Milch, die noch darin waren, fließen auf den Tisch. Credino schaut mich an, und seine Augen verengen sich zu Schlitzen, er greift zu seiner Schüssel, die er noch mal bis zum Rand mit Milch und Cornflakes gefüllt hat, und kippt sie um, sodass der ganze Brei über die Tischdecke schwappt. Mit einer Hand hilft er nach und schnippt sich auch noch ein wenig auf die Hose. Dann schaut er mich wieder an und stößt einen Schrei aus.

»Neeeein! Verdammt, Viola! Was machst du denn?!«

Ich höre meine Mutter mit raschen Schritten herbeieilen. Schon ist sie in der Küche und sieht die Bescherung, den überschwemmten Tisch und mich davor.

»Ach, Viola, was hast du denn da wieder angestellt? Schau dir doch mal diese Schweinerei an. Aber jetzt komm, wir müssen los. Und du, Tancredi, zieh dich bitte um. Und nimm es ihr nicht übel. Hab ein wenig Verständnis mit ihr.«

Sie ergreift meinen Arm, und während sie mich aus dem Zimmer zieht, drehe ich mich noch mal zu Credino um, und unsere Blicke kreuzen sich: Er presst die Lippen aufeinander und schüttelt kaum merklich den Kopf, während seine Lippen ein »mmmmm« formen und er mir den Stinkefinger zeigt. Ich schaue zu meiner Mutter, aber sie sieht mich nicht an, sondern schleift mich zu meinem Zimmer. Ich solle dort noch einen Moment warten, meint sie, sobald Margot, unsere Haushälterin und Tancredis Kindermädchen, eintreffe, würden wir losfahren. Aber während sie das noch sagt, läutet es schon an der Tür.

»Guten Morgen, Margot.«

»Guten Morgen, Signora Arianna.«

»Ach, Margot, bringen Sie doch bitte gleich die Küche in Ordnung. Viola ist da ein Malheur passiert, und Tancredi muss sich noch umziehen. Wir sehen uns dann zum Mittagessen.«

»Ja natürlich, Signora.«

»Viola, bist du so weit?«

Was Termine angeht, ist meine Mutter sehr eigen. Die Vorstellung, irgendwo zu spät zu kommen, ist für sie unerträglich. Sie schleift mich in den Aufzug, schwingt sich in den Wagen und fährt die ganze Strecke, ohne auch nur einmal das Wort an mich zu richten. Stumm bleibt auch das Radio, das ihr immer schon auf die Nerven gegangen ist, auch damals schon, als sie noch mit Papa zusammen war. Autoradio gehört habe ich erst, als ich mit ihm allein war, nach ihrer Trennung.

Jetzt, mit Mama im Auto, starren wir beide nur auf die Straße vor uns, und im Nu sind wir da, wie üblich viel zu früh.

Es ist erst das zweite Mal, dass ich Gians Kanzlei betrete. An der mit dunklem Holz verkleideten Panzertür glänzt ein Messingschild mit dem Schriftzug *Medusian & Partner*.

Die Kanzlei ist so geräumig, dass ein ganzer Raum für meine Mutter übrig ist, den sie gelegentlich nutzt, um Leute zu empfangen, die sie beeindrucken will – so wie heute eben. Zuvor war ich nur an dem Nachmittag nach Papas Beerdigung dort, als meine Mutter »noch einige Formalitäten zu erledigen« hatte und Gian mich mitnehmen musste, weil er einen Termin hatte, den er »unmöglich verschieben« konnte.

Er gab sich Mühe, mich zu unterhalten, erzählte mir zunächst was über das Gebäude, in dem die Kanzlei untergebracht ist (»Es wurde in napoleonischer Zeit erbaut: Du weißt doch, wer Napoleon war?«), erklärte mir dann die Gemälde an den Wänden (»Alles moderne Kunstwerke, die sind eine Menge Geld wert, verstehst du?«), verlor aber irgendwann die Lust und schob mich vor den Computer in Mamas Zimmer ab.

»Du könntest ein wenig im Internet surfen? Das wird dich auf andere Gedanken bringen ...«

Er betätigte den Schalter auf der Rückseite des Bildschirms und verließ den Raum, während ich mich bei YouTube einklickte, um nach den Videos zu suchen, die mir Papa mal gezeigt hat. Sänger aus seiner Jugendzeit: James Taylor, Bob Dylan und ein gewisser John Martyn, ein Lockenkopf mit Schnurrbart, der, von seiner Gitarre begleitet, jemandem wünschte, nie »ohne eine Hand, die du halten kannst« einschlafen zu müssen. Ich war noch klein, als Papa mir den englischen Text erklärt hat, und eine ganze Zeit lang hat er mir dann abends immer, wenn er mich zu Bett brachte, das Lied vorgesungen und dabei meine Hand gehalten.

Manchmal hab ich ihn mit seiner Musik aufgezogen. »Ach du mit deinen Oldies!«, hab ich gesagt, »hör dir doch mal Lady Gaga oder Ginger Lola an. Und er hat gelacht und mir den Gefallen getan, sich aber dann, um es mir heimzuzahlen, zwei Finger tief in den Rachen gesteckt und so getan, als müsse er sich bei den Songs erbrechen.

Als ich damals in Gians Kanzlei, weil mir die Augen brannten, den Blick vom Bildschirm abwandte, bemerkte ich einen gelben Post-it-Zettel, der neben dem Telefon hing.

Server: mail.medusianemedusian.it
Benutzername: arianna
Kennwort: annaira.

Schon aufschlussreich, dass der Vorname meiner Mutter, von hinten nach vorne gelesen, das Wort *ira*, »Zorn«, enthält. Das war mir bis dahin gar nicht klar. Kein Wunder, habe ich gedacht, deswegen regt sie sich immer gleich so auf. Papa war manchmal traurig, aber herumgeschrien hat er nie. *Fast* nie.

Heute, vier Monate später, ist in diesem Büro immer noch alles genauso wie damals, selbst der gelbe Zettel klebt, ein wenig verblichen, noch an seinem Platz.

»Setz dich da in den Sessel, Viola. Willst du was zu trinken …«

Während Mama noch redet, klopft es zweimal sacht, und Gians glänzende Halbglatze mit der Brille vorne auf der Nasenspitze erscheint in der Tür.

»Ciao, ihr beiden. Euer Gast ist gerade eingetroffen. Soll ich die Signora hereinbitten?«

»Ja, danke. Aber warte noch einen Moment. Ich kümmere mich dann selbst darum. Ich will vorher nur noch mal kurz mit Viola reden.«

»Natürlich. Bis später dann.«

Giancarlo verschwindet wieder durch die Tür, die er einen Spaltbreit geöffnet hat. Ich hab nur seinen Kopf gesehen, aber den Rest kann ich mir gut vorstellen: grauer Nadelstreifenanzug, blaues Hemd, blaue Krawatte. Seine Uniform.

»Also, Viola, wir haben uns verstanden: Wenn die Direktorin hereinkommt, stehst du auf, gibst ihr die Hand und wartest, bis sie und ich uns gesetzt haben, bevor du selbst wieder Platz nimmst. Ich erzähle ihr, was passiert ist, und dann können wir nur hoffen, dass sie dich annehmen, trotz deines … deines Problems. Wenn sie dich etwas fragt, was du nicht mit einem Kopfnicken beantworten kannst, nimmst du diesen Block hier und schreibst es ihr auf. Aber ich warne dich: Mach keinen Unsinn. Also, ich gehe sie jetzt holen.«

Erwartet hatte ich eine dürre Alte in mausgrauen Farben, aber die Frau, die jetzt vor mir steht, ist blond, ein wenig pummelig und trägt ein geblümtes leichtes Sommerkleid.

»So, da wären wir. Nehmen Sie doch bitte Platz. Viola, das ist Signora Bergson, die Direktorin des Internats. Sie hat in Mailand zu tun und war deshalb so freundlich, für dich eine Ausnahme zu machen und sich hier mit uns zu treffen. Üblicherweise sind es die Schüler und ihre Eltern, die zum Vorstellungsgespräch zu ihr ins Internat in der Schweiz reisen.«

»Guten Tag, Viola, ich bin Flora Bergson und leite das Internat *Écureuil Jaune*, Gelbes Eichhörnchen, aber das weißt du ja sicher. Unser Institut liegt in der französischen Schweiz, nicht weit vom Genfer See, aber fast schon in den Bergen. Es ist wirklich sehr, sehr schön dort. Deine Mutter hat mir von dir erzählt und möchte dich gern bei uns anmelden. Ich bin damit einverstanden. Wenn du das auch möchtest.«

»Natürlich möchte Viola das. Sie lernt ja gern, also das war nie ein Problem bei ihr. Was sie sich aber besonders wünscht – und wir uns alle erhoffen – ist, wieder sprechen zu können.«

»Ja, ja, ich weiß, aber …«

Signora Bergson ist sich spürbar unsicher, ob es angebracht ist, in meiner Gegenwart darüber zu reden. Sie kennt eben meine Mutter noch nicht.

»Angefangen hat es wenige Tage nach dem Tod ihres Vaters«, plappert die weiter. »Zunächst hat sie ja noch reden können. Aber es war doch der Schock, wenn auch zeitlich verzögert, da sind sich alle einig. Sie müssen wissen, dass Viola ihn gefunden hat, in seinem Bett … so wie er von uns gegangen ist, im Schlaf. Einerseits ein Tod, wie wir alle ihn uns nur wünschen können, andererseits …«

»Entschuldigen Sie, Signora, ich überlege, ob dies wirklich der passende Moment ist …«

»Doch, doch, natürlich. Viola weiß genau, was damals passiert ist. Da ist nichts, was man ihr verbergen müsste.«

Ich schnuppere an meinen Fingern, und meine Mutter wirft mir einen strafenden Blick zu.

»Wie gesagt, hat sie an dem Tag, als ihr Vater starb, noch gesprochen. Sie hat den Sanitätern und dem Notarzt genau erzählt, was vorgefallen ist, auch wenn sie dabei verständlicherweise völlig aufgelöst war. Aber dann, nach und nach, ist ihre Stimme … ja, erloschen, wie ein Radio, bei dem die Lautstärke langsam heruntergedreht wird, bis es ganz still ist.«

Klick, aus.

»Posttraumatischer selektiver Mutismus, so bezeichnen es die Spezialisten. Mit den Stimmbändern oder einer zerebralen Störung hat das nichts zu tun. Es ist eine Blockade, die sich früher oder später wieder lösen wird, hat man uns gesagt. Nur was das Wie und Wann angeht, will sich leider niemand festlegen.«

»Ich verstehe. Nun, da wird es Sie freuen zu hören, dass unser Institut auf solche Fälle eingerichtet ist und auch schon bei ähnlichen Störungen von Fachärzten empfohlen wurde. Wir können Viola eine Logopädin zur Seite stellen, die sich intensiv um sie kümmern und mit ihr arbeiten wird. Und darüber hinaus sind auch alle unsere Lehrkräfte für den Umgang mit solchen Problemen geschult.«

Signora Bergson verändert ihre Sitzposition und zieht ihre Beine zurück: Fast unbemerkt hat sie sich die Ballerinas von den Fersen gestreift, und auf beiden Fersen sehe ich ein Pflaster kleben. Die Schuhe scheinen neu zu sein.

»Andererseits wäre zu bedenken, dass auf Ihre Tochter eine lange Abwesenheit von der Familie zukäme. Welche Bedeutung dem beizumessen ist, müssen Sie entscheiden.«

Sie wendet mir den Blick zu und deutet ein Lächeln an. Offenbar hat sie gemerkt, dass ich ihre Füße betrachte.

»Gewiss, wir haben das ausgiebig besprochen und sind zu der Überzeugung gelangt, dass ein Schulwechsel das Beste für Viola ist. Aber nicht nur das. In bester Erinnerung ist ihr Institut auch meinem Mann … also meinem Lebensgefährten, Avvocato Medusian, der das Internat selbst besucht und mir in höchsten Tönen davon vorgeschwärmt hat, diesem entzückenden Ort, dem zauberhaften Park, dem deliziösen Essen …«

Entzückend, zauberhaft, deliziös … Wie redest du nur, Mama?

»Ich habe mir gedacht, dass sich die Sache vereinfachen ließe, wenn Sie, Signora, da sie sich nun schon einmal persönlich herbemüht haben, diesen Scheck entgegennehmen, mit dem das Schulgeld für zwei Semester im Voraus beglichen wäre.«

Die Blonde mustert mich wieder. Ich lächle sie an. Das hab ich gelernt: auf Befehl zu lächeln. Sie aber bleibt ernst.

»Viola, möchtest du zu uns kommen?«

…

»Viola, hast du verstanden, was die Signora dich gefragt hat?«

»Ich bin sicher, dass sie mich verstanden hat. Lassen Sie sie doch selbst antworten.«

Habe ich eine Wahl?

Ich schreibe auf das Blatt: *Ja.*

Bilde ich mir das ein, oder hat mir die Bergson gerade zugezwinkert?

»Schön, dann sind wir uns ja einig. Wir erwarten Sie in der Woche zwischen dem 25. und 31. August: Das Schuljahr beginnt am 1. September. Und stecken Sie den Scheck nur wieder ein. Unsere Bankverbindungen für Überweisungen finden sie auf unserer Internetseite.«

~ 4 ~

Viola

Mailand, 27. August 2010

»Hast du alles eingepackt, Viola?«

Du hast es wohl eilig, mich loszuwerden, Mama.

»Lass den Koffer noch offen, morgen früh müssen ja noch die Zahnbürste und ein paar restliche Kleinigkeiten rein. Wenn du es nicht schaffst, schließen wir ihn zusammen.«

Ich kann noch nicht mal mehr »Okay Mama«, sagen. Und es verschafft mir auch keine große Genugtuung, ein seltener Fall zu sein, wie die Ärzte meinen. So etwas wie mir passiert einer Vierzehnjährigen praktisch nie. Bei Kindern zwischen fünf und neun Jahren kommt es schon mal vor, haben sie mir erklärt, dass sie in der Schule oder sonst irgendwo draußen plötzlich verstummen. Aber zu Hause, bei Eltern oder auch Freunden, reden sie in der Regel normal wie vorher weiter. Bei mir ist es anders. Ich mache keine Ausnahmen. Für niemanden.

Aber an dem Tag, als Papa gestorben ist, habe ich tatsächlich noch geredet. Ja, wenn ich daran zurückdenke, kommt es mir so vor, als hätte ich damals gar nicht mehr aufhören können zu reden.

Ich erinnere mich an jedes Detail. An das Telefonat mit Fulvio, der sagte, ich solle Ruhe bewahren und die 112 wählen und einen Krankenwagen kommen lassen. Er selbst würde sich auch sofort auf den Weg machen.

Die Frau, die sich unter der Notrufnummer gemeldet hat, war sehr freundlich, hat mich aber mit Fragen überschüttet: »Bewegt sich dein Vater? Ist er bleich? Schwitzt er?« Und ich hab auf alles brav geantwortet. Sie meinte, ich sei sehr tapfer, und der Krankenwagen sei bereits unterwegs.

Tatsächlich hielt ich den Hörer noch in der Hand, als ich bereits die Sirene hörte, die lauter und lauter wurde und erst vor unserem Haus schlagartig verstummte. Ich hab das Fenster geöffnet und einen Mann und eine Frau, beide ganz in Orange, aus dem Krankenwagen steigen sehen. Als ich den Blick hob, fielen mir Leute vom Haus gegenüber auf, die sich schon am Fenster postiert hatten.

Als die Sanitäter dann vor mir standen, kamen mir beide sehr jung vor. Ich erinnere mich an die Frau mit den blauen Augen, dem tiefschwarzen Haar und dem sanften Lächeln. Es war ein seltsames Gefühl, als sie mir über die Wange gestreichelt hat, weil sie Plastikhandschuhe trug.

Sie redet mit mir und hält dabei meine Hand, während ihr Kollege bei Papa kniet und ihn schüttelt. »Wie heißt dein Vater«, fragt er mich.

»Giacomo.«

Und er: »Giacomo, hören Sie mich?«

Und plötzlich merke ich, dass sie Papa aus dem Bett heben und mit einer Schere den Schlafanzug aufschneiden.

»Halt! Was machen Sie denn da?!«, schreie ich, und die junge Sanitäterin legt den Arm um mich und baut sich zwischen mir und Papa auf. In diesem Moment kommen noch zwei andere Männer herein. Sie lagern Papa wieder anders, und während ihm der junge Sanitäter die Brust massiert, kniet einer der beiden anderen bei ihm nieder, öffnet eine Schachtel und schaltet so ein komisches Gerät ein.

Kurz darauf kommt Fulvio hereingestürzt, tritt direkt auf mich zu, aber ich sehe, dass sein Blick nicht meine Augen, sondern die der Sanitäterin sucht, die sich um mich kümmert. Er drückt mich fest an sich, und ich spüre, dass ich weinen muss, meine Kehle und meine Augen brennen, aber keine Träne läuft, keine einzige. Fulvio hält mir die Ohren zu, eins mit der Hand, das andere, indem er mich an seine Brust drückt, und redet währenddessen mit der Sanitäterin.

Dann hat Papas Handy geklingelt, das ich eingesteckt hatte. Ich bin rangegangen, habe aber keinen Ton gesagt. Nach einem kurzen Augenblick habe ich gemerkt, dass Mama dran war. »Hallo …? Hallo …?«, hat sie gerufen. »Jetzt melde dich endlich, Giacomo. Was ist denn los mit dir? Fulvio hat mir eine SMS geschickt … Geht's dir nicht gut?«

Da hab ich dann geantwortet: »Hallo, Mama, ich bin's, wie geht's? Mit Papa ist irgendwas. Ich hab einen Krankenwagen gerufen, und jetzt sind die Sanitäter hier, und ein Arzt.«

Dabei kam ich mir ziemlich blöd vor, weil ich sie gefragt hatte, wie es ihr geht. Da liegt Papa und rührt sich nicht mehr, und ich frage sie, wie es ihr geht.

Mit einem Lächeln nahm mir Fulvio das Telefon aus der Hand. »Ciao, Arianna, hier ist Fulvio.« Ich hab gar nicht mehr richtig verstanden, was er gesagt hat. Seine Worte schienen so weit weg zu sein. »Sehr schlimm … Alles versucht … Viola … Klinik.« Gesehen hab ich auch nichts mehr, alles drehte sich umeinander, das Orange der Anzüge, das Blau von Fulvios Jeans, das Weiß der Betttücher und die Farben unserer Kopfkissen, gelbgestreift das von Papa und mit einem Bild von Snoopy mit Sonnenbrille auf der Nase meins. Und Papa, rücklings am Boden und sein Mund weit offen.

Dann bin ich zusammengeklappt.

Als ich aufwachte, lag ich in meinem Bett, und neben mir saß Fulvios Frau in einem abgewetzten Sessel, den Papa unbedingt seinem Freund Pietro, der Möbel restauriert, hatte abkaufen müssen. Kaum dass ich die Augen öffnete, ist sie sofort aufgesprungen und hat sich zu mir ans Bett gesetzt, hat mir die Hand auf die Stirn gelegt und mich angelächelt, krampfhaft, mit geschlossenen Lippen.

Und da war alles klar, auch wenn ich es vorher tief im Innern schon gewusst habe. Sie hat mich in den Arm genommen, und ich habe mein Gesicht in ihrem weichen Pullover vergraben. Aber geweint habe ich wieder nicht.

Und auch bei Papas Beerdigung habe ich nicht geweint.

Ein Priester mit einem dicken Bauch, der ihm – ein lächerlicher Anblick – das violette Messgewand vorne anhob, hielt die Totenmesse. Er sagte solche Dinge wie: »Wir müssen uns freuen, dass Giacomo in eine bessere Welt, an einen besseren Ort heimgekehrt ist.« Ein besserer Ort? Wo soll das sein?, habe ich überlegt, und dann fiel mir ein, wie mir Papa, als ich noch klein war, das Radfahren beigebracht hat. Auf einer furchtbar holprigen Straße, halb Schotter, halb aufgerissener Asphalt, mit dem einzigen Vorzug, dass dort kein Mensch war. Er lief neben mir her, vor und zurück, hielt mich dabei an meinem kleinen Sattel und rief dann irgendwann. »So, los, jetzt allein!« Als ich es dann endlich geschafft hatte, ganz ohne Hilfe zu fahren und zu treten, hörte ich ihn hinter mir rufen: »Sehr gut! Genau so!«, und ich machte kehrt und fuhr ihm entgegen und sah, dass er lachte und in die Hände klatschte. »Komm, das müssen wir Mama erzählen«, meinte er, »und dann rufen wir Opa und Oma an und verkünden ihnen die große Neuigkeit.« Und plötzlich schien mir diese hässliche Straße der schönste Ort auf der ganzen Welt zu sein.

Und so zwang ich mich auch während der Messe, an etwas anderes zu denken, selbst als ich so halb mitbekam, dass mein Name und der von Mama genannt wurde.

Gehört habe ich aber, dass viele Leute um mich herum in einem fort die Nasen hochzogen. Auch meine Klassenkameraden mit unserer Italienischlehrerin waren gekommen: Einige hatten feuchte Augen, andere sahen gelangweilt aus. Immerhin hat Francesca, die mir in der Zeit der Scheidung meiner Eltern sehr nahe war, weil sie das Gleiche durchlitt, mich so innig und fest an sich gedrückt wie schon lange nicht mehr. Aber sie hat jetzt andere Freundinnen, so wie früher wird es mit ihr nicht mehr werden. Als ich mich in der Kirche umgedrehte habe, sah ich, dass die Bänke gut besetzt waren. Viele Kollegen aus der Firma für Armaturen, in der mein Vater als Betriebswirt gearbeitet hatte. Mir war gar nicht bewusst, dass Papa so viele Leute kannte. Er sprach nur selten von seiner Arbeit, die ihm reiner Broterwerb zu sein schien.

Mama trug ein dunkelblaues Kleid und einen extravaganten dunklen Hut auf dem Kopf. Nach der Messe hat sie meine Hand genommen, und ich hab gespürt, wie kalt ihre Hand war. So standen wir da und sahen zu, wie ein paar Männer, die wie Straßenbahnschaffner gekleidet waren, den glatt polierten Sarg anhoben, der schon, bevor wir in die Kirche kamen, vor dem Altar gestanden hatte. Fulvio bat einen von ihnen, ihm Platz zu machen, weil er den Sarg mit hinaustragen wollte. Sie wechselten ein paar Worte und stellten sich dann neu auf: Die fast zwei Meter Körperlänge von Fulvio, der sich mit roter Nase und dunklen Brillengläsern über den geschwollenen Augen vorne einreihte, verkomplizierten alles, denn nun hing der Sarg, als es auch der Kirche ging, schief zu einer Seite hinunter.

Vor dem Ausgang wimmelten Kinder und Erwachsene durcheinander, vertraute und fremde Gesichter, sie bewegten sich auf mich zu und begannen, Mama und mich zu umarmen, manche küssten mich auch auf die Wange, andere murmelten Worte, die ich nicht verstand. Ich nickte, versuchte zu lächeln, Blicke und Händeschütteln zu erwidern. Ich erinnere mich noch an Christina, meine Oma, Papas Mutter, die an einem Spazierstock auf mich zuwankte, mich in die Arme nahm, sie ist seit dem Tod ihres Mannes vor drei, vier Jahren sehr gealtert, die Gesichtsfarbe fahl, das Haar nur noch sehr dünn und schwach auf den Beinen.

»Stell dir doch mal vor«, hat Papa einmal nach einem Film mit großer Beerdigungszeremonie zu mir gesagt. »Wäre das nicht schön, mit anhören zu können, was die Leute über einen zu sagen haben, wenn sie sich endgültig von dir verabschieden. Übrigens würde ich auf meiner Beerdigung gerne Musik hören, ganz bestimmte Lieder. Vielleicht schreib ich sie dir mal auf, man kann ja nie wissen.«

Da hab ich ihm die Zunge rausgestreckt, und er hat mich in den Arm genommen.

Leider ist auf deiner Beerdigung überhaupt keine Musik erklungen, Papa. Und ich hab noch nicht mal mitbekommen, was die Leute über dich gesagt haben.

Als sich dann die Trauergäste so nach und nach entfernten, kam Fulvio zu uns, hat Mama was ins Ohr geflüstert und mir die Hand entgegengestreckt.

»Komm, Viola, du fährst am besten mit uns. Deine Mama geht für dich auf den Friedhof, und wenn du dich von deinem

Papa verabschieden willst, bringe ich dich in ein paar Tagen mal hin.«

Also bin ich mit ihm und seiner Frau zu ihrem Wagen gegangen. Sie hat sich zu mir auf die Rückbank gesetzt. Dort lag eine Umhängetasche aus grauem Stoff, die mit zwei großen Knöpfen verschlossen war. »Die ist für dich«, hat Fulvio zu mir gesagt, indem er sich, mit der linken Hand am Steuer und der rechten startbereit am Zündschlüssel, zu mir umdrehte. Darin waren drei Bücher, ein blaues, ein graues, beide sehr klein, und ein sehr altes, mit einem Einband aus braunem Leder und mit goldenen Buchstaben beschriftet. Ich griff noch einmal in die Tasche und fand einen Packen Briefe und Postkarten, der von einem roten Gummiband zusammengehalten wurde. Als ich das Band berührte, riss es schon, so brüchig war es, und plötzlich lagen all diese Briefumschläge aus sehr leichtem Papier und mit rot-blau gescheckten Rändern auf meinen Knien. Ich hab die Anschriften überflogen: Sie waren alle an Papa adressiert, genauer an seine alte Adresse bei meinen Großeltern.

»Da muss noch was drinnen sein«, hat Fulvio gesagt, als ich fragend zu ihm aufblickte. »Dein Vater hat mich gebeten, ihn dir zu geben, falls ihm etwas zustoßen sollte.«

Ich hab noch mal in die Tasche gesehen und fand einen weiteren Umschlag aus schwererem Papier, auf dem »Viola« stand.

Darin ein kurzer Brief, nur ein paar Zeilen, die ich sofort gelesen habe.

Viola, mein lieber Schatz, wenn du dies hier liest, habe ich es nicht mehr geschafft, dir zu erzählen, was geschehen ist, dir zu erklären, was ich dir so gerne erklären möchte. Jeder Mensch trägt Wunden mit sich herum, und manche wollen einfach nicht heilen. Wie sehr hätte ich mir gewünscht, es mit dir zusammen zu schaffen, dass sie heilen, auch damit du meine Fehler nicht wiederholst. Wie gerne hätte ich weiter deine Hand gehalten. Und vielleicht hätte ich mir sogar gewünscht, dass du meine Hand hältst.

Ich hab dich so lieb, wie du es dir gar nicht vorstellen kannst.

Dein Papa.

Ich hab mir noch mal die drei Bücher genauer angesehen. Das blaue und das graue waren Notizbücher, eines aus dem Jahr 1980, das andere von 1981. Beiden war vorne drauf ein kleiner Apfel eingeprägt, aber nicht der, den man heute auf so vielen Computern sieht. Das dritte war hingegen ein richtiges Buch, sehr alt, wohl aus einem Antiquariat, auf Englisch geschrieben.

Ich begann das blaue Notizbuch durchzublättern. Auf der ersten Seite stand: »Ich habe ein Mädchen kennengelernt.« Darunter war ein Schwarz-Weiß-Foto eingeklebt, auf dem Papa, noch ganz jung, lachend den Kopf zurückwirft. Er sitzt auf einer Holzbank in einem Park, während ein Mädchen, das man nur von hinten sieht, offenbar zu ihm rennt, um sich neben ihn zu setzen. Ihr dicker blonder Zopf wirbelt hin und her und bildet eine Art Lichtschweif um sie herum.

Da gab es einen Ruck. Fulvio war losgefahren.

~ 5 ~

Giacomo

Brighton, 6. und 7. August 1980

Die beliebteste Diskothek bei den ausländischen Jugendlichen war *Salisbury*, der Treffpunkt für alle, die Sprachferien in der Stadt machten. Vor allem aber war sie das Jagdrevier junger Italiener, die es auf blonde deutsche Mädchen abgesehen hatten – und umgekehrt. Die Diskothek lag in einem der zahlreichen, rechtwinkelig angeordneten Seitensträßchen der Strandpromenade, nicht weit vom Brighton Pier, der hölzernen Mole, dem Wahrzeichen der Stadt.

Im Grunde handelte es sich bei der »Lasalisbury«, wie die jungen Italiener die Disco nannten – um einen sehr großen Keller mit Stereoboxen und bunten Scheinwerfern an den Wänden. Auf einem langen Tisch standen zwei Plattenspieler und ein Mischpult, und an der niedrigen Decke hing ein *mirror ball* wie in *Saturday Night Fever*, eine mit kleinen Spiegeln verkleidete Kugel also. Niemand hätte sich gewundert, wenn man diesen Saal das ganze restliche Jahr über als Lager oder Schulungsstätte für angehende Staubsaugervertreter benutzt hätte. Aber diese drei Sommermonate über war er pure Magie. Hier wurden die Romanzen eines Sommers gelebt, hier wurden einander Versprechen gegeben, die oft schon in Vergessenheit geraten waren, wenn man am Flughafen die Maschine bestieg, die einen nach Hause in das reale Leben zurückbrachte. Und obwohl eigentlich alle darum wussten, war es ein schönes Gefühl, während man zu den aktuellen Hits auf der Tanzfläche herumhüpfte oder ein Mädchen fest im Arm hielt, sich vorzumachen, dass es für immer sein könnte.

Es war noch hell, als Giacomo gegen acht im Stadtzentrum eintraf. In der Familie, in der er untergebracht war, wurde früh, um halb sieben, und schlecht zu Abend gegessen. Heute zum Beispiel hatte die ganze Mahlzeit aus einer Tomatensuppe bestanden, die gleich aus der Büchse auf den Teller gekommen war und die er unverzüglich, kaum war seine Gastgeberin, Mrs. Currie, aus der Küche verschwunden, ins Spülbecken kippte. Kurz darauf verließ er das Haus und nahm den Bus ins Stadtzentrum, um sich vor dem Discobesuch noch eine Tüte Fish' n' Chips zu holen. An der Strandpromenade hatte er schon an den ersten Abenden eine Bude mit einigen Tischen davor entdeckt, wo er häufig andere junge Italiener traf, die den gleichen Kurs besuchten. Doch heute hatte es nachmittags geregnet, das Wasser des Ärmelkanals war aufgewühlt, und große, gelblich braune Wellen warfen sich an den Kiesstrand. Das Lokal war leer, und die nassen Sitzflächen der Plastikstühle waren unberührt.

Giacomo ließ sich eine Portion frittierten Kabeljau mit fettgetränkten, essigübergossenen, salzigen Pommes frites bringen und begann mithilfe eines Holzgäbelchens davon zu knabbern, während das Öl das gelbliche Papier der Tüte aufweichte. In Mailand benutzten sie solche Tüten für die Röstkastanien in der Vorweihnachtszeit. Und wenn er so an Mailand zurückdachte, fiel ihm unweigerlich ein, dass dort, wenn er zurückkam, alles anders sein würde: Er würde sich für ein Studium entscheiden und irgendwann auch den verdammten

Militärdienst ableisten müssen. Zudem befürchtete er, dass sich seine Freunde in alle Winde, zu den verschiedensten Ausbildungsplätzen und Fakultäten, zerstreuen würden.

Anschwellendes Stimmengewirr riss ihn aus seinen Gedanken. Dass es sich um Engländer handelte, war nicht zu übersehen: zwei junge Burschen mit rasierten Nacken und Tollen über der Stirn, weißen Hemden, Röhrenhosen mit Hochwasser, damit man auch die weißen Socken nicht übersah, dazu schmale Schuhe mit abgestumpfter Spitze. Bei ihnen waren drei Mädchen, zwei davon – in Miniröcken, unter denen kräftige milchweiße Schenkel hervorschauten, und mit schulterlangen Haaren von undefinierbarer Farbe – schienen Schwestern zu sein und lachten und wieherten in einem fort, die dritte hatte die Arme verschränkt und hielt sich abseits. Sie betraten die Bude und bestellten etwas bei dem trägen sommersprossigen Verkäufer hinter der Theke, der sich keine Mühe gab, seine Abneigung gegen diese Kundschaft zu verbergen. Schließlich kamen sie wieder heraus und fläzten sich auf die noch regennassen Plastikstühle.

Giacomo wandte den Blick ab und machte Anstalten, sich zu entfernen. Er hatte schon häufiger gehört, dass die einheimische Jugend nichts übrighatte für die gleichaltrigen Fremden, die jeden Sommer *ihre* Stadt, *ihre* Lokale und *ihr* Meer in Beschlag nahmen (auch wenn sie Letzteres, so dachte Giacomo, ruhig behalten konnten, mit dem kalten Wasser, den tristen Farben und rauen Wellen). Es gab ganz bestimmte Bereiche, von denen man sich als Ausländer besser fernhielt, und dazu gehörte die Strandpromenade, das Territorium der Mods und einiger anderer kleinerer Brightoner Banden. Geschichten kursierten, mit einem jungen Deutschen im Mittelpunkt, der am Strand ein Mädchen geküsst habe und daraufhin von einem Quintett betrunkener Engländer krankenhausreif getreten worden sei. Manche mutmaßten allerdings auch, dass Kurslehrer sich diesen Zwischenfall nur ausgedacht hatten und weitererzählten, um Gewaltakten vorzubeugen, und dass wahrscheinlich deutschen Sprachschülern die gleiche Schauergeschichte mit einem Italiener als Opfer aufgetischt wurde. Wie auch immer schien es Giacomo ratsam, diesen Gerüchten nicht auf den Grund zu gehen.

Als eine der beiden Schwestern im Minirock schrill auflachte, fuhr er jedoch herum, und sein Blick traf den eines der beiden Jungen.

»*So what?*«, rief der. Giacomo wandte den Blick ab und tat unbeteiligt, warf seine fettige Tüte in den Papierkorb und entfernte sich. Da hörte er den Stuhl zu Boden krachen, den der Mod beim Aufspringen umwarf, und erneut dessen Stimme: »*Hey, I'm talking to you!*«

»Ich verstehe nicht«, antwortete Giacomo, indem er sich achselzuckend zu dem Grüppchen umdrehte. Sich einfach dumm zu stellen, wenn man angepöbelt werde, sei nicht die schlechteste Taktik, Ärger zu vermeiden, hatte er gehört.

»*I see, you're Italian … Italiano, merda, spaghedi, teste di cazzo, vafanchiulo …*«

»Ja, stimmt genau, aber ich muss jetzt leider gehen, okay?«

Plötzlich ging alles so schnell, dass Giacomo kaum wusste, wie ihm geschah. Mit zwei Schritten war der Engländer bei ihm, riss ihn herum und traf ihn mit einem Kopfstoß zwischen die Augen. Giacomo stürzte und fand sich in einer Pfütze am Boden wieder, während sich seine Hose mit kaltem Wasser vollsog und ihm ein Schwall warmer, dicker Flüssigkeit aus der Nase in den Mund lief.

Im nächsten Moment sah er, dass sich eines der Mädchen,

eben jenes, das sich etwas abseits gehalten hatte, vor dem Engländer aufbaute. Kurz entschlossen holte sie aus und schlug ihm mit der flachen Hand ins Gesicht, wobei auf ihrem Rücken, wie Giacomo beobachtete, ein langer blonder Zopf hin und her schwang.

Der Schlag war so fest, dass ihre Finger dem jungen Engländer einen roten Abdruck auf die Wange stempelten. Die beiden standen sich jetzt gegenüber und redeten erregt aufeinander ein. Giacomo, der immer noch mit dem Hintern und einer Hand in der Pfütze am Boden kauerte, war zu benommen, um zu verstehen, was sie sagten. Schließlich warf ihm der Schläger noch einmal einen verächtlichen Blick zu und wandte sich dann ab. Bei ihrem Tisch angekommen, trat er mit voller Wucht einen Stuhl um und stampfte dann davon, die anderen drei, nervös kichernd, folgten ihm.

»Mein Name ist Claire«, sagte das Mädchen, das sich jetzt zu Giacomo herabbeugte und ihm auf die Beine half.

»Ich dachte Bond ...«

»Wie bitte?«

»Ach nichts, vergiss es ... Du sprichst ja Italienisch ...«

»Ja, ein wenig. Hab ich mal in der Schule gelernt.«

»Auf alle Fälle ist es sehr viel besser als mein Englisch.«

» Keine Ahnung. Ich hab dich ja noch nicht Englisch reden hören.«

Giacomo lächelte und spürte plötzlich einen Stich in der Stirn. Er taumelte ein wenig.

»Komm, setz dich lieber«, forderte Claire ihn auf, indem sie ihm einen Stuhl heranzog.

»Nein, der ist doch nass«, antwortete er.

Jetzt lächelte Claire und senkte den Blick auf seine durchnässte Hose. Er errötete und ließ sich auf den Stuhl fallen.

»I'll be back in a minute.«

Claire wechselte ein paar Worte mit dem Fish'-n'-Chips-Verkäufer und kehrte kurz darauf mit einer Handvoll in ein schmutziges Trockentuch eingeschlagenen Eiswürfeln sowie einem Stapel Papierservietten zu ihm zurück. Das Eis hielt sie ihm an die Stirn, und plötzlich spürte Giacomo, vielleicht wegen der Kälte oder auch des Gestanks von vergammeltem Fisch, den der Lappen verströmte, oder vielleicht auch noch wegen des Kopfstoßes, jedenfalls spürte er plötzlich, wie Kabeljau und Kartoffeln mit rasender Geschwindigkeit von seinem Magen zur Kehle aufstiegen. Und nur um Haaresbreite, indem er den Kopf herumriss, konnte er verhindern, dass sich dieser Schwall auf Claires Schuhe ergoss.

»O Gott, tut mir leid, sory, sory, sory …«, stöhnte er.

Aber Claire lachte, und es war ein explosives Lachen, das ihn ein wenig aus der Benommenheit nach dem Kopftreffer riss. »Du magst Fish' n' Chips wohl nicht«, sagte sie dann, »mein Vater erzählt, dass sie früher in Zeitungspapier gewickelt wurden, und dadurch hätten sie noch besser geschmeckt. Wegen der …«

»Wegen der …?

»Wie heißt noch das Zeug, mit dem man druckt?«

»Tinte?«, schlug Giacomo vor.

»Oder Druckerschwärze? Die hat jedenfalls für den guten Geschmack gesorgt …«

Giacomo schaute sie verwirrt an: »Tja, vielen Dank … Ich glaube, ich gehe nach Hause. Eigentlich wollte ich noch irgendwohin, aber so wie ich aussehe … Ein nettes Bürschchen übrigens, dein Freund.«

»Ich weiß, Martin ist ein Idiot. Aber er ist nicht mein Freund, nur ein Cousin. Ich mache hier Ferien am Meer. Im

Sommer bin ich immer ein paar Wochen bei meiner Tante in Brighton. Eigentlich wohne ich in London. Und du, was machst du hier?«

»Englisch lernen. Ich bin gerade mit der Schule fertig geworden und werde wohl ab September studieren.«

»Und nebenbei willst du auch die Feinheiten der englischen Küche testen?«

»Nein, es ist nur so, dass ich bei den Leuten, bei denen ich hier wohne, nicht gerade fürstlich speise. Deshalb brauche ich noch was, wenn ich abends weggehe.«

»Und wo gehst du da so hin?«

»Meistens in die Disco, in die *Salisbury*. Oder, eigentlich immer. Da wäre ich auch heute wieder hin, aber wie gesagt, im Moment ist mir die Lust vergangen.«

»Das kann ich mir vorstellen. Du solltest wirklich lieber nach Hause gehen.«

»Das mach ich auch. Mein Bus fährt gleich da drüben.«

»Soll ich dich hinbringen?«

»Wenn du dich nicht schämst, dich mit einem Mann zu zeigen, der aussieht, als hätte er in die Hose gemacht und sich das Hemd von einem Metzger ausgeliehen ...«

»Entschuldigung, das war mir zu schnell. Was hast du gesagt?«

»Ist nicht so wichtig ... Aber du sprichst wirklich sehr gut Italienisch. Ich kann mir nicht vorstellen, dass du das nur in der Schule gelernt hast.«

»Habe ich auch nicht. Meine beste Freundin, Georgia, war Italienerin?«

»War?«

»Klar, ist sie natürlich immer noch, aber sie wohnt nicht mehr in England.«

»Das heißt?«

»Na ja, wir waren vom ersten Schuljahr bis zur elften Klasse auf dem Gymnasium zusammen. Ihr Vater war nach London versetzt worden, und wir waren ziemlich unzertrennlich. Mit ihr habe ich dann auch die Sprache gelernt, und wenn wir von den anderen in der Klasse nicht verstanden werden wollten, haben wir Italienisch gesprochen.«

»Offenbar hat es sehr gut funktioniert.«

»Meinst du?«

»Ja, das meine ich.«

»Ich war auch häufiger mit ihnen in Italien, immer im Sommer. Ihr Vater stammt aus Genua, und dort hatten sie ein wunderbares Haus direkt am Meer.«

»Nicht schlecht.«

»Ja, aber vor ein paar Jahren ist Giorgias Vater erneut versetzt worden, diesmal nach Boston. Und seitdem haben wir uns nicht mehr gesehen, nur noch geschrieben und ein paar mal telefoniert.«

»Schade.«

»Tja ... Aber was ist jetzt? Du hast mir noch gar nicht geantwortet.«

»Wie?«

»Soll ich dich begleiten oder nicht?«

Giacomo spürte, wie er errötete. »Ja, ich würde mich freuen.«

So machten sie sich auf den Weg, sie mit verschränkten Armen, während ihr Zopf am Rücken hin und her schaukelte, er breitbeinig und dennoch bemüht, trotz seiner nassen Unterhose und seiner geschwollenen Nase, die heftig pulsierte, Haltung zu bewahren. An der Bushaltestelle verabschiedeten sie sich voneinander, und die ganze Fahrt spürte Giacomo die

Blicke der anderen Fahrgäste auf sich gerichtet. So früh war er noch nie heimgekommen, überlegte er. Er steckte den Schlüssel ins Schloss, trat in den Flur und sah noch, wie sich die Küchentür schloss, während Mrs. Currie ihn von dort drinnen fragte, ob es ihm gut gehe, er sei ja so früh zurück.

Giacomo sah sich in seinem Verdacht bestätigt: Sobald er aus dem Haus war, genehmigten sich seine Gastgeber ein anständiges Abendessen. Er fühle sich nicht besonders und gehe gleich schlafen, antwortete er.

»*Fine, good night*«, bekam er zur Antwort, in der er auch eine Spur Erleichterung wahrnahm. Die schmale Treppe hinauf hielt er sich am Handlauf fest, während er die mit einem Teppichboden von undefinierbarem Muster bezogenen knarrenden Stufen nahm. Er ging geradewegs ins Bad, zog seine nassen, verdreckten Kleider aus, wusch sich das geronnene Blut von Gesicht und Händen, putzte sich die Zähne und spuckte, als er dann spülte, rötliches Wasser aus.

Erst dann fand er den Mut, sich im Spiegel anzuschauen: Seine Nase war geschwollen, die Ränder der Nasenlöcher noch verkrustet. Er band sich ein Badetuch um die Taille, vergewisserte sich, dass niemand im Flur war, und schlüpfte in sein Zimmer. Er zog den Schlafanzug über, kroch unter die Bettdecke und schlief augenblicklich ein.

Meine Nase hängt ja an den Ohren, war sein erster Gedanke, als er am Morgen darauf sein Gesicht sah. Tatsächlich war sie so sehr in die Breit angeschwollen, dass sie nicht mehr hervorstand, sondern in die Wangenpartien übergegangen war, um mit dieser eine einigermaßen ununterscheidbare Masse zu bilden. Sein Gesicht hatte dadurch die Form eines Zylinders angenommen, und sein kurzes dunkles Haar betonte diese Form, während die breite durchgehende violette

Fläche unter den Augen wie mit Theaterschminke aufgetragen aussah. Er musste lachen, aber kaum bewegte er den Mund, schoss ihm ein schmerzhafter Stich in die Stirn.

Also begann er, nun ganz vorsichtig, den Mund zu öffnen und zu schließen, Grimassen zu schneiden, um zu prüfen, welche Gesten ihm Schmerzen bereiteten. Er versuchte, durch die Nase zu atmen, zunächst ganz sacht, dann tiefer, und spürte, wie die geronnenen Blutklümpchen im Luftzug vibrierten. Würde es sehr lange dauern, bis die Schwellungen abklangen und er wieder präsentabel aussah, fragte er sich. Und was mochten die anderen Kursteilnehmer sagen?

Was er sich aber nicht fragte, war, wie seine Gastgeber reagieren würden. Daher war er in keiner Weise auf den schrillen Schrei vorbereitet, den Mrs. Currie ausstieß, als er zum Frühstück in der Küche auftauchte. Er hatte sich keine plausible Geschichte zurechtgelegt, und da er keine Ahnung hatte, was auf Englisch »Türpfosten«, oder »Kante des Badezimmerschränkchens« hieß, begann er zu erzählen, er sei abends mit ein paar Freunden Schlittschuhlaufen gewesen und dabei zu Fall gekommen und mit dem Gesicht auf die Eisfläche geknallt.

»Und warum hast du dich nicht mit den Händen abgefangen, um den Kopf zu schützen?«, fragte Mrs. Currie.

Eine berechtigte Frage, die nach einer sofortigen, wenigstens ansatzweise glaubwürdigen Antwort verlangte.

Und so stammelte und radebrechte er, dass er plötzlich im Fallen Angst bekommen habe, jemand könnte in diesem Moment vorbeirauschen und ihm mit den scharfen Kufen über die Finger fahren. Deswegen habe er sie auf den Rücken genommen. So abwegig diese Antwort war, erfüllte sie doch ihren Zweck, denn Mrs. Currie, vielleicht schockiert von der

Vorstellung eines amputierten Fingers, nahm instinktiv die Hände vor die Brust, ballte sie zu Fäusten und entschied: *»You're right.«*

Mrs. Curries Söhne jedoch, Thomas und Jeremy, von ihr selbst nur Tom und Jerry genannt (manche Leute haben einfach kein Gespür dafür, was lächerlich ist, hatte Giacomo gedacht, als sie ihm vorgestellt wurden), zwei dreizehn- und vierzehnjährige angehende Rowdys, lachten höhnisch und ließen sich bis zum Ende seines Aufenthalts in diesem Haushalt, sobald sich ihre Wege kreuzten, mit hinter dem Rücken verschränkten Händen aufs Sofa, ein Bett oder irgendeine andere weiche Unterlage fallen und spielten so den Hergang seines Unfalls nach, der sie immer wieder aufs Neue amüsierte.

In der Sprachschule lief Giacomo an diesem Morgen als Erster Spartaco über den Weg, ein Livornese, der stets Hemden in den knalligsten Farben trug, (uni am Tag, hawaiianisch geblümt am Abend), und ihm erzählte Giacomo in allen Einzelheiten, was er am Vorabend erlebt hatte. Endlich einmal, so dachte er danach, hatte er es geschafft, dass ihm Spartaco gewissenhaft zuhörte. Zuvor hatte der ihn kaum zu Wort kaum lassen während seiner langen Berichte über seine angeblichen amourösen Abenteuer – nicht nur in Brighton, sondern auch an den Stränden der italienischen Versilia, einem weitaus schwierigerem Jagdrevier, wie er meinte. Gern erzählte er auch von den Kämpfen seiner Bande in Livorno, den sogenannten Surfern – langes Haar und eben Hawaii-Hemden –, mit den noch eitleren »Attias« von der gleichnamigen Piazza, oder von seinen Streichen im Haus seiner Gastfamilie in Brighton. Seine Lieblingsgeschichte jedoch war die von dem tragischen Hinscheiden eines Hamsters, dem er *versehentlich* Lauge statt Wasser zu trinken gegeben habe.

An diesem Morgen aber machte Giacomos Geschichte die Runde, und, wie so häufig, hatte sich das, was anfangs noch ein Nasenstüber gewesen war, bis Kursschluss zu einer Schlägerei ausgewachsen, bei der auch sein Gegner ordentlich ramponiert worden war.

Stolz auf sich selbst kehrte Giacomo aus der Schule heim und machte sich für den Abend in der Salisbury Disco zurecht. Im Grunde waren die Beule und die Schwellungen keine so schlechte Sache, tröstete er sich, sie verliehen ihm die Aura eines Draufgängers, was bei den Mädchen nicht schaden konnte. Zu seiner Jeans würde er heute zur Abwechslung mal ein Hemd und keines seiner bunten Poloshirts tragen, die er überreichlich im Gepäck hatte. Dazu band er sich in der Taille die Ärmel eines schwarzen Sweatshirts zusammen, auf dem der Schriftzug HEROES und das Konterfei von David Bowie mit einer prächtigen Haartolle prangte. Und so verließ er das Haus.

Alles hätte er erwartet, nur nicht das Mädchen mit dem blonden Zopf und ihren Mod-Cousin vor der Diskothek stehen zu sehen.

~ 6 ~

Viola

Schweiz, 28. August 2010

»Sieh mal, ist das nicht ein herrlicher Ausblick? Viola, hörst du mir überhaupt zu? Oder wird dir schlecht hier in den Kurven? Aber hör bitte auf, an deinen Haaren herumzuzupfen.«

An einem Samstagmorgen, zwei Wochen nach Papas Beerdigung, habe ich mir die Haare abgeschnitten: Sie waren lockig und lang, fielen bis auf die Schultern. Laut Papa habe ich dieses Haar von seiner Seite, schon seine Eltern hätten schon Locken gehabt, er selbst auch in jungen Jahren, auch wenn er später fast kahl geworden sei. An jenem Morgen habe ich mir also eine Schere genommen, mich im Bad eingeschlossen und mir die Mähne gestutzt. Strähne für Strähne ist zu Boden gefallen, ins Waschbecken, auf meine nackten Füße. Nach einer Weile – wie viel Zeit vergangen war, könnte ich nicht sagen, aber gedauert hat es – begann Mama, sich Sorgen zu machen. Ich sah, wie sich die Klinke der Badezimmertür auf und ab bewegte.

»Viola, warum hast du dich eingeschlossen? Mach bitte auf!«

Ich drehte den Wasserhahn auf und sah zu, wie das Wasser an den Beckenrändern aufstieg, statt die Haare in den Ausfluss zu schwemmen.

»Viola! Mach die Tür auf! Mach auf, hab ich gesagt. Sofort!«

Als ich endlich ihrem Befehl gehorcht hatte, starrte sie mich fassungslos an …

»Was hast du da getan?«

Mir war nicht klar, ob sie damit mein Haare meinte, die aussahen, als sei ich unter einen Rasenmäher gekommen, oder das verstopfte Waschbecken. Sie hat den Hahn zugedreht und mich hinter sich her in mein Zimmer gezogen. Ich solle mich schnell umziehen, Fulvio habe angerufen, er käme gleich vorbei, um mich zum Friedhof zu fahren.

Was zieht man auf einen Friedhof an? Und was zieht man an, wenn man auf diesem Friedhof seinen Vater besucht, mit dem man bis vor Kurzem noch zusammengelebt hat. Ich würde mich anziehen, wie es ihm gefallen hätte. Meine weißen hohen Turnschuhe, die er mir geschenkt hat, auch wenn sie mittlerweile ein wenig eng sind, Jeans und das Sweatshirt, das wir zusammen gekauft haben. Damals hatte ich ihn in ein sehr angesagtes Modegeschäft in der Innenstadt gelockt, und er hat sich die ganze Zeit nur über den Geruch in dem Laden beschwert, für mich ein herrlicher Duft, für ihn Gestank. Und auch über die Musik, die ich cool fand, seiner Ansicht nach aber nur »Lärm« war und, wie er wörtlich sagte, nur dazu da sei, »euch Jugendliche verrückt zu machen, damit ihr schnell was kauft und euch wieder davonmach«.

Und darunter habe ich ein T-Shirt angezogen, das er mir einmal von irgendwoher mitgebracht hat und das ich bis dahin noch nie getragen hatte: schwarz und darauf ganz groß in Weiß die Buchstaben: CSY&Y.

»Was soll das heißen«, hatte ich ihn gefragt.

»Wie? Das weißt du nicht? Hört ihr jungen Dinger denn wirklich nichts anders mehr als Lady Gaga, Kesha, Beyoncé oder Ginger Lola?«

»Ach, ich verstehe, Musik, die vor dreißig Jahren modern war.«

»Nein, mein Fräulein, diese Musik ist unsterblich: Crosby, Stills, Nash and Young. Von denen war die erste Platte, die ich mir gekauft habe, als man noch in Läden ging, die man mit einer dünnen, quadratischen Plastiktüte wieder verließ, die das enthielt, was für uns ein kleiner Schatz war. *4 Way Street*, ein Doppelalbum mit Liveaufnahmen dieser vier Herren, die erste Platte mit akustischer, die zweite mit elektrischer Gitarre. Wenn du das nächste mal zu Oma fährst, lass dir mal von ihr meine alten LPs zeigen, die müssten da noch stehen. Und hör dir vielleicht mal die ein oder andere richtig an. Ach, was erzähle ich dir da? Du und deine Freundinnen, ihr werdet nie verstehen, was gute Musik ist.« Dann lachte er und drückte mich an sich und fuhr mir durch meine langen Haare, die ihm so gut gefallen haben.

Auch Fulvio ist mir mit der Hand durchs Haar gefahren: Nur war sein Gesichtsausdruck etwas ratloser. »Originelle Frisur: Marke Eigenschnitt? Was hältst du davon, wenn wir unser Programm ändern und den Look von einem Friseur noch verfeinern lassen? Ich habe deine Mutter gefragt, es ist ihr recht, dass wir den ganzen Tag zusammen verbringen. Das heißt, wir haben Zeit. Danach gehen wir deinen Papa besuchen.«

Fulvio hat mich zu einem großen Friseursalon im Zentrum, in der Nähe der Scala, gefahren und eine junge Friseurin gebeten, den Schaden zu reparieren. Sie hat mir zuerst den Kopf gewaschen, und als sie dann zu schneiden begann, hab ich die Augen geschlossen. Sie redete auf mich ein, erzählte mir von einem berühmten Model, das vor vielen Jahren diesen Superkurzhaar-Look bekannt gemacht habe, und immer mal wieder bringe ihn jemand erneut in Mode.

Sie redete und redete. Irgendwann hieß es: »So, fertig!« Ich machte die Augen wieder auf, und da traf mich fast der Schlag. Fulvio ließ die Zeitung sinken und trat hinter mich. »Donnerwetter, bist du schön! Das steht dir wirklich fantastisch.« Ich warf ihm nur über den Spiegel einen Blick zu, ohne zu antworten.»Du kannst mir glauben. Außerdem lassen sich viele Frauen in entscheidenden Momenten ihres Lebens die Haare abschneiden: um klarzumachen, dass nun ein neuer Lebensabschnitt beginnt.«

»Wenn du es sagst …«

Ich erhob mich, warf noch einen letzten Blick auf meine Haare am Boden, die ein junger Kollege der Friseurin schon zusammenfegte und auf eine rote Kehrschaufel bugsierte, und verließ mit Fulvio den Laden. Die Straßen waren nass, überall Pfützen, denen wir ausweichen mussten.

»Willst du gleich zu Papa? «, fragte Fulvio.

»Ja.«

Draußen vor dem Friedhof blieb er bei einem Blumenstand stehen und forderte mich auf, etwas auszusuchen. Die Verkäuferin wollte mich zu einem großen Strauß bunter Chrysanthemen überreden, aber ich hab mich für einen kleineren Strauß weißer Margeriten entschieden, den sie mir mit entnervter Miene in Papier einschlug.

Die Gräber auf dem Friedhof waren ganz unterschiedlich gestaltet: schlicht oder imposant, schmucklos oder bunt, mit Kerzen, elektrischen Lichtern oder verstaubten Plastikblumen. Und dann die Fotos: Männer und Frauen, mit traurigen oder lächelnden Mienen, in seltsamen Posen, wie Geisterporträts.

Endlich erreichten wir Papas Grab. Kein Foto, noch nicht – welches Bild wird Mama wohl auswählen, hab ich mich gefragt –, nur zwei Zeilen:

GIACOMO ZECCHINI
8.3.1961 – 8.2.2010

Zu seiner Rechten lag ein siebenjähriges Mädchen, das einen Tag nach ihm gestorben war. Auf der der anderen Seite säuberte eine Frau mit einem Taschentuch das Foto auf dem Grabstein, zupfte Unkraut zwischen dem Kies heraus und gab schließlich mit der Hand dem Erdboden einen Kuss: seltsam, warum nicht dem Foto?

Ich ersetzte die verwelkten Blumen von der Beerdigung durch die frischen Margeriten. Dann stand ich da, schloss die Augen und versuchte, mir ein Gebet einfallen zu lassen oder eine besondere Erinnerung an Papa. Doch das Einzige, woran ich denken konnte, war die rote Kehrschaufel mit meinen Haaren drauf.

Irgendwann spürte ich Fulvios Hand auf meinem Rücken. »Gehen wir?«

Zurück im Auto, drückte ich den Rucksack an mich, die Augen so fest geschlossen, dass es fast wehtat, und stieß einen langen Seufzer aus. Fulvio war noch nicht angefahren, drehte sich zu mir um und schaute mich an, sagte aber nichts. Ich zog den Rucksack auf und holte das alte in Leder gebundene Buch hervor. John Cam Hobhouse hieß der Autor, und das Erscheinungsjahr war 1818. Dann nahm ich die beiden kleineren Notizbücher heraus.

»Was hat das alles zu bedeuten?«, fragte ich, ganz leise, denn ich hatte den ganzen Tag über geschwiegen, und meine Stimme war wie eingerostet.

»Das ist eine lange Geschichte, Viola, aus der Zeit, als dein Vater und ich uns kennengelernt haben, vor ungefähr dreißig Jahren. Er hatte damals auch dieses Mädchen getroffen, Claire, eine Engländerin, und war mit ihr zusammen. Bis es auseinanderging. Tragisch. Sehr tragisch. In letzter Zeit hat er dann immer öfter von Claire gesprochen. Sie schien ihm nicht mehr aus dem Kopf zu gehen. Er meinte, mit den Jahren sei ihm klar geworden, dass er niemals mehr eine Frau so sehr geliebt habe wie sie. Ich hab ihm geantwortet, dass uns allen unsere Jugendlieben irgendwann, wenn wir älter werden, als die allerschönsten erschienen, die reinsten, einzig wahren, besonders dann, wenn man, so wie er, eine Trennung hinter sich habe. Doch wären sie zusammengeblieben, hätte irgendwann der Alltag Einzug gehalten, die Routine, und dann hätte ihm der Reis, den sie verkocht hatte, plötzlich nicht mehr fantastisch geschmeckt, und sie hätte nicht mehr darüber gelacht, dass er immer die Schubladen offen stehen ließ, sondern ihm deshalb Vorhaltungen gemacht. Und alles wäre anders geworden. Schlechter. Doch dein Vater meinte, dass er ein verdammter Egoist gewesen sei, er habe nur an sich selbst und seine eigene Zukunft gedacht, im schwierigsten Moment habe er sie im Stich gelassen. Das könne er sich nicht verzeihen. Und das wollte er ihr auch sagen.«

»Und hat er es ihr gesagt?«

»Ich weiß es nicht, das hat er mir nicht erzählt.«

Ich begann, das erste Notizbuch, das blaue, durchzublättern. Quer über eine Seite hatte Papa mit ungewohnten Druckbuchstaben »Du fehlst mir, Claire« geschrieben.

»Claire …«

Ich habe den Namen ausgesprochen, fast flüsternd, und Fulvio drehte sich wieder zu mir um und sah mich an. Es gebe da noch etwas anderes, dass er mir mitteilen müsse. Papa habe gewusst, dass er infarktgefährdet war. Bei einer Routineuntersuchung vor einigen Jahren sei ein Herzfehler festgestellt worden, ASD hieß er, glaube er, und dieser bei ihm so ungünstig gelegen, dass er nicht operabel war. Damit hätte er durchaus lange leben können, aber es habe eben auch die Gefahr bestanden, dass sein Herz plötzlich aussetzte. Und in dem Moment, als Fulvio mir das sagte, hatte ich das Gefühl, dass auch mein Herz einen Schlag aussetzte.

Ich wollte etwas antworten, zum Beispiel, dass es mich wütend macht, dass er nicht mir, seiner Tochter, sondern ihm, Fulvio, von dieser Krankheit erzählt hat. Betraf mich als seine Tochter das nicht viel mehr als ihn, den Freund. Ich hatte die Worte auf den Lippen, doch ich brachte keinen Ton heraus. Stattdessen fühlte ich Schweiß auf meiner Stirn. Ich hätte schreien mögen. Später habe ich häufig an diesen Moment zurückgedacht und bin zu dem Schluss gekommen: Genau das war der Zeitpunkt, von dem an ich nicht mehr sprechen konnte.

So war ein Name, Claire, das letzte Wort, das ich ausgesprochen habe, der Name einer Frau, die ich überhaupt nicht kenne. Mittlerweile liegt das sechs Monate zurück, aber es kommt mir vor, als sei ich jetzt, in diesem Auto mit Mama auf dem Weg in die Schweiz, Lichtjahre davon entfernt …

»Viola, schau dich doch mal um! In ein paar Wochen schon werden diese Berge verschneit sein. Du kannst dich wirklich glücklich schätzen, hier zur Schule gehen zu dürfen.«

Ja, klar …

»Es ist nicht mehr weit. Du wirst staunen, wie schön es dort ist. Die Lage, das ganze Anwesen, einfach traumhaft … Da sind viele zur Schule gegangen, die später sehr erfolgreich gewesen sind. Und Gian natürlich auch. So, diesen Anstieg noch, dann sind wir da.«

~ 7 ~

Giacomo

Brighton, 7. August 1980

»Martin wollte sich bei dir entschuldigen.«

Misstrauisch trat Giacomo ein Stück näher auf Claire und ihren Cousin zu. Der junge Engländer hielt den Blick gesenkt und kickte mit seinen glänzenden Schuhspitzen imaginäre Steinchen fort. Claire trug ein eng anliegendes graues Kleid, dazu schwarze Ballerinas, und zum ersten Mal sah Giacomo sie wirklich an und errötete dann, weil ihm bewusst wurde, dass er auf ihre Brüste gestarrt hatte.

»Gebt euch die Hand.«

Giacomo streckte die seine vor, und Martin ergriff sie, um sie sogleich wieder loszulassen und davonzuschleichen.

Claire legte den Kopf ein wenig schief und schaute sich Giacomos Gesicht genauer an. »So schrecklich sieht es doch gar nicht aus«, sagte sie, indem sie mit der Fingerspitze über seine violette Nase fuhr.

Giacomo spürte, wie ihm ein Schauer über den Rücken lief, zuckte zurück und bedauerte es sofort, sich dieser Berührung entzogen zu haben.

»Tut's sehr weh?«, fragte Claire.

»Ein wenig, aber es wird schon besser.«

»Na hoffentlich.« Sie deutete ein Lächeln an und stieß dabei einen eigenartigen Laut aus.

In diesem Momente erschien Spartaco im Eingang der Diskothek: »Was ist? Willst du den ganzen Abend hier draußen herumstehen, oder kommst du endlich rein? Deine Freundin kann doch mitkommen.«

Giacomo und Claire wechselten einen Blick, und ein leichter Schlag durchzuckte ihn, als sie ihn bei der Hand nahm, um ihn die Treppe hinunterzuführen. Diana Ross sang *Upside Down*, und die Tanzfläche, wenn man sie überhaupt so nennen konnte, war voll.

»Was machst du hier, Giacomo?«

»Wie?«

»Ich meine, was machst du hier in Brighton?«

»Ach so, ich verstehe, entschuldige, aber die Musik ist so laut. Ich lerne Englisch.«

»Ja, ich weiß, das hast du mir ja gestern noch gesagt. Du lernst Englisch und gehst abends in diese Disco. Und sonst?«

»Nicht viel. Morgens bin ich in der Sprachschule, nachmittags besuchen wir mal ein Museum oder so was, und abends bin ich eben hier. So wie alle.«

»Interessant.«

»Na ja, eigentlich …«

»Und am Wochenende?«

»Haben wir frei. Nächstes Wochenende wollte ich einen Freund besuchen, meinen alten *pen friend* in Nordengland. Wir schreiben uns, seit wir zwölf sind, und haben uns bisher nur zweimal getroffen, beide Male in Italien. Er war da mit seiner Familie am Meer.«

»Ich verstehe. Und wo in Nordengland?«

»Morecambe, Lancashire.«

»Schade.«

»Warum schade?«

»Weil ich nächsten Samstag zu meinem Onkel fahren will – ein anderer Familienzweig, hat also nichts mit meinem Cousin Martin zu tun. Jedenfalls wohnt der in Arundel, nicht so weit von hier, und ich wollte dich fragen, ob du Lust hast mitzukommen?«

»Und warum wolltest du das tun?«

»Vielleicht, weil ich immer noch ein schlechtes Gewissen habe. Wegen Martin und dem, was er mit deiner Nase angestellt ...«

»Ach so deswegen ...«

»Hör mal, das Lied! Das gefällt mir. Wollen wir tanzen?«

Give me the night von George Benson war einer der Hits jenes Sommers, und wie ein von Krämpfen geplagter Skilangläufer begann Giacomo, sich vor Claire hin und her zu bewegen, die es bei dem Anblick nicht schaffte, ein Lachen zu unterdrücken. Giacomos Miene verfinsterte sich, und als er sich abwandte, um die Tanzfläche zu verlassen, ergriff sie seine Hand und hielt ihn zurück: Wieder durchlief ihn ein Schauer, der sich von den Fingerspitzen bis zum Nacken hinaufzog. Da wusste er, dass er nicht nach Morecambe zu seinem Brieffreund fahren würde.

8

Viola

Schweiz, Samstag, 28. August 2010

»Kommen Sie, ich zeige Ihnen das Haus. Auch wenn Sie, Signor Medusian, es bereits kennen.«

Ich hatte die Bergson blonder in Erinnerung: Vielleicht liegt es an diesem Ort, dass alles düsterer wirkt. Von außen glaubt man vor einer Berghütte zu stehen, aber dann geht man hinein und findet sich in einer Art mittelalterlichen Burg wieder. Nur die Rüstungen und Schwerter an den Wänden fehlen.

Meine Mutter und Gian können es nicht lassen, in einem fort »Schau mal, wie schön, Viola!« zu rufen. Er betrachtet die Fotos an den Wänden, die ihn wahrscheinlich an Jugendtage erinnern, sie hingegen richtet die Nasenspitze nach oben zu den mächtigen Balken der Kassettendecke, oder auch runter auf das Intarsienparkett. Dass man die so nennt, weiß ich nur, weil uns Gian schon im Auto stundenlang von dieser Decke und diesem Fußboden vorgeschwärmt hat, und wahrscheinlich bestaunt Mama die Sachen jetzt nur, um ihm einen Gefallen zu erweisen …

»Dies hier ist die Aula, und auf dem Stockwerk darunter befindet sich der Speisesaal. Ich zeige Ihnen nun die Klassenräume. Wie Sie wissen, werden in diesem Internat vier Sprachen unterrichtet: die drei Amtssprachen der Schweiz, Deutsch, Französisch und Italienisch, und dazu natürlich

Englisch. Hier findet gerade eine Deutschstunde statt. Bitte, kommen Sie.«

Jungen und Mädchen in Schuluniform springen auf. »Guten Morgen, Frau Bergson«, rufen sie auf Deutsch im Chor. Der eigentliche Unterricht beginnt erst nächste Woche, aber wer schon vor Schuljahresbeginn da ist, besucht die Wiederholungsstunden. Gian brüstet sich mit seinen Deutschkenntnissen und sagt irgendetwas, was ich natürlich nicht verstehe, und schon sind wir wieder draußen.

»So, der Computerraum. Nur hier, unter der Kontrolle des Lehrkörpers, dürfen sich die Schüler im Internet bewegen. Im angrenzenden Gebäude sind die Sporthalle und das Schwimmbad untergebracht. Ich zeige Ihnen nun noch die Schlafräume. Die Jungen und Mädchen wohnen hier in getrennten Flügeln, alle in Doppelzimmern mit eigenem Bad. Ich gehe voran.«

Wir stehen vor einer Tür aus dunklem Holz mit bronzefarbener Klinke. Die Direktorin klopft dreimal sachte an und tritt ein, ohne eine Antwort abzuwarten. Auf einem Bett sitzt ein Mädchen mit glattem pechschwarzem Haar, das ihr vorn fast bis in die Augen fällt. Ihre Nägel, an Händen und Füßen, sind schwarz lackiert, und sie trägt ein T-Shirt, das ihr bis zu den Knien reicht. In der gleichen Farbe.

»Du kennst doch die Regeln: keine offene Frisur, keinen Nagellack, kein Hemd ohne Knöpfe, und Röcke, keine Hosen«, rügt Frau Bergson.

»Ich weiß, Madame. Aber ich bin ja hier auf meinem Zimmer – und außerdem heute Morgen erst angekommen. Sie können also ganz beruhigt sein: Wenn sie mich im Flur antreffen, werde ich genau so aussehen, wie Sie sich das wünschen.«

»Das ist Viola, deine neue Mitbewohnerin, und das sind ihre Eltern.«

Er ist nicht mein Vater …

»Viola, das ist Leslie Preston.«

Meine Mutter schaukelt von einem Fuß auf den anderen und sucht den Blick der Direktorin.

»Kann ich Sie mal einen Augenblick sprechen, Signora Bergson?«

»Ja, natürlich. Bitte.«

»Vielleicht lieber draußen.«

Leslie mustert mich mit einem Gesichtsausdruck, den ich nicht deuten kann. Wir verlassen das Zimmer, meine Mutter schließt die Tür hinter sich und lehnt dagegen.

»Sind Sie sicher, dass dieses Mädchen die passende Mitbewohnerin für meine Tochter ist?«

»Ja, ganz sicher. Aber wenn Sie es nicht sein sollten, steht es Ihnen frei, Viola wieder mit nach Hause zu nehmen. An Bewerbern fehlt es uns nicht, und für Ihre Tochter haben wir eine Ausnahme gemacht, besonders deshalb, weil schon Ihr Lebensgefährte dieses Institut besucht hat. Leslie wurde darüber unterrichtet, dass Viola Sprachschwierigkeiten hat, und sie sieht darin kein Problem: Wenn überhaupt, hätte sie Einwände erheben können. Darüber hinaus ist sie, trotz ihrer ein wenig exzentrischen Aufmachung, eine der besten Schülerinnen hier. Und wie Sie selbst gehört haben, spricht sie perfekt Italienisch. Jedenfalls sind wir grundsätzlich nicht dazu bereit, eine einmal getroffene Entscheidung bezüglich der Zimmerbelegung zurückzunehmen. Es sei denn, es wäre etwas Gravierendes vorgefallen.«

»Ich verstehe, Signora. Natürlich vertraue ich da ganz ihrer Erfahrung.«

Na also. Aber allein, weil sie dir nicht passt, Mama, mag ich diese Leslie jetzt schon.

~ 9 ~

Giacomo

Arundel, 9. August 1980

Claires Onkel war ein Bär mit einer Baritonstimme, einem mächtigen Bauch und roten Backen. Man hätte ihn sich gut Bier zapfend hinter einer Pubtheke vorstellen können oder beim Steakhacken in einer Metzgerei. Aber er war Buchhändler. Genauer: Antiquariatsbuchhändler. Sein Geschäft lag sehr günstig in der einzigen Straße, die zum Anziehungspunkt aller Touristen und Schulklassen in Arundel, der mittelalterlichen Burg, hinaufführte.

Alan's Books and Bindings, so hieß das Antiquariat. Alan, das war Claires Onkel. Die Bücher reihten sich in hohen Regalwänden, nach Themen geordnet – Geschichte, Literatur, Reisen, Naturwissenschaften, Ökonomie, Philosophie –, und warteten in Würde darauf, das Interesse eines Sammlers oder zufälligen Besuchers zu wecken, oder vielleicht auch von einem Schüler gekauft zu werden, der seine Eltern oder seine Freundin zu Hause mit einem ungewöhnlichen und wertvollen Geschenk beeindrucken wollte.

Denn tatsächlich lagerten die wirklich kostbaren Bände in einer kleinen Vitrine hinter Alans Mahagoniholz-Schreibtisch und zum Teil auch versteckt in einem Schrank in dem winzigen Hinterzimmer, in dem der Buchhändler verschwand, wenn ihm klar wurde, dass der Kunde etwas Besonderes verdient hatte. Es waren die Perlen, die er etwa für einen jungen Studenten zurückhielt, der ihm eine echte Leidenschaft für Bücher bewies, oder für ein Liebespärchen, das sich sehnlich ein einzigartiges Erinnerungsstück an jenen Ort und jenen Tag wünschte. Oder er erfreute damit einen alten Herrn, der in einem Buch etwas unwiederbringlich Verlorenes suchte – eine Liebe, die Jugend, einen Freund – und darauf hoffte, dass sich, wenn er nur an dem Papier der Seiten oder dem glänzenden Leder des Einbandes schnupperte, die Leere für einen Augenblick füllen würde.

Rigoros verschlossen blieben die kleine Vitrine sowie der Schrank im Hinterzimmer aber jenen reichen Sammlern und sogenannten Bücherliebhabern, die nur kauften, aber nicht lasen und so besessen hinter einer Erstausgabe oder allen Büchern eines Autors her waren, dass aus Leidenschaft Besitzgier geworden war. Alan spürte, wenn er es mit solch einem Kunden zu tun hatte, hörte sich an, wonach er verlangte, bewegte sich dann träge zwischen den engen Regalen hin und her, um schließlich mit leeren Händen zur Theke zurückzukehren. Oder aber er nannte, um den Kunden zu vertreiben, einen solch exorbitant hohen Preis, dass wirklich nur ein Wahnsinniger darauf eingegangen wäre. In dieser Situation blieben dem »Büchernarren« nur zwei Möglichkeiten: War ihm ein letzter Rest gesunden Menschenverstandes geblieben, verzichtete er. War aber die Gier übermächtig, so kaufte er zu einem marktfernen Fantasiepreis, was er mit ein wenig Geduld anderswo günstiger gefunden hätte. So »bestrafte« ihn Alan und verdiente noch dabei.

Diese Haltung hatte er von Albert Cohen übernommen, dem legendären Londoner Antiquar, bei dem Alan Mitte der Fünfzigerjahre in die Lehre gegangen war, in der großen

Buchhandlung an der Charing Cross Road. Cohen, der während der Kriegsjahre miterlebt hatte, wie jüdische Freunde, Gelehrte, Bibliothekare, Musiker aus halb Europa im Nichts verschwanden, hatte diese Methode vor allem deutschen Kunden gegenüber angewandt.

Doch einmal war Alan Zeuge geworden, wie seinem Lehrherrn eine Lektion erteilt wurde, die auch er selbst nie mehr vergessen sollte. Es war an einem heißen Julitag des Jahres 1956, als ein junger, vielleicht dreißigjähriger Deutscher den Laden betrat. Das Haar dunkel, die Haut braun gebrannt, wie nach einem Strandurlaub, erkundigte er sich, ob vielleicht alte Ausgaben von *Mein Kampf* zu haben seien. Fast ohne den Blick zu heben, antwortete Cohen, die Bücher ständen thematisch und alphabetisch nach Autoren geordnet, er solle also im Regal zum Zweiten Weltkrieg unter dem Buchstaben H suchen. Der junge Deutsche ging die Reihen durch, fand ein Exemplar und fragte nach dem Preis: Es war keine Erstausgabe, und dennoch nannte ihm der Antiquar einen ungeheuerlichen Betrag. Der Deutsche lächelte: »Auch gut, zu diesem Preis wird es niemand kaufen. Also kann ich es auch hier lassen.« Er wandte sich wieder dem Regal zu, um das Buch zurückzustellen, und als er den Arm hob, um es in die Lücke zu schieben, rutschte ihm der Ärmel über den Unterarm zurück, sodass knapp hinter dem Handgelenk eine eintätowierte Zahlenreihe sichtbar wurde. Cohen hatte ihm zugesehen und sprang jetzt auf.

»Gestatten Sie mir eine Frage, Mister …«

»Rosenberg, Aron Rosenberg.«

»Ja, Mister Rosenberg, könnten Sie mir bitte erklären, warum Sie ausgerechnet dieses Buch lesen wollen.«

»O nein, ich habe keineswegs die Absicht, es zu lesen.«

»Aber Sie möchten es für Ihre Bibliothek. Das ist schlimm genug.«

»Nein, auch in meine Bibliothek würde es niemals gelangen, da können Sie ganz beruhigt sein. Schauen Sie, ich war in Auschwitz. Und dort, in diesem Konzentrationslager, habe ich insgesamt, wie ich genau gezählt habe, 87 Menschen verloren, Freunde, Kommilitonen, nahe oder fernere Verwandte. Ich selbst hatte mehr Glück, denn nach meiner Ankunft dauerte es nur noch wenige Monate, bis uns die Russen befreit haben. Doch als ich dann nach Deutschland zurückkehrte, genauer nach Dresden, meine in Schutt und Asche liegende Heimatstadt, erlebte ich etwas Sonderbares. Durch die verlassenen Straßen streifend, kam ich auch an der Buchhandlung vorbei, wo ich vor dem Krieg häufig Kunde war. Das Haus und auch der Laden waren nach den Bombenangriffen völlig zerstört, manche Bücher hatte der Wind zerfleddert und die Seiten überall im Umkreis von einigen Hundert Metern verteilt. Doch dann stieß ich auf eine Kiste, die wie durch ein Wunder heil geblieben war. Neugierig öffnete ich sie: Was mochte wohl dieser ungeheuren Zerstörung widerstanden haben? Es waren 25 Bücher, tatsächlich perfekt erhalten und selbst von Staub verschont, weil sie in diesem verdammten Karton verschlossen waren, 25 Exemplare von *Mein Kampf*. Verstehen Sie? Das Böse hatte überlebt. Ich suchte Streichhölzer, verbrannte die Bücher und nahm mir vor, für jeden mir nahestehenden Menschen, den ich in Auschwitz verloren habe, zehn Exemplare von *Mein Kampf* zu vernichten. Im Augenblick bin ich bei 499.

»500, Mister Rosenberg, das Buch gehört Ihnen.«

»Nur, wenn ich es bezahlen darf, Mister Cohen.«

»Wie Sie wünschen. Dann einen Penny bitte.«

Als der Deutsche den Laden verlassen hatte, war Cohen an seinen Schreibtisch zurückgekehrt, hatte die Brille aufgesetzt und sich wieder seinem in blaues Leder gebundenen Buch gewidmet, das er zur Seite gelegt hatte. Alan, der die ganze Szene verfolgt hatte, versuchte zu erkennen, was sein Chef, den Blick starr auf die Seiten gerichtet, dort las. Das war gar nicht so leicht: Denn Cohen hielt das Buch verkehrt herum.

Gedankenverloren stand Alan jetzt in seinem Laden, als plötzlich die Tür aufging.

»*Hello uncle Alan!*«

»*Hello Claire, my dear, how are you?*«

Claire verschwand fast in der Umarmung dieses Kolosses, Giacomo blieb ein paar Schritte zurück, bis sie sich zu ihm umdrehte und auf Italienisch sagte:

»Onkel Alan, das ist Giacomo, ein Freund aus Italien. Giacomo, das ist mein Onkel Alan. Er spricht Italienisch, Deutsch, Französisch und ein wenig Spanisch, macht aber seinen Kunden lieber vor, nur Englisch zu können. Stimmt's, Onkel?«

»Aber Claire, du sollst meine Tricks doch nicht verraten … Angenehm, Alan Kettle, wie dieses Ding, in dem man Teewasser kocht …«

Und er lachte. Ein herzliches, lautes Lachen, das auch die beiden ansteckte. Claire wollte Giacomo unbedingt die Burg zeigen, aber zunächst führte sie ihn durch den Laden, wies ihn auf Werke hin, die ihr durch ihren Onkel vertraut waren. Alan hatte sich immer bemüht, ihr die Liebe zur Literatur zu vermitteln und ihr auch zu zeigen, was ein Buch zur kostbaren Rarität machte. Er hatte keine eigenen Kinder, seine Frau war jung verstorben, und er hatte nicht wieder geheiratet. Wenn Claire es gewollt hätte, wäre er sofort bereit gewesen, ihr das Geschäft zu übertragen, doch auf entsprechende Vorschläge antwortete sie stets, sie habe keine Lust, in dieser Höhle im Schatten der Burg zu versauern, nach ihrem Studium in London wollte sie in der Welt herumkommen und sich nicht in die Grafschaft West Sussex zurückziehen.

Wenn ihr Onkel das hörte, zog er seine breiten Schultern hoch, lächelte und sagte: »Es ist deine Entscheidung. Aber falls du es dir eines Tages doch anders überlegen solltest …«

Sie verließen den Laden und besichtigten die Burg mit ihren Zugbrücken und Zinnen. Edward der Bekenner hatte sie im 11. Jahrhundert als Burg errichten lassen, zum Schutz gegen Invasoren, aber später wurde die Burg mehr und mehr zum Schloss, und jetzt gehört sie den Herzögen von Norfolk. Claire und Giacomo stapften zwischen den Rüstungen und den Gemälden Perücken tragender Adliger herum, die jetzt machtlos und vermutlich angewidert mit anschauen mussten, wie ganze Horden Jugendlicher in Shorts und Unterhemd durch die Flure und Säle strömten, wo einst allein blaublütige Herrschaften einherschritten. Sie bestaunten die alte Bibliothek und die uralten Bäume in der Gartenanlage. Im *Red Lion*, dem Pub gegenüber der Buchhandlung, kehrten sie ein: Auf dem Schild über dem Eingang hieß es, die Küche sei durchgehend geöffnet, und so genehmigten sie sich Fleisch-Pies und ein Bier aus der örtlichen Brauerei, *Arundel Sussex Gold*. Den Kaffee im Pappbecher, ließen sie sich einpacken und setzten sich damit auf eine Bank im Park vor der Burg. Und da geschah es.

»Wisch dir mal das Kinn ab?«

»Was?«

Sie fuhr ihm mit dem Zeigefinger übers Kinn, wo ein Kaffeetropfen hängen geblieben war, und streichelte ihm über die Wange. Giacomo nahm ihre Hand, führte sie zu seinen Lippen und küsste die Handfläche, die nach Kaffee und Sahne schmeckte. Und Claire zögerte nicht: Sie legte diese Hand in seinen Nacken und führte seinen Mund zu ihren Lippen.

Schließlich lösten sie sich voneinander. So saßen sie da, ihre Wange auf seiner Schulter, und er spürte, wie ihr Zopf seinen Rücken streifte.

Irgendwann standen sie auf. Giacomo hatte weiche Knie, aber sofort legte sich ihr Arm um seine Taille, während er selbst ihre Schultern umfasste. So spazierten sie eng umschlungen zurück, und wieder im Laden, teilten sie Alan mit, dass sie sich wieder auf den Heimweg machen würden.

»Wie seid ihr eigentlich hergekommen, Claire? Doch hoffentlich nicht mit dem Wagen deines Cousins Martin …«

»Doch. Wie denn sonst?«

»Es gibt auch Züge und Busse. Arundel liegt vielleicht nicht im Zentrum der Welt, aber auch nicht auf dem Mars. Oder auf dem Mond, wie Orlandos Verstand. Kennst du Ariost, Giacomo?«

»Ja … das heißt, ein wenig. Wir haben ihn in der Schule gelesen.«

»In der Schule wird gelernt, aber leider nicht gelesen. Die Liebe zur Literatur bringt einem dort niemand bei. Die muss man schon alleine entwickeln.«

»Ja, sicher, wahrscheinlich haben Sie recht …«

»Jetzt lass doch, Onkel Alan. Du bringst ihn in Verlegenheit.«

»Ja, schon gut, aber ich würde eben gerne wissen, was dein Freund für ein Mensch ist. Ist das so schlimm? Sag doch mal, Giacomo, kannst du mir drei Bücher nennen, die du wirklich aufmerksam gelesen hast und die dir gefallen haben?«

Giacomo dachte einen Moment lang nach, bevor er antwortete: »*Fahrenheit 451* von Ray Bradbury, Calvinos *Marcovaldo* und … äh … und … Seltsam, im Moment fällt mir kein Titel mehr ein …«

»Na ja, immerhin zwei richtig gute Bücher. Du hast die Prüfung bestanden, Giacomo: Du wirst mal ein guter Leser, das spüre ich.«

»Jetzt komm schon, Onkel Alan, du musst uns helfen, den Wagen anspringen zu lassen.«

»Ach, diese alte Schrotkiste: Sagt man so, Giacomo?«

»Fast. Schrottkiste.«

Alan verließ mit den beiden den Laden, schloss die Eingangstür ab und stellte einen Hocker davor, darauf ein paar Bücher und ein Schild, auf dem stand: »Bin gleich zurück. Wenn Sie Eile haben, *Good bye*, wenn Sie Zeit haben, unterhalten Sie sich derweilen damit.«

Die Schrottkiste war ein alter Ford Taunus, der mit dem Zündschlüssel nicht mehr in Betriebsbereitschaft versetzt werden konnte. Der Anlasser war durchgeschmort, und ihn zu ersetzen hätte sich nicht mehr gelohnt. Und so musste man, um den Wagen startklar zu machen, mindestens zu zweit sein: Einer setzte sich ans Steuer, führte den Schlüssel ein und drehte ihn herum – das war Claires Aufgabe –, dem anderen oblag es, bei geöffneter Motorhaube mit einem langen Schraubenzieher die beiden Pole der Batterie zu überbrücken, was Alan lächelnd, kopfschüttelnd und am Ende sogar erfolgreich erledigte.

Giacomo war schon halb eingestiegen, als er sich noch einmal zu dem Antiquar umdrehte.

»Mir ist es eingefallen.«

»Was denn?«

»Das dritte Buch. Ich schäme mich fast, es zu sagen, denn als ich in der Schule darüber ein Referat gehalten habe und gesagt habe, dass es mir gefallen hat, hat mich die Hälfte der Klasse als ›Streber‹ beschimpft.

»Streber? Was heißt das?«

»Ich weiß nicht, wie man auf Englisch sagt. Jedenfalls ist das einer, der unaufhörlich lernt, um sich bei Lehrern beliebt zu machen.«

»Ah, ich verstehe, *swot*, bei uns ist das ein *swot*. Und um welches Buch handelte es sich?«

»*Die letzten Briefe des Jacopo Ortis* von Ugo Foscolo.… Peinlich, nicht wahr?«

»Ganz und gar nicht? Dieser Roman war doch für die italienische Literatur das, was der *Werther* für die deutsche war. 1802 erschienen, nicht wahr? Außerdem stammte Foscolo zwar aus Italien, verbrachte aber doch seine letzten Lebensjahre in London. Wohl zum Teil auch in einem Schuldgefängnis, weil er zu verschwenderisch lebte.«

»Ja, ich erinnere mich, er starb arm, 1827 oder so… Er hatte ein ziemlich wildes Leben. Arztsohn in Venedig, begeisterte sich für die Französische Revolution, dann für Napoleon, Freiwilliger in der Französischen Armee, ist dann enttäuscht nach Mailand zurückgekehrt und wurde Gelehrter und Dichter.« Giacomo musste selbst lächeln, weil er diese Kurzvita aus seinem Referat fast wörtlich heruntergerasselt hatte.

Claire stieg noch mal aus dem Wagen, umarmte ihren Onkel und flüsterte ihm etwas ins Ohr, was Alan dazu veranlasste, Giacomo den Blick zuzuwenden und mahnend zu rufen: »Behandle sie mir nur ja gut!«

10

Viola

Schweiz, 24. November 2010

»Komm, sieh dir das mal an, Viola. Es schneit. Ein paar Wochen noch, dann fangen die Skikurse an.«

Leslie steht morgens immer früh auf, noch bevor der Wecker für alle Schüler um 6.30 Uhr klingelt. Seit gut zwei Monaten teilen wir uns jetzt das Zimmer, wissen aber noch nicht viel voneinander. Von ihren Eltern zum Beispiel erzählt sie nie was, so als gäbe es sie gar nicht. Meist sitzt sie mit der Nase in einem Buch und Kopfhörern in den Ohren auf ihrem Bett und hört Hardrock. Als sie einmal im Bad war, habe ich mir die Playlist ihres iPods angesehen: Deep Purple, Led Zeppelin, Thin Lizzy, Def Leppard, Iron Maiden, Metallica. Nicht ein einziger Song, der mir auch gefallen würde.

»Ich geh zuerst ins Bad, okay?«

Es ist 6.40 Uhr, um 7.15 Uhr gibt's Frühstück im Speisesaal, um acht beginnt der Unterricht, der um eins endet. Dann Mittagessen, von 14.30 bis 16.30 Uhr Sport, und von 17 bis 19 Uhr folgt das, was ich am meisten hasse, das gemeinsame Lernen in der Bibliothek, nur für die nicht, deren Notendurchschnitt besser als zwei ist und die auf ihrem Zimmer arbeiten dürfen – so wie Leslie. Die Tage verstreichen gleichförmig, für mich ist es immer noch ein Leben wie auf einem anderen Planeten ohne Jahreszeiten und immer künstlichem

Licht. Die Tage verstreichen Und ringsherum nichts als dunkle steile Bergwände.

»Ich bin fertig, du kannst rein …«

Sobald ich vor einem Badezimmerspiegel stehe, muss ich an jenen Morgen vor neun Monaten denken.

»Vermisst du ihn sehr? Deinen Vater, meine ich.«

Leslies Stimme dringt gedämpft durch die geschlossene Badezimmertür. Manchmal habe ich das Gefühl, sie kann Gedanken lesen. Aber es ist das erste Mal, dass sie mir eine so direkte Frage stellt. Überrascht drehe ich den Wasserhahn zu und öffne die Tür. Leslie redet weiter, während ich, im Gesicht noch Seifenschaum, vor ihr stehe. »Jeden Abend blätterst du unter der Decke in diesen beiden Notizbüchern. Und gestern Abend bist du beim Lesen wohl eingeschlafen, und das Notizbuch mit ein paar Briefen und Fotos drin ist runtergefallen. Ich bin aufgestanden und hab alles aufgehoben und wieder zurückgesteckt. Und dabei hab ich dann auch einen Blick darauf geworfen …«

…

»Ja, ich weiß, ich hätte dich vorher um Erlaubnis bitten müssen, aber du hättest sicher Nein gesagt. Stattdessen, wer weiß, vielleicht war es zu was gut …«

Ich bin sauer und greife zu meinem Block und kritzele darauf: *Und wozu soll das gut sein?*

»Die Bergson hat mir ja erzählt, dass dein Vater gestorben ist und dass du wahrscheinlich deswegen nicht mehr reden kannst.«

O Gott, du auch noch. Das erzählen mir alle, meine Mutter, die Ärzte, die mich in Mailand untersucht haben … Ich kann's nicht mehr hören.

»Dann sehe ich das Notizbuch, und mir wird klar, dass es

sich um Erinnerungen deines Vaters handelt, an eine gewisse Claire, in die er sich in Brighton verguckt hat. Da bin ich aufmerksam geworden, weil meine Großeltern nämlich in Sussex leben, gar nicht weit von dort entfernt. Ich habe sie schon oft besucht.«

Du hast in meinen Sachen rumgeschnüffelt: Ich hasse dich.

»Würdest du nicht gerne mal dorthin fahren?«

Wohin?, schreibe ich auf.

»Nach Brighton.«

Wie denn?

»Du könntest deine Mutter fragen, ob du das nächste Mal mitkommen darfst, wenn ich wieder hinfahre. Zu Weihnachten nicht, deine Mutter wird die Feiertage sicher mit dir verbringen wollen. Aber vielleicht in der Karnevalswoche. Wenn du ihr erzählst, dass wir mit meiner Mutter fahren und sie die Verantwortung für dich übernimmt, lässt sie dich vielleicht.«

Das glaubst du doch selbst nicht.

»Ich selbst hab ja nie einen Vater gehabt. Natürlich muss es mal einen gegeben haben, aber meine Mutter hat nie über ihn gesprochen, ich weiß auch nicht genau warum, vielleicht war er ein Schwein oder sie ist sich selbst nicht sicher, wer es nun war. Na ja, die Geschichte ist jedenfalls ein ziemliches Chaos. Wie du siehst, bist du also nicht die Einzige, die … die … Ach, du weißt schon, was ich meine. Es ist nämlich so, dass meine Mutter keinem gewöhnlichen Beruf nachgeht und ziemlich viele Männer kennenlernt. Sie war immer mit jemandem zusammen. Als ich klein war, habe ich sie der Reihe nach kommen und gehen sehen. Der ein oder andere hat mir auch was bedeutet, aber die meisten waren nur nett zu mir, wenn meine Mutter dabei war. Sobald sie fort war, war ich Luft für sie … Aber jetzt komm, mach dich jetzt fertig. Wir haben noch genug Zeit, darüber zu reden. Ich meine, ich rede, und du nickst …«

Brighton … Das wäre schön. Aber meine Mutter wird mir das nie erlauben. Dennoch geht mir der Vorschlag nicht mehr aus dem Kopf: Er hat mich so aufgewühlt, dass ich auf dem Weg zum Speisesaal zweimal falsch abgebogen bin. Leslie lächelt – ein sehr seltenes Ereignis –, während sie ihren Milchkaffee trinkt. Ich selbst kriege nichts hinunter, mein Magen ist wie verrammelt. Was haben denn diese beiden Zicken, Petra und Sabine, so zu glotzen und zu kichern? Ich mach Leslie mit einer Kinnbewegung darauf aufmerksam, und sie dreht sich nur kurz um und schüttelt den Kopf.

»Beachte sie gar nicht. Die sind einfach zu blöd.«

Aber jetzt kommen sie auch noch auf unseren Tisch zu. Es wäre das erst Mal, dass sie etwas von mir wollen. Sabine ist hochgewachsen, hat große Brüste und hohe Wangenknochen, und ihre hellen chlorblauen Augen mustern mich unverwandt.

»Ciao Leslie, ciao Viola, wie geht's?«

»Ciao Sabine, was wollt ihr?«

Mein Gott, ist Leslie angespannt …

»Gar nichts. Wir wollten bloß nett sein. Viola wird es vielleicht guttun, auch mal mit anderen Leuten zu reden, in Anbetracht ihres Problems, meinst du nicht?«

»Wenn Viola mit euch zu tun haben will, weiß sie ja, wo sie euch findet. Ihr lernt doch nachmittags immer zusammen.«

»Ja, stimmt, Leslie. Nur du lernst auf deinem Zimmer, weil du die Klassenbeste bist. Oder vielleicht auch, weil es so angenehmer für dich ist …«

»Was willst du damit sagen, Sabine?«

»Damit will ich sagen, dass sich jemand, der keinen Vater

hat und eine Mutter, die in so einer Branche arbeitet, vielleicht schämt und anderen lieber aus dem Weg geht …«

»Halt die Klappe! Du hast überhaupt keine Ahnung von meiner Mutter!«

Leslie ist aufgesprungen, und ihr Stuhl kippt polternd um. Der dumpfe Schlag lässt den ganzen Speisesaal verstummen, und mir fällt auf, wie die Bergson am Lehrertisch den Blick hebt.

Sabines kalte, blaue Augen starren in Leslies dunkle Augen, während Petra nur kichert.

Schon steht die Direktorin bei uns und blickt Leslie an. »Was ist hier los?«

»Gar nichts, Madame: Wir haben uns nur unterhalten, und dabei habe ich, ohne es zu merken, etwas Milch vergossen. Vor Schreck bin ich aufgesprungen, und dabei ist mein Stuhl umgefallen. Tut mir leid.«

»Ist es so gewesen, Sabine?«

»Ja, Madame. Es ist auch ein wenig meine Schuld, weil ich die beiden abgelenkt habe. Ich hatte mich erkundigt, ob Viola Fortschritte macht …«

»In Ordnung, aber jetzt geht. Der Unterricht fängt gleich an.«

Aus Leslies Miene ist das Lächeln verschwunden, und sie macht sich auf den Weg und lässt mich allein zurück. Auch Sabine und Petra entfernen sich, drehen sich aber nach ein paar Metern noch mal zu mir um und machen mir ein Zeichen. Sie lassen den Zeigefinger kreisen, und von ihren Lippen lese ich den Satz: »Wir sehen uns nachher.«

~ 11 ~

Giacomo

Brighton, 16. August 1980

»Denk dran, die Schlüssel mitzunehmen. Wir kommen sehr spät zurück, erst in den frühen Morgenstunden, Giaccomou.«

»Giaccomou«, wie ihn die Curries nannten, ging nicht sofort auf, welche Tragweite diese Mitteilung für seinen letzten Samstagabend in Brighton haben konnte: seine Gastgeber außer Haus, Tom und Jerry weit weg, untergebracht bei Verwandten.

Erst nachmittags kam er darauf. Aber eigentlich war es Spartaco, der ihn darauf brachte, indem er ihn wie aus heiterem Himmel fragte.»Bist du vorbereitet?«

»Wie?«

»Bist du vorbereitet, hab ich gefragt? Du willst sie doch ins Bett kriegen, oder?«

»Tja … also … eigentlich hab ich noch gar nicht darüber nachgedacht, ich weiß nicht …«

»Du hast es noch nie gemacht, stimmt's?«

»Doch, natürlich, hab ich's schon gemacht. Ich denke nur, es ist vielleicht noch zu früh, wir kennen uns ja kaum.«

»Schon, aber wenn heute Abend nichts läuft, wird das nichts mehr. Es ist schon wieder eine Woche vergangen, seit eurem Ausflug zur dieser König-Artus-Burg …«

»Arundel.«

»Ja, meinetwegen. Aber jetzt komm schon Giacomo: Ihr seht euch nach der Schule, geht zusammen in die *Salisbury*, macht lange Spaziergänge, Hand in Hand, du lädst sie ins Café ein … Jetzt sag selbst, was steht als Nächstes an?«

»Hör auf, Spartaco!«

»Was denn? Ich meine ja nur, es ist doch absurd, wenn ihr nur die ganze Zeit rumknutscht und nicht zur Sache kommt.«

»Und wenn es so für uns passt?«

»Niemandem passt es so. Tu nicht so naiv!«

»Ja, gut, nehmen wir mal an, du hast recht. Was soll ich denn deiner Meinung nach tun? Sie ins Haus locken, sie auf dem Fußboden flach legen und mich auf sie stürzen?«

»Etwas romantischer kannst du schon vorgehen: Ihr beide alleine, vielleicht nicht im Bett, aber dann in einem schönen Wohnzimmer, auf einem weichen Teppichboden, wenn du so auf den Fußboden stehst, oder eben auf einem bequemen Sofa, so wie meine Leute eins haben …«

»Hört sich nicht schlecht an …«

»Eben … Und hier stellt sich wieder meine Eingangsfrage: Bist du vorbereitet?«

»Hör doch auf mit diesem Mist, Spartaco. Was zur Hölle soll das heißen, bist du vorbereitet?«

»Hast du Kondome?«

»…«

»Verstehe … Du hast keine. Also musst du welche kaufen.«

»…«

»Beruhig dich, dazu musst du nicht studiert haben. Du gehst in die Apotheke, lässt dir welche geben, bezahlst, verabschiedest dich und gehst wieder raus. Das englische Wort ist auch einfach: *condom*.«

»…«

»Niemand fotografiert dich dabei, und sie verraten es auch nicht deiner Mutter. Da bedient dich ein Apotheker, den du in deinem Leben nie mehr sehen wirst – wenn es das ist, was dich beunruhigt.«

»Wieso soll mich das beunruhigen.«

»Wunderbar. Also wo ist das Problem? Komm, gehen wir.«

Die erste Apotheke verließ Giacomo mit einer Schachtel Pflaster. Die zweite mit Hustensaft, weil er, als er vor dem Apotheker stand, einen so starken Hustenanfall erlitt, dass er nur noch mit Tränen in den Augen auf seinen Hals deuten konnte. Die dritte mit einer Tube Brandsalbe, was insofern unerklärlich war, als auf den Strand von Brighton mitnichten eine tropische Sonne niederknallte

Also betrat Spartaco nach ausgiebigem Kopfschütteln die Apotheke, die Giacomo gerade verlassen hatte, sah der Apothekerin, einer blonden, leicht pummeligen Frau, fest in die Augen und verlangte, indem er auf seine Schamgegend deutete: »*Condom. Two, please*«. Vor der Tür warf er Giacomo eine Schachtel zu und steckte sich die andere in die Brusttasche seines gelb-orange geblümten Hemdes. »Eine für mich, nur für den Fall, dass es deine Claire sich anders überlegen sollte …«

»Arschloch … Trotzdem, danke.«

»Keine Ursache, aber ich konnte es einfach nicht mehr mit ansehen. Aus der nächsten Apotheke wärst du wahrscheinlich mit einem Stethoskop oder einer Packung Seniorenwindeln wieder aufgetaucht.«

Am Abend traf Giacomo schon zwanzig Minuten vor Einlass vor der Diskothek ein und wunderte sich, als er auch

Claire fast gleichzeitig, viel zu früh, um die Ecke biegen sah.

»Ich bin mit dem Wagen da, dann kann ich dich später nach Hause bringen. Du musst mir nur wieder helfen, ihn anspringen zu lassen …«

Giacomo lächelte und küsste sie sanft auf die Lippen, streichelte ihren Nacken und zog leicht an ihrem Zopf.

Claire nahm ihn in den Arm. »Was machen wir?«

»Hast du Hunger?«

»Nicht besonders. Ich hab eben erst gegessen. Du nicht?«

»Nein, meine Familie ist heute Abend nicht da. Die kommen erst morgen früh zurück. Deswegen gab's kein Abendessen … Und außerdem …«

»Was?«

»Ach, nichts. Aber eigentlich hab ich auch keinen Hunger. Gehen wir tanzen?«

»Wenn du willst. Obwohl ich eigentlich dachte, dass du gar nicht so besonders gern tanzt. Aber gut, *of course*, gehen wir.«

»Was würdest du denn gerne machen?«

»Ich will mit dir zusammen sein. Egal wo. Es ist unser letzter Samstagabend. Morgen sehen wir uns noch mal, aber am Montag fliegst du los, und ich weiß nicht …«

»Was weißt du nicht?«

»Ich weiß nicht, ob wir uns wiedersehen.«

»Warum sagst du das?«

»Weil es stimmt. Weil zwischen uns ein Meer liegt, und eine Reihe von Grenzen, weil jeder, weit entfernt voneinander, sein eigenes Leben hat, seine eigenen Pläne, seine Ausbildung, seine Familie. Und deshalb will ich diesen Abend mit dir ganz auskosten, ohne daran zu denken, was morgen sein wird. Also, was machen wir? Wozu hast du Lust.«

Giacomo holte tief Luft und murmelte. »Ich würde jetzt gerne mit dir zu mir nach Hause fahren.«

»Okay, dann fahren wir.«

»Im Ernst?«

»Ja, im Ernst. Du weißt doch noch, wie man meinen Wagen anlässt.«

Als er im Wohnzimmer der Curries vor der Plattensammlung stand, staunte Giacomo, dass der Hausherr gar nicht mal einen so üblen Musikgeschmack hatte. David Bowie, Roxy Music, Police. Sie entschieden sich für *Outland's d'Amour*, und während Sting sich nach Roxanne heiser schrie, trat Giacomo mit nackten Füßen auf dem unvermeidlichen Teppichboden – Spartaco hatte recht gehabt – des kleinen Wohnzimmers auf Claire zu, und sie begannen zu tanzen: er, indem er, die Hände auf ihre Hüften gelegt, wie ein Metronom vor und zurück schaukelte, sie, mit den Armen um seinen Hals und einer Wange an seiner Brust.

Langsam zog Giacomo sie noch näher an sich heran und meinte zu spüren, dass sie ihrerseits ihren Unterleib an dem seinem rieb. Er neigte den Kopf und schnupperte an ihren Haaren, und sofort suchte sie seinen Mund, und das ganze *Born in the Fifties* über ließen ihre Lippen nicht mehr voneinander ab.

Ihr Tanz endete erst, als sie merkten, dass die Plattenspielernadel auf der rillenlosen Innenseite der LP festhing: tick, tick, tick …

»Gehen wir rauf?«

Claire nahm Giacomo bei der Hand und führte ihn im matten Schein der mehrarmigen Wandlampe die Treppe hinauf.

In dem schmalen Zimmer, in dem er schlief, lag auf dem einzigen Stuhl, neben dem geöffneten Koffer am Boden, der ihm so als Kleiderschrank diente, ein ganzer Haufen schmutziger Wäsche, und Giacomo schämte sich, dass er nicht ein wenig aufgeräumt hatte. Vielleicht hatte er doch nicht ernsthaft damit gerechnet, dass es so weit kommen würde.

Claire half ihm aus der Verlegenheit, indem sie mit einem Fuß den Koffer zufallen ließ und sein Gesicht in beide Hände nahm. »Ist doch egal« murmelte sie, so als habe sie es in seinen Gedanken erraten.

Erneut ein Kuss, der kein Ende nahm, und langsam begann Claire, ihm das Hemd aufzuknöpfen, das einzige weiße, das er auf die Reise mitgenommen hatte und das auf wunderbare Weise bis zu diesem Abend sauber geblieben war.

»Claire ...«

»Giacomo?«

»Ich hab das noch nie gemacht.«

»Ich auch nicht.«

Als er mit nacktem Oberkörper vor ihr stand, machte er sich daran, ihr das T-Shirt auszuziehen, doch als er es ihr über den Kopf zog, schlug er dabei mit dem Handgelenk gegen die Konsole über dem Bett. Er stieß einen unterdrückten Schmerzensschrei aus, und Claire musste lachen, was ihn irritierte und die Atmosphäre einen Moment abkühlen ließ.

»Komm, ist doch nicht schlimm ...«

Sie trug keinen BH, und er streichelte sie lange, zog dann den Reißverschluss ihres Rockes hinunter, streifte ihn ihr behutsam über die Schenkel und fuhr mit der Hand unter ihren Slip. Sie bog sich zurück, und erst in diesem Moment fielen ihm die Kondome wieder ein. Sie lagen, gut versteckt, im Koffer, in der Seitentasche mit dem Reißverschluss, und verborgen unter einem ganzen Haufen T-Shirts, Unterhosen, Strümpfen.

Doch Claire ließ ihm nicht die Zeit, darüber nachzudenken, denn sie hatte sich aufgerichtet und sich den Slip abgestreift und kniete jetzt völlig nackt vor ihm und zog ihm die Jeans und dann auch seine Boxershorts mit den kleinen Rentierschlitten aus: Wieso hatte er ausgerechnet diese Unterhose anziehen müssen?

Dann legte sie sich neben ihn, und er spürte ihren Atem in seinem Ohr und ihr Bein, das sich an seine Schenkel schmiegte. Und kaum berührten ihn ihre Fingerspitzen, da durchfuhr ihn ein heftiger Schauer, und er schaffte es nicht mehr, sich zurückzuhalten.

»Tut mir leid«, murmelte er, kaum dass er wieder zu Atem gekommen war.

»Was denn?«

»Tut mir leid, dass ich es nicht geschafft habe …«

»Das ist doch nicht wichtig.«

»Und du?«, fragte er, während er seine Hand ihrem Unterleib näherte. Doch sie schob sie sachte fort.

»Es ist alles gut, nimm mich in den Arm.«

So lagen sie da, ihre Hand auf seinem Bauch, während er mit offenen Augen zur Decke starrte. Als er merkte, das Claire eine Gänsehaut bekam, schlug er vor aufzustehen.

Sie wuschen sich, und er zog sich eilig an, während es bei ihr ein wenig dauerte, weil sie ihren Slip suchen musste, der unter dem Bett gelandet war. Dann gingen sie runter, hörten *Flesh + Blood* von Roxy Music, tranken dazu Bier und redeten über alles Mögliche, nur nicht über das, worüber sie hätten reden wollen.

Sie verabredeten sich für den nächsten Tag, um zwölf Uhr vor dem Brighton Pier. Ihr letzter Nachmittag.

Mit dem Schraubenzieher unter der Motorhaube half

Giacomo ihr, den Ford anzulassen. Dann stand er da und sah ihr nach, bis sie rechts um die Ecke bog und aus seinem Blick verschwand.

12

Viola

Schweiz, 25. November 2010

Ich sitze in der Bibliothek vor zwei aufgeschlagenen Geschichtsbüchern, aber ich kann mich nicht konzentrieren und lese überhaupt nicht. Gestern Nacht ist mir erst richtig bewusst geworden, wie leicht es sich Mama und Gian gemacht haben, mich in dieses verfluchte *Gelbe Eichhörnchen* in die Schweiz abzuschieben. Obwohl ich überhaupt nicht bei Ihnen wohnen könnte, es nicht länger als ein paar Tage aushalten würde, stiegen Tränen kalter Wut in mir auf. Es ist purer Verrat vonseiten meiner Mutter. Papa hat es immer taktvoll vermieden, mit mir über ihre Trennung zu reden, aber ein-, zweimal sind ihm schon so Sätze rausgerutscht wie: Als sie merkte, dass es mit meiner Karriere nicht so recht weiterging, dass ich ewig so ein mittelmäßiger Angestellter in einer halbwegs sicheren Armaturenfirma bleiben würde, war es nur eine Frage der Zeit, dass sie sich einen Mann angeln würde, der etwas darstellt, der mit Geld um sich werfen kann, sich in Lifestyle und Marken auskennt statt in abgewetzten Klamotten und ständig Musik zu hören, die zeigt, dass er den alten Zeiten nachtrauert. Immerhin haben die beiden in ihrer Trennung auf wüste wechselseitigen Beschimpfungen verzichtet, was nicht selbstverständlich ist, wie ich von meiner damaligen Freundin Francesca wusste, die mir ständig weinend berichtete, wie ihre Eltern sich gegenseitig in Grund und Boden stampften und um jeden Cent bis aufs Blut stritten. Aber dazu gab es ja auch bei uns keinen Anlass: Papa hatte längst resigniert, er kämpfte gar nicht um seine Frau, und ihr war schnell klar, dass ich lieber bei ihm wohnen wollte. »Töchter halten immer zu den Vätern, bei einem Jungen wäre es umgekehrt«, erklärte sie kurz und bündig. Sie macht sich's wirklich immer leicht mit mir. Das macht mir zu schaffen. Ich bin jetzt schon mehr wie eine Halbwaise, ich bin eine Dreiviertelwaise. Hier laufen einige hochwohlgeborene Töchter und Söhnemänner herum, denen man anmerkt, dass sie diese Anstalt nur als ein kleines Zwischenspiel betrachten. Schon morgen könnten sie wieder daheim sein. Bei mir ist es anders. Ich bin sozusagen hauptberuflich Internatszögling.

»Ciao Viola, was dagegen, wenn wir uns zu dir setzen?«

Sabine und Petra warten meine Antwort nicht ab und machen es sich an dem Tisch bequem, an dem ich lerne, die eine neben mir, die andere gegenüber. Ich suche mir immer einen Platz in der hintersten Ecke der Bibliothek, wo ich bisher immer ungestört geblieben bin. Kein Zweifel, die beiden haben mich gesucht.

»Wie fühlst du dich hier im Internat. Es ist bestimmt nicht leicht für dich ...«

Sabine führt das Wort, Petra, die anders als ihre Freundin flachbrüstig ist, mit knochigen Hüften, nickt nur und lässt Kaugummiblasen platzen. Inzwischen weiß ich, dass die beiden aus reichen Zürcher Bankiersfamilien stammen und seit Ewigkeiten miteinander befreundet sind. Ihre haben Eltern sie hierher verfrachtet, um sich und ihnen weiteren Ärger zu ersparen, nachdem die Mädchen in Lokalen aufgegriffen wurden, in denen Minderjährige eigentlich keinen Zutritt haben. Sie sind unzertrennlich, und offenbar hat es wenig genützt, sie in verschiedene Zimmer an den entferntesten Enden des Korridors im Mädchentrakt zu stecken: Nur wenn sie schlafen, hängen sie nicht zusammen.

Gut, ich fühle mich wohl hier, schreibe ich und hoffe, dass sie sich schnell wieder verziehen.

»Und wie läuft es mit Leslie? Ganz schön temperamentvoll, deine Freundin, oder? Klar, ein intelligentes Mädel, aber doch irgendwie komisch, findest du nicht? Weißt du eigentlich, dass ich auch mal ein paar Monate mit Leslie auf einem Zimmer war? Das hat sie dir bestimmt nicht erzählt, oder? Ja, das kann ich mir vorstellen, nach dem, was da passiert ist. Um ein Haar wären wir beide von der Schule geflogen. Und alles nur, weil sie mir erst ihre Lebensgeschichte erzählt und plötzlich bereut hat, dass sie so offen zu mir war. Klar, bei dir braucht sie sich da keine Gedanken zu machen. Nimm's mir nicht übel, aber im Moment kann man sich kaum vorstellen, dass du was von ihr herumerzählst …«

Diese Gans von Petra kichert, ein unerträgliches Hihihihihi. Die Aufsicht wirft uns einen tadelnden Blick zu. *»Mademoiselles, silence s'il-vous-plaît!»*

Sabine dreht sich um und beruhigt die Frau mit einem gezwungenen Lächeln, senkt dann die Stimme, lehnt sich zu mir vor und flüstert mir ins Ohr.

»Hat sie dir auch den Schwachsinn erzählt, dass sie ihren Vater nicht kennt und ihre Mutter beruflich wahnsinnig eingespannt ist und die ganze Welt bereist? Alles Lüge, Viola … Leslie lügt immer. Das musst du wissen. Alles Theater. Die spielt dir was vor und gibt sich als jemand aus, der sie nicht ist, um sich dein Vertrauen zu erschleichen. Und wenn du ihr dann vielleicht ein Geheimnis anvertraut hast, nutzt sie es gegen dich aus. Hoffentlich hat sie noch nichts Wichtiges von dir erfahren …«

…

»O Gott, du machst ein Gesicht, als wäre es schon passiert. Sie hat dir was entlockt, stimmt's? Schon erstaunlich, wenn man bedenkt, dass du nicht redest … Mich hat sie ja auch aufs Kreuz gelegt. Stell dir mal vor, sie hat es sogar geschafft, einen Keil zwischen Petra und mich zu treiben. Und wir waren schon immer die besten Freundinnen. Dann hab ich aber rausbekommen, was mit Leslies Familie wirklich los ist, und da war für mich klar, dass man sich von ihr fernhalten muss.«

Petra nickt heftig. Ich fühle mich wie in einem schlechten Theaterstück. Sabine ist die große Intrigantin, die Verschwörerin, die die Fäden in der Hand hält, Petra die beflissene Dienerin, die immer ergeben Beifall spendet.

»Soll ich dir mal sagen, womit Leslies Mutter tatsächlich ihr Geld verdient?«

Das ist mir doch egal.

»Ja, ja, ich weiß, du denkst jetzt, das interessiert mich doch gar nicht und ändert nichts an meinem Verhältnis zu Leslie. Aber das stimmt nicht. Wollen wir wetten?«

…

»Sie ist ein Pornostar.«

Ein Pornostar? Ich merke, dass ich vor Staunen den Mund aufgerissen habe, und klappe ihn jetzt wieder zu.

»Leslie hat dir bestimmt erzählt, dass sie noch nie was von ihrem Vater gehört hat. Aber das ist Unsinn. Sie weiß, dass er auch Pornos gedreht hat und an Aids gestorben ist. Aber klar, so was erzählt man natürlich nicht so gern herum. Und auch nicht, wenn die eigene Mutter, verzeih den Ausdruck, so eine Nutte ist. Natürlich, sie muss schon gut bezahlt werden, wenn sie sich diese Schule für ihr braves Töchterlein erlauben kann. Vielleicht hat die Bergson aber auch Mitleid mit Leslie und schmeißt sie deshalb nicht raus und nimmt sie sogar noch in Schutz. Immerhin bekommt sie hier nicht mit, wie ihre Mutter mit superbestückten Schwarzen zugange ist …«

Ich bin kurz davor, mich zu übergeben. Sabine redet ungebrochen weiter auf mich ein, genießt die Rolle der Mahnerin, die eine Novizin in die Geheimnisse eines sonderbaren Ordens einweist, bis sie endlich die Veränderung in meinem Gesicht wahrnimmt und ausruft:

»Was ist denn los, Viola, ist dir nicht gut?«

Kalter schweiß prickelte auf meiner Stirn. Der Brechreiz schüttelt mich, ich will aufstehen, bin aber wie gelähmt, und lass es einfach geschehen, dass mein Mageninhalt sich in einem heftigen Schwall entleert.

»Viola, verdammte Scheiße!«

Es ist Petra, die laut aufschreit. Kein Wunder, denn ich habe mich unwillkürlich vorgebeugt, und der Schwall hat sich auf ihr Buch ergossen. Ich spucke noch mal aus, wische mir mit den Handrücken über den Mund. Sabine lacht schadenfroh, während ihre Freundin wie versteinert, mit Spritzern meines halb verdauten Mittagessens auf den Kleidern, dasitzt. Ich höre das Gemurmel der anderen an ihren Tischen und die Schritte der Frau von der Aufsicht, die rasch näher kommen.

~ 13 ~

Giacomo

Brighton, 17. August 1980

Es war kurz nach sieben in der Frühe, als die Curries das Haus betraten. Giacomo stand in der Küche und hantierte mit einer Kanne und jenem löslichen Kaffeepulver herum, das ihm nach einigen Wochen in diesem Haushalt beinahe genießbar vorkam.

Sie fragten ihn, warum er so früh aufgestanden sei, und er antwortete, er habe vor Reisefieber nur wenig geschlafen und wolle seine Sachen packen. Dann fiel Mister Curries Blick auf das Sofa, auf dem einige Plattenhüllen herumlagen, und die zwei Bierflaschen auf dem Beistelltisch davor. Der Hausherr runzelte die Stirn. Giacomo ärgerte sich, dass er nicht daran gedacht hatte aufzuräumen.

Als er hörte, wie sich die Schlafzimmertür hinter seinen Gastgebern schloss, machte er sich gleich daran, sein Versäumnis nachzuholen, zunächst im Wohnzimmer, wo er die Platten zurücksteckte und den Müll wegschaffte, und dann oben in seinem Zimmer. Er nahm das Kopfkissen zur Hand und schnupperte daran, um etwas von Claires Geruch wiederzufinden, und entdeckte dabei ein langes blondes Haar, das der strengen Ordnung ihres Zopfes entwischt war. Das wollte er aufheben. Da er nichts Besseres fand, legte er es zwischen die Seiten seines Buches mit den Englischübungen.

Er holte sein letztes sauberes Hemd aus dem Koffer hervor, blau mit geknöpftem Kragen, und begann dann, die ganze Schmutzwäsche hineinzustopfen, nur die Jeans nicht, die er noch brauchte. Schließlich zog er den Reißverschluss der Innentasche auf und nahm das eingeschweißte Kondompäckchen zur Hand. Einen Moment lang war er versucht, es wegzuwerfen, doch als er sah, dass sie noch drei Jahre haltbar waren, wickelte er die Packung in ein T-Shirt und deponierte sie wieder im Koffer. Er durfte nur zu Hause nicht vergessen, seine übertrieben hilfsbereite Mutter daran zu hindern, den Koffer für ihn auszupacken.

Es war erst kurz nach neun, noch drei Stunden bis zu ihrer Verabredung, aber auf seinem Zimmer wollte er nicht warten. Er verließ das Haus und fuhr in die Stadt, spazierte dort an der Strandpromenade entlang und suchte nach einem Geschenk für Claire. Doch alle Läden schienen nur Souvenirs aus Brighton zu führen. Er überlegte sogar ernsthaft, ihr eine Schneekugel mit dem Royal Pavillon zu kaufen, oder einen Sticker der *Who*, bei dem über dem o ein Pfeil in die Höhe ragte. Aber dann fiel ihm Claires Cousin Martin ein, und ein Anstecker dieser Kultband der Mods schien ihm ein unpassendes Geschenk zu sein. Er musste fast lachen, als er an die erste Begegnung mit Claire zurückdachte. Trotz blutiger Nase war es ein glücklicher Abend gewesen. Claire war wunderschön gewesen, und in ihren Augen lag ein Geheimnis. Er konnte es immer noch nicht ganz fassen, dass er ihr gefallen hatte.

Schließlich entschied er sich für Briefpapier: Luftpost-Umschläge mit blau-rot schraffiertem Rand und – Blätter so fein wie Seide.

Es waren noch vierzig Minuten bis zu ihrer Verabredung,

als er zum Pier zurückschlenderte, um sich dort auf eine Bank zu setzen und auf sie zu warten. Doch wieder war sie vor ihm da. Er beschleunigte seine Schritte und rannte fast die letzten Meter zu ihr.

»Ich hab die Nacht kein Auge zugemacht«, keuchte er, ohne sie zu begrüßen.

»Ich auch nicht.«

»Ich darf gar nicht daran denken, dass ich dich ab morgen nicht mehr sehen werde.«

»Mir geht's genauso.«

»Aber so ist es, oder?«

»Haben wir eine andere Wahl?«

»Nein. Im Moment nicht.«

»Warten wir ab, was in den nächsten Monaten geschieht. Vielleicht vergisst du mich, oder ich vergesse dich, und dann wird alles einfacher.«

»Bestimmt nicht. Für dich mag das zutreffen, ja, vielleicht vergisst du mich, aber ich, nein, ich wüsste wirklich nicht, wie ich ... also was ich sagen will ... Na ja, du verstehst schon, oder?«

»Ich weiß nicht ...«

Sie schaute ihn an, während er fieberhaft überlegte, was er jetzt Brillantes, zu dem Augenblick Passendes sagen könnte. Aber ihm fiel nichts ein, und so kramte er sein Geschenk hervor.

»Warte, ich hab was für dich. Damit du mich nicht vergisst.«

»Jetzt bestimmt nicht mehr«, antwortete sie lächelnd, indem sie das Briefpapier in der Hand wog. »Ich hab auch was für dich.« Und damit entnahm sie ihrer Handtasche ein in braunes Geschenkpapier eingewickeltes Päckchen.

Giacomo machte es auf, und zum Vorschein kam ein altes, in Leder gebundenes Buch mit goldenen Schnörkeln auf dem Buchrücken. Er schlug es auf und las die Titelseite.

Historical Illustrations
Of the Fourth Canto
Of Childe Harold
Containing
Dissertations on the Ruins of Rome
And an Essay on Italian Literature
By John Hobhouse, Esq.
Of Trinity College Cambridge
London
John Murray, Albemarle Street
1818

Zwischen den Seiten steckte ein winziger Umschlag mit einem handbeschriebenem Zettel.

Dear swot, never stop at the frontpage, always take a look at what's inside.
Alan

Giacomo hob den Blick und schaute Claire fragend an.

»Was hat es damit auf sich? Was ist das für ein Buch? Und was ist damit gemeint, nicht bei der ersten Seite stehen zu bleiben?«

»Das ist mein Geschenk für dich. Du wirst schon noch verstehen, warum Alan und ich gerade das ausgesucht haben. Und auch, was Onkel Alans Zettel zu bedeuten hat.«

Was sah Claire in ihm, fragte sich Giacomo. Etwas in ihrer

Art machte ihn schwindlig und lähmte ihn zugleich. Sie wirkte so selbstsicher, so »reif«, ganz anders als die Mädchen, mit denen er zu Hause angebändelt hatte. Aber es war nie etwas Ernstes gewesen. Die längste Beziehung, wenn man überhaupt davon reden konnte, hatte ein Jahr gehalten und war zu Ende gegangen, als sie sich einem Älteren zuwandte, der schon an der Uni studierte. Er hatte darunter gelitten, aber das war gar nichts verglichen mit dem flauen Gefühl im Magen, das ihn überkam, sobald er daran dachte, dass er morgen abreisen und diese Engländerin allein zurücklassen würde.

Einige Stunden verbrachten sie am Strand, liehen sich rot-weiß gestreifte Liegestühle aus, genehmigten sich dann eine Tasse Tee in einem Lokal in der Fußgängerzone, und gegen Abend fuhr Claire ihn zu seiner Gastfamilie.

»Ich lass den Motor laufen, sonst haben wir wieder den Ärger mit Batterie und Schraubenzieher …«, sagte sie, als sie vor dem Häuschen der Curries standen.

»Ja … klar, okay.«

»Also dann … ciao … ich hoffe, wir sehen uns wieder.«

»Ja, natürlich sehen wir uns wieder. Jetzt fliege ich erst mal nach Hause, und dann schauen wir, wie und wann … Auf alle Fälle, ich würde mich sehr freuen …«

»Ich mich auch. Aber wir dürfen uns auch nichts vormachen.«

»Nein, du hast recht, besser nicht …«

»Gut … na dann … Good bye.«

»Ciao, Claire.«

»Ciao, Giacomo.«

Ihre Lippen streiften sich, dann stieg er aus und stand vor der Haustür und blickte dem Ford nach, der sich langsam entfernte. Fünfzig Meter, dann sah er, wie die Bremslichter im Dunkeln aufleuchteten. Sie hielt an.

»Claire«, rief er und rannte zum Wagen. Sie war ausgestiegen und lief ihm entgegen. Sie umarmten sich und küssten sich, und zum ersten Mal weinten sie.

14

Viola

Schweiz, 26. November 2010

Sie würde verstehen, wie schwierig die Situation für mich ist, hat die Bergson gesagt, sie wünschte niemandem, das erleben zu müssen, was ich an dem Morgen, als Papa starb, durchgemacht habe. Und dass sie mich für ein intelligentes Mädchen halte und fest daran glaube, dass ich es schaffe, meine Schwierigkeiten zu überwinden.

Aber dann hat sie hinzugefügt: So eine Szene wie die in der Bibliothek sei absolut nicht hinnehmbar, und sollte ich noch einmal für einen solch »peinlichen« – ja, so hat sie sich ausgedrückt – Zwischenfall sorgen, wäre sie gezwungen, meiner Mutter Mitteilung zu machen. Mein Verbleib im Internat hänge ganz und gar von meinem Verhalten ab: Das gelte für alle Schüler, und für mich gebe es keine Ausnahme.

Petra und Sabine, die gerade aus dem Büro der Direktorin kamen, als ich hineingerufen wurde, hat sie mit keinem Wort erwähnt. Wir haben nur einen Blick gewechselt, aber ich hatte den Eindruck, dass Sabine mir zuzwinkerte, wie um mir zu verstehen zu geben, ich könne beruhigt sein, ich hätte nichts Schlimmes zu erwarten.

Tatsächlich hat die Bergson über die Strafpredigt hinaus keinerlei Maßnahmen ergriffen. Ich frage mich nur, ob sie weiß, was mir Sabine über Leslies Mutter erzählt hat. Oder vielleicht kommt es in diesem Internat nur darauf an, dass die Eltern vermögend genug sind, um das Schulgeld zu zahlen? Womit sie es verdienen, ist egal.

Ich vermute, dass Leslie hier als besonderer Fall gilt, so wie ich. Daher hat man uns beide auch zusammengesteckt. Und Leslie hat nicht den Mut, offen mit mir darüber zu reden. Ähnlich wie es für mich selbst auch so schwer ist, über Papa zu reden, dass ich mittlerweile überhaupt keinen Ton mehr herauskriege.

So berechnend Sabine und Petra auch wirken, muss ich nicht dankbar sein, dass sie mir die Augen geöffnet haben? Oder haben sie mich doch angelogen?

Leslie hat mir keine Fragen gestellt, als ich ins Zimmer zurückgekehrt bin, obwohl sie bestimmt erfahren hat, was in der Bibliothek passiert ist. Sie hat noch nicht mal von ihrem Buch aufgeschaut, und jetzt hockt sie immer noch da und liest. Stumm. So wie ich.

Ich höre Musik aus ihrem Kopfhörer dringen, erkenne aber nicht das Lied. Wie sie sich mit diesem Lärm in den Ohren konzentrieren kann, ist mir ein Rätsel.

Eigentlich müsste auch ich lernen, aber oft frage ich mich, wofür. Ich hätte es nie gedacht, aber obwohl ich für meine Mitschüler in Mailand nach meinem Verstummen nur noch ein unheimliches Wesen war, ein Alien, den man höflich und verlegen grüßt, um sich dann um seine eigenen Sachen zu kümmern, vermisse ich sie, einfach, weil die meisten mir durch jahrelanges Sehen vertraut waren. Nicht nur Francesca, mit der ich eine Zeit lang unzertrennlich war, auch die Mädchen, die sich etwas hilflos mit billigen Reifenohrringen aus der Drogerie herausputzten, sogar einige der Jungs mit abgekauten Fingernägeln, die mir früher immer nur auf die Nerven fielen, weil sie den ganzen Tag nur erzählten, warum *Interisti* besser als *Milanisti* seien oder umgekehrt AC Milano toll und Inter ein Verbrecherclub sei. Immerhin verband ich etwas mit ihnen. Von den bestens ausstaffierten Jungen hier im Internat weiß ich nur, dass sie über bevorstehende Urlaubstage in Norwegen oder in Australien reden wie andere über einen Gang zur Eisdiele. Ich vermisse sogar den Schulweg, obwohl ich ihn oft genug – und am Ende immer – allein zurücklegte, das bunte Gedränge in den Gassen und das Hupen der Autos, den Duft, der einem morgens und nachmittags aus den Bäckereien und Cafés entgegenschlug. Immer noch besser als diese Edelkaserne für Jungs und Mädchen, die alles haben, nur keine normalen Eltern, die sich richtig um sie kümmern.

Statt um meine Hausaufgaben kreisen meine Gedanken ständig um Papas Notizbücher. Wer weiß, vielleicht hat Leslie sogar ein paar von Claires Briefen gelesen. Hoffentlich nicht den mit dem Geschenk. Es ist ganz komisch für mich, mir Papa so jung und verliebt vorzustellen. Und es berührt mich, was Claire ihm alles schreibt. Was wird er wohl getan haben, als er sah, dass neben dem Brief noch etwas anderes in dem Umschlag war. Hat er gelächelt? War er gerührt? Ist er mit den Fingerspitzen zärtlich darübergefahren? Oder hat er daran geschnuppert, um Claires Geruch wiederzufinden.

Ich selbst hab das ein paar Mal versucht, aber nach all den Jahren hat es nach gar nichts mehr gerochen.

Leslie hat ihren iPod ausgeschaltet. Ich schaue nicht zu ihr hoch, als sie vom Bett aufsteht und ins Bad geht. Ich höre Wasser laufen und dann, wie sie unter die Bettdecke kriecht. Sie löscht das Licht.

»Gute Nacht.«

Zum hundertsten Mal, so kommt es mir vor, lese ich diesen Brief, Claires ersten Brief.

London, 24. August 1980
Lieber Giacomo, ich habe gewartet, bis ich wieder zu Hause in London war, um dir diesen Brief, meinen ersten, zu schreiben. Hier habe ich wenigstens mein Wörterbuch und kann nachschlagen, was ich nicht weiß…
Die letzten Ferientage in Brighton war ich meistens mit meinen Verwandten zusammen, und für einen Tag bin ich auch noch mal nach Arundel zu Onkel Alan gefahren. Ich war die ganze Zeit nur bei ihm in seinem Laden, das hat Spaß gemacht. Dieses Mal hat er mich in eines seiner Geschäftsgeheimnisse eingeweiht. Ich wusste gar nicht, dass er alle seine Bücher auf der letzten Seite mit einem speziellen Buchstabencode gekennzeichnet hat. Diese Buchstaben stehen aber für Ziffern, die sich aus seinem Geheimwort ergeben: Buckingham. Also B=0, u=1, c=2, k=3 und so weiter bis m=9. So hält er fest, was er selbst für ein Buch bezahlt hat, und weiß bei jedem Kunden, der daran interessiert ist, wie viel er mindestens verlangen muss, um keinen Verlust zu machen. Also zum Bespiel heißt »umb«, dass es ihn 190 Pfund gekostet hat. Hast du schon einmal in das Buch von John Hobhouse hineingeschaut, das ich dir aus Alans Antiquaritat gegeben habe? Aber ich langweile dich, Giacomo, oder? Ich versuche, mir dein Gesicht vorzustellen, während du von Onkel Alan und seinen Büchern liest, und kann mir denken, dass du wahrscheinlich lieber etwas anderes von mir lesen würdest. Ich versuche, mir deine Augen vorzustellen, deine Wangen, und sehe sie wieder, nass von

Tränen, an jenem letzten Abend in Brighton. Und auch deine Nase sehe ich wieder vor mir, so geschwollen und blau, wie ich sie in Wirklichkeit hoffentlich nie mehr sehen muss.

Ich versuche zu scherzen, Giacomo. Ich kann nicht ernst sein, es tut zu weh, denn in mir steckt eine wahnsinnige Traurigkeit. Die letzten Tage in Brighton ohne dich waren trist und grau, jedes Eckchen der Stadt hat mich an dich erinnert. An einem Abend bin ich runter zur Strandpromenade gefahren und habe mich dort auf eine Bank gesetzt und habe geweint. Die Tränen liefen, und ich konnte gar nicht mehr aufhören. Ein älteres Ehepaar blieb vor mir stehen und hat mich gefragt, ob alles in Ordnung ist, und ich hab nur ganz unhöflich geantwortet, und sie sind kopfschüttelnd davon.

Immer wieder denke ich an unseren letzten Abend, wir beide allein im Haus deiner Gastfamilie. Es war sicher nicht so, wie wir uns das vorgestellt haben. Und doch war es wunderschön.

Ich habe noch nie mit einem Jungen geschlafen, Giacomo. Aber mit dir wollte ich es, so sehr, und kein Tag vergeht, ohne dass ich daran denke.

Und ich frage mich, ob wir noch einmal Gelegenheit dazu haben werden. Ja, ich frage mich, ob wir uns überhaupt wiedersehen werden, denn selbst das ist unsicher: Vielleicht bleibt, was wir erlebt haben, nur die schöne Erinnerung an eine Sommerliebelei.

Du lebst in Mailand, ich in London, und zurzeit bewegen sich unsere Leben wie auf U-Bahngleisen: Wir können nicht selbst entscheiden – noch nicht –, wo der Zug hält. Wir fahren mit, hören die Ansagen für die einzelnen

U-Bahnhöfe, das Geräusch der Türen, die sich öffnen und schließen, das Rattern der Waggons, die zum nächsten Bahnhof unterwegs sind. Wenn ich den Blick hebe, sehe ich um mich herum, in meinem Waggon, herumalbernde Jugendliche in Schuluniformen, zwei Männer in Maurerkleidung mit schmutzigen Händen und ihren Gerätschaften in einem Eimer, einen Herren in einem eleganten grauen Anzug, der die Financial Times *liest, eine junge Frau mit feucht glänzenden Augen, den Blick auf die letzten Seiten eines Romans gerichtet. Im Hintergrund ein ständiges Rauschen, während der Zug wieder hält – die Tür auf- und zugeht – und wieder anfährt.*

Doch der Tag wird kommen, da steige ich aus dem U-Bahnzug aus, fahre eine dieser endlos langen Rolltreppen der Londoner Tube *hoch (hast du die schon mal gesehen?) und trete ins Freie und stelle fest, ob es regnet oder die Sonne scheint, ob der Wind die Zeitungen flattern lässt oder sich kein Lüftchen regt. Und immer, wenn ich mir all das vorstelle, stehst du dort draußen und wartest auf mich.*

Ich lese noch mal durch, was ich dir alles geschrieben habe. Es ist viel geworden, und doch hab ich dir nicht gesagt, was du vielleicht aber ohnehin weißt.

Ich habe mich in dich verliebt.

Ich bin in dich verliebt, schon seit jenem Abend, als mein Cousin, dieser Idiot, dich niedergeschlagen und ich dich nach Hause begleitet habe. Deswegen tut es mir so weh, dass ich nicht weiß, ob ich dich überhaupt wiedersehen werde. Aber es tröstet mich, wenn ich daran denke, wie du diesen Brief öffnest und dann dieses geflochtene Haarbüschel von mir findest: Ich bin gespannt, ob ich,

wenn du es in die Hand nimmst, deine Finger spüre, die sanft darüberfahren.
Schreib mir, wenn es geht. Schreib mir bald.
Mir ist klar geworden, dass wir noch nicht mal ein Foto von uns beiden gemacht haben. Ist vielleicht auch besser so: So erinnert sich bald niemand mehr, wie deine Nase einmal ausgesehen hat …
Ich küsse dich
Claire

~ 15 ~

Giacomo

Mailand, 15. Oktober 1980

Von seinen Klassenkameraden war Giacomo der Einzige, der sich an der Uni für Literaturwissenschaft eingeschrieben hatte. Alle anderen hatten sie sich für Studiengänge mit klaren Karriereaussichten entschieden. Bei manchen war das Jura, vor allem bei jenen, die aus Juristenfamilien kamen, wie Diego, der Spross einer Notarsdynastie mit einer Kanzlei in der Via Mozart. Giacomo war einmal dort gewesen, als sie etwas für den Unterricht zu fotokopieren hatten, eine Arbeit, die sein Schulkamerad wie selbstverständlich von einer Angestellten seines Vaters erledigen ließ. Giacomo selbst stand nur staunend herum, beeindruckt von den edlen Parkettböden, den Backsteinbögen und vor allem von den vielen jungen Frauen, alle wunderschön und elegant, die dort in der Kanzlei arbeiteten. In der Klasse kursierten Gerüchte, Diegos Vater veranstalte besondere Castings, um sie auszuwählen.

Andere Mitschüler hatten sich für die neu gegründete Fakultät der Informationswissenschaften entschieden, denn schließlich hieß es jetzt überall: »Computer sind unsere Zukunft.« Die Mathegenies der Klasse schrieben sich für Maschinenbau, ein paar auch für Architektur ein, die Mehrheit aber entschied sich für Betriebswirtschaft oder Ähnliches an der Wirtschaftsuniversität *Bocconi* oder an der *Cattolica*.

»Arbeitslosenfabrik« war der einzige Kommentar seines Vaters, des Vermessungstechnikers, »*Geometra*«, Emilio Zecchini gewesen, als Giacomo ihm gestand, auf welche Fakultät seine Wahl gefallen war. Er selbst war seit Ewigkeiten schon in der gleichen Baufirma tätig, hatte es zu einer Beteiligung gebracht und sich damit genug zusammengespart, um in Mailand für die Familie eine Wohnung, in der sie lebten, so wie eine Mansarde, die an Studenten vermietet wurde, kaufen zu können. Hinzu kam noch ein Dreizimmerapartment in einem Wohnhaus in den Bergen, genauer in Madonna di Campiglio.

Eine Immobilie in »Madonna«, wie die Mailänder nur sagten, besaß auch *Ingegnere* Bussoni, der Mehrheitseigentümer der Baufirma. Allerdings handelte es sich dabei um eine luxuriöse Villa in unmittelbarer Nähe der Seilbahn, die zu den Skipisten des 2000 Meter hohen Monte Spinale hinaufführten. Giacomos Vater hingegen hatte jenes Dreizimmerapartment ja nur gekauft, um seinem Chef auch in der Freizeit möglichst nahe zu sein, einem Mann, der nie geheiratet und auch keine Nachkommen hatte. Ein Umstand, der unvermeidlich für Gerede unter seinen Arbeitern gesorgt und ihm den Spottnamen »Busone«, schwul, eingetragen hatte. Doch egal, fest stand jedenfalls, dass er mit seinen 75 Jahren keinen Erben für sein kleines Firmenimperium hatte.

So kam es, dass Giacomos Vater davon träumte, in ein paar Jahren das Geschäft ganz übernehmen zu können und dabei seinen Sohn an seiner Seite zu haben. Am besten als Ingenieur. Oder als Architekt. Auch einen Betriebswirtschaftler hätte er noch hingenommen, dann hätte er ihn eben hinter einen Schreibtisch gesetzt, um Bilanzen zu erstellen und sich um die Steuererklärungen von »Zecchini & Sohn« zu kümmern. Aber was sollte er mit einem Lehrer für Italienisch oder Latein anfangen? Giacomo würde sein Leben mit Nachhilfeunterricht fristen müssen, denn an den Schulen waren die Lehrerstellen über Jahre vergeben. Lange hatte er versucht, Giacomo von seiner Entscheidung abzubringen, sich schließlich aber doch damit abfinden müssen.

Und dann war da noch die Sache mit dem Militärdienst. Emilio selbst hatte gedient, ohne zu murren, wie es sich gehörte, exakt ein Jahr lang, vom 1. Februar bis zum 31. Januar – in einer Ausbildungseinheit des Luftwaffenstützpunkts Viterbo –, sieben Heimfahrten in zwölf Monaten, einschließlich der zwei Urlaubstage an Weihnachten und den zwölf im Sommer. In einer düsteren Kaserne hatte er, ohne mit der Wimper zu zucken, 340 von 365 Tagen zugebracht. Aber sein Herr Sohn, nein, der verspürte keine Lust dazu. Und nicht nur das: Er hatte ihn sogar gebeten, ihm dabei zu helfen, sich zu drücken.

»Einen Scheiß werde ich tun«, hatte Emilio seinen Sohn angebrüllt und sich selbst über sein Vokabular gewundert – schließlich war er bei den katholischen Pfadfindern gewesen und ging nach wie vor fast jeden Sonntag zur Messe: »Wenn du ein Mann bist, wirst du Soldat!«, fügte er hinzu, als er sich ein wenig beruhigt hatte. Am Ende hatte Giacomo sich auf einen Kompromiss eingelassen: Militärdienst ja, und als Gegenleistung Waffenstillstand in der Fakultätsfrage. Und er hatte sogar beschlossen, die leidige Sache gleich hinter sich zu bringen, und darauf verzichtet, einen Antrag auf Zurückstellung einzureichen, obwohl er bereits an der Uni immatrikuliert war. Er hätte seinen Eintritt in die Kaserne noch um weitere zwölf Monate verschieben können, aber er rührte sich nicht, und so würde die berüchtigte Postkarte, seinen

Berechnungen nach, spätestens im Frühjahr des kommenden Jahres bei ihm eintreffen.

Einmal in der Kaserne, würden die Gedanken an Claire in den Hintergrund treten. Oder zumindest würde er die Zeit nutzen können, sich darüber klar zu werden, ob es für sie beide eine Zukunft geben konnte. An das Glück einer Fernbeziehung glaubte er nicht so recht. Einmal hatte er eine Freundin in Brugherio, unmittelbar nordöstlich vor den Toren Mailands, gehabt, und schon diese Begegnungen waren ihm mühselig erschienen, zum einen, weil er den Zug nehmen musste, wenn er sie besuchen wollte, zum anderen, weil seine Eltern sich über die hohe Telefonrechnung beklagten – Brugherio lag außerhalb des Stadttarifs. Was würden sie erst sagen, wenn er mit Flügen und Auslandsgesprächen aufwartete?

Natürlich ahnte er tief in seinem Inneren, dass dies alles nur Ausflüchte waren. Als wollte er plausible Gründe zur Hand haben, wenn es mit Claire aus war, noch bevor es richtig angefangen hatte. Sie fehlte ihm. Ihm fehlte ihre liebevolle Art, dass er sich bei ihr in allen Situationen wohlfühlte, während er sich allein oft genug linkisch und fehl am Platz vorkam. Aufgehoben, angenommen, geliebt, ja, so fühlte er sich in ihrer Gegenwart.

Darüber dachte er an diesem Oktobertag nach, während er von der Universität, in Mailand nur *La Statale*, »die Staatliche«, genannt, wo er sich Vorlesungstermine herausgeschrieben hatte, in ihre Wohnung an der Piazza Leonardo da Vinci zurückkehrte. In dem verzweifelten Versuch, ihn doch noch umzustimmen, hatte sein Vater sogar dieses Argument vorgebracht: Da sie im Viertel Città Studi wohnten, umringt von den Gebäuden der Fachbereiche Ingenieurswissenschaften und Architektur, könnte er, wenn er dort studierte, morgens länger schlafen …

In Wahrheit war Giacomo selbst über seine Studienwahl ein wenig überrascht. Er schrieb gern, gewiss, und er konnte auch gut schreiben, und für seine Erörterungen und Interpretationen hatte er immer die besten Noten erhalten. Doch wäre er drei Monate zuvor gefragt worden, hätte er sicher noch geantwortet, dass er sich, zur Freude seines Vaters und mit der Aussicht auf eine gesichertere Zukunft, wie seine Klassenkameraden für ein weniger »schwammiges« Studienfach entscheiden werde. Und wenn er einen Zeitpunkt nennen sollte, an dem er sich die Sache anders überlegt hatte, fiel ihm jener Tag mit Claire in Arundel ein, als er ihren Onkel inmitten all seiner Bücher erlebt hatte. Eine solche Unbeschwertheit hatte er in der Miene seines Vaters nie gesehen.

Mittlerweile hatte er sich ein wenig mit dem Buch befasst, das Alain ihm aus seinem Antiquariat vermacht hatte. Er wusste jetzt, dass der Autor John Cam Hobhouse im frühen 19. Jahrhundert ein Freigeist, ein Parlamentarier der Whigs und ein enger Freund von Lord Byron gewesen war. Als Sohn eines reichen Brauereibesitzers hatte Hobhouse klassische Sprachen studiert, Griechisch und Latein. Er galt als fleißig und strebsam. Über die Anfänge ihrer etwas überraschenden Freundschaft schrieb Lord Byron: »Nachdem er mich zwei Jahre lang gehasst hatte, weil ich einen weißen Hut *trug* und einen *grauen* Mantel und einen Apfelschimmel ritt, schenkte er mir seine Gunst, weil ich ein paar Gedichte geschrieben hatte. Ich hatte immer ausgiebig gelebt und mich ab und zu in ihrer Gesellschaft betrunken – doch nun wurden wir im Laufe eines Morgens wirklich Freunde.« Die Formulierung auf der Titelseite des alten Buches – »Fourth Canto of

Childe Harold« – spielte auf *Childe Harolds Pilgerfahrt* (1812–18) an, einer recht freimütigen Verserzählung in vier *Canti*, Gesängen also, in denen Lord Byron wohl seine eigenen Reiseerlebnisse in Portugal, Spanien und Malta verarbeitete. *Childe* bedeutete so viel wie Schildknappe, und dieser Schildknappe Harold strotzte vor Selbstbewusstsein und Lebenshunger. Dieses Werk machte Lord Byron sofort berühmt, und vor allem die Frauen schwelgten in der Lektüre. Lord Byron hat dieses Werk Hobhouse, der ihm mit einigen Zuarbeiten dafür hilfreich gewesen war, gewidmet

Wenn Giacomo jetzt Literatur studierte, würde er sich wohl auch mit den zwölfsilbigen jambischen Alexandrinern beschäftigen müssen, in denen Byron seine Bekenntnisse geschrieben hatte, und über das Reimschema abbbcbcc grübeln müssen. Wollten ihn Claire und Alain mit dem alten Buch von Hobhouse, durch die Anspielung auf Lord Byron, der nach nur einem Jahr seine Ehe geschieden hatte und den Gerüchte von homosexuellen Erlebnissen, Inzest und was nicht noch alles umgaben, zu mehr Mut zur Sinnlichkeit auffordern? Dann las Giacomo in der Byron-Biografie einer Amerikanerin, dass Hobhouse für seine Angst vor Frauen bekannt gewesen sei. Machte sich Alan also über ihn, Giacomo, lustig – aber dazu kannte er ihn doch viel zu wenig, nur von einem kurzen Besuch im Antiquariat? Oder ging es einfach nur um die Verbindung »Italien – England«, durch diesen schriftstellernden Parlamentarier und Byron-Freund Hobhouse, der sich recht weitschweifig über die Kunstschätze von Rom und über die italienische Literatur ausließ?

Es war kurz nach sechs, als Giacomo die Wohnung betrat. Seine Mutter stand schon am Herd und bereitete das Abendessen zu. Ihr ganzes Leben lang passte sie sich den Bedürfnissen ihres Mannes an, war für ihn da: zumal bei den Essenszeiten, die ihren Tag strukturierten, Abendessen um 19.30 Uhr, das Mittagessen bereits um 12.30 Uhr, wie in einer Pension an der Adria. Manchmal zog der Geruch von geschmortem Gemüse für die Pastasoße oder von gebratenen Zucchini schon früh morgens durch alle Zimmer.

»Ciao Mama«, rief Giacomo, indem er nur rasch den Kopf zur Tür hereinsteckte, um dann gleich auf sein Zimmer zu gehen.

»Ciao Giacomo, wie ist es gelaufen?«

»Danke, gut.«

»Willst du mir denn keinen Kuss geben.«

Giacomo stieß leise die Luft aus und trat in die Küche, wobei er versuchte, nicht durch die Nase einzuatmen: Auf dem Herd köchelte in einem flachen Topf eine Hackfleischsoße vor sich hin, und es spritzte in alle Richtungen, wenn in der dicken roten Soße ein Luftblase platzte. Während er sie, bemüht, ein wenig Abstand zu halten, auf die Wange küsste, fiel ihm auf, dass seine Mutter einen verbundenen Finger hatte, und es ließ sich unmöglich sagen, ob die roten Flecken auf dem weißen Mull von der Tomatensoße oder von Blut stammten.

»Was hast du denn da gemacht?«

»Nichts Besonderes, nur in den Finger geschnitten. Das kann schon mal vorkommen, wenn man frische Tomaten schält und würfelt. Du weißt ja, die aus der Dose schmecken deinem Vater nicht.«

»Ja, das weiß ich. Immer diese Ansprüche. Etwas leichter könnte er es dir schon machen.«

»Sag das nicht. Er tut so viel für uns, und besonders auch für dich. Sein ganzes Leben hat er nur gearbeitet und sich nie etwas gegönnt.«

»Dann sollte er langsam mal damit anfangen: Warum führt er dich nicht mal abends zum Essen aus?«

»Du weißt doch, was dein Vater immer sagt: So gut wie zu Hause schmeckt's sonst nirgendwo.«

Tatsächlich war Cristina eine ausgezeichnete Köchin, aber ihr Sohn war sich sicher, dass Kochen ursprünglich nicht ihr ganzer Lebenstraum gewesen war. So wie sie auch nicht von diesen Geschenken träumte, die sein Vater ihr Jahr für Jahr zu Weihnachten und zum Geburtstag auf den Gabentisch legte. Ein neues Service, Silberbesteck, Rotweingläser, Sektflöten, bestickte Tischdecken, eine Schöpfkelle oder anderes Aufhebebesteck jeder Art … Nie ein wenig Schmuck, nie ein neues Kleid. Und seine Mutter packte alles mit einem strahlenden Lächeln aus und zeigte sich begeistert: »Das ist ja wunderschön. Genau das, was ich mir gewünscht habe.« Auch war sein Vater immer im Bilde über die aktuellen Fortschritte der Küchentechnologie, sodass jeder Mixer, Rührer oder sonstiges Elektrogerät, das auf den Markt kam, innerhalb kürzester Zeit in ihrem Haushalt landete.

So war es auch mit dem Schnellkochtopf gewesen. Jenes Weihnachtsfest aus späten Kindertagen würde Giacomo nie vergessen: Damals hatte seine Mutter unter dem Weihnachtsbaum dieses stählerne Monster gefunden und beschlossen, es gleich am nächsten Tag, dem Fest des Heiligen Stefan, einzuweihen, mit der Zubereitung des Kapauns, den sie zum Mittagessen bei den Großeltern mitnehmen wollte. Aber zum ersten und einzigen Mal nahmen sie in jenem Jahr nicht an diesem traditionellen Treffen der ganzen Großfamilie teil: Dafür traf man sich in der Notaufnahme des Krankenhauses Fatebenefratelli, wo man seine Mutter mit Verbrennungen an beiden Unterarmen eingeliefert hatte. Unvorsichtigerweise hatte sie den Schnellkochtopf zu früh geöffnet und eine Explosion ausgelöst. Auch der Kapaun wurde bei dem Weihnachtsessen nicht gesichtet. Er galt als spurlos verschollen und wurde erst am späten Abend gefunden, als sein Vater beschloss, noch ein letztes Mal zu suchen, sich eine Leiter griff und auf dem Küchenschrank nachschaute, wo, ordentlich aufgereiht, ein ganzes Set Kupfergefäße einstaubte – auch ein Geburtstagsgeschenk für seine Frau aus dem Jahr 1966 – und er ihn in einem Polentatopf fand.

Giacomo ging auf sein Zimmer, legte *Gorilla* von James Taylor auf, nahm ein paar Bogen Briefpapier aus der Schublade und begann zu schreiben.

Mailand, 15. Oktober 1980

Claire, meine wunderschöne, so weit entfernte Liebe. Darf ich dich so nennen? Du weißt ja, wir Italiener mögen es melodramatisch. Und wenn ich dich schon ein wenig kenne, hast du jetzt bei diesem Satz aufgelacht. Wie viele Briefe haben wir uns wohl in den letzten Wochen geschrieben, häufig, ohne die Antwort des anderen abzuwarten? Ich weiß es nicht mehr, es waren so viele. Es ist seltsam, wenn ich dir von Mailand erzähle, von der Uni und meinen Freuden und ein paar Tage später von dir lese, wie du dich nach Mailand, der Uni und meinen Freunden erkundigst … Aber dir zu schreiben und ständig – wenn ich unten am Briefkasten vorbeikomme – nachzuschauen, ob ein Brief von dir gekommen ist, ist für mich die einzige Möglichkeit, deine Nähe zu spüren, zu spüren, dass du – zumindest ein wenig – die Meine

bist. Ehrlich gesagt ist mir unser Briefwechsel sogar noch mehr wert als unsere gelegentlichen Telefongespräche. Wenn mein Vater die Rechnung sieht, wird er an die Decke gehen, das weiß ich jetzt schon. Als wenn das nicht reichen würde, dass ich mich nicht für das Studium entschieden habe, das er sich für mich vorgestellt hat.
Wie geht es dir? Ist es kalt bei euch da oben? Ich würde dich so gern besuchen kommen. Vielleicht über den Jahreswechsel. Es wäre ein Traum, mit dir Silvester feiern zu können. Dazu wäre ich sogar bereit, deinen geistesgestörten Cousin wiederzusehen.
Du fehlst mir, Claire. Kein Augenblick vergeht, in dem ich nicht an dich denke, aber jeder Gedanke an dich ist auch mit einer überwältigenden Traurigkeit verbunden, weil ich nicht weiß, was aus uns und unserer Liebe werden soll.
Ja, Liebe. Beziehung, Verhältnis, Liaison – derlei Bezeichnungen treffen nicht im Entferntesten, was ich für dich empfinde.
In letzter Zeit träume ich viel, und in allen Träumen kommst du vor. Vor ein paar Nächten hatte ich aber einen Traum, der so klar war, dass er sich mir, anders als die anderen, wie eine echte Erinnerung eingeprägt hat. Wir beide waren an einem Strand, es war der von Brighton und gleichzeitig aber auch nicht, denn obwohl ich es so empfand, sah er nicht so aus: keine Steine, sondern feiner weißer Sand, nicht die kalten Brecher des Ozeans, sondern glasklares warmes Wasser.
Wir lagen im Sand, du auf mir, und du hast mich geküsst. Dann bist du aufgesprungen und zum Wasser gelaufen, und ich bin dir nach, aber ungelenk und hüpfend, weil

mir die Fußsohlen wehtaten, so als liefe ich nicht über Sand, sondern über scharfen Fels. Du hast dich zu mir umgedreht und auf deine typische Weise gelacht und bist dann kopfüber ins Wasser eingetaucht und rausgeschwommen. Leicht und geschwind bist du durchs Wasser geglitten, und es kamen Wellen auf, die langsam immer höher wurden.

Ich hab dich gerufen, hab mir die Kehle aus dem Hals geschrien, aber du hast mich nicht gehört, und so bin ich dann auch ins Wasser gesprungen und dir hinterher. Nur bin ich Delfin geschwommen. Verstehst du, Delfin, der anstrengendste, unnatürlichste Stil, den man sich vorstellen kann. Und so war es kein Wunder, dass ich, während du immer weiter hinausschwammst – wo wolltest du hin, Claire, nach Frankreich? –, bald schon zu keuchen begann und so kraftlos wurde, dass ich die Arme nicht mehr heben konnte.

Zum Glück kam da ein Ruderboot vorbei. Während die Wellen um mich herum höher und höher wurden, habe ich mich daran festgeklammert, und da sah ich, dass es von einem kleinen Mädchen mit dunklen Zöpfen gerudert wurde. Und mir wurde klar, dass du dieses Mädchen warst. Verstehst du? Du warst sowohl im Boot als auch schwimmend weit draußen im Meer. Das Mädchen – also du – hat mir die Hand gereicht und mich ins Boot gezogen, wie einen Fisch an der Angel, und als ich auf dem Holzboden aufschlug, wurde ich wach.

Was hat der Traum zu bedeuten, Claire? Vielleicht, dass du fern bist und mir gleichzeitig auch nahe. Eine banale Erklärung, ich weiß.

Du fehlst mir, Claire. Ich weiß, das hab ich vorhin schon

geschrieben, aber was soll ich machen? Schreibst du mir bald zurück? Ich frage mich, ob es dir auch so ergeht wie mir, ob du Briefe von mir zunächst auch fast begierig liest und Wörter überspringst, weil die Sehnsucht so groß ist, rasch etwas zu finden, das mitten ins Herz dieser großen, seltsamen Liebe trifft, und dann jede Zeile noch einmal ganz langsam genießt und sogar bei der Handschrift verweilst.

Deine Handschrift habe ich mir übrigens ganz genau angesehen. Die Buchstaben sind links unten verankert und kippen oben nach rechts, als versuche ein Sturm aus Westen sie umzublasen.

Und außerdem, ich geb's zu, schnuppere ich an deinen Briefen und suche nach deinem Duft.

Du fehlst mir (jetzt zum dritten Mal). Ich kann es nicht erwarten, von dir zu hören. Auf Papier oder am Telefon. Aber natürlich am liebsten leibhaftig, das wäre es… Komm doch, auch im Ruderboot, im Traum hast du die Überfahrt ja schon in Angriff genommen: Aber schöner noch wäre es, wenn du nicht als kleines Mädchen mit schwarzen Zöpfen kommen würdest, sondern so wie ich dich kenne und begehre.

Ich liebe dich.

Dein Giacomo

P.S. Du fehlst mir.

16

Viola

Schweiz, 2. Dezember 2010

»So, jetzt hört mal alle zu: Die Liftanlagen sind heute für die Allgemeinheit gesperrt und stehen ausschließlich den Klassen unseres Internats zur Verfügung. Das müssen wir ausnutzen. Ihr werdet in Fünfergruppen mit je einem Lehrer aufgeteilt und erhaltet den ganzen Morgen Skiunterricht. Um ein Uhr kehren wir oben in der Hütte ein, wo uns ein Mittagessen serviert wird. Von 14 Uhr bis 15.30 habt ihr die Möglichkeit, frei zu fahren. Natürlich nur auf den ausgewiesenen Pisten und immer in der Gruppe. Niemand fährt allein. Verstanden?«

Monsieur Blanc ist einer unserer Sportlehrer. Er trägt einen bleistiftdünnen Schnurrbart, und sein Körper ist ein einziger Muskelberg, den er gern vorzeigt: Beim Sportunterricht in der Halle trägt er am liebsten hautenge Shirts, die seine Bizeps und sein gewaltiges Kreuz zur Geltung bringen. Blanc ist auch Skilehrer, der Name hat ihm diese Laufbahn wohl nahegelegt. Ich befinde mich mit Sabine und Petra und zwei älteren Mädchen in seiner Gruppe. Leslie steht bei einem anderen Lehrer, und ich sehe sie nicht weit entfernt, wie sie sich lustlos die Skier anschnallt: Seit jenem Abend herrscht Funkstille zwischen uns. Offenbar hat sie begriffen, dass ich das über ihre Mutter weiß.

»So, Mädchen, auf geht's. Viola, du bleibst immer direkt hinter mir.«

Der Sessellift erinnert mich wieder an Papa und wie er mir da auf den längeren Strecken den Rucksack abnahm und ein Stück Schokolade daraus hervorzauberte und es mit mir teilte.

»Alles in Ordnung, Viola? Sind alle so weit? Dann los, Mädchen, ihr seht den Sessellift schon da unten, nehmt Fahrt auf, vorher kommt noch eine kurze Steigung, und wenn ihr nicht schnell genug seid, müsst ihr hochgrätschen. Auf geht's!«

Sie überholen mich alle, wir erreichen den Sessellift, und ich finde mich neben Sabine wieder.

»Ciao, wie geht's? Ach, wie blöd von mir, eine Antwort kann ich ja nicht erwarten … Willst du heute Nachmittag mit Petra und mir fahren? Wir wollen zur Schwarzen Piste im Wald. Da macht es erst richtig Spaß. Hast du Lust?«

Ich schaue mich um, wie auf der Suche nach Hilfe oder einem Grund, um Nein zu sagen, aber ich schaffe es nicht abzulehnen.

»Komm schon, du wirst sehen, das ist herrlich. Gleich nach dem Mittagessen, einverstanden? Gut, so ist's richtig«, sagt sie, während ich wenig überzeugt nicke.

Sabine entfernt sich, und ich sehe, wie sie mit Petra redet. Dann hebt sie das Kinn und deutet auf mich, und Petra winkt mir zu. Den ganzen Morgen über fahren wir in der Gruppe. Ich werde immer schneller und sicherer auf den Skiern. Doch nach dem Mittagessen in der Hütte, wo die Köche aus dem Internat Hamburger, Pommes und Apfelkuchen servieren, habe ich keine große Lust mehr auf den außerplanmäßigen Ausflug. Mein Blick sucht Leslie, die mit anderen Mädchen herumalbert, und aus irgendeinem Grund stört mich das. Da kreuzen sich unsere Blicke, als habe sie gespürt, dass ich sie beobachte, doch es ist nur ein kurzer Moment, dann sagt eine Mitschülerin etwas, und sie bricht in lautes Lachen aus. Da überlege ich es mir noch mal.

»Wollen wir?«

Sabine und Petra stehen neben mir, bereits in den Jacken und mit den Helmen unter dem Arm.

»Am besten brechen wir gleich auf. Es sind zwei Lifts bis ganz hinauf, und die Abfahrt ist sehr lang. Wir werden sie nur einmal machen können, sonst sind wir nicht rechtzeitig zurück. Also, kommst du?«

Ich schaue wieder zu Leslie hinüber, die nicht die Absicht zu haben scheint, die Hütte zu verlassen. Fast wütend, greife ich hastig zu Helm und Brille.

»Wir müssen uns beeilen. Sonst kommen wir noch in den Nebel.«

Heute Morgen hatte ich gar nicht den Eindruck, dass die beiden so gut Ski fahren. Aber jetzt fliegen sie über die Piste, und ich habe Mühe, den Anschluss zu halten. Wir erreichen den ersten Lift, ein Viersitzer, außer uns ist niemand da. Oben angekommen, gibt's eine kurze Abfahrt, hinunter zu dem zweiten Lift, dieses Mal zweisitzig, der ganz hinauf bis zum Gipfel führt.

»Macht's dir was aus, wenn Petra und ich zusammen hochfahren? Es ist nicht bös gemeint, aber die Konversation mit dir ist doch etwas … nun … schwierig.«

Es war ein Fehler mitzukommen – das macht mir diese abermalige Anspielung auf mein Verstummtsein überdeutlich. Hier oben auf dem Gipfel ist alles Grau in Grau, eine dicke Wolkendecke hat sich vor die Sonne geschoben, und ich nehme die Skibrille ab, um besser sehen zu können. Da ist ein Schild: »Il Boschetto: Piste nur für erfahrene Skifahrer.«

»Komm, Viola. Du wirst sehen, das wird ein Riesenspaß. Mach dir keine Gedanken wegen der Warnung, das heißt nur, die Abfahrt ist nichts für Hosenscheißer. Und das sind wir ja nicht, oder?«

Sie preschen los, schon auf dem ersten Stück, ab einer steilen, aber auch breiten Schneise, hängen sie mich ab. In engen Bögen gleiten sie hinunter, ich dagegen in extrem langen Diagonalen. Wenn ich die Bäume dieses von der Piste durchschnittenen Waldes direkt vor der Nase habe, versuche ich, die Kurve zu kriegen. Sie warten immer wieder auf mich, unterhalten sich dann, während ich mich hinunterkämpfe. Nach einer Weile sind sie von meiner mangelnden Fitness genervt. »Beeil dich mal!«, rufen sie mir zu, und wenn ich dann bei ihnen bin, rasen sie sogleich wieder los und lassen mir nicht die Zeit, zu Atem zu kommen. Mir schmerzen die Beine, mein Rücken ist schweißnass, und Kälteschauer ziehen mir oben vom Hals den Körper hinunter.

Ich will nur noch heil hinunterkommen, sonst nichts mehr.

So, sie warten wieder auf mich, bei ein paar Stangen mit Schildern daran. Offenbar wollen sie nicht sofort wieder los und lassen mir etwas Zeit. Dem Himmel sei Dank …

»Tut uns leid, aber wir haben dich überschätzt. Heute Morgen kamst du uns nicht so lahm vor. Wenn wir diese Piste weiterfahren, kommen wir gar nicht mehr an. Wir müssen hier abkürzen, Petra und ich haben das schon tausendmal gemacht, wir kennen uns da gut aus.«

Ich lege Petra eine Hand auf die Schulter und zeige ihr das Schild: »Piste nicht präpariert. Abfahrt verboten.«

»Keine Angst, fahr einfach hinter uns her, und denk dran, die Skier nicht vorne zu belasten, da ist sicher ein bisschen Neuschnee.«

Nur ein bisschen? Petra und Sabine fliegen hinunter, scheinen zu schweben, während ich tief versinke und mich wahnsinnig anstrengen muss. Ich mühe mich hinunter, mit immer weiter gespreizten Skiern, die ich im Tiefschnee gar nicht mehr sehe, und lehne mich ganz weit zurück, zu einer ebenso lächerlichen wie verkehrten Haltung, denn irgendwann spüre ich, dass ich im Schnee sitze. Ich versuche, wieder hochzukommen, aber meine Stöcke finden keinen Halt mehr und tauchen bis über meine Hände in den Schnee ein: Er muss über einen Meter hoch liegen, da ist kein Grund mehr. Petra und Sabine haben angehalten, ein Stück weiter unten, das mir unendlich weit entfernt vorkommt.

»Juhuuuuuu, Viola. Alles in Ordnung?«

Ich winke mit einem Stock, spiele eine Gelassenheit vor, die ferner nicht sein könnte …

»Pass mal auf«, ruft Sabine, »wir können nicht wieder hoch, um dir runterzuhelfen. Der Schnee ist zu tief, wir würden Stunden brauchen. Fahr du einfach in deinem Tempo runter, du siehst ja unsere Spuren, denen folgst du, verirren kannst du dich nicht. Wir fahren vor und sagen Blanc Bescheid, okay?«

Ihr Miststücke! Ja, fahrt bloß. Ich schaff das schon alleine. Jetzt nur wieder hochkommen, verflucht noch mal …

Scheiße, Scheiße, Scheiße! So ein Mist, so ein verdammter Mist! Wie gern würde ich diese Flüche herausbrüllen, auch wenn ich damit eine Lawine auslöse. Na bitte, das wäre geschafft. Mir tut alles weh …

Ich sehe sie nicht mehr, sie sind verschwunden. Wie weit es

wohl noch sein wird? Wenigstens das hätten sie mir sagen können, diese Biester …

So, jetzt fahr ich da einfach runter. Ich muss in den Rhythmus kommen, die Kurven kriegen, ohne Hektik, langsam, geschmeidig … genau so … hier ist es ziemlich steil, ich bin doch nicht zu schnell? Ich hab nämlich das Gefühl, dass ich … neeein, aua, nicht schon wieder!

Verdammter Mist. Au, tut das weh, meine Hand, ich hab sie mir verdreht mit dem Stock im Schnee. Das Bein tut mir auch weh, der Ski ist steckengeblieben, und ich bin nach vorne gestürzt und … Ich habe die Skier verloren. Wie soll ich diese jetzt wiederfinden, in diesem tiefen Schnee? Kaltes Weiß überall: in den Handschuhen, im Mund, unter der Brille … Nie im Leben komme ich da heil hinunter. Es wird auch schon langsam dunkel, glaube ich. Oder täuscht das, hier mitten im Wald? Die beiden werden sicher nicht mit jemand anderem zurückkommen, um mich zu holen. Nein, das kann ich vergessen. Was soll ich nur machen? Was soll ich jetzt nur machen?

»Brauchst du Hilfe?«

17

Giacomo

Madonna di Campiglio, 1. November 1980

»Es interessiert mich nicht, ob du dich bei so einem Essen amüsierst oder langweilst. Dottor Bussoni hat uns zur Eröffnung der Wintersaison eingeladen, und du kommst mit.«

»Aber Papa, das ist sowieso schon so ein kurzes Wochenende. Die Feiertage fallen ungünstig, der 1. November ist ein Samstag, und der zweite dann Sonntag. Und samstagabends gehe ich immer mit ein paar Leuten weg. Lass mich einfach ...«

»Nein. Ende der Diskussion. Solange Bussoni für den Unterhalt dieser Familie sorgt – einschließlich deines Literaturstudiums –, kommen wir seinen Einladungen nach. Und solange ich für deinen Unterhalt sorge, tust du das, was ich sage, verstanden? Schluss, aus.«

Begonnen hatte der Streit schon am Vortag an der Mautstation hinter Mailand und war dann mehrmals wieder aufgeflackert. Hin und wieder griff sogar Giacomos Mutter ein, in dem – meist ungeschickten – Versuch, wenn es zu hitzig wurde, die Gemüter zu beruhigen. »Hör mal, hör mal, dieses schöne Lied von Mina. Weiß du noch, Emilio? Ach, waren wir da jung ...« Oder: »Giacomo, wie heißt noch mal dieser Professor, bei dem du deine erste Prüfung Anfang des Jahres ablegen willst? Und was war das noch für ein seltsames

Thema?« Aber es war nichts zu machen: Der Streit flammte immer wieder neu auf.

Für seinen Vater war es selbstverständlich, wie jedes Jahr Allerheiligen, auch dies Mal an dem Fest teilzunehmen, mit dem sein Chef die Skisaison in Madonna di Campiglio – ob Schnee lag oder nicht – eröffnete, Giacomo hingegen schauderte allein schon bei dem Gedanken an einen solchen Abend, mit Kellnern, die in Livree servierten, mit den fünf Gläsern an jedem Platz – für Wasser, Champagner, Weißwein, Rotwein und Likör –, mit Messern und Gabeln, die sich eine Handbreit links und rechts der Teller aneinanderreihten, vor allem aber mit Tischgenossen mit Doppel- oder Dreifachnamen, die eine tödliche Langweile verbreiteten. Doch sein Vater ließ sich nicht umstimmen.

Beim Ortseingang von Pinzolo gab Giacomo schließlich alle Hoffnung auf und sehnte nur noch das Ende der Fahrt herbei.

In der Wohnung angekommen, packte Giacomo seine Sachen aus – eine Aufgabe, die er, seit er vierzehn Jahre alt war, selbst zu erledigen hatte –, während sich seine Mutter sogleich in der Küche zu schaffen machte, um die Suppe aus frischem Gemüse aufzuwärmen, die sie, schon fertig gekocht, aus Mailand mitgebracht hatte. Das Familienoberhaupt hingegen, »erschöpft nach mehr als drei Stunden am Steuer«, durfte es sich im Wohnzimmer gemütlich machen und den alten Schwarz-Weiß-Fernseher einschalten, den sie aus der Stadtwohnung, als dort ein Farbfernseher angeschafft wurde, in die Berge verfrachtet hatten.

Schweigend aßen sie, und nur hin und wieder schauten sich die beiden Männer aus den Augenwinkeln an, während sie, mit den Köpfen tief über den Teller gebeugt, ihre Suppe schlürften, wandten ihn aber sogleich wieder ab, sobald sie den Blick des anderen spürten.

Am nächsten Morgen, nach dem Aufwachen, war die Stimmung nicht besser geworden. Vater und Sohn knurrten ein »Guten Morgen«, und dann frühstückten sie wieder schweigend, bis Giacomos Mutter schließlich sagte: »Ach Emilio, ich muss gleich noch eine Flasche Champagner kaufen, für Bussoni heute Abend.«

»Was? Die hast du nicht aus Mailand mitgebracht? Das wird teuer. Die Einheimischen halten uns doch für Touristen und nehmen uns hier glatt das Doppelte dafür ab.«

»Ja, du hast recht, tut mir leid, ich hab einfach nicht dran gedacht.«

»Na ja, dann bleibt uns nichts anderes übrig. Wir können ja schlecht mit leeren Händen kommen …«

»Gut, ich mach mich dann auf den Weg. Giacomo, kannst du mich bitte begleiten. Nimm auch den Autoschlüssel mit, man weiß ja nie.«

Draußen auf der Straße erfasste sie beide eine eiskalte Luft. Der Himmel war grau, und es sah nach baldigenSchneefällen aus. Giacomo spürte, wie sich der Arm seiner Mutter unter den seinen schob. »So, jetzt sag mal, was mit dir los ist?«

»Nichts, Mama. Es stört mich nur, dass mich Papa immer noch wie einen Zehnjährigen behandelt.«

»Du kommst ihm aber auch keinen Millimeter entgegen …«

»Was soll ich denn deiner Meinung nach tun?«

»Unnötige Diskussionen vermeiden. Gib ihm nach, wenn es dir möglich ist, und bleib fest bei Dingen, die dir wirklich wichtig sind.«

»Und das heißt?«

»Nimm zum Beispiel diese Einladung heute Abend: Du weißt genau, dass wir dorthin müssen, und es tut dir auch nicht weh, wenn du mitkommst. Also, tu ihm den Gefallen. Er fängt jetzt erst so langsam an zu verdauen, dass du Literatur studierst und vielleicht nie mit ihm zusammenarbeiten wirst. Warum fällt es dir so schwer, das zu verstehen? Es tut ihm eben leid, und vielleicht schmerzt es ihn, dass er selbst nicht alle diese Chancen hatte, die dir jetzt offen stehen.«

»Nein, Mama …«

»Doch, Giacomo. Überleg doch mal: Was hast du dir von mir zu Weihnachten gewünscht?

»Silvester in London.«

»Eben. Ich hab mit deinem Vater darüber gesprochen und …«

»O nein, Mama, jetzt lässt er mich doch niemals fahren! Warum hast du denn nicht damit gewartet?«

»Jetzt hör doch erst mal zu! Ich hab mit deinem Vater gesprochen, und er hat nicht Nein gesagt. ›Mal sehen‹, hat er gesagt. Und aus Erfahrung weiß ich, wenn er ›Mal sehen‹ sagt, gibt er am Ende nach.«

»Im Ernst, Mama?«

»Ja, im Ernst.«

»Das wäre wunderbar …«

»Das kann ich mir vorstellen. Und ich kann mir auch vorstellen, dass dieser Wunsch überhaupt nichts mit diesem Mädchen zu tun hat, das dir so häufig schreibt und manchmal anruft …«

»…«

»Schon gut. Irgendwann wirst du es mir wohl erzählen.«

»Was hast du dir eigentlich von Papa zu Weihnachten gewünscht?«

»Ach, als wir vor ein paar Tagen in der Stadt waren, habe ich ihn zu einem Juwelierladen gelotst und ihm dort im Schaufenster einen Ring gezeigt, der mir sehr gut gefällt. Und er hat genickt. Aber am Tag drauf sagt er plötzlich, für unsere Fahrten in die Berge bräuchte ich – ›ich‹ wohlgemerkt, nicht ›wir‹ – doch dringend eine Kühltasche. Was meinst du, was er mir schenken wird? Komm, wir gehen zum Parkplatz runter.«

»Du willst das Auto nehmen?«

»Nein, ich will was *aus* dem Auto holen.«

Bei ihrem graumetallicfarbenen Fiat 131 angekommen, öffnete Giacomos Mutter den Kofferraum und nahm die Champagnerflasche heraus, die sie, schon in Geschenkpapier, von Mailand mitgebracht hatte. Und mit dieser Flasche in Händen traf Geometra Zecchini, mit seiner Familie im Gefolge, am Tor der Villa Bussoni ein.

Über einen Kiesweg schritten sie durch den Garten zur Haustür, wo sie ein Diener in weißem Jackett in Empfang nahm, hinter dem, kurz darauf schon, Bussoni auftauchte. Das graue Haar nach hinten gekämmt, gebräunt und frisch rasiert – unter dem rechten Nasenloch war ein kleiner Schnitt zu erkennen –, strebte er mit großen Schritten und ausgestreckter Hand der Familie Zecchini entgegen, begrüßte Giacomos Mutter mit einem angedeuteten Handkuss, schüttelte kräftig mit beiden Händen seinem Vater die Hand und trat dann auf ihn zu und legte ihm eine Hand auf die Schulter.

»Giacomo, schön, dich wieder mal zu sehen. Wie geht's dir? Was macht das Studium?«

»Gut, danke, aber eigentlich habe ich ja gerade erst angefangen ...«

»Ach, ich bin sicher, das fällt dir nicht schwer ... Literatur, nicht wahr? Weißt du eigentlich, dass das auch mein Traum war? Aber mein Vater war strikt dagegen und hat mich genötigt, an der Technischen Universität zu studieren. Dein Vater ist da weitsichtiger ...«

Giacomo lächelte und schaute zu seinem Vater. Der nickte, wenn auch sehr ernst.

»So, hier entlang, ein paar Gäste sind schon eingetroffen.«

»Ach, Ingegnere, wir hätten hier noch eine Kleinigkeit ...«

»Aber, Emilio, das wäre doch nicht nötig gewesen ... Sandro, nehmen Sie doch bitte die Flasche entgegen und stellen Sie sie kühl.«

Und während der Diener sich wieder entfernte, erblickten die Zecchinis die Tabletts voller Sektkelche, die zwischen den Gästen kreisten, sowie die zwei eisgefüllten Champagnerkühler, in denen je zwei Magnumflaschen Moet Chandon bereitstanden.

Die endlos lange Tafel war für vierundzwanzig Personen eingedeckt, mit Tischkärtchen, die, weil die Tischordnung »Mann-Frau, Mann-Frau« bei einem Übergewicht von 15 zu 9 für die Männer nicht einzuhalten war, die Verwandten strikt voneinander trennten. »Damit man sich ein wenig kennenlernt und nicht immer mit den gleichen Leuten redet«, wie der Hausherr erklärte. So fand sich Giacomo neben einem vielleicht fünfzigjährigen Herren wieder, der ihn mit einem kräftigen Händedruck begrüßte.

»Adelio Ferretti.«

»Angenehm, Giacomo Zecchini.«

»Was führt dich hierher, Giacomo?«

»Ich bin der Sohn des Partners von Ingegnere Bussoni. Das dort hinten ist mein Vater. Und da drüben sitzt meine Mutter.«

»Wie alt bist du, Giacomo?«

»Fast zwanzig.«

»Wie meine Tochter.«

»Ach? Und ist Ihre Tochter nicht da?«

»Nein, die hatte keine Lust.«

»Dann sind Sie wohl toleranter als mein Vater.«

»Oder schwächer, wie man's nimmt. Ich weiß nicht, wer sich hier richtig verhält, er oder ich?«

Giacomo verwies darauf, dass seine Freunde jetzt ihren Spaß hätten, und Signor Ferretti schien ihn zu verstehen. Schließlich fragte er ihn nach seinem Literaturstudium und danach, was er danach arbeiten wollte.

»Da habe ich, offen gesagt, noch nicht so klare Vorstellungen. Erst einmal erfülle ich meine Wehrpflicht, und da habe ich Zeit, mir darüber klar zu werden. Und Sie, wenn ich fragen darf? Arbeiten Sie auch mit Bussoni zusammen?«

»Nein, nein, wir sind alte Freunde. Unsere Familien kennen und schätzen sich seit Ewigkeiten. Ich beschäftige mich mit, sagen wir, Import-Export. Ölbranche.«

In diesem Moment ging Giacomo ein Licht auf: Ferretti. Dieser Name war letztes Jahr plötzlich in allen Zeitungen aufgetaucht, als das Gerücht umging, Inter Mailand werde möglicherweise, nach den glanzvollen Zeiten unter Angelo Moratti in den Sechzigerjahren, von einem Öl-Industriellen übernommen. Aber dann war die Sache wohl im Sande verlaufen. Ferretti, einer der mächtigsten und reichsten Männer Mailands, vielleicht ganz Italiens, und er saß direkt neben ihm. Auf einmal fühlte Giacomo sich gehemmt: Bei einem solchen Tischnachbarn durfte man wohl von ihm erwarten, dass er sich Mühe in der Konversation gab.

Aus der Verlegenheit half ihm aber die Dame zu seiner

Linken, die ihn ihrerseits jetzt fragte, in welcher Verbindung er, als so junger Mann, zu dem Gastgeber stehe. Gleichzeitig wurde Ferrettis Aufmerksamkeit nun von dem alten Herrn im Smoking zu dessen Rechten beansprucht, der ihn in ein Gespräch verwickelte, das alle nur denkbaren Themen berührte, von Wirtschaft bis Politik, von der Moro-Entführung vor zwei Jahren bis zu den Angelusgebeten des neuen polnischen Papstes, vom Apfelanbau im Val Rendena über den doch eher enttäuschenden vierten Platz der italienischen Nationalmannschaft bei der Fußball-Heim-EM vor drei Monaten bis zu Hits der attraktiven Maria Giovanna Elmi. Mehr als ein Gespräch war es aber ein Monolog. Ferretti nickte und lächelte fast nur.

Als das Dessert serviert wurde, Apfelstrudel mit Sahne und dazu ein Gläschen Vin Santo, spürte Giacomo Ferrettis linken Ellbogen, der leicht, aber unleugbar gegen seinen rechten Arm stieß. Er deutete dieses Signal als Hilferuf und drehte sich zu seinem Tischnachbarn um.

»Dottor Ferretti?«

Ferretti entschuldigte sich bei dem redseligen alten Herrn und drehte sich, kurz die Augen aufreißend, zu Giacomo um.

»Ja?«

Nun hatte sich Giacomo aber keine Frage zurechtgelegt, und so rettete er sich zu einem eher unbeholfenen »Fahren Sie Ski?«.

»Nein«, antwortete Ferretti, leicht verdrossen, denn er hatte registriert, dass neben ihm der Herr im Smoking schon darauf wartete, ihr unterbrochenes Gespräch fortzusetzen. Und angesichts von Giacomos bestürzter Miene fuhr er fort: »Aber meine Tochter.«

»Ach ja, Ihre Tochter. Wie heißt sie eigentlich?«

»Elena. Sie hat sich an der Bocconi eingeschrieben, für Wirtschaftswissenschaften und internationale Beziehungen.«

»Dann scheint sie ja im Gegensatz zu mir genau zu wissen, was sie will.«

»Wenn nicht gar zu genau. Manchmal sorge ich mich deswegen sogar ein wenig …«

»…«

»Nun ja … Seid ihr häufig hier in Campiglio, du und deine Familie?«

»Den Winter über eigentlich schon. Wir haben hier eine Wohnung.«

»Ach ja. Und wo?«

»Nicht weit vom Supermarkt. Und Sie, kommen Sie häufig hierher?«

»Ja, wir haben hier auch ein Haus. Ach, mach mich doch nachher mal mit deinen Eltern bekannt. Wenn ihr auch das nächste lange Wochenende, zum Fest von Sant'Ambrogio um den 7. Dezember, hier seid, würde ich mich freuen, euch bei mir zum Abendessen begrüßen zu können. Wobei es dir natürlich freistände, mitzukommen oder lieber mit deinen Freunden Spaß zu haben …«

Giacomo lächelte, doch sie kamen nicht mehr dazu, das Gespräch fortzusetzen. Klingelnd schlug ein Messer gegen ein Weinglas, und Ingegnere Bussoni bat um Ruhe. Er bedankte sich bei seinen Gästen und forderte schließlich alle auf, nun das Glas zu erheben und auf die beginnende Skisaison anzustoßen. Wer wolle, erklärte er, sei herzlich eingeladen, nun noch zusammen eine Zigarre zu rauchen, und wünschte allen anderen, die sich angesichts des aufkommenden Schneefalls lieber verabschieden wollten, eine gute Heimfahrt.

Gemurmel erhob sich, und sowohl Ferretti als auch Giacomos Eltern bewegten sich zur Garderobe, um sich die Mäntel geben zu lassen.

Dort trafen sie sich.

»Würdest du mich bitte mit deinen Eltern bekannt machen, Giacomo.«

»Ja, natürlich. Papa, Mama, darf ich vorstellen, Dottor Ferretti.«

»Angenehm, Adelio Ferretti.

»Sehr erfreut, Geometra Zecchini, Emilio.«

Giacomo errötete leicht, nicht nur wegen des Titels und des Familiennamens vor dem Taufnamen, sondern weil sein Vater, während er Ferretti die Hand gab, auch noch ein Zusammenschlagen der Hacken andeutete. »Und das ist meine Frau Cristina.«

»Sehr erfreut, Signora. Ihr Sohn scheint mir ein aufgeweckter Junge zu sein. Sie sind sicher sehr stolz auf ihn.«

»Ja. Danke. Er besitzt gute Anlagen, das haben auch seine Lehrer immer gesagt. Nur muss er sich noch klar darüber werden, was er daraus machen will.«

»Manchmal braucht es eben seine Zeit, um das herauszufinden. Ich bin sicher, er wird das schaffen. Aber ich habe vorhin schon zu Giacomo gesagt, wenn Sie über Sant'Ambrogio auch in Madonna sind, würde ich Sie gerne zum Abendessen in unserem Haus begrüßen. Natürlich nur, wenn Sie keine anderweitigen Verpflichtungen haben …«

Geometra Zecchini klappte den Mund auf. »Nun eigentlich, das kommt so plötzlich, ich weiß nicht …«, stammelte er.

»Es ist uns eine große Freude, vielen Dank für die Einladung, Dottor Ferretti«, warf seine Frau hingegen schnell ein, die mit einem kurzen Blick zu ihrem Sohn dessen strahlende Augen bemerkt hatte.

»Wunderbar. Ich freue mich, nicht nur, weil ich in Giacomos Schuld stehe. Er hat mich doch vorhin vor den etwas langatmigen Monologen meines Tischnachbarn gerettet … Dann lasse ich Ihnen also eine Karte mit allen Angaben zukommen. Ich weiß ja, wie ich sie erreiche: Ich werde mich an Bussoni wenden.«

Er streifte die Handschuhe über, verabschiedete sich mit einer Umarmung vom Gastgeber und entfernte sich dann über den Gartenweg im immer dichter werdenden Schneetreiben. Aus einem Range Rover, der direkt vor dem Tor geparkt war, stieg ein Mann und öffnete ihm den Schlag.

18

Viola

Schweiz, 2. Dezember 2010, abends

»Ich hab beobachtet, wie du mit ihnen raus bist, und bin euch gefolgt. Es war reiner Instinkt. Als ich dann sah, dass eure Spuren in den Wald mit dem unpräparierten Steilhang hinunterführten, wollte ich zuerst der normalen Piste weiter folgen. Aber schließlich hab ich mir gesagt, wenn ihr es da hinunterschafft, kann ich das auch. Und als ich dich dann bis zum Hals im Tiefschnee fand, hab ich zuerst gedacht, das hast du nicht besser verdient, und ich musste sogar ein wenig lachen …«

Ja, lach nur, lach nur, Leslie. Jetzt können wir das. Jetzt, da wir unter warmen Decken liegen, jetzt, da die Angst ausgestanden ist, jetzt, da die Kälte, die mir tief in die Glieder gekrochen war, langsam weicht.

»Sei mal ehrlich, wenn ich nicht gekommen wäre …«

Sie hat recht. Völlig sprachlos gemacht hat mich dann aber, dass die beiden Miststücke schon im Bus saßen und keine Miene verzogen, als sie mich kommen sahen. Anschließend musste ich auch noch eine Strafpredigt von Monsieur Blanc über mich ergehen lassen.

»Was ich nicht verstehe, Viola, ist dein Verhalten: Seit Tagen redest du nicht mehr mit mir … Ja, schon gut, mit mir reden ist nicht wörtlich gemeint. Du weißt schon, was ich meine? Du bist distanziert, gehst mir aus dem Weg, wenn unsere Blicke sich treffen, wendest du dich schnell ab, schaust auf den Boden und fängst an zu lesen. Manchmal beobachte ich dich, und ich sehe, dass du es bemerkst, aber du hebst absichtlich nicht den Kopf. Kann das sein, dass dir die beiden was über mich erzählt haben?«

Ich schlage die Augen nieder.

»Irgendeine Gemeinheit, ist ja klar … Irgendwas Persönliches … Dass ich lesbisch bin? Das haben sie schon mal verbreitet, verstehst du? Ich hab's erlebt. Oder … ja, jetzt hab ich's! Jetzt erinnere ich mich, dass sie damals im Speisesaal meine Mutter erwähnt haben. Es hat also mit meiner Familie zu tun … Vielleicht weißt du nicht, dass die Eltern von Petra und Sabine hier so was wie Institutionen sind. Sie waren selbst Schüler hier und subventionieren das Internat und sitzen im Verwaltungsrat. Und deswegen drücken die Lehrer bei den beiden gern mal ein Auge zu, obwohl ich eigentlich glaube, dass die Bergson solche Begünstigungen hasst. Wenn sie dir was über meine Mutter erzählt haben, kann ich dir nur wiederholen, was ich dir schon mal gesagt habe: Sie ist ständig unterwegs, reist durch die ganze Welt und war eine Weile nicht sehr für mich da. Was ich dir nicht gesagt habe, ist, dass sie im Showgeschäft arbeitet und mich, seit ich hier bin, noch keinmal besucht hat … Das macht es den beiden leicht, irgendwelche Geschichten über sie zu erfinden.«

Das glaube ich jetzt auch …

»Ich weiß, dass sie sich unheimlich ins Zeug gelegt haben, um herauszufinden, wer meine Mutter ist und was sie macht, aber der Schutz der Privatsphäre ist hier gesichert. Nur die Bergson hat Kontakt zu ihr, und die hat bestimmt nichts über sie herumerzählt. Du kannst also sicher sein, dass Sabine und Petra keine Ahnung haben.«

Sicher?

»Ich hab einfach keine große Lust, über meine Mutter zu reden. Noch nicht zumindest. Keine Ahnung, was sich die beiden da wieder ausgedacht haben … Doch was es auch sein mag, es interessiert mich nicht. Es tut mir nur leid, dass sie es geschafft haben, einen Keil zwischen uns zu treiben.«

Mir auch.

»Aber noch mehr bin ich enttäuscht, dass du ihnen so blind geglaubt hast, ohne bei mir nachzufragen und dir was erklären zu lassen.«

Ich weiß.

»Jetzt hör endlich auf, so vor dich hin zu starren. Schau mich an, Viola. Ich bin's, Leslie. Es kommt doch nicht drauf an, wie ich mich anziehe, welche Noten ich habe oder wer meine Mutter ist: Schaffst du es nicht, mich einfach als die zu nehmen, die ich bin, und sonst gar nichts? Wie willst du die Wahrheit über deinen Vater herausfinden, wenn es dir nicht gelingt, die einfachsten Dinge klar zu erkennen?«

Lass meinen Vater aus dem Spiel.

»Ah, gut, jetzt schaust du mir in die Augen. Jetzt schenkst du mir wieder deine Aufmerksamkeit. Willst du wissen, warum mich Sabine wirklich hasst?«

Ich greife zum Block und schreibe: *Ja.*

»Es ist alles nur wegen eines Jungen. Ian hieß er, war Schotte, hatte rote Haare, und beim Fest zum Schuljahresende letzten Sommer trug er einen Kilt. Er war ein Jahr älter als ich. Wir hatten ein paar Mal miteinander geredet, meistens in der Klasse, und jedes Mal, wenn ich ihn sah, verschlug es mir wieder den Atem: Er sah so toll aus.«

Auch im Röckchen?

»Sehr witzig … Jedenfalls hatte ich mir vor diesem Fest

vorgenommen, mich an ihn heranzumachen, aber dann hab ich gemerkt, dass Sabine ständig um ihn herum war. Sie hat es sogar geschafft, sich von ihm zum Tanzen auffordern zu lassen, ließ ihn keinen Moment aus den Augen. Die Musik war gut, es wurde gelacht: Anderntags würden alle nach Hause fahren, um den Sommer bei ihren Familien zu verbringen, und so war die Atmosphäre fröhlich und gleichzeitig auch wehmütig. Irgendwann bin ich weg, um ein wenig allein zu sein, und hab mich auf die Bank unten beim Wäldchen gesetzt und mein Buch rausgeholt, das ich dabeihatte, für den Fall, das die Dinge so laufen würden, wie sie dann tatsächlich gelaufen sind.«

Dann hat sie dir also den Typ weggeschnappt?

»Schlimmer. Wart's ab. Jedenfalls war mir nicht mehr nach Feiern zumute, und es gab ja auch nichts, was mich hätte fröhlich stimmen können: weder der Gedanke an zu Hause, noch das Fest selbst. Dann irgendwann höre ich, dass sie oben ein Lied spielen, das ich nicht ausstehen kann, so einen Popsong. Die anderen Mädchen aber kreischen wie üblich vor Begeisterung und stürzen auf die Tanzfläche und jubeln: ›Geil, das neue Stück von Ginger Lola!‹ Deshalb heb ich den Blick und sehe mir das Treiben an, und da merk ich, dass Ian nicht mehr da ist. Und Sabine auch nicht. Da hab ich eins und eins zusammengezählt. Ich hab zwar noch versucht weiterzulesen, aber meine Gedanken waren irgendwo anders. Kann sein, dass ich sogar geweint habe. Und plötzlich spüre ich, wie sich eine Hand auf meine Schulter legt, und springe auf.«

Ich würde gern viel dazwischenfragen, kann aber nur gespannt die Augen aufreißen. Leslie erzählt weiter.

»Es war Ian. Er nimmt meine Hand und führt mich den Pfad entlang ins Wäldchen hinein, und ohne ein Wort zu sagen, fängt er an, mich zu streicheln und zu küssen. Ich bekomme weiche Knie, und mir wird schwindlig, und ich muss mich an seinen Schultern festhalten. So stehe ich da, ein wenig verdattert, aber noch belämmerter fühle ich mich gleich darauf, als ich hinter mir eine Stimme höre. ›Ach, da sind sie ja!‹ Es war Sabine. ›Ich habe der Direktorin gesagt, dass ihr plötzlich verschwunden seid, und sie hat sich Sorgen gemacht, dass euch etwas zugestoßen sein könnte …‹

Und bei ihr war die Bergson. So endete der erste und bislang einzige echte Kuss meines Lebens. Und Ian ist dieses Schuljahr nicht mehr ins Internat zurückgekehrt. Er hat die Schule gewechselt.«

Tut mir leid … Und ich schreibe: *So ein Miststück!!!*, mit drei fetten Ausrufezeichen. Und versinke dann in Erinnerungen – an meine Fast-Ersten-Küsse. Es war nach einem Klassenausflug, als ein Riccardo an derselben Station wie ich ausstieg und mich das Stück nach Hause begleitete und plötzlich den Arm um mich legte, was ich schön fand, obwohl ich bis dahin wenig mit ihm zu tun gehabt hatte. Zum Abschied drückte er mir mehrmals einen Kuss auf die Wange, aber er wollte mich auch richtig küssen, und ich traute mich nicht, ich glaube auch, weil ich in allem später war als die anderen Mädchen in unserer Klasse, ich hatte gerade erst die erste Periode bekommen und das Gefühl, kein Junge könnte mich schön finden, aber schon diese kurze Berührung durch seine Lippen ließ mein Herz höherschlagen.

»Vielleicht kannst du ja jetzt besser verstehen, wie das für mich ist, wenn ich dich mit ihr zusammen sehe …«

Leslie bricht ab, weil jetzt ein gefaltetes Blatt unter der Tür hindurchgeschoben wird. Sie hebt es auf, liest es und reicht es mir.

»Ist für dich.«
Es handelt sich um den Ausdruck einer E-Mail.

Von:arianna@medusianemedusian.it
An:bergson@ecureuiljaune.ch

Sehr geehrte Signora Professoressa Bergson,
hiermit möchte ich Sie darüber informieren, dass meine Tochter Viola die Weihnachtsfeiertage mit uns in Mailand verbringen soll. Nur leider ist es uns nicht möglich, sie persönlich im Internat abzuholen. Daher wäre ich Ihnen sehr verbunden, wenn Sie dafür Sorge tragen könnten, dass sie am 23. Dezember zum Genfer Hauptbahnhof gelangt und dort einem Zugbegleiter des Intercity um 13.40 Uhr anvertraut wird.
Ich wünsche auch Ihnen ein frohes Fest und verbleibe mit herzlichen Grüßen
Arianna Bruggi Medusian

~ 19 ~

Giacomo

Madonna di Campiglio, 5. Dezember 1980

Die cremefarbene Karte, handgeschnitten und mit dem Stempel – im Reliefdruck – des nobelsten Schreibwarengeschäfts von ganz Mailand, traf eine Woche nach der Begegnung mit Ferretti bei den Zecchinis ein.

Wir laden Sie herzlich ein,
mit uns den 20. Geburtstag unserer Tochter
ELENA FERRETTI
zu feiern.
Samstag, 5. Dezember, 21 Uhr
Villa Ferretti, Madonna di Campiglio, Belvedere

Ganz unten auf der Karte, in winzigen Kursivbuchstaben gesetzt, die Bitte, »freundlichst« das Kommen zu bestätigen, und zwar unter einer Nummer des Unternehmens *Ferroil*, wo dann eine Sekretärin den Anruf von Giacomos Mutter entgegennahm und sie einer Art Verhör unterzog. Ob die »Herrschaften« mit dem Auto kämen oder ob man einen Wagen schicken solle, der sie in Trento oder an einem anderen Bahnhof der Umgebung abholen würde, wurde sie gefragt, mit wie vielen Personen ihr Kommen geplant sei, ob jemand davon unter einer Lebensmittelunverträglichkeit leide und ob man sich um eine Übernachtungsmöglichkeit in der Gegend kümmern solle.

Nun war der Tag des Festes gekommen. Schon seit Ende November war reichlich Schnee gefallen, und der kalte Wind hatte die Gehwege von Madonna di Campiglio in Eisbahnen verwandelt. Giacomos Mutter hatte eigens zu diesem Anlass ihren Biberpelz aus Mailand mitgebracht – ein Geschenk ihres Gatten, eines der ganz wenigen in mehr als zwanzig Ehejahren, das aus dem Rahmen des puren Pragmatismus fiel – und trug jetzt dazu Pumps mit hohen Absätzen, während ihr Mann neben ihr in seinem grünen Lodenmantel ebenfalls mit kurzen Schrittchen über den tückischen Asphalt tippelte, weil er sich mit seinen glatten Ledersohlen wie auf Schlittschuhen oder frisch gebohnertem Parkett fühlte.

Giacomo hatte sich geweigert, Jackett und Krawatte aus seinem Kleiderschrank hervorzuholen – »Es ist die Geburtstagsparty eines Mädchens in meinem Alter, also erspart mir bitte die Qual dieser Uniform« – und trug unter der gefütterten roten Windjacke einen Kaschmirpullover mit Flicken auf den Ellbogen, eine beigefarbene Cordhose sowie gelbe hohe Wildlederschuhe, die seine Mutter nicht ausstehen konnte, weil sie ihrer Ansicht nach wie »Mickey-Mouse-Latschen« aussahen.

Auf dem Belvedere angekommen, erblickten sie in einiger Entfernung ein mindestens drei Meter hohes Tor, mit nur einer schmalen Öffnung, hinter der wahrscheinlich der Briefkasten angebracht war. Beiderseits des Tores ragten Natursteinsäulen auf, die eine etwas niedrigere Mauer abschlossen: Giacomo erkannte den davor geparkten Range Rover wieder und ging entschlossenen Schrittes darauf zu, während seine Eltern kurz erleichtert aufseufzten und dann untergehakt weiter hinter ihm her übers Eis stöckelten.

Als sie näher kamen, stieg ein Mann aus dem Geländewagen aus. Giacomo zeigte ihm die Einladung, die er leicht zerknittert aus seiner Windjacke zog, und schon öffnete sich langsam das Tor, offenbar in Gang gesetzt durch eine Fernbedienung des Wachmanns, der daraufhin sofort wieder in seinem Wagen verschwand.

Auch Bussonis Villa versetzte die Familie Zecchini durch ihre Schönheit und Eleganz regelmäßig in Erstaunen, doch hier bedurfte es erst des Geräusches des sich schließenden Tores, um sie aus der Erstarrung zu reißen, die sie beim Anblick von Ferrettis Anwesen befallen hatte. Ein zur Freude des Familienoberhaupts und seiner Gattin sorgfältig von Schnee und Eis befreiter Kiesweg knirschte unter ihren Sohlen und führte sie zu einem Gebäude, das einer kleinen Burg glich, mit einem Korpus von drei und einem Turm von vier Stockwerken. Aus den erhellten Fenstern des Erdgeschosses drangen die Klänge eines Streichquartetts zu ihnen, die Giacomo in Unruhe versetzte: Hier erwartete ihn wohl ein unerträglich langweiliger Abend, mit alten Herrn im Smoking und ihren juwelenbehängten Gattinnen, die einander mit »Wie geht es Ihnen, meine Liebe?« begrüßten. Er schaute zu seinem Vater und erkannte in dessen Miene die gleiche Sorge: Sich hier im braunen Cordanzug einzufinden war wohl doch keine so gute Idee gewesen. Seine Mutter lächelte hingegen, gab sich einen Ruck und zog ihren Mann sanft hinter sich her, indem sie sagte: »Nun kommt schon … Aber was für ein Haus. Habt ihr so was schon mal gesehen?«

An den weißen Handschuhen und dem Umstand, dass er sie um Jacken und Mäntel bat, erkannte Giacomo, dass er vor einem Diener stand. Alle bereits eingetroffenen Gäste aber waren in Bergkleidung erschienen: Pullover mit Zopfmuster,

Drillichjacken, einige sogar mit Kniebundhosen über langen Wollstrümpfen. Schwarzer Anzug und Fliege nur für die Dienerschaft und das Streichquartett, zu dessen Klängen die Champagnerkelche klirrten.

Adelio Ferretti entschuldigte sich bei der Dame, mit der er sich gerade unterhalten hatte, und trat auf die neu eingetroffenen Gästen zu.

»Herzlich Willkommen. Danke, dass Sie es ermöglichen konnten. Ciao Giacomo, schön, dich wiederzusehen.«

»Guten Abend, Dottore, wie geht es Ihnen? Entschuldigen Sie, ich hätte hier ...«

Aber noch bevor er den Satz beendet hatte, erblickte er auf einem Tisch beim Eingang einen Berg Päckchen, einige sehr klein – mit Sicherheit Schmuck –, andere verstörend groß – wahrscheinlich Kleider –, und ihm wurde klar, dass dieses Buch, das er vor zwei Tagen besorgt hatte, mit Sicherheit kein passendes Geschenk für die Tochter des Hauses war.

»Leg es bitte dort rüber. Das wäre doch nicht nötig gewesen, Giacomo. Warten Sie, ich möchte Ihnen meine Frau vorstellen. Schatz, kommst du mal bitte ...«

Zu einem Knoten am Hinterkopf gerafftes rabenschwarzes Haar, weißer Pullover aus Angorawolle, ausgestellte schwarze Hose und Schuhe mit hohen spitzen Absätzen – die einzige Abweichung von der legeren Aufmachung der Abendgesellschaft –, so trat ihnen die Hausherrin entgegen und reichte Giacomos Mutter die Hand.

»Angenehm, Cristina«, sagten beide Frauen wie ihm Chor.

»Oh, zwei Cristinas«, lächelte Ferretti.

»In der Tat, ein nicht sehr ausgefallener Name«, fuhr Signora Ferretti fort, während sie nun schon die Rechte zu Giacomos Vater ausstreckte:

»Sehr erfreut, Signora. Geom… angenehm, Zecchini… Emilio Zecchini.«

Zwei Stunden hatte Giacomo gebraucht, um seinen Vater zu überzeugen, bei der Vorstellung doch nicht zuerst den Nachnamen zu nennen, und dazu sogar den großen Dichter und Literaturhistoriker Giosuè Carducci bemüht, von dem erzählt wurde, er habe einmal einem Studenten, der sich so bei ihm zur Prüfung vorgestellt habe, sogleich wieder die Tür gewiesen.

»Treten Sie doch bitte näher«, sagte Ferretti und fuhr dann fort, indem er Giacomo kurz zulächelte, »gerne würde ich ihnen ja auch Elena vorstellen, doch unsere Tochter hatte gerade einen kleinen hysterischen Anfall und ist noch einmal mit ihrem Freund hochgegangen, um sich ein anderes Kleid anzuziehen. Das werden wir also später nachholen. Wenn Sie mich bitte entschuldigen würden…«

»Das sind ja mindestens 500 Quadratmeter«, flüsterte Giacomos Vater an seine Frau gewandt, indem er sich in dem Salon umblickte, »zwischen 530 und 550, wenn mich mein fachmännisches Auge nicht täuscht.«

Parkettfußboden, die Wände holzvertäfelt, unverkleidete hölzerne Deckenbalken. Unwillkürlich dachte Giacomo, dass eine Zigarette reichen würde, um diese Burg in einen gigantischen Scheiterhaufen zu verwandeln, und versuchte sich vorzustellen, wie all diese Leute durch den Haupteingang und die große Glastür auf der gegenüberliegenden Seite, die sicher zum Garten hinausführte, ins Freie fliehen würden. So eine Feuersbrunst hätte ihm wenigstens die Blamage erspart, wenn das Geburtstagskind sein Geschenk auspacken und zweifellos fragen würde: »Und von wem ist das?«

Es war schon nach halb zehn, als das Stimmengewirr abbrach und auf der Treppe ein Mädchen in einem roten, bis zu den Füßen reichenden Kleid erschien, und neben ihr eine Art blonder, zwei Meter großer Wikinger, im weißen Smoking, der ihm wie auf den Leib geschneidert schien und seine endlos breiten Schultern noch zusätzlich betonte.

»Herzlichen Glückwunsch, Elena!« Champagnerkelche wurden gereckt, während ein Diener auf das Paar zu trat und ihnen zwei Gläser reichte.

»Danke«, antwortete das Mädchen mit näselnder Stimme.

»Die Geschenke! Die Geschenke! Mach sie gleich auf!«, rief jemand.

Giacomo zählte einen Ring, zwei Armbänder – eines aus Gold, das andere aus Perlen –, eine antike silberne Brosche, ein Halskettchen mit einem kleinen Brillanten als Anhänger, drei Halstücher, zwei dicke Pullover, ein undefinierbares Objekt aus Pelz, das sich dann als Muff erwies, ein Kalpak aus Nerz, ein seidenes Nachthemd … Bei jedem Geschenk trat die betreffende Person vor und erklärte regelmäßig – egal worum es sich handelte –, sollten Form-Farbe-Größe nicht gefallen/passen, lasse es sich ohne Umstände in dem und dem Laden umtauschen. Nein, es sei wunderschön, passe perfekt, antwortete Elena stets, bedankte sich und setzte das Ritual fort.

Dann sah Giacomo erbleichend, wie sich Elenas Hand zu dem grünen Päckchen ausstreckte. Sie saß vor dem Tisch mit den Geschenken, zu ihren Füßen ein Papierkorb, in den sie Papier und Bändchen warf, und neben ihr der Wikinger, der sie beobachtete, wie sie es in der Hand wog und dann auszuwickeln begann.

»Stefano Benni, *Bar Sport* …«

Bildete er sich das ein, oder erhob sich Gemurmel im Saal?

Elena schaute auf und ließ den Blick über die Gästeschar wandern.

»Das ist von mir ... Ciao, Entschuldigung, ich bin Giacomo, wir wurden einander noch nicht vorgestellt. Ich wollte noch sagen, ich wusste nicht ... also jedenfalls hat mir das Buch sehr gut gefallen ...«

»Danke, das werde ich ganz sicher auch lesen.«

Die Hand ins Leere ausgestreckt, stand Giacomo da. Er errötete, steckte die Hand in die Tasche und flüchtete sich zurück in den Halbkreis, den die Leute um Elena herum bildeten. Die reichte jetzt das Buch dem blonden Hünen, der es seinerseits an einen Diener weitergab.

Und dann wurde wieder ausgepackt. Halstuch, ein Angorapullover mit Pelzkragen, die Bronzeskulptur eines Mädchens auf einem Pferd und zum Schluss der Clou, ein Smaragdcollier, das Geschenk der Eltern. Elena küsste Papa und Mama, und dann wandte sich der Hausherr an die Gäste, erinnerte sie daran, dass an diesem Abend nur ein leichtes Abendessen im Stehen serviert würde, und bat sie, sich an die vier Tische in den Ecken des Saales zu begeben, wo die Köche jetzt schon große Tabletts mit *pizzoccheri*, der heimischen Nudelspezialität, auftrugen.

Giacomo kalkulierte, welcher der Tische im Moment von den Gastgebern am weitesten entfernt war, reihte sich dort in die Schlange ein, stellte sich mit dem dampfenden Teller vor die große Glastür und schaute in den von Lampions erhellten Garten hinaus. Dabei wurde er das Gefühl nicht los, dass die Blicke aller Anwesenden auf ihn gerichtet waren. Er schrak zusammen, als er eine Hand auf seiner Schulter spürte.

»Ich muss schon sagen, dein Geschenk ist ganz anders als all die anderen ...«

Giacomo verschluckte sich an den Nudeln und begann zu husten. Der Wikinger reichte ihm ein Glas Wasser, während Elena ihn beobachtete.

»Tut mir leid ... aber ich konnte ja nicht wissen ...«

»Nein, nein, ich freue mich drüber. Es ist so was Lebendiges, Originelles, ja Intellektuelles ... Die anderen Geschenke sind doch nur Dinge, kostbar, natürlich, aber trotzdem ...«

Giacomo wandte Elena den Blick zu. Ihre Haare waren so schwarz wie die ihrer Mutter, fielen aber offen auf die Schultern, und ihr Kleid verdeckte zwar ihre Beine, brachte dafür aber ihre für eine Zwanzigjährige fast üppigen Brüste besonders gut zur Geltung. Giacomo überlegte, wie sich ihr neues Collier in dieses Dekolleté schmiegen würde, und musste lächeln.

»Warum lächelst du?«

»Ich? Nein, wieso ...? Ich hab nur gerade gedacht, so übermäßig intellektuell ist das Buch ja eigentlich nicht. Es ist eher was zum Schmunzeln, Alltagsgeschichten aus den Bars, nimmt unsere typisch italienischen Marotten auf die Schippe, also nichts Anspruchsvolles.«

»Ach so. Auch gut. Aber wer bist du eigentlich? Wie kommst du hierher?«

»Ich habe deinen Vater vergangenen Monat kennengelernt, bei einer Einladung, auch hier in Madonna di Campiglio, beim Geschäftspartner meines Vaters.«

»Ah, ich verstehe ... Er richtet mir den Geburtstag aus und lädt dann seine eigenen Freunde ein ... Aber es ist schon in Ordnung, ich freue mich, dass du da bist, schließlich sind sonst überhaupt keine jüngeren Leute hier, außer mir und meinem Freund. Ach übrigens: Das ist Erik.«

Giacomo reichte ihm die Hand und hatte Mühe, nicht vor Schmerz das Gesicht zu verziehen, als der Wikinger zupackte.

»Erik kommt aus Norwegen. Er ist ein Sportass, ich kenne keine Sportart, die er nicht beherrscht.«

»*Nice to meet you*«, sagte Giacomo.

»Die Freude ist ganz auf meiner Seite«, antwortete der Hüne in perfektem Italienisch, sodass sich Giacomo wie ein Idiot vorkam.

»Und so was wie ein Genie ist er auch. Er studiert Medizin an der Sant'Anna in Pisa. Und er spricht hervorragend Italienisch. Nicht wahr, mein Schatz?«

Erik nickte und schaute dabei Giacomo an.

»Wie habt ihr euch kennengelernt?«

»Auf einem Fest, in London letzten Sommer.«

»Ach tatsächlich? Ich war auch letzten Sommer in England. Und dieses Silvester werde ich wohl in London verbringen.«

»Wann fährst du denn nach London?« Die Stimme erreichte ihn von hinten, und Giacomo fuhr herum und sah Ingegnere Ferretti, der neben seinem Vater und Bussoni stand. Er errötete, zum x-ten Mal an diesem Abend, und bemerkte den fragenden Blick seines Vater: Sie hatten zwar schon über die Sache gesprochen, aber noch stand nichts fest.

»Sagen wir, ich würde gerne zu Silvester hinfahren.«

»Eine gute Idee. London hat so viel zu bieten, gerade um den Jahreswechsel herum. Mit wem fährst du?«

»*Wenn* ich fahre, fahre ich allein.«

»Allein? Willst du etwa alleine ins neue Jahr feiern?«

»Nun, ich wäre ja nicht allein. Es gibt da ein Mädchen, und ...«

»Ah, ich verstehe, mehr musst du mir nicht erzählen.«

Ferretti schlug Giacomo kräftig auf die Schultern und setzte dann, jäh wie ein Gewehrschuss, hinzu: »Würdest du denn gerne dorthin ziehen? Nach London, meine ich.«

Giacomos Blick wanderte hektisch zwischen seinem Vater und Ferretti hin und her. »Wie …?«

»Entschuldigung, Signor Zecchini: Tut mir leid, wenn ich hier so vorpresche, ohne Sie vorher kontaktiert zu haben. Mein Unternehmen eröffnet in London gerade ein neues Büro. Wir wollen dort auf dem Kohlemarkt aktiv werden, und ich suche noch junge *operator*, auch ganz ohne Vorkenntnisse in der Branche, denn vor Ort verfügen wir bereits über erfahrene *trader*, die die jungen Leute gründlich ausbilden werden. Entschuldigen Sie noch mal, wenn ich zu impulsiv war mit meinem Vorschlag. Aber tatsächlich sehe ich dabei nur Vorteile für Ihren Sohn. Er würde sein Englisch vervolkommnen und könnte in der Nähe seiner Freundin wohnen, oder in welchem Verhältnis dieses Mädchen auch zu ihm stehen mag. Was sagt du dazu, Giacomo?«

»Nun … ich … natürlich … Papa, du …«

»Lass mal. Mit deinem Vater werde ich jetzt noch einmal reden. Du überlegst es dir einfach. Komm doch nächste Woche mal bei mir in meinem Mailänder Büro vorbei. Bis Weihnachten muss ich das Team zusammengestellt haben, und einige Stellen sind noch frei. Elena, Erik, ich lasse Giacomo in eurer Obhut: Behandelt ihn anständig.«

Giacomo schaute Elena an: Deren Augen waren klein und lagen ein wenig eng beisammen, und ihre Nase war leicht eingedrückt. Kein Zweifel, von den beiden war es eher der Wikinger, der auf sein Aussehen setzen konnte, aber ebenso deutlich spürte man, dass sie es war, die sagte, wo es langging. Sie besaß ein zweideutiges, schwer zu durchschauendes

Lächeln und die Ausstrahlung einer Frau, die schon mehr als ein Männerherz gebrochen hat.

»Tja, mein Vater scheint dich ja richtig ins Herz geschlossen zu haben«, sagte sie jetzt mit schmeichelnder Stimme, »dass er dir so ein Angebot macht, fast ohne dich zu kennen.« Und setzte hinzu. »Fährst du eigentlich Ski, Giacomo?«

»Ja.«

»Dann komm doch morgen mit. Wir fahren zum Campo Carlomagno.«

»Ich weiß nicht …«

Doch Elena und Erik hatten sich schon von ihm abgewandt. »Also, dann sehen wir uns morgen, um halb neun vor dem Lift.«

Giacomo ließ seinen Teller mit den kalt gewordenen Nudeln auf dem Tisch zurück und schaffte es den ganzen Abend nicht, noch etwas zu sich zu nehmen: weder von den mit Speck und Käse gefüllten Rouladen noch ein Stück der gigantischen Sahnetorte mit Waldfrüchten.

Er konnte es kaum erwarten, nach Hause zu kommen.

Auf dem Heimweg legte er ein solches Tempo vor, dass seine Eltern nicht mehr mitkamen und ihn mehrmals baten, doch langsamer zu gehen. Währenddessen dachte er darüber nach, was dieser Abend für ihn bedeuten und wie sich sein Leben dadurch ändern könnte. Ferrettis Angebot würde ihm sogar die Möglichkeit eröffnen, um den Militärdienst herumzukommen. Doch vor allem drehten sich seine Gedanken um Claire: In ihrer Nähe zu leben war nun kein bloßer Traum mehr, eine Aussicht, die ihn in solche Aufregung versetzte, dass er am liebsten einfach losgerannt wäre. Gewiss, ein klein wenig erschreckte ihn die Vorstellung auch, weil er sie nie für möglich gehalten hätte, doch vor allem spürte er sein Herz in der Brust hämmern und wusste, dass dies ein untrügliches Zeichen für ein Glücksgefühl war, wie er es noch nie zuvor empfunden hatte.

In ihrer kleinen Wohnung angekommen, wünschte er seinen Eltern rasch eine gute Nacht – obwohl ihm klar war, dass sein Vater gerne über die unerwartete Entwicklung des Abends mit ihm gesprochen hätte –, zog sich auf sein Zimmer zurück und begann zu schreiben.

Geliebte Claire,
es ist schon Mitternacht vorüber, aber ich will nicht warten.
Du wirst es nicht glauben: Ich habe einen ziemlich wichtigen Mann kennengelernt, einen Großunternehmer, der unsere Leben verändern könnte: meines und deines.
Es ist so eine verrückte Geschichte, wie man sie nie für möglich halten würde. Ich habe ihm erzählt, dass ich dich über den Jahreswechsel besuchen will – meinem Vater habe ich »Vielleicht« gesagt, aber für mich steht fest, dass ich am 1. Januar um null Uhr niemanden vor dir küssen werde – und er meinte, dass sein Unternehmen gerade dabei ist, in London ein Tochterunternehmen zu gründen, und dass er mich da brauchen könnte. So würden wir zusammen sein und könnten uns jeden Tag sehen. Und zudem würde ich, wie die italienischen Gesetze aussehen, auch um den Wehrdienst herumkommen.
Kannst du das glauben? Nein, ich will nicht zu früh jubeln, aber wie könnte ich mir das nicht ausmalen? Und wenn es dann doch nicht klappt? Dann haue ich ab und lebe als Exilant in London, so wie Foscolo oder Mazzini. (Deinem Onkel würde es sicher gefallen, wie ich hier diese Namen fallen lasse, oder?)

Verzeihe mir, dass ich hier so herumspinne. Aber ich halte es kaum noch aus, Claire. Wäre es doch schon Silvester – und ich bei dir.

Es tut mir leid, es wird nur ein kurzer Brief. Aber ich wollte dir unbedingt gleich davon erzählen, jedoch nicht am Telefon: Du sollst es lesen, ich will mir vorstellen, wie du diesen Brief öffnest und meine Worte überfliegst. Ich will mir vorstellen, wie deine Lippen vor Überraschung ein wenig auseinandergehen und deine vor Staunen aufgerissenen Augen zurückwandern, um sicherzugehen, dass du dich nicht verlesen hast. Vielleicht kommen dir sogar die Tränen …
Und wenn ich mir nur etwas vormache, dann sag es mir nicht. Lass mir diesen Traum. Ich schlafe ein, mit dir im Arm, Geliebte, wie ich es bisher noch nie habe tun können.

Ich liebe dich
Giacomo

P.S. Können wir denn an Silvester ein Bett teilen?

P.P.S. Ich habe auch die Tochter dieses Industriellen kennengelernt. Eine furchtbare verzogene Göre, liiert mit einem skandinavischen Muskelprotz, der mir bei der Begrüßung fast die Hand zerquetscht hat.
Ich küsse dich

P.P.P.S. Ich liebe dich
Ich füge noch den Brief bei, den ich gestern angelegt hatte:

Dieser John Hobhouse, von dem du und Alan mir das Buch vermacht habt, hat übrigens auch mit Lord Byron einen Sommer in Brighton verbracht! 1808, glaube ich. Hobhouse hat ja die ganzen Eskapaden von Bryon gekannt, dessen Zusammenleben mit Prostituierten (eine davon hätte Byron am liebsten geheiratet), die Leidenschaft fürs Boxen. Er hat das alles stoisch geduldet, obwohl er selbst ganz anders gestrickt war. Einmal schrieb Hobhouse Satiren im Stil von Juvenal, und Byron setzte sich bei dem Londoner Buchhändler Crosby Anfang 1808 für deren Veröffentlichung ein, und als der ihm sagte, sie seien zu kurz, wollte Byron ein Vierhundertzeilengedicht aus seiner Feder hinzufügen, aber der Buchhändler blieb hart, und so wurden Hobhouse' Satiren mit ein paar Kurzgedichten von Byron von einem Longman in einem Band mit dem Titel Imitations und Translations *gedruckt. 1816 reisten er und Lord Bryron dann gemeinsam durch Italien, sie trafen in Mailand Vincenzo Monti, Stendhal und Silvio Pellico, dessen Tragödie* Francesca da Rimini *übersetzte Hobhouse, wobei ihm Lord Byron half. Sie hatten also beide Italien im Herzen – und natürlich auch Griechenland. Später, als Whig-Parlamentarier ab 1819, war Hobhouse schon sehr fortschrittlich, musste wegen seines Werbens für Religionsfreiheit und für die Abschaffung der Adelsprivilegien einmal ins Newgate-Gefängnis. Er war auch ein großer Anhänger Napoleons, hatte sehr an Waterloo und Napoleons Verbannung nach Elba zu knabbern. 1821 hat Hobhouse dann geheiratet, seine Auserwählte, Lady Julia Tomlonson Hay, fiel bei der Gelegenheit in Ohnmacht, hatte dann aber mit ihm noch Töchter.*

Aber mit Hobhouse' Buch selbst, das wohl nur von Kunst und Literatur Italiens handelt, kann ich nicht so viel anfangen, und so lese ich zurzeit noch mal den Roman von Ugo Foscolo, Letzte Briefe des Jacopo Ortis. *Jacopo schwärmt für Teresa, er ist total in sie verknallt. Der stocknüchterne, vermögende Odoardo, der von Teresas Familie schon als ihr zukünftiger Gatte ausgeguckt worden ist, kommt mir dagegen vor wie eine Mischung aus meinem Vater und Ferretti. Gibt es so etwas* Werther-*mäßiges wie diesen Jacopo-Ortis-Roman, den der Autor übrigens an der Abano Term in Venetien zu schreiben begann, eigentlich auch in der englischen Literatur?*

~ 20 ~

Viola

Schweiz-Mailand, 23. Dezember 2010

»Hast du alles eingepackt?«

Was hätte ich schon groß mitzunehmen, Leslie?

»Also denk dran, frag sie! Meine Mutter hat mir versprochen, dass sie hierherkommt, um mich für die Winterferien abzuholen und dass wir dann beide mit ihr zusammen zurück nach England fahren können. So genau muss deine Mutter ja nicht wissen, wieso du mit uns kommen willst: Sag ihr einfach nur, dass du gerne mitfahren würdest, aber du brauchst auf alle Fälle ihre Erlaubnis. Ohne schriftliches Einverständnis läuft bei der Bergson nichts.«

Das erlaubt sie mir nie.

»Diese Nacht muss du ja furchtbare Dinge geträumt haben. Du hast dich die ganze Zeit hin und her gewälzt, und ich hatte das Gefühl, auch wenn ich es nicht beschwören könnte, dass ich wach wurde, weil du im Traum gesprochen hast. Aber wie gesagt, ganz sicher bin ich mir nicht, zumal ich deine Stimme ja auch nicht kenne. Noch nicht. Denn irgendwann ist sie bestimmt wieder da.«

Meine Tasche ist gepackt: ein paar Blusen, ein Fleece, meine hohen Winterstiefel – auch in Mailand könnte es schneien, meint Mama – viel mehr ist es nicht. In zwei Tagen ist Weihnachten, das erste Weihnachten ohne Papa.

»Freust du dich wenigstens ein bisschen darauf, nach Hause zu kommen? Ich bin die Feiertage ja bei meinen Großeltern, und Silvester auch. Denn meine Mutter muss wieder arbeiten, und nicht gerade um die Ecke. Nein, in Australien, ob du's glaubst oder nicht. Ich sehe sie aber noch, ein paar Tage bevor ich zurückfahre.«

Muss ich Gian eigentlich auch was schenken? Und Credino? Mama könnte ich vielleicht ein Wörterbuch der Gebärdensprache schenken. Ach nein, das findet sie bestimmt nicht lustig. Doch besser ein Halstuch. Oder Parfüm. Ja genau, so mach ich's: ein Parfüm für sie, ein Aftershave für ihren reichen Geliebten und ein Deo für die Achseln des kleinen Stinktiers. Drei Geschenke, ein einziger Laden. Das ist gut, zumal ich auch nur morgen Zeit zum Shoppen habe, und da ist schon Heiligabend. Es ist abgemacht, dass ich mich morgen mit Fulvio treffe. Ein paar Mal haben wir uns in den vergangenen Monaten geschrieben. Er will mir noch mehr von Papa erzählen, aber mündlich, um mir dabei in die Augen zu sehen, wie er schreibt.

Es klopft an der Tür. Ich werde abgeholt.

»Komm her, Viola, lass dich umarmen.«

Das tun wir. Ciao Leslie, du seltsame Freundin und Tochter eines Pornostars.

So, jetzt lass mich los, hörst du nicht, dass sie mich rufen?

»Guten Morgen, Mädchen. Bist du fertig, Viola. Mehr Gepäck hast du nicht?«

»Ja, Madame, ich bin fertig.«

Während der Kleinbus anfährt, stöpsele ich meine Ohrhörer rein und schalte den iPod an. Ich habe Leslie gebeten, mir ein paar alte Stücke draufzuladen: Dieser George Benson meint, dass Musik in der Luft liege, und will die Nacht geschenkt haben. Es ist eins der Stücke, das Papa in seinem Tagebuch erwähnt. Ich kann ihn mir gar nicht in einer Disco vorstellen. Er hat immer gesagt, dass er tanzen hasst und es auch nicht kann. Aber mit Claire hat er offenbar getanzt. Dieses Mädchen muss einen großen Einfluss auf ihn gehabt haben, bei ihr war er ein anderer Mensch, und ich glaube nicht, dass mir das nur so vorkommt, weil er damals noch so jung war.

Ich nehme einen von Claires Briefen zur Hand und lese.

London, 15. Dezember 1980

Du bist ein gemeiner Kerl, Giacomo.

A naughty boy, *wie wir sagen.*

Das kann doch nicht wahr sein. Die letzten Tage haben wir so oft telefoniert, und ich habe dich gefragt, was mit dir los ist, denn ich habe deiner Stimme angehört, dass irgendetwas nicht gestimmt hat. Du hast immer wieder gefragt, ob ich deinen Brief bekommen habe, und ich habe zurückgefragt, warum du ständig fragst, und herumgerätselt, was ich mir erwarten sollte.

Und dann war der Brief endlich da. Und seitdem stelle ich mir immer wieder vor, wie wir Hand in Hand spazieren gehen und hin und wieder stehen bleiben, um uns zu umarmen und zu küssen. Wie hast du es geschafft, mir nicht zu verraten, dass du vielleicht hier zu mir nach England ziehst? Giacomo, mein Geliebter, das wäre so fantastisch. Wo würdest du denn dann wohnen? Und mit wem? Soll ich dir dann helfen, ein Zimmer zu finden …?

Und noch etwas muss ich dich fragen: Bist du eigentlich

Hellseher? Wie hast du es geschafft, dir so genau auszumalen, wie ich auf deinen Brief reagieren würde? Ja, ich habe geweint, als ich ihn las. Nicht viel, nur ein wenig.
Ich bin glücklich. Ich empfinde ein großes Glück, mit dir, ein sehr großes Glück.
Auf, Giacomo, bereite alles vor, es sind nur noch zwei Wochen. Und heute Abend rufe ich dich an und verhöre dich, wie Scotland Yard: Ich will alles wissen, du kannst mir nichts mehr verheimlichen.
Ich liebe dich und warte auf dich.

Claire

P.S. Ah, ich zahle es dir heim, denn so wie du dich verhalten hast, hast du es nicht besser verdient: Ich schreibe es dir jetzt, aber heute Abend am Telefon sage ich dir auch noch nichts davon, dass wir nämlich, ich und du, Silvester miteinander in einem Bett schlafen können.
Du bist ein hinterlistiger Kerl, aber ich liebe dich.
Auch wenn du es nicht verdient hast.

P.P.S. Nein, so etwas Schwärmerisches wie den Werther *oder den Jocopo Ortis haben wir, glaube ich, in der englischen Literatur nicht. (Wir sind da reeller.) Höchstens* Clarissa *von Samuel Richardson, so um die 1750. Sehr tränenselig, die Geschichte der armen Clarissa, die von ihrer eigenen Familie in die Enge getrieben wird, weil sie mit einem etwas undurchsichtigen Womanizer namens Lovelace anbändelt. Ich hab's nicht zu Ende gelesen. Aber ich frag mal Alan, ob ihm vielleicht etwas Ähnliches aus unserer englischen Literatur einfällt.*

21

Giacomo

Madonna di Campiglio, 6. Dezember 1980

Punkt 8.30 Uhr traf Giacomo am Treffpunkt vor dem Lift ein. Zuvor hatte er noch den Brief an Claire eingeworfen. Um zwei Uhr nachts hatte er die letzte Zeile geschrieben, danach jedoch ganz unruhig geschlafen: Um sechs Uhr lag er schon wieder wach im Bett und starrte zur Decke. So war es ihm nicht schwergefallen, pünktlich, aber keineswegs »ausgeruht« zu erscheinen. Er schaute sich um und versuchte, Elena und Erik inmitten all der Touristen zu entdecken, die sich mit klappernden Skiern und schweren Schritten in ihren klobigen Skischuhen auf den gerade geöffneten Lift zu bewegten. Als es neun war und seine Finger und Zehen mittlerweile vor Kälte kribbelten, betrat er die Bar an der Talstation und bestellte einen Espresso. Um zehn beschloss er, nicht länger zu warten. Er war schon auf dem Weg zum Kartenschalter, als er den schwarzen Range Rover vorfahren sah. Der ihm mittlerweile vertraute Chauffeur stieg aus und öffnete Elena den Schlag, während Erik auf der gegenüberliegenden Seite aus dem Wagen sprang.

»Ciao, Giacomo, entschuldige die Verspätung. Wartest du schon lange?«

»Anderthalb Stunden …«

»Herrje, ist es schon so spät? Tut mir wirklich leid, wir

haben den Wecker nicht gehört. Danke, dass du auf uns gewartet hast.«

Elena trug eine weiße Skihose und die passende weiße Jacke dazu, natürlich ein Markenanzug, und Erik den gleichen, nur in glänzendem Schwarz. Und beide waren mit funkelnagelneuen türkisen Maxel-Skier ausgestattet, die gerade mal halb so lang wie Giacomos Rossignol zu sein schienen.

»Der neueste Trend: extrem kurze Ski. Damit kann man besser Kurven fahren«, meinte Erik jetzt auch mit einem halb mitleidigen, halb verächtlichen Blick auf Giacomos lange Bretter. In der Tat: zwei Meter und zehn Zentimeter. Rossignol Roc 550, rot. Hart wie Marmorplatten. Damit eine Kurve zu fahren war eine Herausforderung, aber vor drei Jahren, als sein Vater ihm diese Skier gekauft hatte, galt noch die Formel: Körperlänge plus ausgestreckter Arm = Skilänge.

Im Übrigen war es das erste Mal, dass Giacomo aus Eriks Mund einen Satz von mehr als zwei Wörtern vernehmen durfte. Von einem Akzent war kaum etwas zu merken. Er nahm den Sportshelden genauer in Augenschein: Mit diesem schwarzen Rennanzug und den blonden Haaren unter dem Stirnband, das ihm nicht nur Stirn und Ohren wärmte, sondern auch die verspiegelte Brille hielt, sah er stattlich aus. Giacomo fühlte sich in seiner eigenen Aufmachung, mit der himmelblauen Weste über der roten Windjacke und den Bluejeans, die unten in den Skischuhen steckten, der Bommelmütze und der Skibrille mit Gummizug, ziemlich armselig.

»Also, auf geht's. Worauf warten wir noch?«

Erik produzierte sich in engsten Schwüngen, immer am Rand der Piste, wo der Schnee noch am tiefsten war. Ab und an blieb er stehen, schaute zurück und betrachtete das Muster, das er hinterlassen hatte, und wenn ihm die Bögen zu weit erschienen, schüttelte er unzufrieden den Kopf. Elena fuhr weitere Schwünge, aber doch im Stil einer Sportlerin, die seit Kindesbeinen von den besten Skilehrern Einzelunterricht erhalten hat, und wirbelte bei jedem Richtungswechsel feinen Pulverschnee auf. Giacomo bemerkte, dass sie keinen sehr straffen Hintern und ein wenig kurze Beine hatte: Hatte am Vorabend das lange Abendkleid diese Mängel ausreichend kaschiert, so traten sie jetzt in dem engen Skianzug unbarmherzig zutage. Da er immer der letzte des Trios war, hatte er ausreichend Gelegenheit, das Paar zu beobachten, Erik mit seiner blonden Mähne und seinem angeberischen Gewedel ganz vorn und Elenas Hintern ein Stück dahinter.

Um zwei Uhr machten sie Rast in einer Hütte auf der Boch-Alm, wo Erik eine doppelte Portion Polenta mit Würstchen verschlang. Elena knapperte nur an ihrem Toast ohne Käse herum und meinte dann zu Giacomo. »Unser Chauffeur wird uns später am Fuß des Monte Spinale abholen. Du musst wieder zum Campo Carlomagno zurück. Was hältst du davon, wenn wir, bevor wir uns trennen, noch zusammen die 3Tre machen?«

Die Piste 3Tre war sehr schnell. Ein buckliger Steilhang, auf dem regelmäßig Weltcup-Slalomrennen ausgetragen wurden, was den Reiz der Abfahrt für viele noch erhöhte.

Als er vom Tisch aufstand, fuhren Giacomo schmerzhafte Stiche in die Waden. Die Milchsäure begann bereits, seine Muskeln zu traktieren, und er fragte sich, ob es Sinn hatte, sich in *dieser* Verfassung auf *diese* Piste zu wagen, aber kneifen wollte er jetzt auch nicht.

Doch schon auf der kurzen Abfahrt zur Seilbahn, die zum höchsten Punkt der 3Tre hinauffuhr, verlor er die Konzentration, die Skispitzen schoben sich übereinander, und er kam zu Fall. Er überschlug sich zweimal und rutschte bestimmt zwanzig Meter den Hang hinunter, bis zu Elenas Füßen, die abgebremst hatte, als sie sein Fluchen hörte. Erik war vielleicht fünfzig Meter talwärts voraus.

»Fahr nur! Fahr nur, Schatz!«, rief sie ihm zu. »Ich warte auf Giacomo! Du bist so schnell, du schaffst es, einmal alleine runterzufahren und uns dann einzuholen.«

»In Ordnung, dann bis gleich!«

Der Wikinger stieß sich kräftig mit den Stöcken ab, und innerhalb weniger Sekunden war er aus ihrem Blickfeld verschwunden. Währenddessen hatte Giacomo sich wieder aufgerappelt: Seine Jeans war durchnässt, und überall war Schnee eingedrungen, dennoch bemühte er sich, keine allzu erbärmliche Figur abzugeben. Er klopfte den Schnee ab, stieg wieder in die Bindung und folgte Elena bis zur Seilbahn.

»Und, wann kommst du mal vorbei, um mit meinem Vater zu reden?«, fragte sie ihn, während sie durch das Schaukeln beim Start so nahe an ihn heran kam, dass ihr Atem als Wölkchen auf sein Gesicht traf.

»Ich weiß es noch nicht. Das hängt von seinen Terminen ab. Ich bin noch völlig sprachlos, dass er mir diese Chance bietet.«

»Tja, so ist er eben. Er entflammt leicht für Menschen, die ihm gefallen, nur leider ist die Flamme dann auch schnell wieder erloschen. So wie bei meiner Mutter: Erst musste er sie unbedingt haben und hat Himmel und Hölle in Bewegung gesetzt, um sie zu heiraten, und jetzt hält er sich an jedem Ort eine Geliebte ...«

»Wie kannst du nur so über deinen Vater reden?«

»Wieso? Was ist denn dabei? Ihr Männer seid eben so.«

»Glaubst du nicht, dass du da etwas pauschal urteilst?«

»Warum? Du meinst wohl, dass du anders bist.«

»Ja.«

»Gut, du bist jetzt verliebt, in deine Engländerin, diese …«

»Claire.«

»Claire. Und trotzdem. Wenn du heute oder morgen oder auch einen Tag vor deinem Abflug nach London ein hübsches Mädchen kennenlernst, dem du gefällst, wirst du auch die Gelegenheit nutzen …«

»Bestimmt nicht. Dafür gefällt mir Claire viel zu sehr.«

»Klar gefällt sie dir. Aber ich meine etwas anderes: Ich rede von der Gelegenheit … Aber vielleicht hast du auch recht und du bist der klassische brave Junge.«

Er schwieg betreten. Es war, als hätte Elena ihm eine kleine teuflische Wette aufgezwungen, die er gar nicht eingehen wollte. Nicht nur in puncto Skiausrüstung und Sportsgeist war er diesen Leuten hoffnungslos unterlegen, dachte er und fühlte sich wie ein Hinterwäldler.

»Na ja, lassen wir das. Aber in einem hat mein Vater recht: London ist eine äußerst aufregende Stadt. Wir haben dort auch eine Wohnung, in Kensington … Oh, schau mal … da kommt Erik schon wieder runter. Fährt er nicht wie ein junger Gott? Ciao Amoreeeee!«

Elena hatte durch das geöffnete Fensterchen gerufen und dazu die Hand rausgestreckt. Erik bremste mit kurzem Schwung und ließ eine Schneewolke aufspritzen, hob seinerseits die Hand, winkte und brauste schon wieder davon.

Als sie ausstiegen, spürte Giacomo wieder schmerzhaft seine Waden. In dem schmalen Durchgang gleich hinter dem Kassenhäuschen schnallten sie die Ski wieder an und rutschten ein kleines Stück langsam im Schneepflug hinunter. An einer Stelle, wo er keinen Schwung mehr schaffte, bremste Giacomo ab und blieb stehen, und schon spürte er ganz deutlich Elenas Brüste an seinem Rücken.

»'tschuldigung«, murmelte sie, während sie ihre Skier zu entwirren versuchte.

Er nahm umständlich alle Schuld auf sich, erklärte wortreich, dass er hier nicht hätte stehen bleiben sollen.

Kurz darauf traf Erik bei ihnen ein, verlangsamte nur kurz und rief. »Treffen wir uns dann gleich an dem Abzweig und verabschieden uns dort?«

Es war ein rhetorische Frage, denn sofort nahm er wieder volle Fahrt auf, Elena folgte ihm in kurzer Entfernung, während Giacomo Mühe hatte.

Beim Treffpunkt verabschiedete sich der Wikinger mit einem Schlag auf die Schultern. »Ciao Giacomo, vielleicht sieht man sich ja mal wieder. Benimm dich ordentlich bei meinem Schwiegervater in spe«, sagte er lachend und schoss schon wieder los.

»Ich bin mir ganz sicher, dass wir uns wiedersehen: Wenn du für meinen Vater arbeitest, führt kein Weg daran vorbei.« Mit den Skiern parallel zu den seinen, sodass die Skispitzen in die Gegenrichtung zeigten, stand Elena neben ihm. Sie schlang einen Arm um seine Taille, um ihm einen Abschiedskuss zu geben, und weil sie dabei das Gleichgewicht zu verlieren schien, legte sie die andere Hand in seinen Nacken und hielt sich an ihm fest, zog ihn dabei zu sich heran und presste ihm die Lippen fest auf den vor Überraschung leicht geöffneten Mund. Dann lachte sie, als habe es sich bloß um ein Missgeschick gehandelt, streichelte ihm noch mal über die Wange und folgte Eriks Spuren. Giacomo war sich sicher, dass er gespürt hatte, wie Elenas Zunge die seine berührte.

22

Viola

Mailand, 23. Dezember 2010

»Ich weiß nicht, ob ich Ihnen das Kind überlassen kann, Signor …«

Welches Kind?

»Schauen Sie, der Mutter ist etwas dazwischengekommen. Sie hätte nicht mehr rechtzeitig hier sein können. Hier, sehen Sie, die Nachricht, die sie mir geschickt hat.«

Fulvio, dessen Haarschopf sich ein wenig gelichtet hat, wie mir scheint, hat sein BlackBerry hervorgeholt und hält es dem Zugbegleiter unter die Nase.

»Schön und gut, aber woher soll ich wissen, dass die Person, die Ihnen da schreibt, tatsächlich die Mutter des Mädchens ist?«, fragt der Mann von der Bahn. Er und Fulvio starren sich an wie zwei Katzen.

»Woher hätte ich denn sonst, Ihrer Meinung nach, wissen sollen, dass sie hier, um diese Uhrzeit, mit diesem Zug ankommt? Woher hätte ich wissen sollen, dass Viola in Ihrer Obhut ist, wenn mir ihre Mutter das nicht mitgeteilt hätte?«

»Ja, aber …«

»Und außerdem können Sie sie doch auch selbst fragen. Viola kennt mich.«

»Das Mädchen spricht aber doch gar nicht.«

Alle tun so, als wäre ich nicht nur stumm, sondern auch noch blind und taub …

»Da haben Sie recht, aber sie kann sich sehr gut verständlich machen.«

»Passen Sie auf, wir machen jetzt Folgendes. Auf diesem Blatt mit meinen Anweisungen steht die Telefonnummer ihrer Mutter: Ich rufe sie jetzt an und kläre die Sache … Hier haben wir sie ja …«

»Hallo? Guten Tag, Signora, Vertemati mein Name, ich bin der Zugbegleiter, mit dem Ihre Tochter Viola von Mailand nach Genf gefahren ist … Nein, nein, kein Grund zur Beunruhigung, es ist nichts passiert. Hier neben mir steht nun ein gewisser Signor Natali, der … Ja, gewiss, er hat mir Ihre Nachricht gezeigt, aber … Entschuldigen Sie, aber ich tue nur meine Pflicht, und hier meinen Anweisungen entnehme ich, dass das Mädchen von Ihnen … Ja, natürlich, aber was erwarten Sie denn von mir: dass ich das Kind ohne Nachprüfung dem Nächstbesten aushändige?«

Der Zugchef *händigt* mich Fulvio *aus* und lässt sich eine Empfangsbestätigung unterschreiben. Ich fühle mich wie einer der Koffer, die gerade von anderen Reisenden aus den Waggons gewuchtet werden. Dann rückt sich der Mann die Mütze zurecht, reicht Fulvio die Hand, streichelt mir, vielleicht ein wenig mitleidig, über den Kopf, wendet sich ab und geht davon. Ich höre ihn noch »So eine dumme Nuss« zischen und denke mir, dass damit meine Mutter gemeint ist. Offenbar hat Fulvio es auch mitbekommen, denn er kichert, bevor er mir den Blick zuwendet. »Lass dich mal richtig anschauen, Viola. Mein Gott, bist du groß geworden. Komm her, lass dich umarmen …« Es ist jetzt das zweite Mal innerhalb weniger Stunden, dass jemand genau das zu mir sagt.

»Dann mal los. Die Pläne haben sich geändert, Viola. Deine Mutter kommt erst spät heute Abend zurück, das heißt, wir haben den ganzen restlichen Nachmittag für uns, und heute Abend essen wir zusammen und feiern schon ein wenig Weihnachten im Voraus ... Wenn du einverstanden bist, gehen wir jetzt erst mal ein paar Geschenke kaufen. Ich dachte an einen Kaschmirpullover für deine Mutter, einen Füllfederhalter für den Anwalt und ein Playstation-Spiel für Tancredi. Was hältst du davon?«

Ach, eigentlich dachte ich an eine Diamantkrone für Mama, ein Haus am Meer für den Anwalt und eine Woche im Pariser Disneyland für Credino ... Ich greife zu meinem Block und kritzle nur das Eurozeichen mit drei Fragezeichen drauf.

»Ach, mach dir deswegen keine Gedanken. Um die Finanzierung kümmere ich mich. Betrachte es als eine Art Darlehen. Und wenn ich ganz ehrlich sein soll, Viola, eigentlich habe ich die Sachen schon alle gekauft. So haben wir mehr Zeit für uns. Natürlich nur, wenn du einverstanden bist ...«

Der Geruch in Fulvios Wagen versetzt mich in jene Zeit zurück, die ich eigentlich hinter mir lassen wollte. Ich sehe uns beide wieder auf dem Friedhof, höre abermals, wie er mir von Claire und von Papas Herzfehler erzählt. Der Fluss meiner Gedanken kommt erst zum Stehen, als Fulvio den Motor ausschaltet und wir vor seinem Einfamilienhaus mit Garten stehen.

»Komm, Viola, geh rein ... Schatz? Schau mal, wer da ist.«

Ich hab den Fuß noch nicht ins Haus gesetzt, da kommt Fulvios Frau schon angestürmt, nimmt mich in die Arme und drückt mich ganz fest. Mit meiner Reisetasche in der einen und der Tüte mit den Geschenken für meine Familie, die Fulvio besorgt hat, in der anderen Hand, kann ich die Umarmung kaum erwidern. So stehe ich etwas steif da, den Kopf im Nacken und das Kinn auf ihrer Schulter.

»Komm, lass die Sachen alle hier, zieh den Mantel aus und geh schon mal runter in den Keller. Den Weg kennst du ja noch.«

Tatsächlich bin ich als Kind oft hier gewesen. Papa hat mich mitgenommen, manchmal kamen wir auch zu dritt, mit Mama, als er noch mit ihr zusammen war. Ich habe im Garten gespielt, vor allem im Sommer, oder Fulvio und meinen Vater zu stundenlangen Tischfußballpartien genötigt, die ich seltsamerweise fast immer gewonnen habe. Fulvio und seine Frau haben keine Kinder, warum, weiß ich nicht genau: Einmal hat Mama deswegen eine bissige Bemerkung fallen lassen, worauf Papa sie zurechtgewiesen hat, wenn man keine Ahnung habe, solle man zu anderer Leute Problemen lieber den Mund halten. Und dabei war seine Miene wutverzerrt, eines der wenigen Male, dass ich das bei ihm gesehen habe. Aus der Zeit, als meine Eltern dann voneinander getrennt waren, erinnere ich mich vor allem an lange Winterabende vor dem Kamin unten in dem ausgebauten Keller. Meistens bin ich dort auf dem kleinen Sofa eingeschlafen, und so habe ich im Halbschlaf kaum mitbekommen, wie Papa mich angezogen, auf den Arm genommen und wie einen Sack ins Auto geladen hat. Manchmal war ich auch wach, aber die ganze Prozedur hat mir so gut gefallen, dass ich mich nicht gerührt habe. Das letzte Mal als ich hier war, ich glaube, ein halbes Jahr vor dem Tod meines Vater, sonnte ich mich ein wenig im Garten, rollte mein T-Shirt etwas hoch, um die Sonne auf dem Bauch zu fühlen, und habe gemerkt, dass der Nachbarsjunge mich vom Balkon seines Elternhauses beobachtete, und als wir fortfuhren, kreuzte er unsere Wege, ein schüchternes Lächeln, das ich gar nicht zu erwidern wagte und das mir dennoch so guttat.

»Wir haben den Kamin angemacht. Was wäre Weihnachten ohne ein ordentliches Feuer, oder?«

Zu dritt sitzen wir um den Tisch, dessen rote Tischdecke mit Schnittchen, verschiedenen Hauptgerichten, Flaschen und einem gigantischen Panettone gedeckt ist. Eine solche Fülle an Delikatessen bin ich nicht mehr gewöhnt: In den Monaten im Internat ist mir der Appetit vergangen. Irgendwann steht Fulvio auf und schneidet den Weihnachtskuchen an und gießt auch mir einen Schluck Muskateller ein.

»Sonst können wir ja nicht anstoßen«, meint er. »Das wird dir schon nicht schaden. Auf uns, auf die Zukunft … Und auf deinen Papa. Auf Giacomo!«

Fulvios Augen sind feucht, er entfernt sich und kommt mit einem Päckchen an den Tisch zurück.

»Frohe Weihnachten, Viola.«

Ich entferne vorsichtig das Geschenkpapier, und zum Vorschein kommt ein Bilderrahmen mit dem Foto eines jungen Mannes. Im Profil aufgenommen, im T-Shirt und mit einem Glas Bier in der Hand starrt er mit ernster, nachdenklicher Miene vor sich hin. Es ist mein Vater vor vielen, vielen Jahren. Es ist ein eher scharfer Abzug, auf dem alle Details, die Ränder unter den Augen, eine Rötung am Hals, mit fast schmerzhafter Deutlichkeit zutage treten. Nur der Hintergrund ist leicht verschwommen, aber ich erkenne Fulvio, auch er unglaublich jung und gleichfalls mit einem Bierglas in der Hand, im Gespräch mit einem Mädchen, das nur von hinten zu sehen ist. Ihr Haar ist zu einem dicken Zopf geflochten, der lang auf den Rücken fällt.

~ 23 ~

Giacomo

Mailand, 16. Dezember 1980

»Was fällt dir bei dem Stichwort ›Kohle‹ ein?«

»Ich weiß nicht …«

»Nur Mut, auch wenn dir deine Antwort zu banal vorkommt.«

»Die industrielle Revolution? Romane von Charles Dickens? Als Kind hätte ich wahrscheinlich an die gute Hexe Befana oder an den fliegenden Schornsteinfeger in *Mary Poppins* gedacht. Aber jetzt wüsste ich wirklich nicht …«

Die Büros von *Ferroil* lagen im ersten Stock eines schönen Altbaus in einem noblen Viertel Mailands, nicht weit vom Bahnhof Cadorna entfernt. Da sie auch in der Nähe des Kreiswehrersatzamtes lagen, hatte Giacomo beschlossen, heute alles in einem Aufwasch zu erledigen. Wenn das Vorstellungsgespräch gut verlief, würde er gleich danach seine Zurückstellung vom Wehrdienst beantragen. Die nötigen Dokumente und ausgefüllten Formulare des Verteidigungsministeriums hatte er dabei.

Ferretti hatte ihm einen Termin für 8.30 Uhr gegeben, und da Giacomo eine halbe Stunde zu früh vor dem Haus stand, hatte er noch einmal eine Runde um den Block gedreht und sich in einer Bar Cappuccino und Hörnchen bestellt, die er an der Theke verzehrte, während er im *Corriere della Sera* einen

Rückblick auf John Lennon las, der vor wenigen Tagen in New York von einem verwirrten Fan erschossen worden war. Gegen Viertel nach acht sah er einen blauen BMW vorfahren und erkannte den Fahrer – wieder der aus Madonna di Campiglio-, der sich aufmerksam umschaute, bevor er die Wagentür öffnete und Ferretti aussteigen ließ.

Und der saß nun vor ihm: Sein Büro war riesig, wahrscheinlich, wie Giacomo schätzte, genauso groß wie ihr Wohnzimmer zu Hause. Was ihn aber noch mehr als die Größe beeindruckte, war die Leere. Zwischen der Tür und dem imposanten Schreibtisch aus edlem dunklen Holz lagen mindestens fünf Meter. Er hatte das Gefühl, hier auf einen Altar zuzuschreiten. Rechts des Schreibtischs eine Wand mit vier großen Fenstern, durch die helles Tageslicht in den Raum flutete. Ein einziger Schrank, weiß und daher fast unsichtbar, auf der Linken. Hinter Ferretti hing eine große graue Leinwand, die von vier schrägen Linien durchzogen war. Und an der gegenüberliegenden Wand – Giacomo war es beim Eintreten sofort aufgefallen – ein riesengroßes Gemälde, das von einem Himmel aus dichten grauen Wolken über einer malerischen Landschaft beherrscht wurde. Während Ferrettis Blick also in die freie Natur hinausging, dachte Giacomo, hatte sein Gegenüber nur diese vier Striche abstrakter Kunst vor sich.

»Ich weiß«, fuhr Ferretti jetzt fort, »bei Kohle denkt jedermann sofort an etwas Überholtes, aus dem letzten Jahrhundert. Dabei ist sie immer noch einer unserer wichtigsten Energieträger. Vielleicht – und das sage ich, obwohl mein Hauptgeschäftsfeld Öl ist – der wichtigste. Denn die Ölquellen werden irgendwann erschöpft sein. Nicht gleich morgen, aber irgendwann schon, und die großen Vorkommen sind in der Hand nur weniger Länder, mit denen sich Verhandlungen oft schwierig gestalten. Und die Atomenergie birgt immer noch zu viele Unbekannte – und zu viele Risiken. Kohle aber ist sicher und sauber.«

Giacomo stimmte zu, ohne innere Überzeugung.

»Du bist überrascht, das verstehe ich. Aber überleg doch mal: Wenn ein Öltanker havariert, sind die Schäden, wie bekannt, für die Meeresfauna enorm. Und wenn mal ein Atomkraftwerk explodieren sollte, werden die Folgen so verheerend sein, dass man sie sich gar nicht ausmalen möchte. Kohle aber ist sicher. Ohne sie kommen wir nicht aus. Eine einfache Frage: Wenn ich diese Glühbirne hier einschalte, woher kommt der Strom, der sie leuchten lässt?«

»Aus dem Elektrizitätswerk.«

»Richtig, aus dem Elektrizitätswerk. Und woher bezieht dieses Werk die Energie, damit es seinerseits Energie liefern kann?«

»Ich weiß jetzt nicht ....«

»Aus der Kohle. Aus vielen Tonnen Kohle. Tausende und Abertausende Tonnen Kohle werden verbrannt, damit ich hier in diesem Büro Licht habe, damit deine Stereoanlage läuft oder deine Mutter zum Kochen ihren Herd anschalten kann.«

Giacomo nickte, schwieg jedoch verlegen.

»Aber es gibt noch einen weiteren Aspekt, und dieser Aspekt ist es, der mich vor allem interessiert. Kohle ist ein grenzenloses Geschäft. Überall auf der Welt gibt es Minen, und um daran zu kommen, muss man nur geschickt verhandeln und den richtigen Leuten die richtigen Angebote machen. Und mit einem hattest du vorhin, als du Charles Dickens erwähntest, unbewusst recht: Mit Englands Tradition und Erfahrung auf diesem Gebiet kann sonst niemand mithalten. Deshalb habe ich mir auch, für viel Geld, die Dienste des besten *traders* der ganzen Branche gesichert. Er heißt Collins und kennt auch noch in der entlegensten Mine irgendwo im tropischen Regenwald alle Arbeiter beim Namen, und ebenso die maßgebenden Leute in den großen Häfen der Welt, Italien eingeschlossen. Und das ist wichtig, weil Italien, zumindest zu Beginn, Hauptabnehmer unserer Lieferungen sein wird. Bist du bereit, Giacomo?«

»Ja, ich bin bereit. Und ich bin Ihnen sehr dankbar für die Chance, die Sie mir hier bieten. Dennoch …«

»Dennoch?«

»Darf ich ganz offen sein?«

»Ich bitte darum.«

»Wissen Sie, ich war noch nie länger als ein paar Wochen von zu Hause fort, und hier dreht es sich darum, für viele Monate in eine völlig fremde Stadt zu ziehen …«

»Nun, wenn ich mich recht erinnere, gibt es da doch jemanden in London, den du kennst. Oder ist es eben das, was dir Sorgen bereitet?«

»Nein, nein, ganz im Gegenteil. Ich bin eher Ihretwegen besorgt.«

»Meinetwegen?«

»Ja. Denn, ehrlich gesagt, habe ich doch überhaupt keine Ahnung von dieser Arbeit, und mit meiner Anstellung gehen Sie ein großes Risiko ein.«

Ferretti lächelte. Offensichtlich stellte Giacomo hier sein Licht ein wenig unter den Scheffel. Dennoch beschloss er, darauf einzugehen. »Ich danke dir für deine Ehrlichkeit. Aber glaub nicht, dass mein Angebot eine Kurzschlusshandlung ist. Und es hat nichts damit zu tun, dass ich etwa gutmütig wäre. Es stimmt schon, du bist mir sympathisch, aber in erster

Linie bin ich Geschäftsmann, kein Wohltäter. Collins hat mich gebeten, zwei junge Leute einzustellen, die perfekt Italienisch sprechen, sonst keine weiteren Verpflichtungen haben und bis in die Haarspitzen motiviert sind, diesen Job mindestens ein Jahr lang durchzuhalten. Und da hab ich mir gedacht, zwei junge Männer, die den Wehrdienst umgehen wollen, werden mit Sicherheit keinen Rauswurf riskieren, weil sie bei einer Kündigung sofort wieder einberufen werden könnten. Außerdem hatte ich den Eindruck, dass du noch einen weiteren Grund hast, in London leben zu wollen, auch wenn mir vorhin, bei deinem Zögern, leichte Zweifel gekommen sind.«

Giacomo errötete, antwortete aber nichts. Ferretti schaute ihn ein Weile aufmerksam an, bis sein Besucher den Blick senkte, und fuhr dann fort. »Neben dir werde ich also noch einen weiteren jungen Mann in deinem Alter einstellen, den du dann in London kennenlernen wirst. Ihr werdet dort auch zusammen wohnen. Um die Unterkunft und den Arbeitsvertrag kümmert sich mein Personalbüro. Wenn wir hier fertig sind, schaust du da gleich mal vorbei. Signor Sommariva erwartet dich. Hast du noch weitere Fragen?«

»Ja. Wann würde ich denn anfangen?«

»Collins ist schon seit einem Jahr fleißig bei der Arbeit und verhandelt mit Lieferanten. Die letzten Details werden wir in ein paar Wochen in Südafrika klären. Anfang des Jahres werden unsere Büros in der Farringdon Road fertig eingerichtet, und ich denke, zum 1. März wirst du deine Arbeit aufnehmen können.«

Ferretti erhob sich, das Zeichen, dass das Gespräch beendet war. Giacomo reichte ihm die Hand. »Vielen Dank noch mal, und einen schönen Gruß an Ihre Tochter.«

Um zehn Uhr verließ Giacomo das Büro des Personalchefs von *Ferroil*, in der Tasche einen Anstellungsvertrag der *Ferrcoal*, der neuen Londoner Tochtergesellschaft des Unternehmens, sowie eine Mappe mit allen notwendigen Dokumenten, die er gleich beim Kreiswehrersatzamt in der Via Mario Pagano einreichen würde.

Als er unten durch die Eingangstür trat – am liebsten wäre er vor Aufregung losgerannt –, kam ihm eine junger Mann entgegen, hoch aufgeschossen und spindeldürr, der offenbar gerade hinaufwollte.

24

Viola

Mailand, 23. Dezember 2010

»Dein Vater und ich haben uns 1981 in London kennengelernt, und seitdem waren wir befreundet. Auf dem Foto siehst du uns auf einer Party bei einem Kollegen in Hampstead. Claire war auch dabei.«

Mir ist ein wenig schwindlig. Doch nicht von diesem einen Schluck Muskateller?

»An den Abend erinnere ich mich, als sei es gestern gewesen. Giacomo war zurückhaltend und in sich gekehrt. Ganz im Gegensatz zu Claire, die schon nach fünf Minuten alle Leute kannte. Kein Wunder bei diesem Lachen, von dem sich jeder anstecken ließ.«

Ich hingegen erinnere mich an Weihnachten vor einem Jahr, das letzte Weihnachtsfest mit Papa. Wir haben es ganz allein verbracht, also zu zweit in unserer winzigen Wohnung mit hartweißen Rigipswänden. Unser Esstisch, sonst immer halb eingeklappt, um Platz zu sparen, war jetzt ganz ausgezogen und mit einer roten Tischdecke und einer Kerze in der Mitte verschönert. Papa hatte gekocht, nicht gerade seine Stärke, und das habe ich dann auch gesagt. Er lächelte, aber ich habe gemerkt, dass er gekränkt war.

»Ich habe damals mit deinem Vater zusammen in Earl's Court gewohnt, in jenen Jahren eines der lebendigsten Viertel ganz Londons. Wir hatten eine Einzimmerwohnung in der Lexham Gardens, einen Steinwurf nur von der Villa Freddie Mercurys entfernt. Wobei ›Wohnung‹ eigentlich noch übertrieben ist: Es war ein Zimmer mit zwei Schlafsofas, einer Kochnische im selben Zimmer und einem Bad. Wir waren Untermieter bei einem Ägypter, der uns immer mal wieder beklaut hat. Nichts Wertvolles natürlich, aber wenn wir abends heimkamen, war vielleicht keine Butter mehr da oder das Brot nur noch halb, oder eine Packung Nudeln war verschwunden. Dazu musst du wissen, dass damals in England richtige Nudeln ein echter Schatz waren, im Supermarkt waren sie fast nicht zu bekommen, oder zumindest keine guten italienischen Marken.«

Nachdem ich Papa gesagt hatte, dass ich Spaghetti mit Muscheln als Weihnachtsfestessen für eine ziemlich schräge Idee halte, zumal es in dieser kleinen Mietswohnung noch tagelang danach riechen würde, habe ich ihn gefragt, wann wir denn endlich aus diesem Loch ausziehen. Und er hat geantwortet, das sei nicht so einfach, aber er würde sich umschauen. Ich war wütend. Mama, Gian und Tancredi waren in Sankt Moritz Skifahren, während ich mit Papa in Mailand hockte. Das wollte ich ihm heimzahlen.

»Aber wir haben es geschafft, dass wir irgendwie immer unsere italienischen Spaghetti und unseren Risottoreis vorrätig hatten«. fuhr Fulvio fort. »Wir hatten einen kleinen Laden in der Farringdon Road aufgetan, der die Waren direkt aus Italien importierte: Mozzarella, Parmesan, alle möglichen Pastasorten, gute Tomaten. Manchmal luden wir auch englische Freunde zum Abendessen ein. Und obwohl wir keine besonders guten Köche waren, haben alle kräftig zugelangt.«

Papa hatte mir die Wahl gelassen und mich zuvor ein paar Mal gefragt, ob ich mit Mama, Gian und Tancredi nach Sankt Moritz fahren wolle. Aber so einfach war das nicht. Natürlich habe ich Nein gesagt: Was denkst du nur?, ich bin doch froh, bei dir zu sein, und so weiter. Hat er denn im Ernst geglaubt, ich könnte etwas anderes sagen? Wo hätte ich den Mut dazu hernehmen sollen? Aber gewollt hätte ich schon. Natürlich hätte ich an den Promi-Ort gewollt.

»So ungefähr acht Monate haben wir zusammen in diesem Zimmer gewohnt. Wir waren beide bei einem Unternehmen aus der Kohlebranche angestellt und konnten uns dadurch den Wehrdienst in Italien ersparen.«

Und an jenem Abend hab ich ihm alles vor die Füße gekotzt, bildlich gemeint, nicht die Muscheln. Ich habe ihm gesagt, dass ich mich für dieses Loch schäme und dass ich nie eine Freundin mitbringen kann, dass ich auf dem Tisch bei den Hausaufgaben noch nicht mal Platz für meine Bücher habe, aber dass ihm das ganz gleich ist und dass es ihn sowieso nicht interessiert, wie es mir geht und wie ich mich fühle. Und dann habe ich gesagt, dass ich jetzt tausendmal lieber Ski fahren würde, als mit ihm in dieser Wohnung zu sitzen, und dass ich nur gesagt hätte, ich wollte nicht mitfahren, um ihn nicht zu verletzen. Aber da es ihm ja auch nichts ausmachen würde, mich zu verletzen, könnte ich ja nun auch ehrlich sein. Schließlich predige er ja selbst ständig, man müsse ehrlich sein, auch mal auf sein Herz hören. Und dann sprudelten diese Worte, die tief in meinem Innern gelagert haben müssen, aus mir hervor, ohne eigenes Zutun: »Wenn man nur ein Kind will, um Gesellschaft zu haben, und nicht, um es zu lieben, ist es besser abzutreiben.«

»Giacomo hatte aber noch einen weiteren Grund, dort in

London sein zu wollen: Claire. Aber das ist dir sicher auch längst aus diesen Notizbüchern und Briefen klar geworden, die ich dir gegeben habe. Ja, dein Vater war vor allem nach London gezogen, um in ihrer Nähe zu sein. Nur hat sich dann alles anders entwickelt, als er sich das vorgestellt hat.«

Ich erinnere mich noch genau, wie Papa zusammenzuckte: Als hätte ihn ein Boxer an der empfindlichen Stelle getroffen. Und ich weiß noch genau, wie er mich angesehen hat. Zutiefst erschrocken. Und ich war auch schockiert, denn ich war selbst überrascht, welche Worte da aus meinem Mund hervorgekommen waren. Plötzlich verhärtete sich seine Miene, er hat die Lippen zusammengekniffen und etwas getan, was ich vorher noch nie von ihm erlebt hatte.

»Und einige Monate bevor er gestorben ist, hat er wieder angefangen, darüber zu reden, und schien wie besessen davon. Die Beziehung mit Claire war ganz plötzlich aus gewesen, und bald darauf, im Oktober '81, hat dein Vater dann den Job bei *Ferroil* aufgegeben und London verlassen. Wenn man jung ist, denkt man, dass man mit allem fertig wird, dass alle Wunden heilen werden, ohne Narben zu hinterlassen, aber so ist es nicht immer, und dein Vater hat es nie richtig verwunden, auch wenn es danach noch andere Frauen in seinem Leben gab, und nicht nur deine Mutter. Auch die Literatur war für ihn damit erst einmal zu Ende – jahrelang hat er kein Buch mehr angerührt, ist aber auch nicht in die Baufirma dieses Ingegnere Bussoni eingestiegen, in der sein Vater arbeitete, sondern hat ziemlich lustlos Betriebswirtschaft studiert und dann, wie er es nannte, einen »Brotberuf« gewählt. Aber du warst das Wichtigste für ihn, der Sinn seines Lebens, und ich bin sicher, dass er dir von Claire und dieser ganzen Geschichte erzählt hätte. Doch dafür ist es nun zu spät.«

Meine Wange begann schon zu brennen, fast bevor ich die Hand kommen sah, so schnell wie der Blitz einer Kamera. Bis dahin hatte er mich noch nie geschlagen, nicht einmal einen Klaps, und eben deswegen hat diese Ohrfeige so wehgetan. Meine Knie waren weich, und vor den Augen war alles weiß. Dann ist er aufgesprungen, hat die noch halb vollen Teller genommen und alles in den Mülleimer gekippt und mich dabei angeschrien, ich sei nur furchtbar verwöhnt und hätte gar nicht verdient, was er für mich tue, und dass ich gar nicht verstehen würde, wie schwer das alles für ihn ist und wie viel Mühe er sich gibt, und wenn ich wolle, könnte ich ruhig ganz zu Mama und ihrem Advokaten ziehen und mich in dessen Reichtümern suhlen, er jedenfalls hätte nichts dagegen.

»So, wie ich ihn kenne, hat er jahrelang über alles, was in jener Zeit in London geschehen ist, immer wieder nachgegrübelt und hat jede Geste, jede Entscheidung, jedes Wort wieder und wieder analysiert. Jedenfalls ist er damit nie ins Reine gekommen, und es ist wohl kein Tag vergangen, an dem er nicht Schuldgefühle gehabt hätte.«

Mein Vater war aschgrau vor Zorn. Den ganzen Abend haben wir nicht mehr miteinander gesprochen. Nie hätte ich geahnt, dass das der letzte Heiligabend sein sollte, den ich mit meinem Vater verbringen konnte. Wir haben uns dann im Fernsehen eine Komödie angesehen, in dem zwei Typen, ein Schwarzer und ein Weißer, zwei alte Millionäre völlig ruinieren, die gegeneinander gewettet haben, ob es möglich ist, aus dem schwarzen Hungerleider eine Art Lord und aus dem anderen, der vorher ein hohes Tier in ihrer Firma war, einen Kriminellen zu machen. Nur haben eben die beiden Alten nicht damit gerechnet, dass sich ihre Versuchskaninchen, auch mithilfe eines Butlers und einer schönen Prostituierten, gegen sie verbünden würden und den Spieß umdrehen. Es war ein richtig lustiger Film, aber weder Papa noch ich haben ein einziges Mal gelacht. Gegen Mitternacht sind wir schlafen gegangen, in das knarrende Doppelbett, und ich hab die Augen zugemacht und so getan, als wäre ich eingeschlafen. Ich weiß nicht, wie lange es gedauert hat, bis ich seine Hand gespürt habe, die mir über das Haar gestreichelt hat. Und dann habe ich gehört, wie er geweint hat.

»In letzter Zeit hat dein Vater über nichts anderes mehr geredet. Er war unruhig, wie in ständiger Eile, und so, wie dann alles gekommen ist, ist ja auch klar, warum. Aber was er nun genau vorhatte, weiß ich auch nicht. Er hat auch von einem ominösen steinalten Buch erzählt, das ihm damals geschenkt worden war und dessen Sinn er nicht oder zu spät kapiert habe. Ich hab dir noch nicht erzählt, dass deine Mutter, als du in der Schweiz warst, bei mir angerufen und mich gebeten hat, in eure alte Wohnung zu fahren: Du kennst deine Mutter und ihre direkte Art, und so hat sie mir gesagt, sie müsse die Wohnung leer räumen, und wenn ich Interesse an etwas hätte, könne ich es mitnehmen. Den Rest werde sie dann von einer Entrümpelungsfirma entsorgen lassen. Ich war dann also in der Wohnung, habe die Schubladen durchgesehen und eine Reihe alter Fotos mitgenommen, auf denen fast immer du drauf bist, in jedem Alter, zu jeder Jahreszeit. Ich habe sie alle in eine Schachtel gepackt, sie gehören dir, wenn du willst. Auch einige Bilder von deinem Papa als kleiner Junge mit deinen Großeltern sind darunter, und dann ein paar Aufnahmen als Jugendlicher. Aber vor allem habe ich mir die Festplatte seines Computers angesehen und seine Dateien auf diesem Stick gespeichert. Hier, der ist für dich!«

Und dann der nächste Morgen … Was an diesem Morgen

geschehen ist, werde ich auch nie vergessen. Ich bin ziemlich früh aufgewacht, und Papa hat noch geschlafen. Seine Augen waren geschwollen, aber das war es nicht, was mich so komisch berührt hat. Sondern wie er dalag, zusammengekauert auf der Seite, mit einer Hand auf der Brust, in Höhe des Herzens. Bis zu jenem Morgen, einige Wochen später, habe ich nicht mehr daran gedacht. Aber an diesem Heiligabend ist mein Vater gestorben. Und ich war es, die ihn umgebracht hat, ich allein.

»Und das hier ist auch für dich.«

Es ist ein Brief. Auf dem Umschlag nur ein Wort: *Claire*.

25

Viola

Mailand, 24. Dezember 2010

»Ein Applaus für Margot, die uns all diese Köstlichkeiten gezaubert hat! Bravo, Margot! Frohe Weihnachten!«

Mama ist ausgelassen. Verglichen mit gestern Nacht, als Fulvio mich nach Hause gebracht und sie die Tür aufgemacht hat, wirkt sie wie ausgewechselt. Bevor sie ihn begrüßte, warf sie einen vorwurfvollen Blick auf die Uhr, legte ihm dann nur kurz die Hände auf die Schultern und hauchte einen superleichten Kuss in die Luft, ohne dass sich dabei ihre Wangen berührt hätten. Seit sie mit dem reichen Gian zusammen ist, geht sie auf Abstand zu allen alten Freunden, und ich glaube, zu Fulvio hält sie den Kontakt nur noch, weil sie weiß, dass ich ihn mag.

Aber heute ist Mama völlig anders, so wie immer an Heiligabend, auch schon in der Zeit, als sie noch mit Papa zusammen war.

»Es wird Zeit, Viola, Tancredi: Gebt Margot ihr Geschenk, sie fährt ja jetzt heim, um mit ihrer Familie zu feiern. Eure Geschenke könnt ihr dann, der Tradition gemäß, morgen früh auspacken.«

Der Tradition gemäß… Seltsam, wie Mama manchmal redet. Und wie sie sich verhält, ist noch komischer. Ihr kommen fast die Tränen, während sie zusieht, wie wir Margot einen in Geschenkpapier eingeschlagenen Gegenstand überreichen, der – wenn ich es richtig einschätze – ein Pullover sein dürfte, während ihr Gian einen Umschlag, wahrscheinlich mit einem Schein drin, in die Hand drückt.

Von solchen Szenen lässt sie sich tatsächlich rühren, während sie mir in anderen Situationen furchtbar hart und unsensibel erscheint. Dennoch muss Papa ja was an ihr gefunden haben, sonst hätte er sie wohl nicht geheiratet. Und er hat mir auch oft erzählt, wie sehr sie sich immer ein Kind gewünscht haben und dass sie eine Zeit lang Angst hatten, es würde womöglich nicht klappen, bis Mama eines Tages, als sie die Hoffnung schon fast aufgegeben hatten, mit mir schwanger wurde.

Jetzt sitze ich auf einem Berg von Fragen, die Papa zu stellen ich mich nicht getraut habe und die ich Mama nicht fragen möchte. Einfache Fragen, zum Beispiel, wann sie sich kennengelernt haben, wann sie zum ersten Mal miteinander geschlafen haben, was das Schönste war, das sie gemeinsam erlebt haben. Und auch die schweren: Warum habt ihr euch getrennt? Warum habt ihr mich überhaupt in die Welt gesetzt, wenn ihr mir dann so ein zerrissenes Leben aufzwingt?

»Bevor wir schlafen gehen, haben wir noch Zeit, miteinander anzustoßen und etwas zu spielen, was ich mir überlegt habe«, verkündet meine Mutter. »Hier habe ich vier Blätter und vier Briefumschläge. Jeder von uns – auch du Gian, denk nicht, du kannst dich drücken – schreibt jetzt einen Wunsch für das kommende Jahr auf. Es muss sich um keinen Gegenstand handeln, es kann ruhig auch etwas Persönlicheres oder ganz Ungewöhnliches sein. Egal, jedenfalls etwas, was ihr gerne machen oder haben würdet. Wenn wir morgen alle Geschenke ausgepackt haben, lesen wir, was jeder geschrieben hat, und bemühen uns, diesen Wunsch zu erfüllen – vorausgesetzt natürlich, es handelt sich um nichts Unmögliches. Komm, Viola, zieh nicht so eine Schnute: Es gibt doch bestimmt etwas, worüber du dich freuen würdest, oder?«

Credino hat seinen Wunsch schon aufgeschrieben und fährt mit der Zunge über den Umschlag, um ihn zuzukleben. Gian lächelt und schüttelt den Kopf: Vielleicht ist er selbst überrascht, Mama einmal so fröhlich und unternehmungslustig zu erleben.

Ich würde gern wissen, wer Claire ist und wie wichtig sie damals vor vielen Jahren für Papa wirklich war. Stattdessen erkenne ich, dass mir Mama hier die Möglichkeit eröffnet, an mein eigentliches Weihnachtsgeschenk heranzukommen. Und so schreibe ich: »Ich wünsch mir, die Winterferien mit meiner Zimmerkameradin Leslie in England zu verbringen.«

26

Giacomo

London, 30. Dezember 1980

Das Transportband drehte sich in einem fort und spuckte Koffer aus, während Giacomo danebenstand und ein paar Minuten lang fürchtete, sein Gepäck könnte in Mailand zurückgeblieben oder in einer falschen Maschine auf dem Weg zu einem unbekannten Ziel gelandet sein.

Sein Vater, der sich lange gegen das Ansinnen gewehrt hatte, seinen Sohn schon zu Silvester, lange vor Arbeitsbeginn, nach London fliegen zu lassen, hatte ihm ein Ticket für den ersten Flug am Morgen geschenkt, ohne auch nur einen Gedanken daran zu verschwenden, dass der Flug vielleicht wegen Nebels ausfallen könnte, was am Flughafen Linate zu dieser Jahreszeit sehr häufig vorkam. Aber sie hatten Glück gehabt: Der Himmel über Mailand war heute so klar wie selten gewesen. Seine Eltern hatten ihn bis zum Check-in-Schalter gebracht und dazu den Wagen im Parkhaus abgestellt, schon fertig gepackt – einschließlich Kühltasche –, um sich danach sogleich auf den Weg nach Madonna di Campiglio machen zu können.

»Hast du alles dabei?«

»Ja, Mama. Und außerdem bin ich ja in ein paar Tagen wieder da.«

Er hatte alle Kleidungsstücke im Koffer und als Handgepäck nur den Radiorekorder dabei, den ihm seine Eltern zu Weihnachten geschenkt hatten: Den wollte er dann bei Claire lassen, die ihn bis März, wenn er nach London zog, für ihn aufbewahren würde. Er hatte sie am Weihnachtsmorgen angerufen, um ihr ein frohes Fest zu wünschen und ihr zu berichten, dass er nun doch, anders als am Vortag besprochen, den Jahreswechsel mit ihr würde verbringen können.

Claire hatte vor Glück aufgeschrien und sich dann sogleich beschwert, mit diesen Überraschungen müsse aber jetzt Schluss sein, es sei ja nicht auszuhalten, dass er ihr die wichtigsten Dinge immer bis zur letzten Sekunde verheimliche.

Giacomo war es nicht ganz leichtgefallen, sie davon zu überzeugen, dass er selbst genauso überrascht war. Erst als er damit drohte, seinen Vater ans Telefon zu holen, damit er ihr die Sache bestätige, hatte sie nachgegeben. »Okay, ich glaub dir. Aber auch wenn es nicht stimmen sollte, ich bin zu glücklich, um mich zu ärgern …«

Und während er nun in der riesigen Ankunftshalle von Heathrow auf seinen Koffer wartete, kam es ihm endlos lange vor, bis das braune Lederimitat mit abgewetzten Griffen und umlaufendem Reißverschluss und einer Art Gürtel, der vorne zu schließen war, vor ihm stand. Er hob ihn mit beiden Händen an und wuchtete ihn auf den Gepäckwagen, in dessen Korb oben längs der Griffschiene schon sein Radiorekorder prangte. Passagiere fluteten rechts und links an ihm vorbei, überall sah er Rucksäcke, Aktenkoffer, Einkaufstaschen und Kinderwagen.

Als sich die automatische Schiebetür vor ihm öffnete, sah er sich einer Wand von Menschen gegenüber, die winkten oder Schilder mit Namen von Personen oder Firmen in die Höhe reckten.

Dann erkannte er sie.

In einem kurzen dunklen Mantel, Bluejeans, auf dem Kopf eine dunkelblaue Topfmütze, unter der ihr blonder Zopf hervorschaute, der seit Brighton noch länger geworden war. Claire rannte zu ihm und schlang ihm die Arme um den Hals. So standen sie da, schweigend, sie mit dem Kopf in der Senke zwischen seinem Nacken und der Schulter, er mit einer Hand um ihre Taille und mit der anderen am Gepäckwagen, während um sie herum andere Passagiere sie streiften, anstießen oder missmutig anschauten, weil sie sich gleich hinter dem Ausgang der Ankunftshalle breitgemacht hatten.

»Ich bin so froh, dass du da bist«, sagte Claire, ohne ihn loszulassen. »Wie geht's dir?«

»Sehr gut, jetzt, wo ich hier bin«, antwortete er und streichelte ihr dabei über den Nacken.

»Genau die Stelle ist es.«

»Welche Stelle?«

»Wo ich das Büschel Haare für dich abgeschnitten habe. Sie haben nur auf deine Berührung gewartet, um endlich weiterzuwachsen.«

Sie küssten sich, umgeben von all den Leuten, sie an ihn, er an den Gepäckwagen geklammert. Erst als eine Dame »*Excuse me!*« kreischte, merkten sie, dass sie der Menschenschlange, die unaufhörlich aus der Schiebetür quoll, den Weg versperrten, und traten zur Seite.

»Komm, wir müssen zur U-Bahn.«

In Holborn stiegen sie von der Piccadilly in die Central Line Richtung Osten um und fuhren bis zum Bahnhof Wanstead weiter. Anderthalb Stunden mit der U-Bahn, fast genauso lange, wie er von Mailand gebraucht hatte, ging es Giacomo durch den Kopf, als sie ins Freie traten.

»Komm, fünf Minuten sind es noch zu Fuß bis zu mir nach Hause. Dort lang.«

Giacomo schaute nach links, ob die Straße frei war, und setzte einen Fuß vom Gehweg hinunter.

Er meinte tatsächlich zu spüren, wie sich ihm die Nackenhaare aufstellten, als von rechts hupend ein Bus nahte.

»*Look right!*«, rief Claire erschrocken lachend und deutete dann auf einen Schriftzug auf dem Asphalt. »Da steht's doch auch. Das darfst du nicht vergessen.«

Sie gelangten zu einem kleinen, baumbestandenen Park, mit Rutschbahnen und Schaukeln in einer Ecke, wo trotz der Kälte Kinder spielten. Zu allen vier Seiten identisch aussehende kleine Reihenhäuser: zweigeschossig, ein Taschentuch großes Stück Rasen auf der Rückseite, zwei Stufen, die zu den Haustüren führten, von denen viele – wie die von Claires Familie auch – bunt verglast waren.

»Willkommen in der Spratt Hall Road.«

~ 27 ~

Viola

Mailand, 25. Dezember 2010

»Cool! Der neue Playstation-Controller! Danke, Papa! Danke, Arianna! Und das neue FIFA-Spiel! Danke, Viola. Du bist gar nicht so übel, nur leider stummmm.«

Das letzte Wort hat er ganz leise gesagt, und erst nachdem er sich vergewissert hat, dass Mama oder Gian ihn nicht hörten. Aber immerhin mit einem Lächeln, sodass ich mich nicht drüber geärgert habe. Meine Geschenke – oder besser, die von Fulvio – sind alle gut angekommen. Gian hat seinen Füller lange bewundernd zwischen den Fingern hin und her gedreht, und Mama hat mich in den Arm genommen, als sie den Kaschmirpullover gesehen hat. Nicht, dass ihr so was gefehlt hätte: Ich glaube, seit sie hier wohnt, hat sie noch nichts anderes als Kaschmir getragen. Gewundert habe ich mich nur, dass sie mich gar nicht gefragt hat, woher ich das Geld dafür hatte.

»Und du, Viola. Bist du auch mit deinen Geschenken zufrieden?«

Könnte ich reden, Mama, würde ich sagen, dass mich der neue Skianzug an ein nicht sonderlich beglückendes Erlebnis im Internat erinnert. Aber das Notebook, ja das ist wirklich »cool«, wie Credino gerade gesagt hat. Zumal Gian persönlich mit der Bergson geredet und die Erlaubnis für mich ausgehandelt hat, dass ich das Gerät mit aufs Zimmer nehmen darf, da es mir in meiner Situation, zum Bespiel für Sprachübungen, gute Dienste leisten kann. Bedingung ist nur, dass ich damit nicht ins Internet gehe.

»Ich freue mich, dich lächeln zu sehen, Viola. Wirklich, dein Lächeln hat mir gefehlt. Jetzt müssen wir nur noch die Briefumschläge mit unseren Wünschen öffnen. Aber das machen wir am Tisch, nach dem Essen, wenn wir den Panettone angeschnitten haben.

Vorspeise mit allerlei Schnittchen, zwei erste Gänge – Ravioli in Brühe sowie Tagliatelle mit Erbsen und Sahne – und als Hauptspeise gefüllter Kapaun. Ich hab das Gefühl, dieses Essen hört gar nicht mehr auf: In Gedanken bin ich schon ganz bei dem Moment, wenn Mama meinen Zettel lesen wird. Ich mache mir Hoffnungen: So gut gelaunt hab ich sie noch nie erlebt.

»Gian, mach bitte mal den Champagner auf. Ich weiß, für dich gehört zum Süßen ein Süßer, zur Nachspeise ein süßer Sekt, aber was soll ich machen? Ich mag es einfach nicht. Das ist so gewöhnlich. Also, tu mir den Gefallen. Und schenk auch den Kindern einen Schluck ein, es ist schließlich Weihnachten …«

»Natürlich, Schatz, wie du willst …«

»Dann können wir ja jetzt auch die Umschläge aufmachen: Gian, du fängst an.«

»Gern, also hier auf meinem Zettel steht: ›Eine Woche im Warmen, um der Winterkälte zu entfliehen.‹«

»So muss es sein: Das nenn ich Übereinstimmung. Schau mal, was ich geschrieben habe.« Mama zeigt ihren Zettel, auf dem nur ein einziges Wort steht: Malediven.

»Wie du siehst, haben wir den gleichen Wunsch, nur dass

ich das Reiseziel schon gewählt habe. Du bist dran, Tan: Was hast du geschrieben?«

»*Assassin's Creed.*«

»Was ist das denn?«

»Ein Spiel für die Playstation.«

»Hast du das nicht schon?«

»Ja, Papa, aber ich will die neue Version.«

Mama lacht, fährt Credino mit der Hand durch die Haare und schaut dann mich an.

»Jetzt du, Viola. Darf ich deinen Umschlag öffnen?«

Ich reiche ihn ihr und sehe zu, wie sie meinen Zettel liest. Sie starrt mich an, will etwas sagen, bricht ab, blickt zu Gian, dann wieder zu mir.

»Ach Schatz, ich freue mich ja so, dass du dich mit deiner Zimmerkameradin richtig angefreundet hast. Aber es wäre besser, wenn du ein andermal mit ihr fährst. Es ist nämlich so, dass wir in den Winterferien auch in die Schweiz wollen, um mit dir und Tancredo Ski zu fahren. Ja, denn es gibt noch eine weitere Überraschung. Tancredi haben wir in Mailand von der Schule genommen, damit er mit dir das *Écureuil Jaune* besuchen kann. Freust du dich?«

Alle schlafen, nur ich mache kein Auge zu. Eben hat Credino im Schlaf »Pack ihn! Pack ihn!« gerufen. Vielleicht hat er von irgendeinem Videospiel geträumt. Als Mama gesagt hat, dass ich nicht mit Leslie nach England reisen darf, war ich zuerst völlig niedergeschlagen. Trösten konnte mich auch wenig, dass sie mich in den Arm genommen und mir versprochen hat, mit Leslies Mutter zu reden und etwas für ein andermal abzumachen. Falls sie erfährt, was die beruflich macht, kann ich die Reise garantiert vergessen.

Vorhin habe ich noch den Speicher-Stick, den Fulvio mir gegeben hat, in meinen neuen Computer gesteckt, ein fantastisches Notebook, das weniger als eine Packung Kekse wiegt, und hab mir angeschaut, was Papa darauf gespeichert hat. Viele Fotos von mir, in jedem Alter. Als Baby auf Mamas Arm. Dann meine Taufe, Papa ganz fein mit Krawatte, wie er mich übers Becken hält, und die Großeltern stocksteif daneben. Wieder ich, in einem orangefarbenen Mäntelchen auf dem Spielplatz auf einer Schaukel oder am Meer mit Eimerchen und einer Kappe mit zwei schielenden Augen auf dem Schirm, am ersten Schultag mit einem Ranzen, der größer ist als ich, ich und Papa in den Bergen, im letzten Sommer, den wir zusammen verbracht haben.

Dann ein ganzer Haufen Dateien, mit denen ich gar nichts anfangen kann, mit Namen wie Bank, Quittungen, Rechnungen, Neu, Alt, alles ineinander verschachtelt und so unverständlich wie Codes, die man erst entschlüsseln muss. Ich hab alles gleich wieder weggeklickt. Mit solchem Computer-Wirrwarr hätte Credino eher Spaß.

Credino ... Ich kann nicht fassen, dass ich von nun an auch noch ihn im Internat zwischen den Füßen haben soll. Klar, wir wohnen in unterschiedlichen Flügeln und besuchen verschiedene Klassen und werden uns nicht ständig über den Weg laufen. Aber er wird da sein. Und das nervt.

Nervend wird sicher auch die Rückfahrt in die Schweiz. Mama und Gian werden uns nicht selbst dorthin fahren, sondern lassen uns von einem Fahrer seiner Kanzlei bringen.

Ich kann einfach nicht einschlafen, bekomme meinen Kopf nicht frei von all den Gedanken. Ich gehe ins Badezimmer, mache das Licht an. Auf der Ablage vor dem Spiegel türmen sich Feuchtigkeitscremes, parfümierte Öle, Flaschen von

Shampoos, Badesalz aus dem Toten Meer, Schaumbäder, all dies zusammen kostet vermutlich mehr als die Monatsmiete, die Papa früher für unsere kleine Wohnung bezahlte.

Ich gehe ins Schlafzimmer zurück und hole den Brief hervor, den mir Fulvio gestern gegeben hat, und drehe und wende ihn eine Weile zwischen den Fingern hin und her. Dann stecke ich ihn zurück in das Buch, in den ich ihn gelegt hatte: Ich hab nicht den Mut, ihn zu lesen, noch nicht. Stattdessen schlage ich das graue Notizbuch auf und lese, um einzuschlafen, noch einmal einen Brief, den Claire Papa geschrieben hat. Es ist einer meiner Lieblingsbriefe.

London, Sonntag, 13. Januar 1981

Heute bin ich früh aufgewacht und konnte nicht mehr schlafen. Ich war so unruhig, sogar das Gezwitscher der Vögel in den Bäumen vor meinem Fenster hat mich gestört. Also bin ich aufgestanden, habe mich angezogen und nur mit einem Glas kalten Orangensaft gefrühstückt und habe das Haus verlassen.

Ich bin zum U-Bahnhof spaziert und habe mich dabei ein paarmal umgedreht, weil ich meinte, deine Stimme hinter mir zu hören. Die Straße war ganz still, nur ein Linienbus kam mir entgegen und eine Familie auf Fahrrädern – Vater, Mutter und zwei Jungen, offenbar Zwillinge –, die vielleicht schon unterwegs zum Park waren. Sonntagmorgens ist die Stadt ganz anders als sonst, fast ausgestorben. Aber heute, bei dem klaren Himmel und dem hellen Licht, hatte diese Stille etwas Friedliches und nichts von Einsamkeit.

Die U-Bahn war leer. Erst dann nach dem Umsteigen in die Piccadilly Line sind dann mehr und mehr Leute zugestiegen: Eine lärmende amerikanische Reisegruppe sang America America. *Einer der Amis hat mich angeschaut und mir zugezwinkert: Der Mann war bestimmt siebzig, wenn nicht sogar älter. Seltsam.*
Am Leicester Square bin ich ausgestiegen und dann die Charing Cross Road hochgelaufen. Vor jedem Buchladen blieb ich stehen und sah mir die Auslagen an. In einem entdeckte ich eine wunderschöne illustrierte Ausgabe von Miltons Paradise Lost. *Aufgeschlagen war eine Seite mit einem Bild des Engels, der sich mit seinem Schwert den Teufeln entgegenstellt. Ich habe mich gefragt, ob Onkel Alan in seinem Laden wohl auch eine so schöne Ausgabe davon hat. Wenn ja, würde ich sie dir gern schenken, denn wie ein Verlorenes Paradies kommt mir ein wenig auch vor, was wir jetzt erleben.*
Du bist eingeschlafen! Ist dir das klar! In der Silvesternacht bist du eingeschlafen, weil du zu viel getrunken hattest. Noch wohnst du gar nicht hier und schon verhältst du dich wie der typische Durchschnittsengländer.
Ich bin noch mal den ganzen Weg jenes Abends abgelaufen, über den Leicester Square und durch Soho, an dem Chinarestaurant, wo wir gegessen haben, vorbei und weiter bis zum Comedy Store. Dort blieb ich stehen und wartete. Ich hab gewartet, auf dich, deine Stimme, deine Schritte, deine Hände … Die Augen geschlossen, stand ich da und wartete. Und irgendwann hab ich dich dann gespürt. Ganz stark, in mir …
Dennoch …
Dennoch bin ich mir im Moment nicht sicher, was aus

uns wird. Als du mich an Silvester um Mitternacht gefragt hast, wie das Jahr für uns wird, habe ich geantwortet, dass es an uns liegt, und die Enttäuschung in deinen Augen bemerkt. Du willst das nicht von mir hören, denn in ein paar Wochen wirst du hier sein, und dann haben wir die Chance, unsere Liebe zu leben. (Liebe: Ist das zu früh, es so zu nennen?) Jedenfalls ist es zu früh, um zu sagen, ob diese Liebe hält, ob sie in unserem Leben Spuren hinterlassen wird oder der Wind sie verweht und nichts davon bleibt, wie heute von den Wolken an diesem blank gefegten Himmel über London.
Es tut mir leid, dass ich so melancholisch bin. Vielleicht ist es nur Angst, Angst, dir »Ich liebe dich« zu sagen, Angst, die ich selbst spüre, wenn ich dich diese drei Worte so überzeugt sagen höre.
Aber komm bitte bald her. Ich warte auf dich, Giacomo. Komm her, und wir versuchen es. Es wäre schön, wenn du dann nicht jedes Mal einschläfst neben mir.

Claire

— 28 —

Giacomo

London, 28. Februar 1981

Er klappte den London-Reiseführer zu, in dem er herumgeblättert hatte, und schaute aus dem Fenster. Der Ärmelkanal entzog sich dem Blick, sie flogen durch die Wolkendecke und würden in Kürze Richtung Heathrow hinuntergehen, wo sie ein kühler, regnerischer Tag erwartete. Vor ihm saß ein Herr in grauem Anzug, der seine Lehne ganz zurückgeschoben hatte und seit dem Start schon laut schnarchte. Giacomo seinerseits hatte sich nicht getraut, seine eigene Lehne herunterzulassen, weil er fürchtete, damit die Dame zu verärgern, die hinter ihm mit strenger Miene in der *Financial Times* las.

Er entriegelte das Tischchen, das ihm knapp am Oberkörper vorbei auf die Knie sank, und breitete den Brief der *Ferrcoal* darauf aus, mit der Handfläche die Falten glättend. Zum hundertsten Mal überflog er die Bedingungen des Vertrages, der ihn bis zum Ende des Jahres an die englische Tochter der *Ferroil* band. Auf einem gesonderten Blatt standen weitere wichtige Informationen, etwa zu der Wohnung, die er sich mit seinem neuen Kollegen, einem gewissen Fulvio Natali teilen würde, oder den Flügen nach London. Arbeitsbeginn in den Büroräumen im Stadtteil Farringdon war Montag, der 2. März, um 8.30 Uhr, und die Wohnung stand ihnen vom Abend des 26. Februars an zur Verfügung. Angeboten waren Flüge an den letzten beiden Februartagen oder am 1. März, und Giacomo hatte sich für den Mittelweg entschieden: Wäre er am 27. geflogen, hätte er Claire glücklich, seine Mutter aber traurig gemacht, am 1. März wäre es umgekehrt, seine Mutter wäre froh, Claire aber sauer gewesen. Seine Entscheidung für den 28. tat niemandem weh, so hoffte er, tatsächlich aber waren beide ein wenig enttäuscht.

Claire hatte die Mitteilung mit einem »Schade, sonst hätten wir das ganze Wochenende zusammen verbringen können« aufgenommen. Und seine Mutter hatte nur »Das wäre dein letzter Samstag bei uns gewesen, wer weiß, wann wir uns wiedersehen, aber lass nur, das musst du schon selber wissen« gesagt, mit jener vor allem mütterlichen Fähigkeit, dem Sohn mit einem Halbsatz ein schlechtes Gewissen zu machen – ohne direkten Vorwurf, aber gerade dadurch umso wirkungsvoller, besonders bei einem Menschen wie Giacomo, der ständig in einer Art Fegefeuer zwischen Versuchung und Hemmung lebte.

Er selbst hielt dieses Beschreiten des Mittelwegs, die Unfähigkeit, eine klare Haltung einzunehmen, für einen Grundzug seines Charakters. Immer lauwarm, nie zu heiß und nie zu kalt, selbst das Wasser, mit dem er sich nach dem Zähneputzen den Mund ausspülte. Ein Steak weder blutig noch ganz durch, immer medium, und Kartoffeln weder gebraten noch gekocht, sondern aus dem Ofen. Auch in den Jahren auf dem Gymnasium hatte er es geschafft, sich nie wirklich zu einer Seite zu bekennen, und das in einer Klasse, die ein breiter Riss durchlief, der jene, die mit erhobener Faust auf der Straße demonstrierten, von den anderen trennte, die mittwochs und sonntags mit dem Pfarrer in den Gruppenstunden sangen und beteten. Und hatte ihn diese seine Unentschlossenheit eine Zeit lang für beide Seiten attraktiv gemacht, sodass man sich bemühte, ihn entweder eine rote Fahne schwenken oder Psalmen lesen zu lassen, so war er schließlich den einen wie den anderen gleichgültig geworden.

Wenn er es sich recht überlegte, war dieser Entschluss, nach London zu ziehen, die erste mutige Tat seines Lebens, einmal abgesehen von unbedeutenderen Leistungen, wie seinem Sprung vom Fünfmeterbrett im Cozzi-Bad (nur einmal und mit den Füßen voraus, aber immerhin) oder auch seinem Eingreifen bei einer Prügelei zwischen zwei Jungen am Strand, das ihm selbst eine nicht für ihn bestimmte Ohrfeige eingetragen hatte.

Wäre Ferretti an jenem Abend in Madonna di Campiglio nicht derart vorgeprescht, so sagte er sich, hätte er vielleicht nie den Mut aufgebracht, seinen Vater zu bitten, ihn nach London ziehen zu lassen. Und hätte so vielleicht Claire verloren. War er ein Feigling? Vielleicht … Anders als Claire. Die hatte am Neujahrsmorgen erhobenen Hauptes dem wütenden Blick ihres Vater standgehalten.

Noch vor dem Morgengrauen waren Mr. und Mrs. Mayes vom Lake District aufgebrochen, nachdem sie mit ihren Freunden auf das neue Jahr gewartet, mit diesen – und süßem Sekt – darauf angestoßen und sich gleich darauf – unter den entgeisterten Blicken der Runde – entschuldigt und ins Bett verabschiedet hatten. Niemand konnte sich den Grund für diesen »dringenden Aufbruch« um fünf Uhr in der Frühe erklären, anders als Claire und Giacomo, die noch geschlafen hatten, als die beiden kurz nach zehn ins Haus gepoltert kamen. Es fiel Claire nicht leicht, ihren Eltern darzulegen, was genau Giacomo in ihrem Zimmer machte. Vielleicht halfen aber dessen grau-grüne Gesichtsfarbe, die dicken Ringe unter seinen Augen und die verlorene Miene eines Menschen, der abends zu tief ins Glas geschaut hat und sich nun wie auf einen anderen Planeten katapultiert fühlt, dass die Erklärungen schließlich akzeptiert wurden.

Der Schreck, der ihnen an diesem Morgen in die Glieder gefahren war, hatte allerdings auch dafür gesorgt, dass sie an den folgenden drei Tagen – die einzigen, die ihnen vor seiner Rückkehr nach Mailand zur Verfügung standen – keinen Versuch mehr unternahmen, das zu tun, was sie beide gern getan hätten. Ja, sie hatten noch nicht einmal mehr über ihre erzwungene Keuschheit geredet und unausgesprochen das Vorhaben auf die Zeit verschoben, wenn er seine Arbeit in London antreten und für länger bleiben würde.

Der Flugkapitän kündigte jetzt den Sinkflug Richtung London Heathrow an und wies darauf hin, dass die Landung in Sturm und Regen, der gerade über London niederging, unruhig und holprig werden könnte. Die Blicke auf die Beckengegend von Männern und Frauen gerichtet, liefen die Stewardessen den Gang entlang und prüften, ob alle die Sicherheitsgurte angelegt hatten, und Giacomo musste lächeln bei dem Gedanken, dass ein Blick, der überall sonst als anstößig empfunden worden wäre, hier nicht nur erlaubt war, sondern von vielen mit einer betonten Zurschaustellung dieser Körperregion beantwortet wurde. Auch die Flugzeugszene aus *Emanuelle* kam ihm in den Sinn. Diesen Film hatte er bei einem Klassenkameraden mit einem liberal eingestellten, vermögenden Vater gesehen, der nicht nur einen der ersten Videorekorder besaß, sondern auch Filme, die er selbst, Giacomo, in Gegenwart seiner eigenen Eltern nicht einmal hätte erwähnen dürfen. Einen Moment lang stellte er sich Claire in

Sylvia Kristels Rolle vor, verscheuchte den Gedanken aber sofort wieder. Sie waren gelandet.

Er wartete auf sein Gepäck – zwei riesengroße steife Koffer, die ihm seine Mutter geschenkt hatte, smaragdgrün (»So erkennst du sie schon von Weitem«) und mit Rollen und ausziehbarem Griff (»Das ist nicht so anstrengend«) – und bewegte sich zur U-Bahn. Fast seine gesamte Garderobe hatte er dabei, einschließlich eines Nadelstreifenanzugs, den er bisher nur ein einziges Mal, bei seiner Abiturfeier, getragen hatte.

Dieses Mal nahm Claire ihn nicht am Flughafen in Empfang, was ihn ärgerte. Begründet hatte sie ihr Fernbleiben damit, dass sie ihre Eltern zu einer nicht näher benannten Verabredung begleiten müsse, doch Giacomo hatte das deutliche Gefühl, dass sie Vergeltung üben wollte: Sie bestrafte ihn dafür, dass er nicht schon einen Tag eher gekommen war.

Unwillkürlich musste Giacomo aber auch an den ersten Teil der Silvesternacht denken, den er und Claire gemeinsam mit ihren Freunden in einem Lokal am Leicester Square verbracht hatten, in dem alles rot war, die Sitze, die Partygirlanden. Sie hatten Mühe, sich bei der lauten Musik zu verständigen, als plötzlich ein Typ mit dunklem, zurückgekämmtem Haar und tiefblauen Augen Claire auf die Schulter getippt hatte. Claire war kurz angebunden zu ihm, und dieser Ben, wie er hieß, hatte gefragt: »Warum so abweisend, Claire? Wir hatten doch gesagt ohne Groll, oder?

»Ja, ohne Groll. Aber jetzt geh besser, Ben«, hatte sie gesagt.

»So eilig hab ich's gar nicht. Und wer ist das da?«

Giacomo hatte gespürt, wie angespannt Claire war, und sich deswegen selbst vorgestellt. »Hallo, ich bin Giacomo, aus Mailand …«

»Ach, das ist der Italiener, von dem mir Martin erzählt hat. Habt ihr schon gefickt?«

Die Ohrfeige, die augenblicklich Bens Gesicht traf, rief Giacomo jenen Abend an der Strandpromenade in Brighton in Erinnerung. Ben starrte Claire noch eine Weile entgeistert an und verschwand dann.

Auf dem Informationsblatt der *Ferrcoal* stand genau beschrieben, wie die Wohnung zu erreichen war, die er sich die nächsten Monate mit diesem Natali teilen würde. Er musste am Bahnhof Earl's Court aussteigen und von dort ein paar Minuten zu Fuß bis zu ihrer Straße, der Lexham Gardens, weitergehen, wo ihn ihr Vermieter, ein gewisser Galal Lateef, offenbar ein Ägypter, erwarten würde.

Als er schließlich am U-Bahnhof die Treppe hinaufstieg und wieder ins Freie trat, erblickte er einen Fetzen blauen Himmels zwischen schweren dunkelgrauen Wolken. Es hatte aufgehört zu regnen, und trockenen Fußes hätte er die Lexham Gardens erreicht, wäre er hinter einer Bordsteinkante nicht in eine tiefe Pfütze getreten.

Er läutete an der türkisfarbenen Tür des Hauses, das sich nur durch diesen Farbton von den anderen Häusern der Zeile mit ihren weißen Türen unterschied. Der dreistufige Aufgang wurde von zwei mächtigen Säulen flankiert, links davon wölbte sich ein Erker, mit einer Glasfront, hinter der ein weißer Vorhang vor neugierigen Blicken von der Straße schützte.

Ein kahlköpfiger Mann mit einem kugeligen Bauch machte ihm auf und reichte ihm seine kalte, schweißnasse Hand.

»Herzlich willkommen, ich bin Galal.«

»Giacomo Zecchini, angenehm.«

»So, hier entlang: Dein Mitwohner ist gestern schon eingetroffen, aber gerade noch mal kurz fort, um ein paar Sachen zu besorgen.«

Das einzige Zimmer des Apartments lag hinter diesem Erker, der zur Straße hinausging. Die Küchenzeile in einer Ecke war mit Elektrokochplatten ausgestattet, davor stand ein kleiner Tisch, um den vier Stühle gruppiert waren, die zusammengeklappt werden mussten, bevor man die beiden Schlafsofas ausziehen konnte. Wanne und Waschbecken im Bad waren zerkratzt, und natürlich gab es für warmes und kaltes Wasser getrennte Hähne.

»Hier sind die Teller, dort die Handtücher und das Bettzeug. Ich habe deinen Freund schon den Weg zum Waschsalon und zum Supermarkt erklärt, aber ich erklär's gern noch mal.«

»Nicht nötig, danke. Funktioniert der?«

Giacomo deutete auf einen Münzfernsprecher an der Wand, und Galal nickte.

»Du kannst dich, wenn du willst, auch anrufen lassen, hier steht die Nummer: Aber es ist eben ein Apparat wie in den Telefonzellen, hört sich seltsam an, wenn er klingelt.

»Okay.«

»Ist noch was?«

»Im Moment nicht, danke.«

»Falls irgendetwas ist, ich wohne hier drüber, auf dem zweiten Stock, Tür vier. In den Apartments zwei und drei wohnen andere Mieter, und in der 5 meine Tante, aber da hat es keinen Sinn zu klingeln, die ist taub.« Der Ägypter brach in Gelächter aus, das bald in einen bellenden Hustenanfall überging, so als hätte er über viele Jahre hinweg zu viel geraucht. »Sag nichts, ich weiß schon, ich sollte aufhören ... Also okay, wenn du mich brauchst, du weißt, wo du mich findest.«

Giacomo brachte ihn zur Tür, verabschiedete sich und schloss sie hinter ihm. Er lauschte, bis die Schritte auf der Treppe verklungen waren, ließ sich dann auf eines der beiden Sofas fallen und schaute sich noch einmal um. Schließlich stemmte er sich wieder hoch und begann, alle Schranktüren und Schubladen aufzuziehen, zunächst in der Küche, dann die der beiden Kleiderschränke links und rechts der Badtür. In einem hingen schon Männerkleider, in dem anderen würde er seine eigenen verstauen.

Auch zwei der vier Schubladen der Kommode waren in Beschlag genommen, dieses Mal mit T-Shirts und Pullovern: Sein Mitbewohner schien ein ordnungsbewusster und um Fairness bemühter Zeitgenosse zu sein. Er klappte seine Koffer auf und begann, Strümpfe, Unterwäsche, T-Shirts und Pullover hervorzuholen. Den Anzug hängte er in den Kleiderschrank, und auf die Bügel daneben vier Hosen, eine blaue Strickweste sowie ein kariertes Jackett, das ihm seine Mutter vor zwei Jahren zu Weihnachten geschenkt hatte. Er hatte es aber praktisch nie getragen und zu Hause auch nur in den Koffer gepackt, um ihr einen Gefallen zu tun. Nun beginne ich mein neues Leben wieder mit den alten Fehlern, dachte er. Als er jemanden mit dem Schlüssel im Türschloss fummeln hörte, schrak er auf und sah, wie sich ein Fuß in den Spalt schob, damit die Tür nicht wieder zufiel, während der Schlüssel abgezogen wurde. Gleich darauf erschien ein groß gewachsener junger Mann, ein wenig gebeugt vom Gewicht der vier prall gefüllten Plastiktüten in beiden Händen.

Überrascht richtete er sich auf, und Giacomo trat auf ihn zu.

»Ciao, ich bin Giacomo: Kann ich dir helfen?«

»Nein … nicht nötig, oder doch, danke. Stell sie einfach auf den Tisch. Ich bin Fulvio. Wie es aussieht, werden wir hier einige Zeit zusammen verbringen.«

»Tja, sieht so aus. Irre ich mich, oder haben wir uns schon mal getroffen.«

»Ich wüsste nicht …«

»Doch, ich glaube, unten im Hauseingang der *Ferroil* in Mailand, als ich von meinem Gespräch mit Ferretti kam.«

»Da hast du ein gutes Gedächtnis. Ich kann mich nicht erinnern.«

»Na ja, du bist eben sehr groß. Da fällst du einem natürlich auf …«

»Hör mal, ich hab schon angefangen, die Sachen hier ein wenig ein- und umzuräumen, Kleider, Essen und so weiter, aber nach meiner Ordnung. Wenn du also lieber anders …«

»Nein, nein, wieso denn? Es ist alles wunderbar.«

»Okay, aber sag mir offen, was dir nicht passt. Also, wie du siehst, ist der Kühlschrank winzig, das heißt, allzu viel bekommen wir nicht hinein. Ich hab jetzt mal ein paar Lebensmittel eingekauft, wenn es dir recht ist, können wir uns ja damit abwechseln, oder wir legen eine gemeinsame Kasse an, wie du willst …«

»Ja, ja, es ist alles gut. Das können wir später noch entscheiden. Wenn du willst, helfe ich dir jetzt, die Sachen wegzuräumen, und dann mache ich mit meinen Kleidern weiter, sonst …«

Da ließ ein ohrenbetäubendes Klingeln sie herumfahren. Der Münzfernsprecher.

»Ich fürchte, das sind meine Eltern. Ich hab ihnen gestern Abend noch die Nummer gegeben«, stöhnte Fulvio, stieg über zwei Plastiktüten, die noch am Boden standen, hinweg und ging ran.

»Hallo?«

Er wandte Giacomo den Blick zu und sagte dann: »Ja, natürlich, einen Moment. Es ist für dich.«

Meine Mutter ist wirklich unglaublich, dachte Giacomo, während er sich zum Telefon bewegte, sie musste sich an jemanden von *Ferroil* gewandt und die Nummer eines Anschlusses herausbekommen haben, von dessen Existenz er selbst bis eben noch keine Ahnung hatte. Im Vergleich zu ihr waren Fulvios Eltern Anfänger.

»Hallo?«

»Hallo. Ich hätte da einen Radiorekorder abzuliefern. Außerdem wollte ich fragen, ob du heute Abend schon etwas vorhast.«

»Claire …«

~ 29 ~

Viola

Auf dem Weg in die Schweiz, 8. Januar 2011

»Mir ist schlecht, ich glaube, ich muss kotzen.«

Kein Wunder: Seit einer Stunde glotzt du nur auf deinen Nintendo, und die Serpentinen haben begonnen.

»Können wir einen Moment anhalten?«

Mauro, Gians Chauffeur, fährt an den Straßenrand und öffnet Credino von außen die Wagentür. Ich sehe ihn auf und ab marschieren und tief ein- und ausatmen. In der eiskalten Gebirgsluft sieht sein Atem wie Zigarettenrauch aus. Es ist nicht mehr weit bis zum *Écureuil Jaune*. Jetzt nickt Credino. Mauro hat ihn wohl gefragt, ob es ihm besser geht und sie weiterfahren können. Dann sehe ich ihn den Kopf schütteln: Wahrscheinlich hat er versprochen, dass er nicht mehr spielen wird. Sie steigen wieder ein.

»So, Freunde, haltet durch, es ist nicht mehr weit, in zwanzig Minuten sind wir da.«

Als wir ankommen, parkt Mauro den Geländewagen vor dem Eingang und beginnt, unsere Koffer auszuladen. In der Eingangshalle empfängt uns die Bergson.

»Guten Tag, Viola, schön, dich wiederzusehen. Und du musst Tancredi sein. Was macht dein Rücken?«

»Mein Rücken? Wieso?«

»Und Arme und Beine?«

»Alles gut … Aber wieso fragen Sie mich das?«

»Nun, wie ich sehe, brauchst du jemanden, der dir die Koffer trägt. Alles andere als diese Spielkonsole scheint dir zu schwer zu sein, eine Spielkonsole, die du mir übrigens bitte schön gleich aushändigst, weil solche Computer, wie du sicher schon weißt, auf den Zimmern nicht erlaubt sind.«

»Aber die hat auch ihr Notebook dabei …«

»Du weißt genau, dass Viola das Gerät für ihre speziellen Sprachübungen braucht. Ich habe das mit deinem Vater und deiner Mutter besprochen und …«

»Sie ist nicht meine Mutter.«

»Gut, also ich habe das mit deinem Vater und Signora Arianna besprochen und klargestellt, dass der Computer regelmäßig kontrolliert und irgendwelche Spiele oder ein Internetzugang blockiert werden.«

»Ja, aber, ich …«

»Du bist erst eine Minute hier, hast noch nicht mal deine Jacke abgelegt und protestierst schon? Viola, bring doch bitte deinen Stiefbruder – wenn ich dich so nennen darf, obwohl die Bezeichnung nicht ganz korrekt ist – schon mal in mein Büro. Währenddessen kann mir der Herr, der euch gebracht hat, noch die Unterlagen aushändigen lassen, die Signor Medusian unterschreiben sollte. Danke schön. Ach, Tancredi, vergiss deine Koffer nicht.«

Das Büro der Bergson hat ein riesiges Fenster, das auf den verschneiten Park hinausgeht. Credino hat feuchte Augen. Von seiner Aufmüpfigkeit ist wenig geblieben. Er schaut mich an, während ich ihm kurz mit dem Handrücken über die Wange streichle, der Versuch einer zärtlichen Geste, die es vorher nie zwischen uns gegeben hat.

»Mensch, ist das eine blöde Kuh …«

Ach, so schlimm ist die gar nicht. Das wirst du schon noch selbst merken. Aber im Moment kannst du sie ruhig ein bisschen fürchten.

Die Tür geht auf, und die Bergson nimmt hinter ihrem Schreibtisch Platz. Wir beide stehen vor ihr.

»Nun, Viola, wie waren deine Ferien?«

Ich kritzle auf meinen Block: *Schön*.

»Das freut mich. Und mit dem Sprechen? Machst du Fortschritte?«

Nein.

»Trotzdem, wir bleiben sehr zuversichtlich, nicht wahr? Von der nächsten Woche an wird sich, wie besprochen, eine Logopädin um dich kümmern und spezielle Übungen mit dir machen, damit du deine Stimme wiederfindest. Irgendwo in dir muss sie doch noch stecken, nicht wahr?«

Danke, schreibe ich. Aber mein Optimismus hält sich in Grenzen. Bei Fulvio habe ich auf Wikipedia gelesen, dass es sich bei dem selektiven Mutismus um eine »relativ hartnäckige Störung« handle, »die oft bis ins späte Schulalter, teilweise auch bis in Erwachsenenalter« reiche. Diese Worte haben sich mir eingebrannt. Sonderbar, dass ich hier keine Leidensgenossinnen treffe. Knapp ein Prozent aller Jungen und Mädchen sollen daran leiden, aber die meisten sind jünger als ich.

»Nun zu dir Tancredi. Hier in diesem Internat gelten bestimmte Regeln? Dein Vater hat hier studiert, das ein oder andere wird er dir wohl schon erklärt haben.«

»Ja, schon …«

»In diesem Heft hier findest du alles, was du wissen musst. Studiere es genau, vor allem den Zeitplan für Unterricht, Freizeit, Sport und so weiter und den Teil, in dem genau aufgeführt ist, was du auf deinem Zimmer haben darfst und was nicht.«

»Okay.«

»Antworte lieber ›Ja, Madame‹ oder ›Ja, Madame Bergson‹.«

»Ja.«

»Ja, Madame.«

»Ja, Madame.«

»Gut. Vorhin haben wir ja schon ein paar grundlegende Dinge klären können. Alles Übrige wirst du sehr schnell lernen, da bin ich mir ganz sicher, du bist ja ein intelligenter Junge. Jetzt zeige ich dir noch dein Zimmer: Dein Zimmerkamerad heißt übrigens Ibrahim.«

»Nein! Ein Araber!«

»Erstens: Einen anderen Ton bitte! Zweitens: Ibrahim ist Inder, einer der besten Schüler dieses Internats, und sein Vater ist einer der bedeutendsten Unternehmer seines Landes. Seine Firma entwickelt Computertechnologie.«

»Computer?«

»Da horchst du auf. Schön, das freut mich. Dein Vater hat mir erzählt, wie sehr du dich für Informatik interessierst – auch wenn das Teilgebiet noch niveauvoller werden kann –, deshalb denke ich, dass ihr beide, du und Ibrahim, genug Gesprächsthemen haben werdet.«

»Ich weiß nicht. In welcher Sprache denn?«

»Mach dir deswegen keine Gedanken. Er spricht Englisch, Französisch, Italienisch, Spanisch, Hindi und Arabisch. Und sein Vater hat uns erzählt, dass er nächstes Jahr auch mit Chinesisch anfangen soll.«

»Schade, dass ich so schlecht Chinesisch spreche, sonst hätten wir zusammen üben können.«

»Verstehe, mit dir werden wir noch viel Spaß haben. Komm jetzt, ich bringe dich hin. Du, Viola, kennst ja deinen Weg.«

Vor der Treppe trennen wir uns, die Bergson und Tancredi biegen zum Jungenflügel ab. Sie nimmt ihm einen Koffer ab, damit er sich von mir verabschieden kann. Tancredi umarmt mich unbeholfen und stiefelt ihr dann hinterher. Ich schaue ihnen nach, und als spüre er meinen Blick, dreht er sich plötzlich noch mal zu mir um, lächelt und winkt mir zu. Dann führt er diese Hand zum Hintern und verpasst sich zwei leichte Schläge auf die Gesäßtasche. Im ersten Moment denke ich, das soll eine ordinäre Geste sein, aber als ich genauer hinschaue, erkenne ich dort eine leichte Wölbung: Er nimmt seinen kleinsten Nintendo mit aufs Zimmer.

30

Giacomo

London, Morgen des 2. März 1981

»Die ist wirklich sehr sympathisch.«

»Wer?«

»Deine Freundin.«

Giacomo und Fulvio warteten auf den Zug der District Line Richtung Notting Hill Gate, wo sie in die Central Line Richtung Osten umsteigen würden: Ihr Ziel, der Bahnhof Chancery Lane. Die Büros der *Ferrcoal* lagen in der Turnmill Street, einer winzigen Parallelstraße zur Farringdon Road, ein Stück hinter dem U-Bahnhof.

Noch am Samstag war Claire, nachdem sie angerufen hatte, mit Stuart und Debbie in der Lexham Gardens aufgetaucht. Es sei kein Problem gewesen, erklärte sie Giacomo, über den Vermieter an die Telefonnummer zu kommen, und nachdem sie ihm den sperrigen Radiorekorder übergeben hatte, den sie seit Silvester für ihn aufbewahrte, hatte sie die beiden aus dem Haus gelockt, indem sie erklärte: »Wir haben was zu feiern, am besten, indem wir dem hiesigen Nationalgericht, das uns zusammengeführt hat, die Ehre erweisen. Dein Freund muss natürlich mitkommen.«

Nach einer Fahrt mit der Northern Line landeten sie bei *Toff's*, einem der berühmtesten Fish'-n'-Chips-Restaurants der Stadt. Und sie lachten zusammen in Erinnerung an den folgenreichen Abend an der Strandpromenade, über Claires Cousin Martin, seinen Kopfstoß und Giacomos ramponierte Nase. Bei der Beschreibung von Martin fielen Fulvio gleich ein paar passende Zeilen aus der Rockoper *Quadrophenia* von den Who ein, und er glänzte dann noch ein wenig weiter mit seinen verblüffenden Kenntnissen zu Rock-und-Pop-Themen, wie ein wandelndes Lexikon, bis ihm irgendwann eher beiläufig eine Bemerkung über Elvis Presley herausrutschte, der nun wirklich heruntergekommen und völlig am Ende sei. Er konnte nicht wissen, dass er damit einen sehr wunden Punkt traf: Er merkte es aber sofort, als Stuart erregt aufsprang und ihm etwas im Detail Unverständliches, von der Intention her aber gar zu Offenkundiges an den Kopf warf, mit derart lauter Stimme, dass das ganze Restaurant schlagartig verstummte und sich einen Moment lang alle zu ihnen umdrehten.

Zum Glück schaffte es Fulvio, zur Beruhigung der Gemüter, aus dem Gedächtnis Elvis' gesamte Biografie, Diskografie und sogar Filmografie herunterzubeten, und Stuart begriff, keinen Verleumder seines Idols vor sich zu haben, sondern einen Verehrer dessen früher Jahre, der nur den aktuellen Niedergang traurig und kritisch verfolgte. Das Missverständnis wurde dann endgültig mit der nächsten Runde Bier beigelegt, sowie Stuarts spontaner Interpretation von *Love me Tender*, die im Applaus von allen Tischen ausklang.

In aufgekratzter Stimmung gingen sie schließlich auseinander, und Giacomo verabschiedete sich von Claire mit einem flüchtigen Kuss auf die Lippen, doch die hielt ihn zurück. »So leicht kommst du mir nicht davon«, sagte sie, nahm sein Gesicht zwischen die Hände und küsste ihn lange, ohne etwas auf das mit einem Lächeln vorgebrachte, empörte Murren der Freunde zu geben.

Am Sonntagmorgen kam Claire, dieses Mal allein, noch einmal bei Giacomo und Fulvio vorbei, unter anderem auch, um ihnen das Viertel Earl's Court zu zeigen. Sie holten sich Sandwiches an einer Bude, die sie auf einer Bank im Holland Park verzehrten.

Dann führte Claire sie noch ein wenig in der Stadt herum, mit der U-Bahn bis nach Farringdon, wo ihr Arbeitsplatz lag, und auf dem Heimweg, es war mittlerweile fast Abend, zeigte sie ihnen noch einen kleinen Supermarkt an der Ecke Earl's Court Road/Pembroke Mews. Er wurde von Pakistani geführt, hatte sieben Tage die Woche bis spät abends geöffnet und die niedrigsten Preise im ganzen Viertel.

»Also die Pasta, die wir da gestern bei dem Pakistaner gekauft haben, kannst du bestimmt vergessen«, sagte Fulvio jetzt, auf dem Weg zu ihrem ersten Arbeitstag, während sie schon an der Tür standen, um am Bahnhof Chancery Lane auszusteigen.«

»Glaub ich auch ... Was ist das überhaupt für eine Marke?«

»*Labellapasta*, in einem Wort.«

»Was kann man da schon erwarten?«

Schnaubend öffneten sich die Türen, und die beiden folgten dem Strom der Leute, die ans Tageslicht strebten. Bei einem winzigen Kiosk hinter dem Drehkreuz, der Zigaretten, Schokoriegel und Kaugummi anbot, blieben sie kurz stehen, um sich zu orientieren, und schlugen den Weg Richtung Turnmill Street ein. Die Geschäftsräume der *Ferrcoal* waren über zwei Stockwerke eines Bürohochhauses verteilt, in dem verschiedenste Gesellschaften, Agenturen und Kanzleien ihren Sitz hatten.

Gleich hinter dem Eingang saß an einem Schreibtisch ein Schwarzer in dunkelblauem Jackett. Er ließ sich von den beiden die Papiere zeigen, legte ihnen eine Liste vor, in die sie sich eintragen mussten, und versorgte sie mit provisorischen Namensschildern. Die richtigen würden sie später von ihrer Firma erhalten.

Mit dem Fahrstuhl fuhren sie in den dritten Stock hinauf, wo sie eine junge Dame namens Lily in Empfang nahm und in ein Zimmer führte, in dem bereits sechs Männer ungefähr in ihrem Alter warteten, den Namenschildern nach zwei Deutsche, zwei Franzosen und zwei Spanier.

»Das ist ja wie in den Witzen«, flüsterte Fulvio an Giacomo gewandt und ließ ein unterdrücktes, ziemlich nervös klingendes Lachen folgen.

Lily holte sie schließlich wieder ab und brachte sie nun in ein großes Büro, in dem vier Leute bei der Arbeit saßen, drei tief über irgendwelche Unterlagen gebeugt, der vierte mit einem Telefonhörer zwischen Hals und Schulter eingeklemmt, während er sich auf einem Block Notizen machte und dazu abwechselnd »*Yeah … I see … Yeah … I see …*« murmelte.

Acht paarweise gegenüber angeordnete Schreibtische waren noch frei: Er würde also, so kam es Giacomo sofort in den Sinn, mit Fulvio nicht nur das Zimmer teilen, sondern ihn auch noch den ganzen Tag über vor der Nase haben. Jeder Schreibtisch war mit Telefon, Schreibmaschine, Stiften – zwei Bleistifte, roter und blauer Kugelschreiber –, Notizblock und einem Packen noch eingeschweißter Hefter ausgestattet.

Nachdem alle ihre Plätze eingenommen hatten, erklärte Lily noch dies und das, zu Toiletten, Telefonen und so weiter, und schien einigermaßen stolz, sie sogar auf eine Küche hinweisen zu können, in der den Angestellten Kühlschrank, Kochplatte und Warmhalteofen zur Verfügung standen.

»Alles Übrige wird Ihnen Mister Collins erläutern«, fügte sie noch hinzu und wandte sich ab, um wieder in ihrem winzigen Büro neben der Eingangstür Position zu beziehen.

Kurz darauf betrat ein großer, schlanker Mann in grauem Anzug mit gegelten und zurückgekämmten Haaren den Raum.

»Ich bin David Campbell, der Buchhalter hier, mit anderen Worten, der Mann, der für eure Unterkünfte aufkommt und euch alle vierzehn Tage den Lohn auszahlt. Es sind auch Provisionen für euch drin, die davon abhängen, welche Verträge ihr persönlich und das Unternehmen insgesamt abschließt. Mit anderen Worten, verdient die Firma, verdient ihr mit. Daneben bin ich auch der Mann, an den ihr euch bei allen finanziellen oder banktechnischen Fragen wenden könnt. Mit anderen Worten, wenn ihr in London ein Konto eröffnen wollt, kommt ihr zu mir. Mein Büro ist ein Stockwerk höher, lasst euch von Lily einen Termin geben. Mit anderen Worten, ich denke, dass wir uns in den nächsten Wochen häufig sehen.«

David »mit anderen Worten« Campbell war schon wieder draußen, als die Tür erneut aufging und ein untersetzter Mann hereinkam. Mister Collins war der wichtigste Mann der *Ferrcoal*, ein alter Hase in der Kohlebranche, dem niemand mehr etwas vormachte. Er trug ein kurzärmeliges, blau-weiß gestreiftes Hemd – nach den Wellen zu urteilen, die die Knopfreihe bildete, mindestens eine Nummer zu klein – und dazu eine smaragdgrüne Krawatte mit einem Soßenfleck auf der Spitze gleich über seinem Bauch. Unter seinem linken Arm klemmte ein Stapel Papiere, und in der rechten Hand hielt er einen Plastikbecher, über dessen Rand ein Teebeuteletikett hing. Eine Schachtel Zigaretten und diverse Stifte beulten die Brusttasche seines Hemdes aus. »Mein Name ist Philip Collins. Ich weiß schon, was euch gerade durch den Kopf geht, ich sehe es an dem dümmlichen Lächeln in euren Gesichtern. Aber wenn einer von euch Witzbolden glaubt, mich Phil, wie dieser Sänger, nennen zu können, wird er es bereuen.« Er deponierte Papiere und Tee auf einer Schreibtischplatte und ließ langsam den Blick von einem zum anderen wandern, während er sich mit dem Daumen der rechten Hand fest über seinen linken Handrücken rieb, auf dem sich eine lange Narbe bis zum Handgelenk zog.

— 31 —

Viola

Schweiz, 9. Januar 2011

»Was soll das heißen, sie lässt dich nicht mitkommen?«

Soeben ist Leslie zurückgekehrt. Gestern Abend konnte ich nicht richtig einschlafen. Es war die erste Nacht im Internat, die ich allein auf dem Zimmer verbringen musste. Ich hab noch mal in den Briefen und Notizbüchern gelesen, und die Gedanken an Papa quälten mich noch lange, bis mir endlich die Augen zugefallen sind. Und jetzt quält mich Leslie mit ihrem endlosen Nachfragen zu einem sehr einfachen Sachverhalt.

»Nun?«

Warte, ich schreib's dir noch mal genau auf, damit es endlich in deinen Kopf geht: *Meine Mutter hat es mir nicht erlaubt. Schluss, aus.*

»Und ich hatte mich so drauf gefreut, dich wiederzusehen und mit dir unsere Reise nach England zu planen. Das darf doch nicht wahr sein.«

Tut mir sehr leid, Leslie. Du weißt gar nicht, wie sehr.

»Und dann diese Geschichte, dass dein kleiner Stiefbruder jetzt auch plötzlich hier ist. Warum haben sie dir denn nichts davon gesagt?«

Keine Ahnung.

»Kannst du denn deine Mutter nicht irgendwie umstimmen? Sie könnten doch einfach nur mit deinem Stiefbruder fahren, und du kommst mit mir. Ich weiß, sie haben gesagt, vielleicht ein andermal, aber du kannst mir glauben, so eine Gelegenheit kommt so schnell nicht wieder.«

Trotzdem kann ich nichts machen.

»Und was ist mit diesem Brief von deinem Vater? Warum hast du ihn noch nicht gelesen?«

Ich kann es eben noch nicht.

Leslie setzt schon zu ihrer nächsten Frage an, da wird ein Klopfen laut. Sie hält inne und geht zur Tür.

»Guten Abend, Madame Bergson.«

»Guten Abend, Leslie, guten Abend, Viola. Hier ist Besuch für euch. Ich dachte mir, ihr könnt ruhig ein wenig Zeit miteinander verbringen. Wenn morgen der Unterricht wieder beginnt, werdet ihr wohl nur noch selten Gelegenheit haben, beisammen zu sein. Das ist eine Ausnahme heute.«

Die Bergson ist eingetreten, und hinter ihr taucht doch tatsächlich Credino auf, und neben ihm ein weiterer Junge, dürr und bestimmt einen halben Kopf größer als er. Seine Haut ist dunkel, seine fast schwarzen Augen blicken tiefgründig, und seine Haare sehen aus, als hätte er einen Sturzhelm auf, so dicht und buschig sind sie. Über seiner Oberlippe wächst ein zarter Flaum, der ihn älter aussehen lässt, als er wahrscheinlich ist.

»Tancredi, Ibrahim, in einer halben Stunde hole ich euch wieder ab.«

»Ist gut, danke, Madame.«

Ibrahims Stimme ist noch hoch und kindlich und will nicht so recht passen zu seinem zu schnell gewachsenen Körper, und ich habe den Eindruck, dass er sich leicht verbeugt, während die Bergson die Tür hinter sich schließt. Doch kaum hört man das Schloss klacken, verzieht sich seine Miene zu einem strahlenden Lächeln, und er stößt Credino mit dem Ellbogen an.

»Mach schon, stell mich vor.«

»Viola, das ist Ibra.«

»Und ich bin Leslie.«

»Angenehm, Leslie, und ich bin Tancredi, der Fast-Bruder von Viola. Wenn du willst, kannst du mich Tan nennen.«

»Nicht Credino?«

Er wirft mir einen bösen Blick zu und verzieht dann das Gesicht zu einem spöttischen Grinsen.

»Nein, Credino nicht, auch wenn Viola das gesagt hat. Ach nein, geht ja nicht, sie ist ja stummmmm.«

»Credino … hört sich gar nicht so übel an.«

»Wag es ja nicht, Ibra. Ich weiß, ich bin dir noch einen Gefallen schuldig, aber das geht zu weit … Tja, Mädels, Ibra hat schon dafür gesorgt, dass ich bei der Bergson Pluspunkte sammle. Er hat mich überredet, ihr freiwillig meinen DS abzugeben.«

»Wieso das denn?«, fragt Leslie verwundert.

»Na ja, um gutes Wetter zu machen. Jedenfalls hat es funktioniert. Die Bergson war völlig aus dem Häuschen und hat sich gar nicht mehr eingekriegt mit ihren Komplimenten für Ibra, weil er mich dazu gebracht hat mich an die Regeln zu halten. Wenn die wüsste, dass er selbst zwei Konsolen versteckt hat, in seinem Koffer, unter einem doppelten Boden, und eine ist sogar eine PSP. Versteht ihr? Ein verborgener Schatz …«

»Und dann hab ich zu der Bergson gesagt, dass Tan so gern mal seine Schwester besuchen würde«, erzählt Ibra weiter, »und weil sie so gut drauf war, hat sie's erlaubt. Darum ging's mir. Ich wollte nämlich Viola was fragen.«

»Ja, als ich Ibra gesagt habe dass du ein Notebook auf dem Zimmer hast, und das auch noch ganz legal, wollte er dich unbedingt kennenlernen.«

»Und zwar wollte ich dich fragen, ob du mir den Computer mal leihen kannst. Muss ja nicht gleich sein, vielleicht in ein paar Tagen …«

Wozu?, kritzle ich auf meinen Block.

»Ich will mir ein paar Videos runterladen.«

Alle im Internat wissen, dass es nicht nur verboten, sondern auch unmöglich ist, online zu gehen. Das WLAN-Passwort ist streng geheim und nur den Lehrern bekannt: *Du weißt doch, dass das nicht geht.*

»Wieso nicht? Wenn du wegen der Bergson meinst, da passen wir schon auf, dass sie uns nicht erwischt. Darin bin ich Experte. Und wenn du denkst, ich komme nicht an das Passwort ran und kann deswegen nicht ins Netz, liegst du schief. Daran arbeite ich nämlich gerade.«

Ich überleg's mir noch.

»Okay, überleg's dir.«

Damit wendet Ibra sich ab und beginnt, sich mit Leslie auf Englisch zu unterhalten. Credinos Blick aber fällt auf die Briefe von Papa, die verstreut auf dem Nachttisch und meinem Bett liegen: Ich ärgere mich, dass ich sie nicht weggeräumt habe, und als er fragt, ob mein Vater mir sehr fehle, tue ich so, als verstehe ich nicht, was er meint. Aber er lässt nicht locker, und als ich wiederholt die schriftliche Antwort schuldig bleibe, beginnt er eines der Notizbücher durchzublättern. Ich will es ihm gerade aus der Hand nehmen, als er sich zu mir umdreht und etwas sagt, was ich noch nie aus seinem Mund gehört habe. »Ich vermisse sie auch. Meine Mutter, meine ich.«

Ich schaue ihn an.

»Papa hat mir erklärt, dass er ihr nach der Trennung einen Haufen Geld bezahlt hat, aber er traut ihr wohl trotzdem nicht über den Weg und ist jetzt knallhart: Ich darf auf keinen Fall zu ihr nach Amerika, weil er Angst hat, dass sie mich nicht mehr fortlässt. Deswegen sehe ich sie nur einmal im Jahr, in Italien für wenige Wochen.«

Tut mir leid für dich.

»Als sie gegangen ist, war ich erst drei, und eigentlich ist sie wie eine Fremde für mich. Trotzdem fehlt sie mir.«

Aber es gibt sie noch. Ich aber habe Papa gar nicht mehr: *Es ist nicht das Gleiche*, schreibe ich.

»Ja, ich weiß. Trotzdem macht es mich traurig.«

Mit bedröppelter Miene, das Notizbuch in Händen, sitzt er da. So hab ich ihn noch nie erlebt. Dann legt er es zurück, und das so sanft, wie ich es ihm niemals zugetraut hätte. Ein Schulterzucken, und im Nu ist er wieder der Tancredi, den ich kenne. Er steht auf und schlägt Ibra auf die Schultern. »Komm, wir gehen.«

32

Giacomo

London, Abend des 2. März 1981

»Ist es noch weit?«

»Nein, wir sind gleich da.«

Um ihren ersten Arbeitstag zu feiern, hatte Vaughn – den sie am Morgen beim Betreten des Büros am Telefon gesehen hatten – alle neuen Kollegen in einen Pub eingeladen. Die Deutschen und Franzosen hatten höflich abgelehnt, aber Fulvio und Giacomo hatten sich, ebenso wie die beiden Spanier, Pablo und Raul, darauf eingelassen. Ihr Ziel war der *Eagle*, ein traditionsreiches Londoner Lokal in der Shepherdess Walk. »Wir gehen zu Fuß«, hatte Vaughn sie vorbereitet, »es ist gleich um die Ecke, und so ein kleiner Spaziergang macht Durst, falls wir das nötig haben sollten.«

Unterwegs erzählt er den vieren ein wenig über ihren Chef, Philip »sag niemals Phil« Collins. Kohle sei sein Leben. Er habe die ganze Welt bereist, um die günstigsten Preise und besten Verträge herauszuschlagen. Er kenne die Chefs aller Häfen der drei Ozeane, und der Kontrolleur, der ihn aufs Kreuz lege, müsse erst noch geboren werden. Er soll sogar mit den Kopfjägern auf Borneo, einer malaiischen Halbinsel, über eine schnellere Durchfahrt durch den Regenwald verhandelt haben und sei fast mal abgestochen worden, von einem fanatischen Apartheidanhänger in Südafrika, als er den schwarzen Tagelöhnern den Lohn verdoppelt habe, damit sie eine Ladung im Hafen schneller löschen. Habt ihr die Narbe auf seinem Handrücken gesehen? Tja, das ist damals passiert. Aber den Kerl, der sie ihm verpasst hat, soll's weitaus schlimmer erwischt haben.«

»Scheint ja ein harter Hund zu sein«, bemerkte Giacomo, für den dieser Lebenslauf wie aus einem Joseph-Conrad-Roman zusammengeschustert klang.

»Tja, nur bei einem Menschen nicht, und das ist seine Tochter. Er hat sie praktisch alleine großgezogen. Seine Frau hat ihn schon vor Jahren verlassen, vielleicht weil sie ihn irgendwann gefragt hat, mit wem er lieber den Abend verbringt, mit ihr oder einer Schubkarre *coking coal*, und er hat diesen einen fatalen Moment zu lange gezögert. Jedenfalls war sie eines Tages fort, allein, ohne ihre Tochter, die damals vielleicht so sechs, sieben Jahre alt war.«

»Lebt sie noch bei ihm?«

»Nein, nein, er hat sie die besten Schulen besuchen lassen, und heute wohnt sie in den USA, in Houston. Wenn sie mal anruft, lässt Philip sich das Gespräch in sein Büro legen und macht die Tür zu, und wenn er wieder rauskommt, hat er fast immer feuchte Augen und sagt Lily, sie soll ihm doch mal eine Überweisung für seine Tochter fertig machen. So, da wären wir schon.«

Das Haus stand an einer Straßenecke, der obere Teil war mit roten Backsteinen verkleidet, das Erdgeschoss hingegen blau gestrichen, und durch die Tür, obwohl geschlossen, drang unausgesetztes Stimmengewirr, in dem in regelmäßigen Abständen lautes Gelächter explodierte. Die Bierkarte des *Eagle*, vom Premium Lager bis zu den verschiedensten Spezialitäten, war berühmt in der ganzen Stadt, auch wenn die Gäste, darunter viele Polizisten in Uniform, die gerade ihren Dienst in der nahen Wache beendet hatten, lieber bei dem klassischen *pint of bitter* blieben, dem halben Liter rötlicher, bitterer, bei Zimmertemperatur servierter Flüssigkeit, die immer schon das Lieblingsgetränk der Engländer war.

Durch die Gästeschar hindurch folgten sie Vaughn zur Theke, deren Holz ebenso dunkel wie die in Rottönen gehaltene Wandverkleidung war. Er bestellte fünf *pint* und sah Giacomo mit kaum verhohlenem Widerwillen an, als der die Hand hob und »Für mich nur ein halbes, bitte« sagte.

Sie fanden einen freien Tisch in der von der Theke entferntesten Ecke, unter einer Schiefertafel, auf der mit Kreide die Gerichte des Tages notiert waren, wobei die frittierten Chickenwings mit blauer Käsesoße besonders empfohlen wurden.

Die beiden Spanier hatten ihre Gläser schnell geleert und verabschiedeten sich schon – sie seien noch mit Landsleuten in einer anderen Gegend der Stadt verabredet –, bevor Vaughn die nächste Runde vorschlagen konnte, die dann auf die beiden Italiener ging.

»Wer ist eigentlich diese Maggie«, fragte Fulvio irgendwann.

»Wer?«

»Na, diese Maggie. Ich hab eben an der Theke zwei verschiedene Grüppchen über eine Maggie reden hören. Die scheint hier in dem Pub eine Berühmtheit zu sein.«

»Ach so, Maggie … Unsinn, das ist doch unsere Premierministerin Magaret Thatcher. Auch so ein spezieller Charakter, ein noch härterer Hund als unser guter Collins.«

»Verstehe, die englischen Frauen sollen ja überhaupt sehr speziell sein«, sagte Fulvio. »Unser Freund Giacomo hier kann ein Lied davon singen.«

»Wie meinst du das?«

»Komm, erzähl du es ihm lieber, Giacomo«

»Ach lass doch! So interessant ist das doch auch wieder nicht.«

Giacomo zog die Schultern hoch und bedachte Fulvio mit einem drohenden Blick, während Vaughn sich schon zu ihm vorlehnte, mit der Miene eines Menschen, der danach lechzt, in das Intimleben anderer Menschen eingeweiht zu werden.

»Nein, ich glaub's nicht. Du bist kaum da und hast dir schon eine unserer Frauen geschnappt? *How much for your wife?*«, fügte er im Tonfall John Belushis in den *Blues Brothers* hinzu. Giacomo verstand es und lächelte. Fieberhaft suchte er nach einer Bemerkung, die ihm aus der Verlegenheit half, ohne dass er damit vor einem Mann als Flegel dastand, mit dem er die nächsten Monate ein Büro würde teilen müssen, da rettete ihn ein mächtiger Schlag auf Vaughns Schultern. Der hatte gerade sein Glas an die Lippen geführt und verschluckte sich jetzt fast an seinem Bier.

»Vaughn, du alter, verrückter Waliser! Wie lange ist das her?«

»Des, du Bastard von einem *woolyback*! Was machst du so?«

Es handelte sich um einen alten Kollegen von Vaughn, der jetzt in einem anderen Unternehmen der Kohlebranche arbeitete und aus einem Vorort von Liverpool kam, wo *woolyback* eine Art freundlich gemeinte Beleidigung, ursprünglich für Wollballen schleppende Hafenarbeiter, war. Lange Umarmung, lautes Lachen, und dann die Aufforderung an sie alle, sich zu der Gruppe an der Theke zu gesellen, wo viele weitere, schon ziemlich angeheiterte Exkollegen von Vaughn zusammenstanden. Aber Fulvio ließ diesen Fraternisierungsversuch der Engländer ins Leere laufen, mit der Begründung, dass wir gerade erst angekommen seien und uns noch einrichten müssten.

»Schon gut, schon gut. Was kann man von solchen Halfpint-Typen wie euch auch schon anderes erwarten?« Vaughn lachte schallend und sagte dann, plötzlich merkwürdig ernst, an Giacomo gewandt. »Pass mal auf, Junge, du hast nur eine Chance, wenn du ein englisches Mädchen wirklich erobern willst. Koch ihr was Anständiges, am besten was Italienisches. Und dazu einen guten Wein, kein Bier, das wäre zu englisch ... Du wirst sehen, die schmilzt dahin. Ach übrigens, wenn du meinen Rat befolgen willst ... schräg gegenüber von unserem Büro ist ein kleiner Laden für italienische Spezialitäten. Da findest du alles, was du brauchst.« Vaughn zwinkerte ihnen noch einmal zu und lachte wieder fröhlich, wandte sich ab, um auf seine alten Freunde zuzustreben.

Draußen dauerte es einen Moment, bis sich ihre Augen an die Dunkelheit gewöhnt hatten. Als sie endlich in einem Zug der District Line saßen, der sie nach Earl's Court bringen würde, sagte Giacomo, nachdem sie lange geschwiegen hatten.

»Was meinst du? Ist das Schwachsinn?«

»Was denn?«

»Na, alles. Hier zu sein, dieser Job, Claire ...«

»Ich kenne dich zu wenig, um dir das beantworten zu können. Aber woher kommen denn diese Zweifel?«

»Ich weiß es nicht ...«

»So richtig verstehe dich auch nicht. Du lebst jetzt in einer fantastischen Stadt, von der jeder in unserem Alter nur träumt, hast einen Job, in dem du vielleicht nicht dein Leben lang bleiben wirst, aber zu verachten ist er auch nicht. Und du hast Claire. Auch sie kenne ich ja nur flüchtig, aber nach den wenigen Malen, die ich sie gesehen habe, kann ich nur sagen: Sie ist wirklich was Besonderes.«

»Ja, ich weiß, aber …«

»Was aber? Ich an deiner Stelle würde einfach versuchen, es zu leben. Es zu leben und basta: diese Erfahrung, diese Stadt, die Beziehung mit Claire. Dann wird sich schon herausstellen, was daraus wird.«

»Ja, vielleicht hast du recht. Die nächste müssen wir raus.«

Bei dem Pakistaner kauften sie noch ein paar Konserven ein, aber sonst schwiegen sie den ganzen Weg über vom U-Bahnhof bis zu ihrer Straße. Als sie vor der Wohnungstür standen und Giacomo gerade den Schlüssel ins Schloss steckte, hörten sie drinnen das Telefon läuten. Fulvio hatte den Eindruck, dass Giacomo ziemlich lange brauchte, ja absichtlich langsam aufschloss, und so war er es, der zum Apparat hastete.

»Hallo …? Ciao, Claire, wie geht's …? Ja, pass auf, wir kommen gerade zur Tür rein, nach unserem ersten Arbeitstag … Nein, nichts Besonderes. Ich geb dir mal Giacomo, der kann dir alles erzählen, okay? Bis bald.«

Giacomo stellte die Tüten auf der Ablage neben dem Spülbecken ab und trat zum Telefon, ohne die Jacke abzulegen, nahm den Hörer entgegen und hielt ihn ans Ohr: So stand er einige Sekunden schweigend da und lauschte auf Claires Atemzüge und auf die sanfte Melodie, die sie leise sang. Er meinte zu spüren, dass sie lächelte.

»Was singst du denn da«, fragte er?

»Hallo, mein Schatz. Wie geht's dir? Wie ist es gelaufen?«

»Ganz gut. Aber was hast du denn da gesungen?«

»John Martyn: Kennst du den nicht?«

»Nein.«

»Dann frag mal Fulvio, der kennt sich doch mit Musik aus.«

»Okay, ich frag Fulvio, der sich mit allem so gut auskennt.«

Als Fulvio seinen Namen hörte, hob er den Kopf und schaute Giacomo fragend an. Der winkte nur ab und drehte sich dann der Wand zu.

»Was ist los mit dir, Giacomo. Du bist irgendwie seltsam.«

»Gar nichts. Wieso? Ich muss mich eben erst noch ein wenig einleben.«

»Okay, das verstehe ich, aber wo ist die Begeisterung hin, mit der du mir geschrieben hast, dieses unbedingte Verlangen, das ich aus Brighton kenne, die Erregung bei deinem Besuch an Silvester?«

»Nun, was die ›Erregung‹ angeht habe ich mich bei der Gelegenheit ja nicht gerade mit Ruhm bekleckert …«

»Oh Gott, hast du das immer noch nicht vergessen? Darf ich dich daran erinnern, dass du jetzt hier in London lebst, dass wir jede Menge Zeit füreinander haben werden und es uns an Gelegenheiten nicht mangeln wird.«

»Und was ist mit diesem Ben?«

»Nein, nicht schon wieder. Was Ben angeht, bist du irgendwie besessen.«

»Was heißt ›besessen‹? Wenn ich dich richtig verstanden habe, seht ihr euch doch noch.«

»Das lässt sich eben nicht vermeiden. Er studiert an meiner Uni. Aber wenn du mit ›sehen‹ meinst, dass wir uns verabreden, irrst du dich. Ich begegne ihm schon mal, mehr nicht.«

»Und er gibt sich mit diesen ›Begegnungen‹, wie du es nennst, zufrieden?«

»Mag sein, dass er sich mehr wünscht, aber …«

»Eben, das ist es.«

»Eben was ist es?«

»Was ist mit dir, Claire? Gibst du dich mit diesen Begegnungen zufrieden?«

»Du bist ein Idiot, wenn du so denkst!«

»Claire?«

»...«

»Claire, komm schon.«

»...«

»Tut mir leid.«

»...«

»Jetzt komm schon, ich hab mich entschuldigt.«

»Hör auf damit, Giacomo.«

»Ja, schon gut, aber ein wenig musst du mich auch verstehen: Wie soll ich da ruhig bleiben, wenn ich weiß, dass du jeden Tag mit dem zusammen bist.«

»Ganz einfach: Du bleibst ruhig, weil du mir vertraust. Du vertraust der Frau, die sich für dich entschieden hat, der Frau, die dich blutend und mit durchnässter Hose an der Strandpromenade in Brighton aufgelesen hat, der Frau, die dich liebt und mit dir schlafen will.«

»Wie schaffst du das?«

»Was?«

»Das alles so gut in Worte zu fassen?«

»Das frage ich mich manchmal auch, wie ich das schaffe, für dich die Worte zu finden.«

Beide lachten, und Giacomo spürte, wie sich der Knoten in seinem Magen langsam löste.

Dann erzählte er ihr von »Phil« Collins, von »mit anderen Worten« Campbell, von den jungen Kollegen aus den anderen europäischen Ländern und von Vaughn.

»Na ja, ist doch nicht schlecht für den ersten Tag, oder?«

»Ja, es war schon interessant. Aber es gibt noch interessantere Dinge, die ich gern mit dir zusammen machen würde.«

»Ich weiß, aber hältst du noch bis Samstag durch, ohne mich zu sehen?«

»Geht es denn nicht früher?«

»Schlecht, ich hab Freitag eine Prüfung und hänge mit dem Lernen nach. Die Woche komme ich gar nicht aus dem Haus.«

»Na gut, Hauptsache, du lernst nicht mit diesem Typ …«

»Giacomo …«

»Schon gut, schon gut, sollte ein Witz sein. Also am Samstag.«

»Und am Sonntag, wenn du nichts Besseres vorhast.«

»Nein, nein, klar, auch am Sonntag …«

»Gut … Dann sprechen wir uns morgen.«

»Ciao Claire.«

»Ciao.«

»Ach, Claire, eines noch …«

»Was denn?«

»Ich liebe dich.«

»Ich dich auch.«

»Mehr als Ben?«

»Warte, da muss ich überlegen … Ja. Also ciao.«

»Okay. Ciao.«

Erst in diesem Moment bemerkt Giacomo, dass er schweißgebadet war, und endlich zog er seine noch bis zum Hals zugeknöpfte dicke Jacke aus. Er drehte sich zu Fulvio um und sah ihn mit einer Küchenschürze vor dem Tisch stehen, auf dem drei Dosen aufgereiht waren.«

»Also, wir haben die Qual der Wahl: Fleisch in der Dose, Thunfisch in der Dose oder Bohnensuppe, kurioserweise auch in der Dose.«

~ 33 ~

Viola

Schweiz, 11. Januar 2011

»Hier, sieh mal diese Papierschnipsel auf meiner Handfläche. Versuch jetzt, ein P zu sprechen und sie damit wegzupusten, mit so viel Luft, wie du kannst, auch wenn es sich seltsam anhört. Am besten konzentrierst du dich ganz auf ein Wort mit P, zum Beispiel ›Pass‹ oder ›Park‹.«

Ich versuch es, aber mein P hört sich so schlapp wie das Entkorken einer abgestandenen Sektflasche an, und die Papierschnipsel bewegen sich keinen Millimeter.

»Schau mal, ich mach's dir vor: PÀss. PÀrk.«

Die Papierschnipsel beschreiben einen Bogen in der Luft und schweben vor meinen Füßen zu Boden. Die Therapeutin hebt sie auf und legt sie zurück.

»Macht nichts, Viola. Versuchen wir es mit einem anderen Buchstaben, nehmen wir F. Puste die Schnipsel weg, indem du ›Fenster‹ sagst oder ›Fels‹ oder noch besser ›Familie‹. Und zieh das F richtig in die Länge.«

Meinem Mund entweicht ein Hauch, der die Schnipsel durchs Zimmer fliegen lässt, aber ohne einen Laut, »stummmmm« wie Credino sagen würde. »Nicht schlimm, Viola, du wirst sehen, beim nächsten Mal geht es schon besser. Kommen wir jetzt zu den motorischen Übungen. Rechts-links, oben-unten, rechts-links, oben-unten, so ist gut, weiter so.«

Ich lasse die Zunge von einer zur anderen Seite, dann hoch Richtung Nase und zum Kinn hinunter wandern. Viviana, meine Logopädin, ist sehr geduldig mit mir. Sie stammt aus der italienischen Schweiz, hat eine hypnotisierend sanfte Stimme und spricht mit einem lustigen Akzent. Ich schätze sie knapp über zwanzig, sie hat Pausbacken und gelocktes, tiefschwarz glänzendes Haar. Und sie lächelt immer, auch wenn kaum ein Ton über meine Lippen kommt. Auf diesen zusätzlichen täglichen Stress für mich haben sich meine Mutter und die Bergson geeinigt. Die Übungen an sich sind gar nicht so schlimm, manchmal sogar ganz lustig, nur sind die Erfolge deprimierend minimal, auch wenn Viviana mir nach jeder Stunde Mut macht und mir versichert, dass es morgen besser laufen werde.

»Jetzt versuchen wir es mal mit Musik, okay?«

Aha. Sie wird mir jetzt diese Riesenkopfhörer aufsetzen und die Hits von Beyoncé, Rihanna oder Ginger Lola reinknallen. Ich hab ihr meine Lieblingsstücke aufgeschrieben, und sie hat sie für mich auf ihren kleinen grünen iPod geladen, den sie in die Stunde mitbringt. Der hat jetzt zwei Ordner: Der eine heißt »Viola«, der andere »Meine«.

Die Übung scheint einfach, ich soll mir die Stücke anhören und laut mitsingen. Ich glaube, Viviana dreht die Musik so laut auf, weil sie hofft, dass ich die Hemmungen verliere und unbewusst plötzlich mitsinge. Das wäre der Durchbruch für sie. Aber was hätte ich überhaupt davon, wenn ich jetzt immer alles sofort erklären müsste? Ich habe mich an die reduzierten Mitteilungen mittels Kärtchen gewöhnt. Viviana hält mir jetzt ein Aufnahmegerät vor die Nase, in der Hoffnung, einen Laut aus meinem Mund mitschneiden zu können. Ohne Erfolg.

»Fangen wir mit *Single Ladies* an, einverstanden?«

Beyoncé singt los, mit diesem *Oh-oh-oh*, in das ich aus

voller Kehle einstimme, aber nur in meinem Kopf, und da bleibt es auch. Ich sehe, wie Vivianas Schultern im Rhythmus vor und zurück schaukeln, und kann mir denken, dass das Lied auch ohne Kopfhörer gut mitzuhören ist. Sie schaut mir in die Augen. Sie lächelt, kommt mir aber traurig vor.

»Ein anderes Stück? *Umbrella* von Rihanna vielleicht?«

Ich schüttele den Kopf, nehme mir den iPod und wechsle von »Viola« zum Ordner »Meine«.

»Soll ich mal eins von meinen Liedern aussuchen? Das ist vielleicht eine Idee. Aber ich warne dich, das ist alles altes Zeugs. Also, pass auf … Hier, hör das mal.«

Ich schließe die Augen und vernehme ein leises Rauschen, dann setzt eine Gitarre und diese Stimme ein: »*May you never lay your head down without a hand to hold …*« Ich springe auf, sodass der Stuhl umfliegt, reiße mir den Kopfhörer runter und schmeiße ihn in die Ecke.

»Viola … um Himmels willen … was ist denn passiert? Schsch, schsch, ganz ruhig, es ist doch alles gut …«

Viviana nimmt mich in den Arm und drückt mich fest. Ich rieche den Duft ihres Shampoos. Dann löse ich mich langsam von ihr und deute ihr mit einer Kopfbewegung an, dass alles okay, dass es vorüber ist.

»Aber was ist denn passiert? Ich verstehe das nicht. Dieses uralte Lied von John Martyn, hat das irgendeine Bedeutung für dich?«

Wie soll ich ihr das erklären? Auf das Blatt vor mir schreibe ich *Papa*. Sie nickt, schließt die Augen zu Schlitzen und lässt die Mundwinkel sinken.

»Tut mir leid, das konnte ich ja nicht wissen. Dann machen wir für heute besser Schluss, einverstanden? Aber ich bin zufrieden mit dir, sehr zufrieden. Du wirst immer besser. Du wirst sehen, wir schaffen das. Du schaffst es, ich weiß das, ich spüre es.«

Sie umarmt mich noch einmal, und bevor ich ihr Arbeitszimmer verlasse, hebe ich zum Gruß noch mal die Hand, schließe die Tür hinter mir und stehe so da, mit dem Rücken zum Flur, als ich eine Stimme hinter mir höre.

»Ach, wen haben wir denn da? Unsere alte Freundin. Wie läuft's denn so, Viola?«

Seit dem Skiabenteuer habe ich Sabine und Petra nicht mehr alleine gesehen.

»Alles in Ordnung? Machst du Fortschritte bei deiner Logopädin. Sie soll ja ganz sympathisch sein, auch wenn, wie man so hört, ihr Interesse an den Mädchen, mit denen sie arbeitet, etwas zu intensiv sei. Aber das ist bestimmt nur üble Nachrede, und auf so einen Tratsch geben wir beide ohnehin nichts, stimmt's Petra?«

»Ja, stimmt.«

Sie schauen sich an und kichern leise: Wie zwei Mäuse sehen sie aus.

»Na ja, ist ja auch egal, Hauptsache, die Stunden tun dir gut. Die tun dir doch gut, oder? Helfen sie dir? Ja? Nein? Viola, wir sind unter uns. Schon klar, dass du nicht redest. Aber wie wär's mit einem Lebenszeichen?«

Schlampe. Ich hasse dich, ich hasse dich, ich hasse dich.

»Komm, mach nicht so ein finsteres Gesicht: Irgendwann wirst du es schon schaffen. Auch wenn es sicher nicht hilfreich ist, das Zimmer mit so einer zu teilen. Aber du hast dich eben für eine Seite entschieden. Tja, wie man sich bettet, so liegt man, mit Verlaub gesagt. Ach übrigens, hast du von dem Konzert gehört? Nein? Dann schau mal am Schwarzen Brett nach. Das wird ein Megaevent …«

34
Giacomo

London, 7. März 1981

Verabredet waren sie um zehn am U-Bahnhof Notting Hill Gate. Wie Claire ihm am Telefon erzählt hatte, war ihre Prüfung gut gelaufen. Thema: die Archivierung von Handschriften, ein komplizierter Stoff, den sich Giacomo von ihr geduldig hatte erklären lassen. Irgendwann kam sie dann auf ein mögliches Promotionsstudium in den USA zu sprechen und welchen Spaß es ihr bereiten würde, Englische Literatur zu unterrichten. Und dann hatte sie ein wenig herumgesponnen und ihn gefragt, ob *Ferrcoal* auch eine Filiale in den Staaten habe und ob er sich vorstellen könnte, mit ihr zu kommen. Giacomo hatte einsilbig geantwortet, solche Pläne lagen für ihn viel zu weit in der Zukunft, aber dann merkte er, dass ihm diese Vorstellung doch gefiel.

Sie hätten sich auch schon am Vorabend getroffen, wäre ihnen nicht wieder mal Mr. Mayes dazwischengekommen, der darauf bestanden hatte, dass seine Tochter daheimblieb, weil sie Gäste erwarteten. Giacomo hatte das als Affront gegen ihn selbst interpretiert, was Claire ihm erst nach langen Bemühungen ausreden konnte. »Morgen sind wir den ganzen Tag zusammen«, versprach sie noch einmal, bevor sie auflegte. »Dann zeig ich dir das touristische London. Das muss irgendwann ja auch mal sein. Also warum nicht gleich.«

Jetzt stieg Giacomo die Treppe zum Ausgang hinauf. Mit ihm Hunderte von Menschen aus allen Ecken der Welt, alle mit dem gleichen Ziel: die Portobello Road. Claire wartete schon auf ihn, und als sie ihn sah, lief sie ihm entgegen und umarmte ihn. Einige Augenblicke vergingen, bevor er seine Hände an ihre Hüften legte, erst behutsam, dann immer drängender, bis er sie schließlich auch innig umarmte und sein Gesicht, die Augen geschlossen, an ihrem Hals vergrub.

»Du bist spät dran. Komm jetzt, ich hab dir so viel zu zeigen. Hast du gut gefrühstückt?«

»Nein, als ich aus dem Haus bin, hat Fulvio noch geschlafen. Da wollte ich keinen Lärm machen.«

»Dann komm.«

Sie ergriff seine Hand und führte ihn zu einem Schaufenster, in dem die verschiedensten süßen Backwaren ausgestellt waren, Muffins, Plumcake oder Teigtaschen, die auf jede erdenkliche Weise gefüllt waren. Manche Sorten prangten in derart künstlichen Farbtönen, dass sie gut in einen Autokatalog gepasst hätten. Giacomo ließ sich ein Himbeermuffin geben, Claire ein Croissant, dazu noch je einen Becher Tee mit Milch zum Mitnehmen, und damit machten sie sich wieder, dem Menschenstrom folgend, auf den Weg.

Silberwaren und antike hölzerne Pubschilder, Gläser und mittelalterliche Rüstungen fraglicher Herkunft, riesige Spiegel und winzige Elfenbeindöschen, Puppen und Uhren, vermeintlich antiker Schmuck und verrostete Eisenwaren: All das boten die Stände, an denen sie entlangspazierten und hinter denen mal gelangweilt wirkende junge Händler standen, dann wieder alte Frauen mit fingerlosen Handschuhen oder beleibte Männer, deren Nasen von der Kälte, vielleicht auch vom Alkohol allzu vieler Pubabende gerötet waren.

Irgendwann nahm Claire ihn bei der Hand und führte ihn zu einer der Passagen, wo Dutzende kleiner Läden unter einem Dach versammelt waren, und dann weiter eine Treppe hinunter. Giacomo staunte nicht schlecht, als er kurz darauf in einem weitläufigen Kellergeschoss stand, in dem sich wiederum Dutzende von Ständen aneinanderreihten.

Claire trat auf eine grauhaarige Frau zu, die hinter ihrem Tisch Zeitung las. Sie trug ein blaues Kleid mit gelben Blumen, das wie aus einem Vorhang geschneidert aussah, und auf der Nase eine Lesebrille. Überrascht bemerkte Giacomo, dass ihre Zeitung eine *Times*-Ausgabe von 1966 war, mit der Schlagzeile vom WM-Gewinn der englischen Nationalmannschaft im Wembley Stadium. Eine Weile standen die beiden vor ihr und beobachteten sie, aber die Frau war zu sehr in die Lektüre vertieft, um sie zu bemerken.

»Guten Tag, Mrs. Whitaker.«

Erst jetzt hob sie den Blick. »Ach, Claire. Guten Tag. Dich habe ich aber lange nicht mehr gesehen. Wie geht's dir? Stehst du schon länger hier. Tut mir leid, ich habe gelesen. Es ist aber auch zu faszinierend. Die Nationalelf in jener Zeit, 66, war doch wirklich überragend, oder nicht?«

»Wahrscheinlich schon. Ich war damals aber noch zu klein, um mich daran zu erinnern.«

»Ich weiß, aber ich war damals fast noch eine junge Frau, und mein Mann war Fußballfan und hat mir die ganze Zeit nur von den beiden Bobbys, Bobby Charlton und Bobby Moore, vorgeschwärmt. Er selbst hieß auch Bobby … Ach, er ist viel zu früh gegangen. Aber lassen wir das, wie geht es dir, und wer ist dieser schöne Jüngling in deiner Begleitung?«

»Mir geht's gut, Mrs. Whitaker, und das ist Giacomo. Mein … ein Freund, aus Italien.«

»Nur ein Freund?«

Claire errötete.

»Entschuldige, ich wollte nicht so impertinent sein …«

»Nein, wieso denn …«

»Und wie geht's deinem Onkel im Ausland?«

»Gut, gut, glaube ich. Ehrlich gesagt, habe ich schon ein paar Wochen nichts mehr von Alan gehört. Ich muss ihn mal anrufen.«

»Dann grüß ihn bitte von mir. Aber jetzt schau dich doch mal um. Vielleicht findest du etwas, was dich interessieren könnte.«

»Ja, gern.«

Claire ging die Regale durch, ließ den Zeigefinger, von links nach rechts, über die der Größe nach sortierten Buchrücken wandern und zog hier und da ein Buch hervor. Schließlich entschied sie sich für eine blau gebundene und reich illustrierte Ausgabe von Dickens *Pickwick Papers* aus dem späten 19. Jahrhundert.

»Ja … die ist schön … Nicht übermäßig wertvoll, aber schön, vor allem die Kupferstichabbildungen. Es sollte neun Pfund kosten, aber dir gebe ich es für fünf.«

»Das ist nett. Vielen Dank, Mrs. Whitaker.«

»Ich danke dir, Claire, komm bald mal wieder vorbei. Und vergiss nicht, Alan von mir zu grüßen. Und dir viel Glück, junger italienischer Freund dieses liebreizenden Mädchens.«

Sie stiegen wieder hoch ins Freie, und auf der Treppe schaute Giacomo Claire fragend an.

»Sie ist eine alte Freundin von meinem Onkel«, erklärte sie. »Hin und wieder kaufe ich ihr ein Buch ab, ich glaube nicht, dass ihr Geschäft so besonders gut läuft, aber wahrscheinlich behält sie diesen Stand an der Portobello Road auch mehr aus Gewohnheit und zum Zeitvertreib. Ihre Kinder sind aus dem Haus und haben ihre eigenen Familien irgendwo im Ausland. Ihr Mann ist tot, und dieser Stand ist ihr einziger Kontakt nach draußen. Aber wenn sie ihn tatsächlich mal verkaufen will, wird sie keine Schwierigkeiten haben, ihn loszuwerden. Interessenten gibt es genug. Ich mag sie, und ich höre sie gerne reden. Wer benutzt heutzutage sonst noch so antiquierte Ausdrücke wie ›schöner Jüngling‹, ›impertinent‹ oder ›liebreizendes Mädchen‹?«

»Ach so, deshalb. Ich hab nämlich nur die Hälfte verstanden.«

»Unsinn, das stimmt doch gar nicht. Und selbst wenn: Das bringt dir alles was, um dein Englisch noch weiter zu verbessern.«

»Mag sein ...«

Claire lächelte, legte ihm einen Arm um die Taille, steckte die Hand in die Gesäßtasche seiner Jeans und erzählte ihm, dass sie *Die letzten Briefe des Jacopo Ortis,* diesen Roman von Foscolo, inzwischen auch gelesen habe.

»Meinst du nicht, dass Jacopo diese Teresa nur deswegen so anhimmeln kann, weil sie für ihn unerreichbar ist? Er weiß doch, dass sie als Tochter eines venezianischen Aristokraten nicht einen exilierten Patrioten wie ihn heiraten kann, und sie ist ja schon dem reichen Odoardo versprochen. Sie ist in diesem Punkt auch aufrichtig: *Nicht kann ich die Ihre werden*, sagt sie ihm nach dem einzigen Kuss, den sie ihm gewährt.«

»Jedenfalls ist sie das Wichtigste für Jacopo, trotz seines politischen Engagements, trotz seiner Liebe zur Kunst. Den Entschluss zum Selbstmord fasste Jacopo erst, als er die Nachricht von ihrer endgültigen Heirat erhält. *Weder weiß ich, warum ich auf die Welt kam, noch, wie oder was die Welt ist, noch, was ich mir selbst bedeute.‹«*

»Was für ein Ende für eine große Liebe! Du hast recht: Es ist schon eine unbedingte Liebe, die dieser Jacopo für Teresa empfindet. Und für die ist wohl schon immer wenig Platz auf der Welt gewesen, oder? Hast du denn auch mit dem Rom-Buch von Hobhouse weitergemacht?«

Giacomo erzählte ihr, dass er in Mailand mehrfach in die Bibliothek gegangen sei, um mehr über das Leben von John Hobhouse herauszufinden. Claire sah ihn erwartungsvoll an, und er erzählte das, was er besonders interessant gefunden hatte: John Hobhouse hatte von Mai 1813 bis Februar 1814 eine große Reise auf dem Kontinent gemacht – Berlin, Wien, Leipzig, Weimar, Fiume. Aber große Liebeserlebnisse schienen ihm nicht vergönnt gewesen zu sein. Sein Freund Lord Byron vermisste sein solideres Alter Ego Hobhouse in diesen acht Monaten sehr, und als Hobhouse nach London zurückkehrte, leerten sie gemeinsam in vielen Nächten einige Flaschen Wein. Jetzt erfuhr Hobhouse auch, dass Lord Byron eine skandalträchtige Affäre mit Augusta Leigh, seiner eigenen Halbschwester, gehabt hatte. Sie war unglücklich mit einem Colonel verheiratet, der sie zwar unaufhörlich schwängerte, aber ansonsten nur Spielschulden zustande brachte und Augustas schmale Mitgift verprasste. Irgendwann war Augusta vor ihrem Mann geflohen und hatte sich um Hilfe an ihren Halbbruder gewandt. Dieser fand sie, so unmodisch sie auch gekleidet war, attraktiv und hat sie später in seiner Figur der Dudu verewigt: »Zu Bett gebracht zu werden, ungemein/ hingebend, schmachtend, träg, ein bisschen voll/doch reizend, wer sie ansah, wurde toll.« Das stamme aus Byrons *Don Juan*. Er habe für sie auch die *Stanzes for Augusta* geschrieben. Die Leute merkten natürlich von dieser erotischen Anziehungskraft zwischen den beiden, tratschten darüber, nannten Augusta, die übrigens durchaus religiös war, »amoralisch wie ein Kaninchen«, warfen ihr auch vor, dass sie ihn dazu gebracht habe, sich finanziell zu übernehmen, Byron gab ihr zweimal 3000 Pfund, was er sich eigentlich nicht leisten konnte. In Wirklichkeit war es aber er, der von einer Affäre zur anderen wanderte. In Byrons Wohnung in der vornehmen St.-James-Gegend, konnten Augusta und Lord Byron sich nicht mehr treffen, das hätten alle mitbekommen, und so zog Augusta zu einer Freundin in der Upper Berkely Street. Es scheint, dass sie beide ernstlich erwogen haben, gemeinsam London zu erlassen, in ein anderes Land aufzubrechen. Aber Lord Byron hat dann wohl doch Angst vor diesem Schritt bekommen und sich von Augusta getrennt, ist nach Aston Hall, Newstead, Cambridge, überall hingefahren, um sich fern von ihr zu amüsieren. Man müsse sich das vorstellen, all diese ungeheuerlichen Geschichten höre sich der gediegene, zurückhaltende Hobhouse in Ruhe an, kommentiere sie spärlich und mache sich gerade dadurch zu seinem unverzichtbaren Freund, das ganze Leben über. Am Ende, nach Lord Byrons Tod 1824, sei er sogar einer seiner Testamentsvollstrecker. Anfang 1815 habe Lord Byron dann Lady Annabella Milbanke geheiratet, mit Hobhouse als Trauzeuge, die ihm auch eine Tochter gebar, Augusta Ada, aber ein Jahr später waren sie schon wieder getrennt, und die Gerüchte um die Inzestbeziehungen wurden wieder laut. Lord Byron habe dann England für immer verlassen, wohl auch um sie vor diesem Klatsch zu bewahren.

»Du bist ein Positivist«, sagte Claire lachend zu Giacomo, als dieser seinen Kurzvortrag beendet hatte.

»Was heißt das?«

»So nennt man die faktengläubigen Philologen, die sich nicht das Werk selbst anschauen, sondern alles aus der Biografie des Autors erklären. Du musst aus diesem ganzen Wissen über den Autor auch eine These zu dem Werk selbst abgeben.«

» Also, du bist ja strenger als meine Lehrerin damals …« Giacomo überlegte und sagte schließlich: »Wenn ich bedenke, wie eng sie am *Childe Harold* und wohl auch am *Don Juan* zusammengearbeitet haben, wenn ich dann noch berücksichtige, dass sie gemeinsam nach Italien gereist sind, Hobhouse die Tragödie *Francesca da Rimini* mithilfe von Lord Byron übersetzte, dann liegt es doch nahe, dass Lord Byron auch an Hobhouses Werk über Italiens Kunst beteiligt war. Vielleicht ist Byron so eine Art Koautor.«

» Klingt gut. Und dann auf ein allgemeineres Niveau gehoben, hieße das: Die Romantik hat den Geniekult hervorgebracht, aber in Wirklichkeit waren die Werke der Romantik reinste Teamarbeit.«

Claire führte ihn weiter zu jenem Teil des Marktes, der von Obst- und Gewürzständen beherrscht wurde. Dort nötigte sie ihn, sich mit ihr eine gekochte Riesenkartoffel zu teilen, die mit geschmolzenem Käse, Butter und einer seltsamen, nach Zwiebeln, Knoblauch, aber auch unbekannten Gewürzen schmeckenden Soße überzogen war. Giacomo wurde den Geschmack im Mund bis zum Abend nicht mehr los.

Schließlich verließen sie das Gewimmel und schlugen den Weg Richtung Hyde Park ein.

»Erzähl mir doch mal, worin deine Arbeit eigentlich besteht«, bat sie ihn, während sie so dahinspazierten.

»Kann ich dir das vielleicht mal später erklären – wenn ich es selbst verstanden habe?«

»Komm schon, erzähl! Ich will wissen, wofür du die Literatur opferst.««

»Okay, ich versuch's. *Ferrcoal* ist eine Handelsgesellschaft, die Kohle kauft und verkauft. Um die Kohle zu transportieren, braucht die Gesellschaft Schiffe und muss dazu Verträge mit Reedern abschließen. Und hier geht's um Riesenfrachter, die kleinsten können zwanzigtausend Tonnen Kohle laden, die größten bis zu hundert- oder gar hundertfünfzigtausend.

»Bötchen, also.«

»Genau, Bötchen, aber unterbrechen Sie mich bitte nicht, Miss.«

»Verzeihung.«

»Gut, ein Kuss, dann verzeihe ich.«

»Hier, bitte.«

»Sehr gut, dann kann ich ja jetzt fortfahren. *Ferrcoal* verdient also, indem die Gesellschaft zu einem bestimmten Preis Kohle vom Lieferanten erwirbt und zu einem höheren Preis an ihren Kunden weitergibt. Der wichtigste und gleichzeitig auch komplizierteste Aspekt ist aber ein anderer. Eben deswegen ist auch Collins so wichtig.«

»Und der wäre?«

»Es gibt verschiedenste Arten von Kohle. Schieferkohle, Pechkohle, Kokskohle, und jede hat ihre besonderen Eigenschaften hinsichtlich Stückgröße, Alter und vor allem Brennwert. Und während der Produzent darum bemüht ist, es so darzustellen, als würde er dir die beste Kohle der Welt anbieten, um einen möglichst hohen Preis herauszuschlagen, braucht der *trader* einen Spezialisten, der die wahren Eigenschaften der Kohle beurteilen kann, damit er nicht übers Ohr gehauen wird und, wenn die Qualität nicht stimmt, einen kräftigen Preisnachlass herausholen kann. Im Zielhafen sieht es dann genau umgekehrt aus: Der Käufer vergleicht die vertragliche Vereinbarung mit der gelieferten Ware, und wenn er hier Mängel entdeckt, wird er weniger zahlen wollen, während der *trader* darauf dringt, dass der Vertrag ohne Abstriche eingehalten wird. Eben das ist der Grund, warum ein Mann wie Collins, der überall die richtigen Leute kennt, so unverzichtbar ist: Damit wir nicht reingelegt werden, weder von der einen noch von der anderen Seite.«

»Okay. Aber welche Aufgabe hast du dabei?«

»Im Moment arbeite ich noch mehr oder weniger als Schreibkraft. Fulvio und ich sitzen an einem Vertrag über eine mögliche Lieferung von Australien nach Italien, aber ein Abschluss liegt noch in weiter Ferne. Und offen gesagt, ist er in das Projekt auch mehr einbezogen als ich. Und deshalb muss er morgen, am Sonntag, auch arbeiten. Collins möchte, dass sie Montagmorgen in Sydney sein Telex vorliegen haben, das wegen der Zeitverschiebung morgen noch rausmuss. Fulvio soll ihm helfen. Daher hab ich mir überlegt, dass es doch passen würde, wenn du morgen Mittag zu mir zum Essen kommst. Ich koche …«

»Du kochst? Und was?«

»Eine Überraschung.«

»Gut, einverstanden. Aber ist das nicht schade für Fulvio …?«

»*Mors tua, vita mea*: Das haben wir in der Schule immer gesagt, wenn jemand zum Abfragen vor die Klasse geholt wurde. Und außerdem wollen wir doch heute Abend mit ihm ausgehen. Aber wenn es dir lieber ist, gehe ich morgen für ihn ins Büro.«

»Wenn du meinst … Komm, wir gehen rüber.«

Sie überquerten die Straße zu einem der Hyde-Park-Eingänge und spazierten nun am Serpentine Lake entlang, auf dem bereits ein paar unerschrockene Japaner in gemieteten Ruderbooten herumkreuzten, und erreichten schließlich eine fast menschenleere Ecke, wo unter einer mächtigen Eiche zwei Bänke gegenüberstanden.

Bevor sie sich setzten, lasen sie, was ins Holz eingeritzt war. Ein Arsenal-Fan hatte sich mit dem Motto *C'mon Gunners* verewigt. Auch ein Herz mit Initialen durfte nicht fehlen, hier F.M., und sie begannen, über mögliche Vornamen der beiden Liebenden zu spekulieren. Schließlich versuchte sie es auch mit verschiedenen Nationalitäten, Federico und Maria aus Spanien etwa. Bei deutschen Pärchen gerieten sie ins Stocken, weil ihnen nur männliche Vornamen – Franz, Fritz, Ferdinand –, aber überhaupt keine weiblichen einfielen. Oder sollte hier in der ausgelassenen Stimmung einer Sommernacht Freddy Mercury seine Initialen ins Holz geschnitzt haben, der, wie allgemein bekannt war, nicht weit vom Hyde Park entfernt wohnte?

Auf der Lehne lasen sie, von oben nach unten: *John from Utah was here 7.7.79. Fabio Metallico della Versilia anche 11.5.1980. Paolo G. pure 13.7.80.* Und auf der letzten, untersten Bohle: *Leòn y nunca mas 6.3.81.* Das war erst am Vortag geschrieben worden. Was mochten das für Menschen sein, diese vier, die jetzt durch eine Bank im Hyde Park verbunden waren, aber nur bis der nächste neue Anstrich ihre mit der Taschenmesserspitze geschaffene Erinnerung löschen und Platz für Neues schaffen würde.

»Seltsam, solche Parkbänke sind immer voll solcher Verewigungen, aber man sieht sie nie jemanden ins Holz schnitzen«, sagte Claire.

»Welch tiefgründige Betrachtung, alle Achtung.«

»Nimm mich nicht auf den Arm. Hast du keine Erinnerung, die mit einem Park in Mailand verbunden ist?«

»Die Stadt ist nicht gerade berühmt für ihre Parks.«

»Trotzdem, ich kann mir nicht vorstellen, dass dir dabei gar nichts einfällt.«

»Du hast recht. Woher weißt du das?«

»Schieß schon los.«

»Mein erster Kuss. Zum ersten Mal ein Mädchen geküsst habe ich an einem Ort wie diesem … Es war im Parco Lambro, sie hieß Alessandra, wenn du's genau wissen willst. Es ging gerade mal eine Woche: Ich war zu unbeholfen.

»Und heute …?«

»Okay, Treffer. Jetzt bist du dran.«

»Ich werde nie den letzten Sonntag vergessen, den ich mit meiner Freundin Giorgia verbracht habe.«

»Hier.«

»Nein, in einem anderen Park, im Norden der Stadt. Es war Sommer, und wir waren den ganzen Tag über dort. Am nächsten Morgen sollte sie London für immer verlassen. Da haben wir auch unsere Initialen in eine Parkbank geritzt. Lange Zeit bin ich immer mal wieder hingegangen, wenn ich Sehnsucht nach ihr hatte. Dann eines Tages war sie fort.«

»Was? Die Inschrift?«

»Nein, die Bank. Vielleicht war sie zu alt, vielleicht ist sie auch nur irgendwo anders aufgestellt worden.«

Claire begann, in ihrer Tasche zu kramen, und holte einen Fotoapparat hervor.

»Komm, wir machen ein Foto von uns.«

»Da müssen wir warten, bis jemand vorbeikommt, den wir fragen können ... Aber wie es aussieht, haben wir uns den entlegensten Winkel im ganzen Park ausgesucht.«

»Das machen wir mit Selbstauslöser. Bleib mal so sitzen.«

Claire stand auf, stellte den Apparat auf die gegenüberliegende Bank, verrenkte sich, um den Bildausschnitt festzulegen, hantierte an den Ringen und Rädchen herum.

»Das verstehe ich nicht.«

Sie nahm die Kamera wieder in die Hand, kontrollierte, stellte ein, wiederholte alle nötigen Verrenkungen und drückte auf verschiedene Tasten. Einen Augenblick verharrte sie und starrte den Apparat an, fuhr dann herum und rannte zu Giacomo zurück.

»O Gott, es geht los.«

Giacomo begann zu lachen, als er merkte, dass die Kamera schon auslöste, als Claire noch auf dem Weg zu ihm war.

»Ach je! Aber jetzt hab ich verstanden, wie es geht. Das nächste Mal klappt es.«

Sie fotografierten sich in verschiedensten Posen und hörten erst auf, als Claire so oft hin und her gelaufen war, dass sie schon ein wenig keuchte.

»Du bist mir ein schöner Kavalier, lässt mich alles alleine machen ...«

»Sei froh. Sonst hätten wir nur kopflose oder verschwommene Aufnahmen von uns. Mit Fotoapparaten stehe ich auf Kriegsfuß.«

»Okay, dann sei dir verziehen. Wie fühlst du dich?«, fragte sie, indem sie sich an ihn drückte und ihm den Kopf auf die Brust legte.

»In der Hitliste der schönsten Momente meines Lebens rangiert der hier mit Sicherheit unter den ersten fünf.«

»Was, nicht ganz oben?«

»Der Moment kommt noch, aber ich merke schon, dass nicht mehr viel fehlt«, antwortete er, indem er ihr mit den Fingern durch die Haare fuhr.

Auf dem Programm ihres Standrundgangs standen weiterhin, in noch festzulegender Reihefolge, das Warenhaus Harrod's, Buckingham Palace, Fortnum & Mason für eine Teepause und Covent Garden.

Mit Fulvio waren sie um 19 Uhr im *Kings Head*, einem Pub in der Nähe ihrer Wohnung, verabredet. Als sie mit einer halben Stunde Verspätung dort eintrafen, stand er wartend vor dem Eingang und winkte ihnen zu. Giacomo spürte schmerzhaft seine Füße, Waden und Rücken, und kaum im Pub, ließ er sich aufatmend auf eine Bank fallen.

Er blickte sich um, an der Decke und an den Wänden hingen Flaggen aller möglichen Länder. Ein Elchkopf musterte ihn mit Leidensmiene von der Wand gegenüber. Mit einem Seufzer wandte er sich wieder Claire neben ihm zu.

»Was ist los, mein Schatz?«, fragte sie, indem sie ihm über die Hand streichelte.

»Ich hab schwere Beine.«

»Nach dem kleinen Spaziergang?«

»Spaziergang nennst du das? Als die römischen Legionäre Britannien eroberten, mussten sie nicht so lange marschieren.«

»Jetzt hör aber auf. Das kann doch nicht dein Ernst sein. Fulvio, sag du doch mal was?«

Fulvio trat gerade mit drei *pint* Bier an ihren Tisch. Von mal zu mal wurde er geschickter darin, volle Biergläser unbeschadet durch überfülle Lokale zu jonglieren. Er verteilte sie und setzte sich neben Claire, Giacomo gegenüber, der mehr Platz beanspruchte, um seine müden Beine auszustrecken.

»Was meinst du, Claire?«

»Du sollst deinem Freund sagen, er soll aufhören, so herumzujammern, nur weil er heute mal ein paar Meter zu Fuß gegangen ist.«

Giacomo stellte das Glas wieder ab, das er schon zu den Lippen geführt hatte.

»Ein paar Meter? Von zehn Uhr heute Morgen bis jetzt am Abend. Es war wunderschön, keine Frage, aber vielleicht doch ein bisschen viel auf einmal.«

»Komm, Giacomo, beschwer dich nicht. Du darfst dich morgen ausruhen, und ich muss ins Büro.«

»Stimmt, da hast du recht, ich schweige. Was musst du eigentlich genau machen?«

»Collins hat was von einem australischen Kontaktmann gesagt, der instruiert werden muss, damit wir den Vertrag unter Dach und Fach bekommen. Es ist ein großer Auftrag, und ein wichtiger, nicht zuletzt weil der Käufer ein italienisches Unternehmen ist und Ferretti mit einem Volltreffer ›zu Hause‹ allen zeigen will, dass sein Engagement ernst gemeint ist. Es sind noch andere ausgefuchste *trader* hinter dem Deal her, und Collins setzt alle Hebel in Bewegung, sie aus dem Feld zu schlagen. Wenn wir es schaffen, hat er gesagt, ist auch eine nette Überraschung für mich drin.«

»Ach ja, und was soll das sein?«

»Ich weiß es nicht, eine Überraschung eben … Aber lass uns nicht mehr über die Arbeit reden. Bestellen wir lieber was zu essen.«

Fulvio nahm Rühreier mit Speck, obwohl Claire ein wenig

die Nase rümpfte, weil das ein Frühstück sei. Giacomo ließ den Blick über die Gerichte auf der grünen Karte hoch und runter wandern und fragte dann. »Was ist eigentlich *gammon*?«

Explosionsartiges Geschrei übertönte seine Stimme. Hinter ihnen an der Wand stand ein Flipper, der von einer Gruppe blonder Hünen umlagert war. Einer davon hatte offenbar besonders erfolgreich die Silberkugel mit heftigen Hüftbewegungen gegen die blinkenden Pilze geknallt und wurde jetzt von seinen Freunden gefeiert.

»Was wolltest du wissen, Schatz?«

»Was das hier ist: *gammon, chips and pineapple*. Pommes frites und Ananas sind klar, aber was ist das Erste.«

»Schweinefleisch, so eine Art dicke Scheibe Schinken. Versuch's doch mal!«

»Mit Ananas?«

»Vertrau mir.«

Das tat er und war mit dem Resultat nicht unzufrieden, während Claire, die schottischen Lachs gewählt hatte, ihnen die Unterschiede zwischen schottischen, irischen und skandinavischen Lachsen zu erklären begann. So aßen sie und unterhielten sich gleichzeitig angeregt, nicht nur übers Essen, und Claire musste lächeln, wenn sie die beiden ansah, die sich erst seit wenigen Tagen kannten und miteinander umgingen, als seien sie schon ein Leben lang befreundet.

Als sie sich schließlich erhoben, merkte Giacomo, dass er seine Beine nach dem langen Sitzen kaum noch bewegen konnte. Claire sah ihn wanken und war so gnädig, ein Taxi zu rufen. Sie begleitete die beiden bis zu ihrer Wohnung in der Lexham Gardens, bat dort den Taxifahrer, einen Moment zu warten, und stieg mit aus, um sich zu verabschieden, von

Fulvio mit einer Umarmung, von Giacomo mit einem Kuss auf die Lippen.

»Dann sehen wir uns also morgen. Wann soll ich da sein?«

»Wie du willst, ich warte auf dich.«

Sie musste lachen, als sie, schon wieder im Wagen, beobachtete, wie sich Giacomo mühsam die wenigen Stufen zur Haustür hinaufschleppte. Sie kurbelte das Seitenfenster hinunter und rief: »Bist du sicher, dass ich morgen kommen soll? Oder willst du dich nicht lieber ausruhen?«

»Sehr witzig …«

35

Viola

Schweiz, 11. Januar 2011

»Viola! Hast du den Verstand verloren?«

Ich bin so aufgeregt ins Zimmer gestürmt, dass Leslie fast aus dem Bett gefallen wäre, auf dem sie es sich mit einem Buch bequem gemacht hat.

»Was ist denn passiert?«

Ich halte ihr den Flyer vor die Nase, ein wenig zu nahe, wie ich selbst merke, als sie ihn mir aus der Hand reißt, sich in passender Entfernung vor die Augen hält und zu laut zu lesen beginnt. »Megaevent im *Écureuil Jaune*. Freitag, den 18. Februar feiern wir den Halbjahresabschluss und den Beginn der Ferien mit einem Exklusivauftritt des Popstars Ginger Lola. Alle Schüler und Lehrer sind herzlich eingeladen..«

Leslie steckt sich zwei Finger in den Rachen und tut so, als müsste sie kotzen.

»Mein Gott, Viola, hörst du diesen Mist immer noch gern. Willst du es nicht endlich mal mit richtiger Musik versuchen?«

Sie lässt ihren iPod vor meiner Nase hin und her baumeln, setzt sich auf und schlägt die Beine übereinander. Ihre Sportsocken sind unter den Sohlen eingeschwärzt, und der Schmutz zeichnet Zehen und Ferse nach.

»Ich gehe da jedenfalls nicht hin.«

Ich verpasse ihr einen so heftigen Stoß, dass sie auf den Rücken fällt, und runzle die Stirn.

»Beruhig dich. An dem Tag kommt mich schon meine Mutter abholen. Sie hat mit der Bergson abgesprochen, dass ich einen Tag früher wegdarf, und während ihr auf dem Konzert seid, packe ich meine Koffer. Du hättest mitkommen können, aber du willst ja lieber mit Mama und Anhang Ski fahren. Wenn du wüsstest, wie faszinierend die englische Küste im Februar ist. Diese Feuchtigkeit, die einem in alle Glieder dringt, und das herrliche Meer, das zum Baden einlädt – nicht uns, aber Robben und Pinguine.«

Hört sich ja nicht so an, als wenn ich da viel verpassen würde.

»Na ja, jedenfalls wäre ich wahrscheinlich sowieso nicht zu dem Konzert gegangen. Damit du es weißt: Das ist das Niveau von Petra und Sabine.

Wo ist mein Block? Ah, hier: *Ich hasse sie!*

»Du hast sie getroffen? Jetzt gerade? Und was haben sie gesagt? Mensch, Viola, du wirst dich doch nicht immer noch mit denen abgeben? Seit du sie kennst, hast du die Bibliothek vollgekotzt, hast dir von der Bergson eine Ermahnung eingefangen und wärst fast in einem Wald in den Schweizer Alpen erfroren. Ganz zu schweigen von Horrorgeschichten, die sie dir über mich erzählt haben, um dich gegen mich aufzubringen. Hast du denn nie Lust, sie mal dafür büßen zu lassen?«

Doch, jeden Tag.

»Worauf wartest du dann noch?«

Und wie soll ich das anstellen?

»Eigentlich geht es nur um Sabine. Petra kannst du vergessen, die ist nur ihr Schatten, bei der macht es noch nicht mal richtig Spaß. Man müsste etwas finden, was ihr wirklich wehtut. Wir überlegen uns was. Aber hier, mit dem Konzert legen sie sich ja mächtig ins Zeug. Hast du das gesehen?«

Sie zeigt mir einen Satz ganz unten auf dem Flyer, räuspert sich und deklamiert emphatisch: »›Ginger Lola wird sich eine Schülerin aussuchen, um mit ihr zusammen ihren Hit *Diving* zu singen. Wir drücken euch die Daumen!‹ Wow. Da müssen wir uns etwas einfallen lassen. Was meinst du, Viola?«

36

Giacomo

London, 8. März 1981

Als ihm kalt wurde, stieg er aus der Badewanne und schaute auf die Uhr. Claire würde schon bald kommen. Er öffnete den Kleiderschrank und griff blind in die hinterste Schublade, wo er unter T-Shirts, Strümpfen und Slips eine Schachtel Kondome versteckt hatte. Es war immer noch jene, die er damals in Brighton mit Spartaco gekauft hatte, nur dass von den ursprünglich zehn nur acht geblieben waren. Zwei waren für »Tests« beziehungsweise eine »Materialprüfung« geopfert worden. Er musste lachen, als er jetzt an diese Selbstversuche zurückdachte, aber schnell setzten sich wieder seine ewigen Bedenken durch: Wenn Claire die Schachtel sah, würde sie sich sicher fragen, was mit den zwei fehlenden Kondomen geschehen war, und vielleicht grundlos eifersüchtig werden. So steckte er sich zwei Tütchen in die Hosentasche und verstaute die Packung wieder in der Schublade. Heute durfte nichts dazwischenkommen. Er würde Claire mit einem fantastischen Essen, Wein und geistreichen Plaudereien betören und dann endlich mit ihr schlafen. Um sie zu beeindrucken, legte er auch die Kopien, die er über Hobhouse und Lord Byron in der Mailänder Universitätsbibliothek gemacht hatte, wie absichtslos neben das Sofa.

Als es läutete, stand er direkt am Fenster und schob die

Gardine zur Seite. Sie stand vor der Tür, und er klopfte gegen die Scheibe, und sie drehte sich zu ihm und lächelte ihm zu. Giacomo war selbst überrascht, mit welchem Schwung er, trotz lahmer Beine, zum Türöffner und dann zur Haustür hastete, weil Fulvio sie, als er ins Büro aufgebrochen war, offenbar abgeschlossen hatte.

»Einen Moment, Claire. Ich kann nicht aufmachen. Ich muss noch den Schlüssel holen.«

Er wühlte in den Taschen der Hose, die er am Vortag getragen hatte, dann in seiner Jacke und erinnerte sich schließlich, dass er seine Schlüssel auf die Konsole beim Telefon gelegt hatte.

»So, da bin ich wieder. Tut mir so leid, ich hab sie nicht finden können.«

»Ich dachte schon, du willst mich gar nicht reinlassen.«

»Nein, nein, aber Fulvio hat vorhin abgeschlossen …«

»Ach ja, der arme Fulvio, der am Sonntag zur Arbeit muss …«

»Tja, der arme Fulvio.«

»Tja.«

»Tja.«

»Okay …«

»Okay …«

Jetzt eine Idee, was man sagen könnte – Giacomo hätte jeden Preis dafür bezahlt. Es musste nichts Brillantes sein, aber auch nichts entwürdigend Banales. Zum Glück erlöste ihn Claire aus der Verlegenheit.

»Was machen deine Beine?«

»Meine Beine?«

»Ja, deine Beine. Gestern konntest du kaum noch einen Fuß vor den anderen setzen.«

»Ach so, ja, die Beine, also beim Aufstehen haben sie noch ziemlich wehgetan. Aber dann habe ich ein warmes Bad genommen, und jetzt geht's besser.«

»Soll ich dich mal massieren.«

»Was meinst du?«

»Ob ich dich massieren soll? Um dich ein wenig zu lockern. Nicht nur die Beine. Du kommst mir so angespannt vor.«

»Nein, das heißt, ja … Ich meine, nein, ich bin nicht angespannt … und ja, massieren wäre schön.«

»Dann leg dich mal hin, auf den Bauch … Aber wo könntest du dich hier hinlegen?«

»Warte, ich ziehe das Bett aus. Geh mal zur Seite.«

Giacomo klappte das Sofa auf und legte sich lang, sodass sein Gesicht im Kissen versank. Claire saß auf dem Rand des Bettes und übte mit Fingerspitzen und Handflächen Druck auf seine Waden aus. Dann merkte Giacomo, dass sie wegrückte und einen kurzen Moment hinter ihm stand. Er hörte ein Rascheln und wie etwas zu Boden fiel.

Er merkte, dass sie sich ein paar Schritte entfernte, rührte sich aber nicht.

»Wie wär's mit ein wenig Musik?«, fragte sie, war aber schon, ohne eine Antwort abzuwarten, auf den riesigen Radiorekorder zugetreten, der Monate lang bei ihr gestanden hatte und jetzt neben dem Fernseher ein ganzes Regalbrett einnahm. Sie legte eine Kassette ein, und Giacomo erkannte sie sofort, es war jene, die er ihr aufgenommen und zu Weihnachten geschenkt hatte.

Claire kniete sich zwischen seine leicht gespreizten Beine und begann wieder, ihm die Waden und Oberschenkel zu massieren. Dann spürte er, wie ihre Hände unter sein Hemd wanderten und über seinen nackten Rücken fuhren und sich ihr Mund seinem Ohr näherte. Er nahm die Arme zurück, und seine Finger erreichten ihr Gesäß und streichelten darüber: Sie hatte ihren Rock ausgezogen, und mit sanftem Druck zog er sie neben sich. Erst jetzt drehte er sich zu ihr um und sah sie: Sie trug nur noch ihren BH und einen weißen Slip und begann, ihm das Hemd aufzuknöpfen, während er seinen Hosengürtel aufschnallte. Ihre Münder atmeten miteinander, und Giacomo kam der Abend in Brighton und das vorschnelle Ende in den Sinn, und er fragte sich, wie es dieses Mal würde. Doch es war nur ein kurzer Augenblick, dann war die Sorge verflogen.

Alles ging so natürlich, das keine Worte nötig waren. Claire half ihm aus der Jeans, und dabei fiel ein Tütchen aus der Tasche, sie nahm es zur Hand, riss es auf und reichte es ihm. Er streichelte sie, bis er sie leise stöhnen hörte, und streifte sich dann vorsichtig das Kondom über. Claire führte ihn, und Giacomo spürte, wie er in sie eindrang.

Sanft bewegte er sich in ihr, und die Tatsache, dass es auch für sie das erste Mal war, schüchterte ihn ein und beruhigte ihn zugleich. Plötzlich fielen ihm die Erzählungen von Klassenkameraden ein, die lange vor ihm mit Mädchen geschlafen und sich mit ihren Taten gebrüstet hatten: die Eltern ein ganzes Wochenende außer Haus, schlaflose Nächte, um neue Sinnesfreuden, neue Stellungen zu entdecken, die unvermeidliche Zigarette danach.

Er erinnerte sich, wie fasziniert und neidisch er diesen Erzählungen gelauscht hatte. Jetzt wusste er es besser. Jetzt wusste er, dass es richtig gewesen war, darauf zu warten, dass ihn das Leben in dieses schäbige Zimmer weit weg im Ausland führte, wo er jetzt gerade war, zusammen mit dem Mädchen, das er zu lieben spürte wie noch keines zuvor.

Er merkte, wie sich Claires Fingernägel in seine Haut krallten, und sah, wie sie sich unter ihm aufbäumte und kurz, die Augen zusammenkneifend, das Gesicht verzog. Einen Moment lang fühlte er sich schuldig, weil er sie angesehen und die Träne bemerkt hatte, die ihr über die Wange lief. Er kam fast sofort und bemerkte erleichtert, dass das Kondom gehalten hatte.

Dann streckte er sich neben ihr aus, eine Hand auf dem Bauch, die andere unter dem Kopfkissen. Lange lagen sie so schweigend da und starrten zur Decke hinauf. Irgendwann wurde sich Giacomo verwundert bewusst, dass er die toten Insekten, die im Gegenlicht am Mattglas der Deckenlampe zu erkennen waren, zu zählen versuchte: Wie viele waren es? Sieben? Acht? Mehr noch?

»Woran denkst du?«, riss ihn Claire aus seinen Gedanken.

»An nichts.«

»Das geht gar nicht. Sag schon, woran denkst du?«

»An nichts, wirklich …«

»Komisch, ich hab beobachtet, dass du auf die Lampe gestarrt hast, und hab überlegt, ob du vielleicht die toten Fliegen daran zählst.«

»So ein Unsinn!«

Giacomo war erleichtert, als Claire in ihr typisches Lachen ausbrach.

»War es so, wie du es dir erwartet hast, Giacomo?«

»Ich weiß gar nicht, was ich erwartet habe.«

»Ich auch nicht. Aber versprich mir eins.«

»Was denn?«

»Dass wir uns nie gegenseitig fragen, ob es gut war.«

»Dann war es also nicht gut für dich?«

»Blödmann. Nein, weil die Frage ein Urteil verlangt, eine

Bewertung, wie in einer Klassenarbeit. Aber so soll es nicht sein. Außerdem ist die Frage so abgedroschen, und die Antworten genauso. Und alles Abgedroschene tut der Liebe nicht gut.«

»Okay.«

»Sehr gut.«

»…«

»…«

»Kann ich denn jetzt mal was fragen?«

»Was denn?«

»War es gut für dich?«

Claire beugte sich über Giacomos Mund und küsste ihn. Dann richtete sie sich, auf den Ellbogen gestützt, halb auf und sah ihn an. »Ich hab Hunger.«

»Wie, du hast Hunger?«

»Ich habe Hunger, du nicht?«

»Doch, eigentlich schon.«

Sie aßen die *burrata* zusammen mit dem Räucherspeck und tranken Pinot Grigio. Das Risotto würde es eben ein andermal geben. Schließlich entkorkte Giacomo noch den Prosecco, zu dem *cheescake*, den Claire mitgebracht hatte. Da stand sie auf und ging, nur mit der Bluse bekleidet, zu ihrer Handtasche. »Du dachtest wohl, ich hab ihn vergessen.« Sie holte eine Kerze hervor, steckte sie auf den Kuchen und zündete sie mit einem Feuerzeug an. Und Giacomo spürte, wie ihn ein tiefes Glücksgefühl überkam: Es gab nichts mehr, was diese Stunden noch vollkommener hätten machen können.»Alles Gute zum Geburtstag!«

37

Viola

Schweiz, 19. Januar 2011

Ob das irgendwann mal ein Ende hat? Oder wird meine Stimme für immer hier in meinem Kopf eingeschlossen bleiben? Darüber grüble ich jeden Abend, wenn ich im Bett liege und mir überlege, dass es schon schön wäre, beim Aufwachen nicht nur mein Gähnen zu hören. Ich dachte, ich hätte mich damit schon abgefunden, aber das war wohl eine Selbsttäuschung. Dass es letztes Mal bei Viviana wieder keine Fortschritte gab, hat mich schockiert.

Was ich jetzt höre, sind Leslies Atemzüge. Ich kenne ihre Gewohnheiten in- und auswendig, würde Wetten darauf abschließen, was sie in welcher Reihenfolge macht. Zuerst hört sie ein wenig Musik, ohne sich zu rühren, die Arme über der Bettdecke längs des Körpers ausgestreckt. In der ersten Zeit dachte ich immer, sie würde schon schlafen. Doch dann reißt sie sich mit einem Male die Ohrhörer runter, wickelt das Kabel um den iPod und steckt ihn in die Schublade. Nimmt ihr Kopfkissen, wendet es ein paar Mal hin und her, kauert sich auf einer Seite zusammen und sagt zu mir, unvermeidlich: *»Night night, sleep tight.«* Das hat sie von ihrer Oma, hat sie mir erklärt, die habe ihr immer, wenn sie früher von ihr zu Bett gebracht wurde, auf diese Weise gute Nacht gewünscht.

Dann schläft sie sofort ein. Ihre Atemzüge werden tiefer

und regelmäßiger, schließlich gibt sie ein leichtes Röcheln von sich, als schnarche sie ein wenig, und fort ist sie. Aber sie redet im Schlaf, plappert lange Sätze auf Englisch, die ich fast nie verstehe, zumal sie laut beginnen und dann in ein Brummeln auslaufen. Ein paar Mal habe ich meinen Namen aufgeschnappt, häufiger aber höre ich *»mummy«* heraus. Was sie wohl träumen mag?

Gerade jetzt hat es wieder einen erregten Wortwechsel zwischen ihr und ihrer Mutter gegeben, aber verstanden habe ich kein Wort.

Ich bin nicht müde. Und ich denke, jetzt ist der Moment gekommen.

Ich nehme den Brief zur Hand, den Fulvio mir vor Weihnachten gegeben hat. Mit den Fingerspitzen streiche ich über den Namen, »Claire«, und versuche mir Papa vorzustellen, wie er ihn schreibt. Der Umschlag ist nur noch unten an der Laschenspitze richtig zugeklebt. Ich fahre mit dem Zeigefinger darunter und kann ihn öffnen, fast ohne etwas zu zerreißen. Darinnen steckt ein zweimal gefaltetes Blatt.

Mailand, 30. Januar 2010

Liebe Claire,
»nichts Abgedroschenes« haben wir uns mal vorgenommen, und trotzdem beginne ich jetzt mit etwas, was man schon zu oft gehört hat: Es fällt mir unheimlich schwer, dir diese Zeilen zu schreiben: Ich hoffe, wenigstens das kannst du mir verzeihen.
Ich weiß, es ist schon ziemlich kühn, nach dreißig Jahren plötzlich wieder in deinem Leben aufzutauchen. Oder

sagen wir lieber, es ist nicht kühn, sondern schon unverfroren, nach dem, was ich getan habe.
Tatsache ist aber, dass kein Tag vergangen ist, ohne dass ich an diesen einen kalten Oktobermorgen in London gedacht hätte, an mein Kneifen, an das, was ich nicht zuwege gebracht habe, nämlich dich aufzuhalten, dich von dem Eingang eines Krankenhauses wegzuholen und das mit dir zu leben, was uns bestimmt war. Kein Tag ist vergangen, an dem ich nicht gedacht habe, dass wir es miteinander geschafft hätten. Dass ich es geschafft hätte, so wie ich ja inzwischen auch das Rätsel um das Buch von Hobhouse lösen konnte. Natürlich wäre es schwierig geworden, aber wir hätten es wenigstens versuchen müssen.
Stattdessen …
Stattdessen bin ich abgehauen. Und mit jeder Woche, die verging, schien es mir unmöglicher zu werden, dich anzurufen und um Verzeihung zu bitten.
Ich weiß nicht, wie dein Leben verlaufen ist. Aber dich zu finden war nicht schwer: Du lebst dort, wo ich es mir gut für dich vorstellen kann und wo ich dich vielleicht erwartet habe. Und doch habe ich bis heute nie den Mut gefunden, wieder auf dich zuzugehen. Im Laufe der Jahre war ich gelegentlich in London, und jedes Mal hatte ich Angst, die Orte wiederzusehen, die so untrennbar mit dir verbunden sind, geriet in Panik bei dem Gedanken, dir gleich zu begegnen, als wenn das in dieser Weltstadt so einfach wäre.
Ich erzähle dir etwas von mir, obwohl ich nicht weiß, ob dich das überhaupt interessiert. Ich war verheiratet und bin geschieden. Ich habe eine Tochter, Viola, sie ist vier-

zehn, treibt mich oft zur Verzweiflung und gibt zugleich meinem Leben einen Sinn.
Ich wünsche mir so, dass sie meine Fehler nicht wiederholt, und würde ihr auch deshalb gerne von dir erzählen, von uns und unserer Liebe und wie es geschehen kann, dass man eine solch große Liebe erlebt und sie dann doch verrät. Tatsache ist aber, dass unsere Kinder nie so werden, wie wir uns das erhoffen: Wir versuchen, sie nach unserem Bilde zu formen, und dabei wäre es besser, sie ihren eigenen Weg finden zu lassen. Wir überhäufen sie mit Dingen, mit Waren, um das auszugleichen, was an echter Verbundenheit, spirituell und emotional, fehlt. Und nur selten zeigen wir uns ihnen – natürlich spreche ich hier in erster Linie für mich –, wie wir im tiefsten Innern sind.
Der Grund ist, dass wir Angst haben. Ich habe Angst. Ich habe Angst, dass mich Viola nicht mehr lieben könnte, wenn sie meine hässlichen Seiten entdeckt, also zum Beispiel erfährt, was ich dir angetan habe. Ich mag die Vorstellung, ihr Held zu sein, so wie ich auch damals immer versucht habe, so zu sein, wie du mich haben willst. Und dabei hatte ich gar nicht begriffen, dass Menschen, die wir lieben und die uns lieben, nur eins unbedingt von uns erwarten: Ehrlichkeit.
Heute weiß ich, wie wenig ich dir davon und damit von mir gegeben habe. Und das bedauere ich zutiefst.
So wie vor vielen Jahren versuche ich mir auch jetzt wieder dein Gesicht vorzustellen, während du diese Zeilen liest. Und ich könnte mir vorstellen, dass du jetzt die Augen aufreißt, angesichts meiner Bitte: Ich möchte dich wiedersehen.

Das ist es, was ich dir sagen wollte.
Ich habe das Bedürfnis, dich anzuschauen, mit dir zu reden, zu erfahren, wie es dir geht, Frieden zu finden nach all den Jahren. Vielleicht ist das auch wieder egoistisch, so wie damals, so wie an jenem Tag… Aber wenn du willst – unten steht, wie du mich erreichen kannst.

Ich umarme dich ganz fest.
Giacomo

~ 38 ~

Giacomo

London, 17. und 18. April 1981

Vor zwei Tagen hatte Collins das gesamte Personal im Konferenzraum im vierten Stock, der Chefetage, zusammengetrommelt. Die englische Belegschaft, ungefähr zwanzig Leute, war vollständig erschienen, und von den acht jungen Burschen aus anderen Ländern, die einen Monat zuvor in der Firma angefangen hatten, waren sieben erschienen: Nur ein Franzose hatte die Segel gestrichen, nach einem Wutanfall von Collins, der mitbekommen hatte, wie er »Phil« genannt worden war.

Während sie auf den Chef warteten, hatte Giacomo die Gesichter um sich herum beobachtet: Zwei junge Frauen schwatzten miteinander und lachten hin und wieder nervös auf, einige starrten auf ihre Schuhspitzen oder musterten die Zimmerdecke. Einer der älteren Angestellten blies sich in die schweißnassen Hände.

Gefolgt von »Mit anderen Worten«-Campbell hatte Collins in einem seiner unvermeidlichen kurzärmeligen Hemden den Raum betreten, hatte gewartet, bis sich auch das letzte Gemurmel gelegt hatte und sich dann an die Versammlung gewandt: »Ich mache diesen Job seit mehr als fünfzehn Jahren, mit neunzehn habe ich zum ersten Mal selbstständig einen Deal abgeschlossen, und mit zweiundzwanzig war ich schon der beste englische Trader in der Branche. Hört sich vielleicht unbescheiden an, war aber so. Ich hab in meinem Berufsleben schon so einiges erlebt. Aber noch nie, ich betone, ›nie‹ habe ich mit einem so effektiven Team gearbeitet. Nach nur wenigen Wochen spielen wir schon in einer Liga mit anderen Unternehmen, die sich auf eine jahrzehntelange Erfahrung stützen können. Ich meine, das ist ein Grund zu feiern. Und das werden wir auch tun, am Freitag um 17 Uhr, hier in diesem Raum. Dottor Ferretti wird auch erwartet. Vielen Dank.«

Und so hatte Lily heute am Freitag kurz vor fünf wieder alle Mitarbeiter zusammengerufen und hinaufgebeten. Der Tisch in der Mitte des Saales barst von Platten mit Schnittchen, Pizzastücken und Kuchen, neben Unmengen von Dosen und Flaschen, die natürlich vor allem mit Bier gefüllt waren.

Ferretti und Collins betraten gemeinsam den Raum, und der oberste Chef ergriff sogleich das Wort, in einem fehlerlosen Englisch, ohne sich jedoch Mühe zu geben, seinen italienischen Akzent zu verbergen. »Mister Collins hat mir berichtet, welch hervorragende Arbeit Sie hier leisten, deshalb hielt ich es für angebracht, ein wenig mit Ihnen zu feiern, um Ihnen für Ihren Einsatz zu danken. Philip, möchtest du noch etwas hinzufügen?«

»Danke, Dottor Ferretti, nur so viel: Wünschen wir uns alle, dass wir noch oft Grund haben werden, so wie heute miteinander zu feiern. Und deshalb, auf das Wohl von Ihnen allen, und das von *Ferrcoal*!«

Ein wenig schüchtern, traten Giacomo und Fulvio, nachdem sie alle angestoßen hatten, auf Ferretti zu, gaben ihm die Hand und bedankten sich noch mal für die Chance, die er ihnen hier bot. Der Unternehmer dankte freundlich, schien aber nicht an einem längeren Gespräch mit ihnen interessiert zu sein und wandte sich bald wieder Collins und Campbell zu.

Dafür stand Vaughn plötzlich bei ihnen, mit einer Guinnessdose in der Hand und einem weißen Schnurrbart aus Bierschaum auf der Oberlippe.

»Was ich dich noch fragen wollte, hast du eigentlich für deine Freundin mal gekocht?«, wandte er sich an Giacomo.

»Ja … das heißt, ich hab's versucht.«

»Wie meinst du das?«

»Nun, ich kann mich jedenfalls nicht beschweren.«

»Wie es für dich war, wollte ich gar nicht wissen: Was war mit *ihr*, hat sie sich beschwert …«

»Nein, ich glaube, sie war sehr zufrieden.«

»Gut, sehr gut, ich sag's ja, ihr Italiener habt's drauf.«

»Danke, Vaughn.«

»Und du, Fulvio, wie sieht's bei dir aus?«

Fulvio drehte sich zu dem Waliser um und wandte den Blick vom Buffet ab, wo sich die Pizzaplatten zusehends leerten.

»Alles in Ordnung.«

»Mir ist aufgefallen, dass Collins dich mag.«

»Was meinst du damit?«

»Nur das, was ich sage: Ich sehe, dass ihr viel zusammen arbeitet.«

»Ja, er hat mich gebeten, die Vertragsverhandlungen mit einem italienischen Unternehmen zu begleiten. Das Geschäft mit den Australiern dürfen wir uns nicht durch die Lappen gehen lassen. Collins braucht jemand, der die Muttersprache des potenziellen Käufers perfekt beherrscht.«

»Jaja, klar … aber du solltest trotzdem aufpassen. Du hast ja gesehen, wie es dem Franzosen ergangen ist. Von einem Moment auf den anderen kann Collins die Fassung verlieren. Bei ihm ist es einfach besser, sich ein wenig bedeckt zu halten.«

»Was soll das heißen? Wenn er mich bittet, ihm zu helfen, kann ich doch nicht Nein sagen.«

»Natürlich nicht ... ich wollte es dir nur gesagt haben ... Da kommt er gerade ...«

Giacomo und Fulvio folgten Vaughns Blick und sahen, dass Collins mit einer vollen Bierflasche in der Hand auf sie zusteuerte.

»Hallo, Jungs, lasst uns anstoßen! Auf uns.«

»Auf uns«, antworteten die drei im Chor.

»Ein toller Unternehmer, dieser Ferretti, oder? Ich denke, wir werden hier noch viel gemeinsam auf die Beine stellen. Und wenn wir diesen Vertrag – du weißt schon, Fulvio – unter Dach und Fach bringen, haben wir praktisch schon unsere Verkaufsziele für das gesamte Geschäftsjahr erreicht.«

»Ich bin da sehr optimistisch«, antwortete Fulvio, indem er aus den Augenwinkeln Vaughn anschaute, doch dessen Reaktion bestand nur in einem scheinheiligen Lächeln.

»Du könntest mir einen Gefallen tun«, wandte sich Collins jetzt an Giacomo.

»Ja gern.«

»Geh doch bitte mal runter. Unten im Kühlschrank stehen zwei Magnumflaschen Champagner für Dottor Ferretti. Lily hat sie kalt gestellt, aber mir ist es jetzt lieber, wenn du sie hochbringst. Sie scheint mir schon nicht mehr ganz sicher auf den Beinen zu sein.«

Mit dem Kinn deutete er in Richtung der Sekretärin, die in offenbar bester Stimmung mit ein paar Kollegen zusammenstand und immer wieder in aufgekratztes Lachen ausbrach.

»Mach ich.«

Er lief die Treppe hinunter und betrat das verwaiste Büro: Vom Stockwerk drüber drangen gedämpft die Geräusche des Festes zu ihm. Er nahm die beiden Flaschen aus dem Kühlschrank und hörte plötzlich, wie hinter ihm Schritte rasch auf ihn zukamen. Im nächsten Moment hatten sich zwei Hände auf seine Augen gelegt, und eine weibliche Stimme raunte ihm ins Ohr: »*Guess!*« Rate mal, wer ich bin.

Ganz deutlich spürte er, wie sich Brüste an seinen Rücken schmiegten, und er wollte schon »Claire« sagen, als ihm auffiel, dass dies weder Claires Stimme noch ihr Geruch war.

»Keine Ahnung …«

Er drehte sich um und sah sie. Sie trug eine schwarze, weit aufgeknöpfte Bluse und ließ einen Spitzen-BH erkennen, der ebenfalls schwarz war, genau wie ihre Hose und die Schuhe mit den endlos hohen Absätzen.

»Ciao Giacomo, wie geht's?«

»Ciao Elena, gut … und dir? Das ist ja eine Überraschung.«

»Ich musste einfach kommen. Meinem Vater war das sehr wichtig.«

Vier Monate waren seit ihrem Skiausflug in Madonna di Campiglio vergangen. Elenas Haare waren jetzt kürzer geschnitten, und sie schien abgenommen zu haben.

»Bleibst du länger in London?«

»Ja, schon. Ich habe mich an der *London School of Economics* eingeschrieben. Wir werden uns bestimmt jetzt häufiger sehen.«

»Ja, wäre schön. Entschuldige, aber ich muss wieder hoch. Die warten auf mich.«

»Nein, nein, keine Sorge. Ich hab Papa gesagt, er soll sich was einfallen lassen, damit du hier runterkommst. Ich wollte dich überraschen.«

»Ja? Das ist ja nett …«

»Was ist denn los. Du wirst ja ganz rot.«

»Unsinn … höchstens von dem Bier, das ich gerade getrunken habe.«

»Soso … Wie geht's eigentlich deiner englischen Freundin?«

»Gut. Und Erik?«

»Gut … glaube ich. Es sieht im Moment nicht so rosig mit uns aus.«

»Tut mir leid. Gehen wir rauf?«

»Ich verstehe, du hast's eilig. Ich wollte dir aber noch was sagen: Ich hab's gelesen.«

»Was?«

»Das Buch.«

Giacomo musste sein Gedächtnis ein wenig anstrengen, bis es ihm wieder einfiel. Stefano Bennis *Bar Sport*, sein Geburtstagsgeschenk.

»Hat's dir gefallen?«

»Nein.«

Vierundzwanzig Stunden später hatten Giacomo und Fulvio wieder ein Bier vor sich. »Wenn wir so weitermachen, verleihen sie uns hier bald die Ehrenbürgerschaft.« Nach einem Monat waren die beiden fast Stammkunden in vielen Pubs im Viertel Earl's Court. Heute waren sie noch auf ein erstes Glas in den *Duke of Norfolk* eingekehrt, bevor sie sich mit Claire und den anderen in Covent Garden treffen würden. Mit dem Kinn deutete Giacomo auf einen Hirschkopf an der Wand. »Der ist bestimmt auch schon lange Stammgast hier. Seltsam, dass hier in allen Pubs Köpfe an den Wänden hängen. Immerhin schaut der hier etwas stolzer als der Elch im *Kings Head* drein.

»Hör mal, ich will dir nicht auf die Nerven gehen, aber ich muss immer wieder daran denken. Machst du dir denn keine Gedanken wegen der Tochter von Ferretti?«

»Doch, aber was soll ich denn machen? Klar, sie ist seltsam. Ich hab dir ja von Madonna di Campiglio erzählt, und die Situation gestern war mir richtig unangenehm.«

»Ich an deiner Stelle würde jedenfalls sehr vorsichtig sein. Vergiss nie, sie ist die Tochter des obersten Chefs.«

»Meinst du, ich wüsste das nicht? Aber soll ich ihr sagen: Lass mich in Ruhe, ich will nichts mit dir zu tun haben?«

»Dann sag ihr noch mal, dass du eine Freundin hast.«

»Als wenn sie das nicht wüsste …«

»Sei nur vorsichtig …«

»Du hast leicht reden. Aber ich weiß nicht, wie ich mich verhalten soll. Ich hab sie doch nur einmal vor Monaten getroffen, und jetzt ist sie plötzlich hier. Hör mal, was hältst du davon, wenn wir uns auf den Weg machen? Ich brauch ein wenig frische Luft.«

Verabredet waren sie im *Joe Allen* in Covent Garden, das besonders bei Theatergästen vor oder nach der Vorstellung beliebt war.

Als sie das Lokal betraten, sahen sie Claire schon mit Stuart und Debbie am Tisch sitzen. Kurz darauf trafen auch Tony und Dee ein. Alle bestellten sich etwas Leichtes, bis auf Stuart, für den es unbedingt Kalbsmedaillons mit Knoblauchkartoffelpüree und Paprikagemüse sein musste. Während die anderen das Gesicht verzogen, nahm Claire ihn in Schutz. »Schaut ihn doch nicht so an, jeder isst, was er will – und trägt das Risiko dafür.«

Was sie mit diesem Risiko meinte, wurde schon bald klar, als sie das Restaurant verließen. Über Beziehungen zu einem

Theaterproduzenten war es Tony gelungen, Karten für eins der Top-Musicals zu ergattern, das im *Royal Drury Lane* gespielt wurde: *A Chorus Line*. Sie durften allerdings nicht zu spät kommen, denn sonst würden ihre Plätze weiterverkauft werden, und so machten sie sich eilig auf den Weg zum Theater, das glücklicherweise nicht weit entfernt lag. Tony und Dee übernahmen die Führung und schleusten sie schnell durch die Straßen des West Ends, in denen sich die Menschen drängten: Junge und Alte, Londoner und Touristen, alles schwärmte zu den Kinos, den Pubs oder Theatern, auf die vor allem an den Wochenenden der Ansturm riesig war. Während er mit Claire Hand in Hand den beiden folgte, ließ sich Giacomo faszinieren von dem Trubel, den Lichtern, dem Lachen, das immer wieder vor den Lokalen, wo Gruppen von Jugendlichen mit ihren Biergläsern zusammenstanden, explodierte. Währenddessen erzählte sie ihm vom Drury Lane, dass es das älteste Londoner Theater war und dass es dort, wie es hieß, immer gespukt habe, und erst als sie vor der Kasse standen, bemerkten sie, dass Stuart und Debbie nicht mehr da waren.

Es dauerte einige Minuten, bis die beiden keuchend bei ihnen eintrafen. Stuart hielt sich die Seite und stöhnte über diese Hetze bei vollem Magen. Aber damit war es noch nicht ausgestanden, und bald schon wurden die Folgen seines opulenten Mahls noch dramatischer sichtbar: *A Chorus Line* war die Geschichte eines Broadway-Choreografen, der acht Tänzer für eine neue Produktion aus einem Kreis von siebzehn Bewerbern, die es bis in die letzte Runde geschafft haben, aussuchen muss, und Stuart schnarchte bereits, bevor der erste Kandidat aussortiert war.

Dafür weinte Debbie den ganzen zweiten Akt über, und es

war nicht ganz klar, ob aus Rührung oder weil Stuart noch nicht mal in der Pause erwacht war und ihn ein japanisches Ehepaar friedlich schlafend fotografiert hatte. Auch Claire hatte glänzende Augen, und als Paul, einer der Kandidaten, beim Vortanzen stürzte und damit seinen Traum begraben musste, drückte sie Giacomos Hand so fest, dass er das Gesicht verzog. Er staunte, dass Claire, die sonst nur die bedeutendsten Romane der Weltliteratur gelten ließ, so sehr auf diese einfache Geschichte einstieg. Sie überraschte ihn immer wieder aufs Neue.

Als sie das Theater verließen, erkundigte sich Tony bei Stuart, ob er sich in dem Oben-ohne-Wettbewerb auch für die Schwarzhaarige entschieden hätte. Der riss die Augen auf.

»Was? Wann war das? Ich muss wohl einen Moment eingenickt sein. Warum habt ihr mich denn nicht geweckt?«

Sie lachten immer noch, als sie den U-Bahnhof erreichten und dort in einen halb leeren Wagen einstiegen. Giacomo und Claire setzten sich in eine Ecke neben ein junges schwarzes Pärchen. Sie öffnete ihre Handtasche, holte eine Tüte mit dem Kodak-Markenzeichen hervor und nahm den Packen Fotos heraus.

»Hier.«

»Was sind das für Bilder?«

»Kannst du dir das nicht denken? Die vom Samstag natürlich, als ich dich, wie du mir abends vorgeworfen hast, durch die ganze Stadt gejagt habe. Gut, dass du dann am Sonntag gar nicht mehr so groß rumgejammert hast.«

»Stimmt, an den Sonntag erinnere ich mich auch noch lieber …«

Er ließ ein seltsam ersticktes Lachen folgen, und Claire schaute ihn verwundert an.

»Was ist denn mit dir los, Giacomo?«

»Nichts. Wieso?«

»Du bist so komisch, seit gestern Abend schon. Ist irgendwas passiert? Im Büro vielleicht?«

»Nein, überhaupt nicht.«

»Sicher?«

»Ganz sicher. Komm, zeig mir mal die Fotos.«

Claire reichte sie ihm, und Giacomo sah sich alle aufmerksam an. Auf einigen stand er allein vor dem Buckingham Palace, auf einem anderen hatte der Kellner bei *Fortnum & Mason* sie beide aufgenommen, wobei aber Claire jetzt halb hinter dem Zeigefinger des Fotografen verschwand, und als letzte kamen die Fotos, die sie von sich auf der Bank im Hyde Park gemacht hatten. Eins war so dunkel, dass man ihre Gesichter fast nicht erkennen konnte. Auf dem zweiten hatte Giacomo die Augen geschlossen, und auf dem nächsten schnitt Claire eine solche Grimasse, dass sie kaum wiederzuerkennen war.

Und dann war da noch das erste, das entstanden war, als Claire noch mit dem Kameramechanismus gekämpft hatte. Giacomo lachte und sah glücklich aus, Claire war nur von hinten zu sehen, mit dem bewegungsunscharfen Zopf, aber in dieser Haltung wirkte ihr Körper besonders schlank und geschmeidig, und sie sah wunderschön aus.

»Das ist für mich das Schönste. Auch wenn mein Gesicht nicht drauf ist. Was meinst du?«

»Tja, ich will nicht unhöflich erscheinen, aber für mich auch.«

»Sieht fast wie eine Filmszene aus. Außerdem ist es eine Erinnerung an einen besonderen Moment. Und für mich steckt noch eine weitere Bedeutung darin.«

»Welche?«

»Es hat ein wenig Mühe gekostet, bis die Kamera funktioniert hat, und mit einer Liebesbeziehung ist es vielleicht ähnlich: Man muss sich Mühe geben, glaube ich.«

»…«

»Die nächste ist Earl's Court, ihr müsst raus. Das Foto ist für dich.«

»Und das ist für dich.«

Das Päckchen hatte er den ganzen Abend in der Tasche mit sich geführt und auf den passenden Moment gewartet, es ihr zu geben, aber der war nicht gekommen, und jetzt konnte er nicht mehr warten. Mitternacht war ohnehin schon vorüber.

Wenn Giacomo auf dem Weg zur Arbeit am Bahnhof Chancery Lane ausstieg, bog er hinter Holborn in die Hatton Garden und schließlich in die Greenville Street ab, kleine Straßen, in denen sich Juweliergeschäfte aneinanderreihten, die zumeist von jüdischen Inhabern geführt wurden. Dort war ihm an einem seiner ersten Tage in London in einem Schaufenster ein goldener, wie ein kleines Buch geformter Anhänger aufgefallen. Von seinem ersten Gehalt hatte er ihn dann sofort für Claire gekauft.

»Du hast meinen nicht vergessen, ich deinen aber auch nicht. Alles Gute zum Geburtstag, Geliebte.«

39

Viola

Schweiz, 21. Januar 2011

«Mesdemoiselles, s'il vous plaît!»

In der letzten Stunde am späten Nachmittag ist es immer unruhig. Der Geräuschpegel in der Klasse wird lauter, vor allem, wenn wir dann auch noch Mathe haben. Der Unterricht bei Mademoiselle Ferrer ist sterbenslangweilig, und alle haben nur die zwei freien Tage, die vor uns liegen, im Kopf, Ausflüge, Wiedersehen mit den Eltern.

Die Ferrer dreht sich wieder zur Tafel und schreibt die Hausaufgaben für Montag an. Terme, Potenzen, binomische Formeln: ein Wust von Ziffern, Platzhaltern, Klammern und Exponenten. Sabine sitzt nicht weit von mir in der Bankreihe zu meiner Linken. Jetzt wendet sie den Kopf und schaut mich an. »Viola, jetzt hör doch mal auf zu schwätzen.« Ganz deutlich lese ich das von ihren Lippen ab, und aus den Augenwinkeln erkenne ich, dass Petra, schräg hinter mir, kichernd das Gesicht verzieht. Leslie sitzt, über ihr Heft gebeugt, da und schreibt konzentriert etwas hinein.

Es läutet, knallend werden die Bücher zugeklappt, was sich wie ein Schusswechsel anhört. Mit kehliger Stimme ermahnt die Ferrer uns noch mal, die Hausaufgaben auch wirklich zu erledigen und den Stoff der letzten Wochen zu wiederholen, weil nach den freien Tagen eine Klassenarbeit anstehe.

Wie immer bin ich die Letzte, die den Klassenraum verlässt, und Leslie wartet auf mich.

»Mach dir nichts draus. Sabine ist einfach nur blöd. Versuch doch, sie zu ignorieren, und verlass dich auf mich: Wir werden einen Weg finden, es ihr heimzuzahlen. Wir brauchen nur ein wenig Glück.«

Auf meinen Block schreibe ich: *Aber wie denn?*

Leslie lächelt geheimnisvoll und will offenbar nichts verraten.

»Es wird noch etwas dauern, und ich will dich auch nicht in meinen Plan einweihen. Denn wenn was schiefgeht, kommst du so ungeschoren davon. Schließlich ist die Bergson …«

»Was ist die Bergson, Leslie?«

Mit einem Male steht die Direktorin hinter uns. Das ist ihre Spezialität, plötzlich wie aus dem Nichts aufzutauchen.

»Gar nichts, Madame. Ich habe nur gerade zu Viola gesagt, dass Sie morgen beim Ausflug sicher dabei sind. Oder irre ich mich?«

»Ja, da irrst du dich. Die Aufsicht übernimmt eine andere Lehrkraft. Aber glaub nicht, dass du mich für dumm verkaufen kannst … Nun gut, komm mal mit ins Büro, Leslie, da ist ein Anruf für dich.«

»Ja, sofort. Bis gleich, Viola.«

Auf unserem Zimmer schließe ich die Tür hinter mir, streife meine Schuhe ab, ohne sie aufzubinden – was Papa nicht ausstehen konnte –, und werfe mich in Kleidern aufs Bett.

Ich nehme das alte, in Leder gebundene Buch zur Hand, das Fulvio mir am Tag der Beerdigung gegeben hat. Ich lese den Zettel mit der Aufforderung, nicht bei der ersten Seite stehen zu bleiben, schnuppere an den Seiten und beginne, im

Buch zu blättern. Rom, Kunstschätze, dann lauter Namen von italienischen Dichtern, die mir größtenteils nichts sagen. Mir fällt wieder ein, dass Papa irgendwann mal angedeutet hat, dass er früher einmal Literatur hatte studieren wollen, dann aber plötzlich über Jahre hinweg keine Romane mehr habe lesen können.

Die Tür geht auf.

»Entschuldige, Viola, das war ein Anruf von meiner Mutter. Weißt du, die Bergson ist die Einzige hier, die Kontakt zu ihr hat. Wahrscheinlich soll ich damit irgendwie geschützt werden, aber die Situation geht mir manchmal ganz schön auf die Nerven. Was machst du denn gerade?«

Ich zeige ihr das alte Buch.

»Ach das. Ja, das ist wirklich wunderschön gemacht.«

Sie blättert darin, und obwohl sie dies sehr behutsam tut, habe ich Angst, dass etwas reißen könnte. Sie merkt meine Anspannung. »Keine Sorge, ich mach dir nichts kaputt. Der Inhalt ist mir allerdings sehr fremd.«

Ich schalte mein Notebook ein und höre mir ein paar der Übungen an, die mir meine Logopädin ans Herz gelegt hat. Dazu gehören auch Videos mit bestimmten Bewegungen für Zunge und Lippen, die ich üben soll: Ich komme mir ein bisschen dumm dabei vor, aber ich versuche mich zusammenzureißen.

Bald verliere ich die Lust und öffne den Ordner mit Papas Dokumenten, den mir Fulvio überlassen hat. Wieder einmal schaue ich mir die Fotos von mir und Papa an.

»Was machst du?«

Leslies Stimme erschreckt mich, und ich springe fast vom Stuhl hoch. Als ich mich zu ihr umdrehe, sagt meine leicht schuldbewusste Miene: »Das weißt du doch längst.«

Dann wende ich mich wieder dem Bildschirm zu. Aus Versehen habe ich, als sie mich angesprochen hat, den Ordner »Bank« angeklickt, den ich bis dahin noch nie geöffnet hatte. Darin stecken zwei Unterordner: »ITA« und »GB«. In dem ersten sind Buchungen seiner Girokontos aufgeführt, im zweiten allerdings sehe ich keine Bankdaten, sondern nur einen weiteren Ordner, in roter Farbe. Als Dateiname nur ein Buchstabe: C.

Doppelklick.

40

Giacomo

London, 12. Mai 1981

Eines hatten sie inzwischen gelernt: Wenn Collins so polternd ins untere Stockwerk stürzte, war etwas Dramatisches oder Bedeutsames geschehen. Es war vier Uhr am Nachmittag, als er heute plötzlich in dem Gemeinschaftsbüro vor ihnen stand.

Wie auf Befehl wurde es still. Besonders Giacomo traf fast der Schlag, weil er gerade dabei war, sich noch mal die Fotos aus dem letzten Sommer in Brighton – auf einem war der unvergessliche Spartaco zu sehen – sowie eine Reihe neuere aus London anzuschauen: Neben einigen Aufnahmen von Claire und Fulvio waren auch Bilder von ihrem ägyptischen Vermieter darunter, von Debbie, Stuart, Dee und Tony, und sogar von ihrem Chef, Collins. Als er diesen nun so unerwartet leibhaftig vor sich sah, warf er das kleine Album hastig in den Papierkorb, beugte sich tief über seinen Schreibtisch und begann irgendwas zu schreiben.

»Es ist noch gar nicht lange her, dass wir die ersten großen Erfolge gemeinsam gefeiert haben. Aber es war schon richtig zu sagen, dass wir den Tag nicht vor dem Abend loben sollten …«

Gemurmel erhob sich, und die *Ferrcoal*-Mitarbeiter schauten sich ratlos an.

»Es war schon richtig, mit dem großen Jubel noch zu warten, denn den Riesenerfolg haben wir jetzt gerade erst eingefahren. Zwanzig Schiffsladungen zu je fünfzigtausend Tonnen von Newcastle in Australien nach Taranto in Italien: Gerade eben habe ich die Bestätigung erhalten. Ich habe nur kurz Dottor Ferretti Bescheid gegeben und bin dann sofort zu euch. Eine Million Tonnen *coking coal* für die Stahlindustrie, das sind rund dreißig Millionen Dollar, und für jeden von uns heißt das, dass er auf seiner Gehaltsabrechnung nächsten Monat einen hübschen Bonus finden wird. Wir wollen aber nicht vergessen, wem wir dieses Geschäft zu verdanken haben. Ein wenig, und das gebe ich nur ungern zu, unserer Regierung, die uns offenbar zwingen will, Kohle fortan nur noch außerhalb des Landes einzukaufen.«

Ein Murren durchlief den Saal: Die Pläne von Mrs. Thatcher, die ein paar Jahre später den erbitterten Widerstand der britischen Minenarbeiter, der in einem historischen Streik kulminierte, hervorrufen sollte, warfen bereits ihre Schatten voraus.

»Aber so weit müssen wir gar nicht gehen. Wenn wir uns hier in diesem Raum umschauen, finden wir unter uns jemanden, dem auch großes Verdienst an diesem Abschluss zukommt: nämlich Fulvio.«

Spontaner Beifall erhob sich, alle wandten sich Fulvio zu und gratulierten ihm händeschüttelnd oder schulterklopfend.

»Ich bin noch nicht fertig. Fulvio hat so hart für diesen Erfolg gearbeitet, dass er sich eine Belohnung verdient hat: Das heißt, er wird, wenn es so weit ist, nach Australien fliegen, um die letzten Details zu klären.«

Giacomo umarmte seinen Freund und kam damit Collins

zuvor, der jetzt ebenfalls zu ihnen trat, um Fulvio noch mal zu gratulieren und ihn im Hinblick auf diese Geschäftsreise zu beruhigen.

»Keine Sorge, die Reise ist tatsächlich eine Prämie. Was da in Newcastle zu erledigen ist, sind wirklich nur Kleinigkeiten, nichts Kompliziertes, vor dem Abflug werde ich dir noch alles ganz genau erklären. Die restliche Zeit kannst du Sydney genießen, eine wirklich wundervolle Stadt.«

»Danke, Mr. Collins. Ich weiß gar nicht, wie ich Ihnen danken soll, auch für Ihre Worte eben. Dabei wissen wir doch beide, dass mein Beitrag so bedeutend nun auch wieder nicht war.«

»Unsinn: Du hast dich voll reingehängt, und ich mag Leute, die ihre Arbeit ernst nehmen. An deiner Stelle würde ich heute mal richtig feiern, am besten mit einem guten Freund.«

Und bevor er sich abwandte, um wieder in seinem Büro auf dem oberen Stock zu verschwinden, warf er Giacomo einen vielsagenden Blick zu, der sofort verstand und den Vorschlag aufgriff.

»Mr. Collins, heißt das, dass wir beide jetzt freihaben, um gemeinsam zu feiern?«

Collins drehte sich noch nicht mal um und hob nur grüßend die Hand. Damit war alles gesagt.

»Auf geht's, Fulvio. Du entscheidest, wo wir hingehen, denn heute gibst du einen aus.«

Die Wahl fiel auf den *Eagle*, wo sie schon nach ihrem ersten Arbeitstag eingekehrt waren.

»Auf dein Wohl, Giacomo.«

»Auf deins. Aber ehrlich gesagt, beneide ich dich schon ein wenig. Mensch, Australien …«

»Wie lange fliegt man da überhaupt?«

»Keine Ahnung. So zwanzig Stunden, schätze ich. Oder auch länger.«

»Na ja. Ich weiß nur, dass sie uns da so zehn Stunden voraus sind. Es wird nicht leicht sein, sich von dem Jetlag zu erholen.«

»Na wenn schon. Wann hast du schon mal die Chance, nach Sydney zu fliegen. Und wie es aussieht, müssen wir dir alle dankbar sein.«

»Ach, eigentlich müsste ich eher dankbar sein, dem alten Collins nämlich.«

»Der hat wohl tatsächlich eine Schwäche für dich ...«

»Ja, stimmt schon. Ich weiß auch nicht, warum, aber zu mir ist er immer besonders freundlich. Wenn man bedenkt, dass seine Tochter ... Ach, ist egal ...«

»Was denn?«

»Nein, gar nichts. Das sollte ich lieber nicht erzählen.«

»Mir kannst du es doch sagen. So schlimm wird es schon nicht sein.«

»Okay, aber behalte es bitte für dich. Es ist nämlich so, dass seine Tochter nicht in den USA lebt, sondern in Cardiff. Und sie ist auch keine Wissenschaftlerin oder so was, und noch nicht mal Friseurin, sondern wohnt in einer Einrichtung zur Wiedereingliederung Drogenabhängiger. Als seine Frau ihn verlassen hat, hat sich Collins noch mehr in seine Arbeit gestürzt und deswegen die Erziehung der Tochter praktisch seiner Mutter überlassen. Und die hat wohl nicht gemerkt, wie die Kleine auf Abwege geriet.«

»Scheiße ...«

»Sie war sechzehn oder siebzehn, als sie eines Abends verschwand. Collins war irgendwo unterwegs, und als er am nächsten Tag nach Hause kam, war das Mädchen immer noch nicht da. Also hat er die ganz Stadt nach ihr abgeklappert, als wenn London ein Dorf sei und sich ein verschwundenes Mädchen einfach so wiederfinden ließe. Dann hat er die Polizei eingeschaltet und schließlich auch einen Privatdetektiv. Der hat sie dann aufgestöbert.«

»Und wo?«

»In der Gegend von Camden Town, zusammen mit den beiden Typen, die sie verschleppt hatten. Sie war völlig am Ende. Aber das war noch nicht alles.«

»Was denn noch?«

»Offenbar hatten die Schweine sie auch vergewaltigt. Und Collins war nicht mehr zu halten gewesen und hat sich auf sie gestürzt. Nur hatte leider einer der beiden Halunken ein Messer dabei, und daher stammt auch die Narbe auf Collins Hand, und nicht von dieser vermeintlichen Schlägerei in Südafrika. Und soll ich dir noch was sagen?«

»Schieß los.«

»Weißt du, wieso Collins so durchdreht, wenn er den Namen Phil Collins hört?«

»Nein, wie sollte ich?«

»In jener Nacht, als er mit dem Privatdetektiv unterwegs war und diese beiden Typen aufgemischt hat, fand er sie in einer Abbruchbude, aber umgeben von Wertgegenständen, die Beute kleinerer Überfälle, mit denen sie sich Geld für Drogen besorgten. Und darunter war auch ein Kassettenrekorder, der eingeschaltet war, während sie sich die Köpfe einschlugen.«

»Und was lief?«

»Genesis.«

»Ja und?«

»Dir muss man aber auch alles erklären … Wer war der Schlagzeuger und nach dem Ausscheiden von Peter Gabriel auch Sänger der Gruppe?

»Scheiße ja: Phil Collins.«

41

Viola

Schweiz, 21. Januar 2011

Anfangs hatte ich das Gefühl, nicht mehr atmen zu können.

Mir war sogleich klar: Dieses C konnte nur eines bedeuten: Und als der Ordner aufging, erschien ein ganzer Haufen Fotos von meinem Vater als jungem Mann. Ich habe in die Hände geklatscht, um Leslie auf mich aufmerksam zu machen, und sie dann aufgeregt zu mir gewunken: Sie hat sich die Ohrhörer rausgezogen und ist aufgesprungen.

»Was hast du gefunden?«, fragt sie, als sie neben mir steht.

Hier, mein Vater. In dem Ordner versammelt sind die gescannten Kopien der Briefe, die ich mittlerweile auswendig kenne, das Foto, das mir so vertraut ist, das von den beiden auf der Bank, und auch dieses andere, das mir Fulvio gezeigt hat. Auf einem weiteren steht Papa mit Claire vor einem breiten Gittertor neben einem Soldaten in einer komischen Uniform: Die Kamera war wohl etwas zu weit entfernt, und von ihr ist das Gesicht nicht richtig zu erkennen. Ich schaue Leslie fragend an.

»Buckingham Palace.«

Ich klicke weiter. Man sieht Papa und Fulvio auf den Stufen vor einem Haus neben einem arabisch wirkenden Mann und dann die beiden links und rechts an einem großen Schreibtisch sitzen, daneben ein älterer Herr, der Krawatte und ein kurzärmeliges Hemd trägt. Seine Arme sind vor der Brust verschränkt, und er blickt etwas finster drein, aber man kann sich vorstellen, dass er sonst vielleicht nicht verkehrt ist.

Leslie zeigt mit dem Finger drauf.

»Wer die wohl sind? Auf alle Fälle ist das Haus, vor dem sie mit dem Araber stehen, ganz typisch, so sehen in England fast alle Häuser aus. Und das andere Foto scheint im Büro aufgenommen zu sein, vielleicht ist der Typ mit der Krawatte ihr Chef.«

Ja, wahrscheinlich.

Als Nächstes erscheint ein Gruppenfoto.

»Das scheint im Londoner West End zu sein«, meint Leslie, »im Theaterviertel.«

Man sieht Papa, Claire und vier andere Leute in ihrem Alter, zwei Jungen und zwei Mädchen. Es ist leicht zu erkennen, wer mit wem zusammen ist: Ein Paar wirkt sehr elegant, bei dem anderen hat der Typ eine Wahnsinnshaartolle, scheint ein lustiger Vogel zu sein.

Dann weitere Fotos, offenbar am Meer, es kann also nicht London sein. Wieder einmal springt mir Leslie bei.

»Das kenn ich. Das ist Brighton, da war ich früher oft mit meinen Großeltern.«

Brighton. Davon hat Claire in ihren Briefen immer wieder geschrieben. Die Stadt, wo sie sich kennengelernt haben, aber auf keinem Foto ist Claire zu entdecken. Dafür sieht man auf einem Bild meinen Vater neben einem Typ in einem geblümten grell bunten Hemd. Und dann noch eins von den beiden, an einem Tisch im Freien, in der Hand Papiertüten, aus denen sie wohl irgendetwas essen.

Leslie tippt auf den Hintergrund des Fotos.

»Das ist noch der alte Pier: Schau mal, wie schön der war.

Nach dem Brand vor ein paar Jahren ist heute nur noch ein schwarzes Gerippe davon übrig.«

Eine Weile verschiebe, öffne und schließe ich weiter Fotos auf dem Bildschirm, bis ich plötzlich auf eine Textdatei in dem Ordner stoße.

Sie heißt »ABB«. Ich gehe mit dem Cursor drauf.

»Na mach schon, öffne sie!«

Erwartet hatte ich Hunderte von Wörtern, tatsächlich besteht die ganze Datei aber nur aus einer Internetadresse.

»Eine Website. Was wohl dahintersteckt?«

Eben das ist im Moment nicht in Erfahrung zu bringen, denn mit meinem Notebook komme ich nicht ins Netz. Und in unserem Multimedia-Saal komme ich da auch nicht heran. Dort dürfen wir nur auf den Seiten surfen, die etwas mit dem Unterricht zu tun haben. Das wird streng kontrolliert. Mit anderen Worten, ich muss warten, bis ich wieder zu Hause bin.

Es sei denn …

Diesmal lasse ich meinen Notizblock liegen und schreibe direkt auf dem Computer, in Großbuchstaben: *WAS MACHEN WIR JETZT?*

»Mir fällt da was ein. Es ist zwar nicht ungefährlich, aber wir könnten es versuchen.«

WAS DENN?

»Wir schalten Tancredi und Ibra ein.«

42

Giacomo

London, 16. Mai 1981

Anders als damals zur Geburtstagsparty in Madonna di Campiglio, erhielt Giacomo nun keine gedruckte Einladung, sondern ein paar von Hand geschriebene Zeilen. Drei Tage zuvor hatte ihm Lily den kleinen Umschlag zusammen mit der restlichen Bürokorrespondenz auf den Schreibtisch gelegt.

> *Lieber Giacomo,*
> *ich würde mich freuen, wenn du nächsten Samstag zu einem zwanglosen Abendessen zu mir nach Hause kommen könntest. Wenn du Lust hast, kannst du die Einladung ruhig auf deine Freundin und auch auf den anderen Italiener, Fulvio, ausdehnen.*
> *Deine Bestätigung nimmt Lily entgegen. Die erklärt dir auch, wie du zu mir findest.*
> *Bis Samstag,*
> *Elena*

Die Handschrift war rund und kindlich. Als er sich das Briefchen noch einmal angeschaut hatte, war Giacomo allerdings aufgefallen, dass die Bögen der Ns und Ms spitz, wie von einer anderen Hand geschrieben, aussahen. Die »Einladung ausgedehnt« hatte er auf Fulvio, der schließlich einwilligte, auch wenn er zugab, dass er nach Giacomos Beschreibung keine Neugierde auf sie verspürte, aber der Tatsache Respekt zollte, dass sie nun einmal die Tochter des Unternehmenschefs war.

Claire hingegen hatte er geradezu abzuwimmeln versucht. »Glaub mir, das wird ein langweiliger Abend, erspar dir das lieber.«

Doch Claires Neugier war geweckt. »Nein, warum denn?«, hatte sie geantwortet, »ich möchte diese Elena gerne mal kennenlernen. Du hast mir doch damals in einem Brief von ihr geschrieben. Ich wusste gar nicht, dass sie jetzt hier in London ist.«

Giacomo hatte etwas davon genuschelt, dass sie ein paar Wochen zuvor im Büro plötzlich vor ihm gestanden und dass er vergessen hatte, es ihr zu erzählen. Und sofort war die Stimmung ein wenig gereizt.

»Vergessen?«

»Ja, vergessen. Ist das so schlimm?«

»Jedenfalls ist es seltsam, finde ich. Sie ist die Tochter deines Chefs, sie ist Italienerin, und du hast sie überraschend wiedergesehen. Sonst erzählst du mir sogar, mit welchem Kuli du im Büro schreibst, aber das verschweigst du mir.«

»Schon gut, aber mach jetzt keine Staatsaffäre daraus.«

»Mach ich doch gar nicht.«

»Aber wenn dir so viel daran liegt, dann kommst du eben mit und lernst sie kennen.«

»Ja, das mach ich auch. Ich bin jetzt wirklich neugierig auf sie.

Lily hatte Giacomo mit der Adresse und einem Plan, wie sie dorthin finden würden, versorgt. Ferrettis Villa lag in

Kensington, nicht weit vom Stadtbezirk Belgravia entfernt. Sie drückten die Messingklingel neben dem schmiedeeisernen Gitter, und betrachteten dann, während sie warteten, das Schild mit den Initialen AF darauf.

»Sieht aus wie Gold«, meinte Fulvio, ein wenig nervös.

Sie sahen, wie eine Gardine im Erdgeschoss verschoben wurde, und hörten das Schloss aufspringen. Sie traten ein, und kaum hatte sich das Tor hinter ihnen geschlossen, öffnete sich ein paar Meter dahinter die Haustür. Eine junge schwarze Frau im Dienstmädchen-Dress mit weißer Spitzenschürze bat sie herein und führte sie in einen kleinen Salon auf der Rückseite des Hauses, dessen Fenster auf einen von der Straße her unvorstellbaren Garten hinausgingen. Elena kam ihnen entgegen, in einem eng anliegenden und zu kurzen schwarzen Kleid, dass sie sich, als sie sich aus dem Sessel erhob, an den Hüften zurechtrückte.

»Da seid ihr ja endlich. Schön, dich wiederzusehen, Giacomo. Und du musst Claire sein: Giacomo hat mir so viel von dir erzählt. Der Junge ist wirklich mächtig verliebt.«

Sie glossierte die Bemerkung mit einem Augenzwinkern, und Claire reichte ihr die Hand und zwang sich zu einem Lächeln.

»Und du bist sicher Fulvio, oder? Angenehm. Mensch, bist du groß…«

»Tut mir leid«, antwortete Fulvio linkisch. Er war rot angelaufen und konnte ihr nicht die Hand geben, weil er die beiden Sektflaschen halten musste, die sie unterwegs noch gekauft hatten. Elena half ihm, indem sie den Sekt an die Dienerin weiterreichte, die damit verschwand.

»Das wäre doch nicht nötig gewesen… Darf ich euch meine Freunde vorstellen?«

Erst in diesem Moment wurden sie sich bewusst, dass in den Sesseln des Salons noch weitere Personen saßen, die sich jetzt der Reihe nach erhoben.

Zunächst zwei Männer so um die dreißig. Der eine, schlank und mit kahl rasiertem Schädel, trug einen grauen Anzug und ein bis zum Hals zugeknöpftes weißes Hemd. Der andere, in einem dunkelgrauen Rollkragenpullover, hatte blondes Haar, dass ihm vorne lang fast bis über die Augen fiel.

»Das sind Gary und Peter. Gary ist Arzt, und Peter ist Musiker und arbeitet viel in der Werbung, manchmal auch bei Fernsehproduktionen. Aber ich bin überzeugt, früher oder später wird er einen Oscar gewinnen, nicht wahr Peter.«

Der Blonde lächelte. Die Miene des Kahlkopfs hingegen blieb todernst, er nahm wieder Platz und nippte weiter an seinem Fruchtsaft herum.

»Und hier haben wir Nicole und Graham. Die beiden haben gerade geheiratet. Das heißt, dieser Abend findet auch ein wenig ihnen zu Ehren statt, weil ich bei der Hochzeit leider verhindert war.«

Nicole trug ein extrem weites Kleid mit Fantasiemustern in allen möglichen Brauntönen, wahrscheinlich, um ihre etwas ausladenden Hüften zu kaschieren. Graham hingegen machte keinerlei Versuche, irgendetwas zu verbergen: Seine Stirn war schweißnass, seine Backen unter der Brille mit den kleinen dicken Gläsern waren gerötet, sein Bauch stand frech hervor, und was er in der Hand hielt, war mit Sicherheit nicht sein erstes Glas Champagner an diesem Abend.

»Sie haben sich auf der *London School of Economics* kennengelernt, und Nicole ist dort auch geblieben und jetzt Assistentin eines Juraprofessors. Graham ist in die Wirtschaft gegangen und arbeitet jetzt für eine Privatbank.«

Der Vorstellungsreigen ging mit einem recht exzentrisch aussehenden Pärchen weiter, er mit langen Haaren, sie mit geschorenem Schädel. Brian und Rachel, beide Journalisten, die bei *Time Out* gearbeitet hatten, einem Stadtmagazin mit allen möglichen Veranstaltungstipps für London, Restaurants, Theater, Konzerte, Kino, »einschließlich gewagterer Angebote«, wie Helena augenzwinkernd hinzufügte. »Sie haben aber jetzt dieses Magazin verlassen und waren gerade dabei zu erzählen, wieso.«

Brian erklärte, dass es bei *Time Out* einen langen Streik für eine bessere Bezahlung gegeben hatte und dass einige Kollegen, nach einem langen Machtkampf zwischen Eigentümern und Beschäftigten, schließlich gekündigt hatten, um ein neues, ähnliches Projekt aufzuziehen: das *City Limits*. So kam das Gespräch auf die Regierung und all die anderen Streiks, die liefen oder in der Luft lagen, bis ein zweites Dienstmädchen, ein wenig pummelig und mit roten Haaren, in den Raum trat und verkündete, dass das Essen serviert sei.

Die Gesellschaft zog ins Esszimmer hinüber und versammelte sich um eine große ovale Tafel. Fulvio kam neben Peter zu sitzen, und erst beim Dessert – und nach einer Reihe von Taktlosigkeiten, die er selbst, rückblickend, als zum Glück nicht allzu gravierend einschätzte – begriff er, dass der Musiker und der Arzt ein Paar waren. Claire unterhielt sich lange mit Brian und ließ sich erklären, was er studiert und wie er Journalist geworden war. Giacomo, der eingeklemmt zwischen der Gastgeberin und Nicole saß, hörte sie immer mal wieder schallend auflachen. Das machte ihn nervös.

»Und wo wohnst du in London?«, fragte ihn Elena.

»In Earl's Court.«

»Und sie?« Mit dem Kinn deutete Elena in Claires Richtung.

Giacomo hielt im Kauen inne und schluckte den Bissen, den er im Mund hatte, ganz hinunter. »In Wanstead«, antwortete er.

»Und wo ist das?«

»Im East End.«

»Ach, da bin ich, glaube ich, noch nie gewesen. Ist Wanstead denn auch so ein armes Arbeiterviertel?«

Und während sie das sagte, lehnte sich Elena zu ihm vor und legte eine Hand auf die von Giacomo, der sie eigentlich sogleich zurückziehen wollte, tatsächlich aber einen Moment zu lange zögerte.

Die Antwort kam von der anderen Seite des Tisches. »Ja, das ist ein Arbeiterviertel, aber was heißt das schon? Da wohnen tüchtige Leute, und man kann gut dort leben, auch wenn es natürlich Lichtjahre von einem Stadtteil wie diesem hier entfernt ist.«

Seit wann hörte Claire ihnen zu? Und zudem fragte sich Giacomo, ob er seine Hand rasch genug zurückgezogen hatte.

Elena bat um Verzeihung, betonte, dass sie Claire um Himmels willen nicht habe kränken wollen, sie sei eben nur neugierig. Und während Elena redete, spürte Giacomo einen Ärger in sich aufkommen, für den er sich gar nicht schämen wollte: Wie kam Claire dazu, Elena so in Verlegenheit zu bringen, die immerhin die Tochter seines Chefs war und sie heute Abend freundlich zu sich eingeladen hatte? Er füllte sein Glas mit dem australischen Chardonnay, den man zum Essen servierte, und nahm einen großen Schluck.

Nach dem Dessert merkte er, dass er nicht mehr ganz nüchtern war. Er hatte sich zu eifrig nachgegossen und schloss jetzt einen Moment lang die Augen, um dieses lästige Schwindelgefühl zu vertreiben. Elena erzählte gerade von ihrem Vater, der sich augenblicklich in den USA aufhielt, und er schaltete sich in das Gespräch ein.

»Hier am Tisch haben wir ja jemanden, der auch bald weit in die Ferne fliegt.«

Elena nickte zerstreut, mit einem gelangweilten Lächeln. Doch Giacomo ließ sich nicht entmutigen, obwohl er merkte, dass seine Stimme zu hoch und belegt war.

»Fulvio fliegt nach Australien.«

»Donnerwetter«, sagte sie, mehr aus Höflichkeit und in der kaum verhohlenen Hoffnung, dass Giacomo damit das Thema fallen lassen würde.

»Auch ihm haben wir es zu verdanken, dass wir diesen wichtigen Deal abgeschlossen haben. Eine ganze Flotte von Kohlefrachtern auf dem Weg nach Italien. Ein echter Volltreffer, hat Collins gesagt. Stimmt's, Fulvio?«

Der entschuldigte sich bei Peter und drehte sich zu Giacomo um.

»Was ist? Entschuldigung, ich hab nicht zugehört.«

»Ich hab gesagt, dass Collins mit deiner Hilfe einen Volltreffer gelandet hat.«

»Na ja, ich hab doch nur ausgeführt, was er mir vorgegeben hat …«

»Glaub ihm kein Wort, Elena. Fulvio spielt hier den Bescheidenen, dabei hat er wirklich sagenhaft viel drauf. Selbst so ein harter Hund wie Collins hat eine Schwäche für ihn. Ja, mehr noch. Er hat ihn richtig ins Herz geschlossen und vertraut ihm Dinge an, die er sonst niemandem verrät.«

Jetzt wurde auch Claire aufmerksam. Neben den beiden Freunden war sie die Einzige am Tisch, die von der Tochter des Bürochefs wusste. Giacomo hatte es ihr erzählt, zuvor aber Fulvios Einverständnis eingeholt. Der hatte abgewunken: Na klar, Claire konnte man vertrauen.

Die Anspannung war spürbar, und Elena hakte sofort ein. Indem sie Giacomo fest ansah, fragte sie: »Was denn zum Beispiel?«

»Ach nichts.«

»Jetzt komm schon. Es ist ja wohl etwas, das Collins betrifft, oder? Und damit auch meinen Vater, und so letztendlich auch mich.«

»Nein, nein, das hat nichts mit der Arbeit zu tun. Es ist etwas Privates. Tut mir leid, ich kann es dir wirklich nicht erzählen.«

»Wie schade. Das heißt also, du traust mir nicht? Hast du Angst, ich könnte es meinem Vater weitererzählen?«

Und während sie das sagte, schürzte sie die Lippen zu einer gekränkten Miene, aber Giacomo nahm in ihrer Stimme auch etwas Herrisches wahr.

Da beugte er sich zu Elena vor und erzählte ihr tuschelnd die ganze Geschichte. Und während er mit dem Zeigefinger auf dem Handrücken eine Narbe andeutete, hob er den Blick und bemerkte, dass Claire und Fulvio ihn mit weit aufgerissenen Augen anstarrten.

Später sollte er sich noch oft fragen, warum er nicht den Mund gehalten hatte. Wen hatte er bestrafen wollen? Fulvio? Claire? Sich selbst?

43

Viola

Schweiz, 22. Januar 2011

In dieser Nacht liege ich lange wach und wälze mich unaufhörlich hin und her. Ob es durch die viele Beschäftigung mit Papas Notizbüchern geschehen ist, weiß ich nicht, aber ich fühle mich fremder denn je in diesem Internat. Die Vorstellung, hier noch Jahre um Jahre zu verbringen, bereitet mir Herzklopfen. Wenn ich an die Logopädin denke, überkommt mich ein Gefühl tiefer Hoffnungslosigkeit – vielleicht wäre es leichter, wenn sie nicht so nett, so ehrlich bemüht wäre, so fühle ich die Last, sie zu enttäuschen, doppelt schwer. Mir wird erst jetzt richtig bewusst, dass ich überhaupt kein Zuhause mehr habe, nur dieses kleine enge Zimmerchen, Papas Wohnung ist längst aufgelöst und an andere vermietet, bei Mama und Gian wäre ich fremd wie ein exotischer Vogel. Und Cristina, meine Oma, die mich früher immer mit den Worten »Meine einzige Enkelin« empfing, ist inzwischen viel zu gebrechlich, um mich aufzunehmen. Zwei Briefe hat sie mir geschrieben, mit so zittriger Schrift, dass ich sie kaum entziffern konnte. Aber wenn ich es richtig verstand, kommt sie jetzt in ein Altersheim. Hat sie nie geahnt, welche Bedeutung dieses Liebesabenteuer in London für ihren Sohn hatte? Bei Fulvio bin ich sicher jederzeit willkommen, aber doch auch nur wenige Tage. Ein Zufluchtsort, mehr nicht, kein

Zuhause. Ich habe keine Geschwister, keinen Vater, nur Lehrer und Pädagogen und eben Leslie, der gegenüber ich mich aber auch nicht in Selbstmitleid baden kann, ich glaube, das mag sie überhaupt nicht, dazu ist sie selbst viel zu sehr ein Kämpfertyp.

Wenn ich in den Londoner Aufzeichnungen lese, frage ich mich manchmal, was Claire wohl für eine Mama gewesen wäre. Wie ihr Name schon sagt, wohl in allem viel klarer als meine Mutter. Die fühlt sich bemüßigt, mir alle vier, fünf Wochen mal einen altmodischen Brief – soll Warmherzigkeit anzeigen! – zu schicken, in vornehmen Umschlägen und auf allerfeinstem Briefpapier – auf dem allerdings das Logo der Anwaltskanzlei ihres Gian prangt. Ich merke, sie macht sich Gedanken um mich, so ist es nicht, aber letztlich haben die beiden doch mein Verstummen als Vorwand benutzt, mich weit weg abzuschieben, wo ich ihnen nicht lästig falle. Aber das ist vielleicht nichts Besonderes, das habe ich wohl mit allen hier gemeinsam, selbst mit solchen Hohlköpfen wie Petra und Sabine.

Gestern haben wir einen Ausflug mit der Ferrer und mit Monsieur Blanc gemacht, und im Restaurant hat Credino die Gelegenheit genutzt, mich zu fragen, wozu ich so dringend das Passwort brauche. Ich schrieb ihm auf den Block. *Ich brauche es eben.* Bevor er mich weiter bedrängen konnte, war auch schon die Mathelehrerin an unserem Tisch und drängte zum Aufbruch.

44
Giacomo

London, 21. Mai 1981

»Sag mal, spinnst du? Kannst du mir mal erklären, warum du *der* das von Collins Tochter erzählt hast?«, fuhr Fulvio ihn an, kaum dass sie auf der Straße standen.

»Tut mir leid, ich hab eben zu viel getrunken«, antwortete Giacomo, aber keineswegs zerknirscht, sondern mit einer zur Schau getragenen Selbstsicherheit. »Aber kein Grund, so ein Drama daraus zu machen. Wem soll sie es schon erzählen? Ihrem Vater? Vielleicht. Aber auch wenn. Ferretti ist in erster Linie Geschäftsmann und Collins viel zu wichtig für ihn.

Doch so schnell wollte ihm Fulvio nicht verzeihen. In den folgenden Tagen war ihr Umgang voller Spannungen. Da Collins sich völlig normal verhielt und nichts zu ahnen schien, kehrte aber nach einer Weile wieder Frieden zwischen ihnen ein.

Gleiches konnte man nun nicht von Giacomo und Claire sagen, die zuletzt immer wieder gestritten hatten. Ihr fiel es schwer, sein Verhalten an jenem Abend bei Elena zu vergessen, und Giacomo reagierte, indem er immer abweisender wurde. Das war typisch für ihn: Plagte ihn ein schlechtes Gewissen, spielte er das Opfer oder wurde patzig. Dabei verstörte es ihn selbst am allermeisten, wie er sich verhalten hatte.

Was hatte Elena nur an sich, das ihn so befangen machte? Sie war nicht schön, jedenfalls längst nicht so schön wie Claire, und hatte auch keine besonderen charakterlichen Vorzüge aufzuweisen. Sie hatte etwas Oberflächliches. Er schenkte ihr ein Buch zum Geburtstag, und sie sagte nur, es habe ihr nicht gefallen, ohne jede Begründung.

Und warum war es ihm eher lästig gewesen, dass Claire ihn zu der Einladung bei Elena begleitet hatte? Liebte er sie, Claire, wirklich so sehr, wie er dachte? Ja, gab er sich selbst zur Antwort, er liebte sie sehr. Aber was war es dann, was er in sich spürte? Angst oder doch irgendetwas anderes?

So viele Fragen. Er musste das alles unbedingt mit Claire besprechen. Am Telefon hatten sie abgemacht, sich am nächsten Tag zu treffen: Sie wollte vor dem Büro auf ihn warten, und dann würden sie zusammen essen gehen, nur sie beide allein. Doch irgendwann kam er auf die Idee, ihr zuvorzukommen und sie zu überraschen, indem er seinerseits vor der Uni auf sie wartete.

Den ganzen Morgen arbeitete er in einem Zustand seltsamer Erregung und schaute in einem fort auf die Uhr. Zwei Stunden vor Feierabend bat er um die Erlaubnis, heute früher gehen zu dürfen, um auch rechtzeitig einzutreffen vor dem Archäologischen Institut des University City College London, wo Claire jeden Donnerstag ein Seminar besuchte.

Punkt 15.30 Uhr verabschiedete er sich von Fulvio und verließ das Büro, mit einem Kribbeln, wie man es nur empfindet, wenn man es kaum noch erwarten kann, einen bestimmten Menschen zu treffen. Als er auf den U-Bahnhof zuhielt, mit mühsam zu einem schnellen Gehen gezügelten Schritten, während er am liebsten losgerannt wäre, merkte er plötzlich, dass er Selbstgespräche führte und laut all das vor sich hin brabbelte, was er Claire unbedingt sagen musste. Dass er sich in seiner Liebe zu ihr ganz, ganz sicher sei und dass ihn das, was bei Elena geschehen war, selbst erschüttert hatte. Er habe sie nicht so enttäuschen wollen und habe Angst sie zu verlieren. Und er würde sie bitten, seine Hand zu halten und nie mehr loszulassen.

Vor dem Bahnhof Farringdon blieb er bei einer alten Frau stehen, die in Zeitungspapier eingeschlagene Blumensträuße verkaufte, und ließ sich einen geben. Obwohl der Waggon der Circle Line halb leer war, blieb er stehen und hielt sich an einem der schwarzen Knäufe fest, die von der Decke hingen. An der Station Euston Road stieg er aus. Die Gehwege vor dem College waren noch verlassen, doch seiner Berechnung nach würden in Kürze die Studenten dort entlangschwärmen. Vielleicht wäre es noch besser, so überlegte er, in dem kleinen Park am Gordon Square, gleich nebenan, zu warten, wo sie sich schon einige Mal getroffen und die Mittagspause Sandwich essend und plaudernd zusammen auf einer Bank verbracht hatten. Er würde sie herauskommen sehen und ihr folgen, wenn sie den Weg zur U-Bahn einschlug, um dann mit großem Hallo hinter ihr aufzutauchen.

Und dann sah er Claire. Sie war von einem Grüppchen Studentinnen umgeben. Giacomo erkannte sie und rückte noch ein Stückchen weiter hinter die Hecke zurück, die ihn verbergen sollte. Er musste lächeln bei dem Gedanken daran, was sie gleich für ein Gesicht machen würde. Doch dann verschwand sein Lächeln schlagartig. Ein Arm hatte sich um Claires Schultern gelegt. Überrascht, fast erschrocken, fuhr sie herum, während ihr ein junger Mann einen Kuss auf die Wange gab. Ben.

Giacomo schob mit einer Hand die Zweige auseinander, um besser sehen zu können.

So beobachtete er, wie sie sich bei Ben unterhakte, ihn von unten herauf ansah und ihm zuhörte. Wie erstarrt blickte Giacomo auf die Szene. Nein, unmöglich, nicht zuzuschauen, wie die beiden so zusammenstanden und sich dann gemeinsam entfernten. Dass er noch den Blumenstrauß in Händen hielt, merkte er erst am U-Bahnhof Earl's Court, nachdem er fast eine halbe Stunde gefahren und einmal umgestiegen war. Er warf ihn in den Papierkorb.

Fast zum gleichen Zeitpunkt traf Claire zu ihrer Verabredung vor dem Büro ein und wartete dort, dass Giacomo herunterkam. Als sie Fulvio auftauchen sah, ging sie zu ihm und begrüßte ihn mit einer Umarmung, während ihr Blick Giacomo suchte, den sie hinter ihm erwartete. Deswegen überraschte es sie, als Fulvio sie nun fragte.

»Was machst du denn hier, Claire? Und wo ist Giacomo?«

»Wieso? War der nicht im Büro? Wir sind doch hier verabredet.«

»Nein, der ist früher weg, um dich am College abzuholen. Er wollte dich überraschen. Habt ihr euch gar nicht getroffen.«

»Nein. Hoffentlich ist ihm nichts passiert.«

»Unsinn, was soll ihm denn passiert sein. Ihr habt euch eben verpasst, und er wird jetzt hierher zurückkommen.«

»Das ist doch komisch. Das College ist zwei U-Bahn-Stationen entfernt, und ich bin schon über eine Stunde draußen, fast zwei. Wenn es so wäre, wie du sagst, müsste er längst wieder hier sein. Ich war ja zwischendurch noch mit Freunden einen Tee trinken, um die Zeit zu überbrücken. Na ja, dann werde ich wohl erst einmal noch ein paar Minuten hier warten.«

Fulvio blieb bei ihr, als aber Giacomo nach einer halben Stunde immer noch nicht aufgetaucht war, wussten beide, dass er nicht kommen würde.

»Ich versuche mal, ihn zu Hause anzurufen.«

»Ich kann mir nicht vorstellen, dass er dort ist, aber klar, versuch's eben.«

Claire betrat eine Telefonzelle und warf eine Fünfzig-Pence-Münze ein: Es klingelte lange, bevor jemand am anderen Ende der Leitung ranging.

»Hallo?«

»Giacomo?«

»Ja?«

»Giacomo, ich bin's, Claire.«

»Ja, ich weiß.«

»Geht's dir gut?«

»Ja, danke. Und dir? Geht's dir auch gut, Claire?«

»Ist dir was passiert? Was machst du zu Hause?«

»Ich hab den Fernseher an.«

»Und was soll das? Wir sind doch verabredet, hier, vor deinem Büro: Hast du das einfach vergessen?«

»Nein, ganz und gar nicht.«

»Und warum bist du nicht hier? Entschuldige, aber ich muss dich noch mal fragen: Geht's dir noch gut?«

»Wie gesagt. Mir geht's gut.«

»Giacomo, was soll das für ein Spiel sein? Willst du mich auf den Arm nehmen?«

»Und du, Claire? Was für ein Spiel spielst du mit mir?«

»Jetzt hör endlich auf, jede Frage mit einer Gegenfrage zu beantworten. Ich stehe hier mit Fulvio, und der hat mir erzählt, dass du früher weggegangen bist, um mich am College abzuholen. Aber ich hab dich dort nicht gesehen.«

»Du mich nicht, aber ich dich sehr wohl.«

»Und das ist dein Problem? Dass ich dich nicht gesehen habe? Das darf doch nicht wahr sein, wenn du deswegen wieder gefahren bist.«

»Nein, so ist es ja auch nicht. Ich bin wieder gefahren, weil ich gesehen habe, dass du was Besseres vorhattest.«

»Jetzt reicht's mit deinen Andeutungen, Giacomo. Wenn du mir was zu sagen hast, dann sag es mir geradeheraus, und fertig.«

»Wie geht's Ben?«

»Was soll die Frage?«

»Das weißt du sehr genau. Ich hab euch gesehen.«

»Was hast du gesehen?«

»Dich und ihn, zusammen.«

»Na wenn schon. Ben und ich treffen uns tagtäglich. Wir studieren am gleichen College.«

»Und was macht ihr sonst noch zusammen? Außer studieren?«

»Alles Mögliche. Manchmal essen wir was zusammen, wir unterhalten uns, lachen …«

»Mehr nicht?«

»Willst du wissen, ob ich mit ihm ins Bett gehe?«

»Sag du es mir, Claire.«

»Du bist ein Idiot, Giacomo.«

»Ich hab euch gesehen, Claire. Ich hab euch ganz genau gesehen. Ihr seid an mir vorbeigegangen, höchstens zwei Zentimeter entfernt, und ihr habt mich nicht bemerkt, weil ihr so vertieft wart ineinander.«

»Was redest du da für einen Mist?«

»Ihr seid Arm in Arm gegangen, und dann habt ihr euch geküsst.«

»Das kann allerhöchstens ein Kuss auf die Backe gewesen sein. Und weißt du, was mir leidtut?«

»Sag's mir. Ich bin sehr gespannt.«

»Dass du uns offenbar nicht gefolgt bist. Sonst hättest du nämlich noch sehr viel mehr gesehen.«

Claire knallte den Hörer derart heftig auf die Gabel, dass sie einen Moment lang glaubte, ihn beschädigt zu haben. Am anderen Ende der Leitung war Giacomo in die Knie gegangen und presste sich jetzt die verschränkten Arm auf seinen schmerzenden Bauch. Als er es eine halbe Stunde später an der Tür läuten hörte, hockte er immer noch so unter dem an der Wand herabbaumelnden Telefon. Fulvio hat doch einen Schlüssel, dachte er und erhob sich nicht. Doch es klingelte weiter, und so rappelte er sich schließlich hoch und drückte auf.

Als sich die Tür öffnete, stand sie vor ihm.

»Claire ...«

»Wenn wir uns was zu sagen haben, sollten wir dabei einander ins Gesicht schauen.«

»Ich hab alles gesagt.«

Er wandte sich ab, doch sie hielt ihn am Arm zurück.

»Nein, so nicht. Du machst es dir zu einfach.«

»Wieso? Du hast doch aufgelegt. Wobei ›aufgelegt‹ zu harmlos klingt.«

»Das stimmt. Du hast mich auf die Palme gebracht. Weil du meinst, etwas gesehen zu haben, was gar nicht passiert ist.«

»Ihr habt euch geküsst und seid Arm in Arm weggegangen.«

»Nein, das stimmt nicht. Du kannst nur gesehen haben, dass Ben mir einen Kuss auf die Backe gegeben und mich dabei umarmt hat. Wie oft schon haben Fulvio und ich uns so begrüßt.«

»Was hat denn das damit zu tun?«

»Eine ganze Menge. Weil es unter Freunden normal ist. Nach dieser Szene an Silvester haben Ben und ich uns ausgesprochen und alles geklärt. Wir kennen uns schon ein Leben lang, und es war Unsinn, aufeinander böse zu sein wegen einer Geschichte, die ohnehin keine Zukunft hätte haben können. Und wenn du uns gefolgt wärest, hättest du das bestätigt gesehen.«

»Wie denn?«

»Du hättest gesehen, dass wir danach seine Freundin getroffen haben. Sie studiert auch, am King's College ...«

»Aber ...«

»Du bist ein Dummkopf, Giacomo. Was soll ich sonst sagen?«

»Mag sein, aber wenn du an meiner Stelle gewesen wärest ...«

»Hör jetzt auf, Giacomo, bitte.«

»Nein, ich höre überhaupt nicht auf. Was du sagst, ist immer so unantastbar, während ich offenbar ständig Mist rede. Jetzt möchte ich es genau von dir wissen: Wenn du mich in einer solchen Situation gesehen hättest, wie hättest du dich verhalten?«

»Okay, nehmen wir mal an, ich wäre ebenso misstrauisch wie du, dann hätte ich dich zur Rede gestellt und dir dabei in die Augen gesehen.«

»Na bitte ... Die Frau ohne Fehl und Tadel.«

»Überhaupt nicht. Ich habe jede Menge Fehler, aber im Gegensatz zu dir bin ich mir dessen bewusst. Du bist der, der immer alles besser weiß. Und dabei häufig falschliegt. So wie heute. Meinst du denn, ich wäre jetzt zu dir gekommen, wenn es anders wäre?«

»Im Moment weiß ich überhaupt nichts mehr.«

»Jetzt gibt endlich zu, dass du dich in einen Verdacht verrannt hast.«

»Ja, vielleicht, obwohl …«

»Aber, vielleicht, obwohl: Du bist ein Meister der Einschränkungen … Es gibt nur eine vernünftige Sache, die du jetzt sagen kannst. Denk mal nach, du kommst bestimmt drauf.«

»…«

»…«

»Tut mir leid. Entschuldigung.«

»Siehst du, wenn du dir Mühe gibst, schaffst du's …«

»Ja gut, aber …«

»Nichts aber. Fang um Himmels willen nicht noch mal von vorn an. Komm lieber her …«

Giacomo beugte sich zu ihr vor und legte seinen Kopf auf ihre Schulter. Er spürte Claires Finger, die seinen Nacken streichelten und ihm durch die Haare fuhren.

»Giacomo, wenn ich dir was zu sagen habe, dann sage ich es dir auch. Immer. Und das solltest du auch lernen.«

»Du hast recht.«

»Gut, dann lass uns gehen. Ich hab hier gleich um die Ecke was vorbestellt.«

»Wie, du hast vorbestellt?«

»Ja, einen Tisch, bei einem Griechen.«

»Und woher wusstest du, dass ich mitkommen würde?«

»Sagen wir, ich war mir fast sicher.«

»Bin ich so vorhersehbar?«

»Vielleicht.«

»Wie ein schlechter Roman?«

»Nein, wie ein guter Roman von einem Autor, den man so sehr liebt, dass man bei jedem Komma mitdenkt.«

~ 45 ~
Viola

Schweiz, 23. Januar 2011

Seit zehn Minuten liege ich auf meinem Bett, schnuppere an meinen Fingern und starre zur Decke. Draußen schneit es immer weiter, und wir haben beschlossen, im Zimmer zu bleiben und zu lernen. Aber ich kann nicht. Die ganze Zeit überlege ich hin und her.

Ich frage mich, wie sehr ich Tancredi vertrauen darf? Soll ich ihm die Wahrheit verraten? Und wie sieht die Wahrheit aus? Dass ich das Passwort für den WLAN-Zugang brauche, um etwas über die große Liebe meines Vaters herauszubekommen, wobei ich selbst nicht so genau weiß, was ich eigentlich damit anfangen will?

Ich stehe auf und setze mich zu Leslie, die lesend auf ihrem Bett liegt.

Was soll ich tun?, schreibe ich auf meinen treuen Block.

»In welcher Beziehung?«

Was soll ich Tan sagen?

»Ich würde ihm die Wahrheit sagen.«

Du hast leicht reden.

»Überleg doch mal, Viola. Was hast du schon zu verlieren? Du brauchst ihm doch nur zu erzählen – und wenn du willst, mach ich das für dich –, dass dein Vater dir einen Brief hinterlassen hat, der an eine Frau gerichtet ist, die er vor vielen Jahren in einem anderen Land geliebt hat. Und dass du in seinen Sachen die Adresse einer Website gefunden hast, die wahrscheinlich etwas mit dieser Frau zu tun hat, und dass du dir diese Seite gern mal ansehen würdest. Das ist doch alles ganz normal. Schließlich war er dein Vater, du leidest sehr unter seinem Tod und musst sehen, wie du damit zurecht kommst. Warum sollte er dir Steine in den Weg legen?«

Du kennst ihn eben nicht. Du weißt nicht, wie er mich zu Hause gepiesackt hat. Soll ich dir mal sagen, warum ich ihm nicht traue? Eben deshalb: *Weil er ein Drecksack ist.*

»Vielleicht hast du recht. Aber soll ich dir mal was sagen: So schlimm finde ich ihn gar nicht. Klar, er ist frech, eine Nervensäge hoch drei, keine Frage. Aber bösartig, nein, das glaube ich nicht … Ich sehe da eher ein anderes Problem.«

Und das wäre?

»Manchmal hab ich den Eindruck, dass du gar nicht die Wahrheit herausfinden willst.«

Hör auf, Leslie! *Was redest du da?*

»Ja, ich weiß, du brauchst gar nicht so ein beleidigtes Gesicht zu machen. Ich weiß, was du durchgemacht hast … Trotzdem sieht es für mich so aus, als würde sich irgendwas in dir sträuben, der Wahrheit auf den Grund zu gehen. Vielleicht weil du Angst hast, du könntest etwas herausfinden, was kein gutes Licht auf deinen Vater wirft. Und deshalb suchst du nach Ausreden. Meine Mutter lässt mich nicht. Tancredi stellt sich quer … Nein, ich glaube, dass du es nicht wirklich wissen willst.«

Warum tut es mir so weh, diese Worte zu hören? Leslie schaut mich an, wartet darauf, dass ich etwas zu meiner Verteidigung erwidere, aber ich sitze nur wie gelähmt da.

»Okay, du findest, dass ich falschliege, und am liebsten

würdest du mir auch noch an den Kopf werfen: ›Du bist böse und gemein‹, gut, dann will ich dich nicht länger stören. Wenn du aber Lust hast, mir etwas Konstruktives oder sogar ausnahmsweise mal etwas Wahres zu sagen, gerne, ich bin hier.«

Und damit wendet sich Leslie wieder ihrem Buch zu.

Auch ich lege mich wieder auf mein Bett, im Kopf ein Dröhnen, so laut, dass ich noch nicht mal höre, wie an der Tür geklopft wird. Leslie wirft mir einen genervten Blick zu, steht auf und öffnet. Es ist Tancredi, in Begleitung einer Aufsicht, die ihn ermahnt, nicht länger als eine halbe Stunde zu bleiben.

Er bedankt sich bei ihr, und kaum hat sich die Tür hinter ihm geschlossen, quasselt er munter los.

»Na was ist, habt ihr drüber nachgedacht?«

»Das musst du schon deine Schwester fragen«, antwortet Leslie.

»Sie ist nicht meine Schwester.«

»Mein Gott, immer wieder der gleiche Mist!«

»Also Viola, was ist?«

Ich handle ganz impulsiv. Hole alle Briefe von Claire an Papa hervor und drücke Tancredi den in die Hand, den mein Vater ihr geschrieben hat.

Leslie schaut mich überrascht an, und ich schreibe nur ein Wort für sie auf: *Bitte schön*.

Sie lächelt, und ich hab den Eindruck, dass sie stolz ist auf mich. Dann fängt sie an, Tancredi die ganze Situation zu erklären, erzählt von meinem Vater und von Claire. Ich merke sofort, dass sie ihre Worte behutsam wählt, um mich nicht zu verletzen: Sie ist eine echte Freundin. Miteinander sind wir so gut aufeinander eingespielt, dass wir uns auch wortlos verstehen, eine hochgezogene Augenbraue oder ein Augenaufschlagen reichen schon, um in bestimmten Situationen alles auszudrücken, was wir empfinden.

Leslie berichtet, was ich mir aus den Briefen, den Notizbüchern und Fulvios Erzählungen zusammengereimt habe, erzählt von Brighton, von London, von *Ferrcoal*, von Claires Onkel Alan in seiner Buchhandlung und von diesem alten Buch, das jetzt immer auf meinem Nachttisch liegt.

Tancredi ist ganz still geworden und nimmt das Buch zur Hand und blättert darin. Auf der letzten weißen Seite verweilt er länger und zeigt mir die mit Bleistift geschriebenen Buchstaben oben links in der Ecke: XCGNY. Seltsam, denke ich, bei der ganzen wunderschönen Ausstattung des Buches bleibt er ausgerechnet daran hängen.«

»Was bedeutet das?«, fragt er mich.

Das ist ein Code, schreibe ich.

»Und das heißt? Soll das vielleicht der Urahn des Strichcodes sein?«

Wie soll ich ihm das erklären? Ich suche den Brief von Claire raus, ihren ersten, in dem sie darüber geschrieben hat, gebe ihn an Tancredi weiter und zeige ihm die Stelle, die er lesen soll, wo sie von ihrem Onkel erzählt:

Dieses Mal hat er mich in eines seiner Geschäftsgeheimnisse eingeweiht. Ich wusste gar nicht, dass er alle seine Bücher auf der letzten Seite mit einem speziellen Buchstabencode gekennzeichnet hat. Diese Buchstaben stehen aber für Ziffern, die sich aus seinem Geheimwort ergeben: Buckingham. Also B=0, u=1, c=2, k=3 und so weiter bis m=9. So hält er fest, was er selbst für ein Buch bezahlt hat, und weiß bei jedem Kunden, der daran interessiert ist, wie viel er mindestens verlangen muss, um keinen Verlust zu machen. Also zum Bespiel heißt »umb«, dass es ihn 190 Pfund gekostet hat.

Tancredi hockt wie versteinert da und starrt mich gedankenverloren an: Ich würde gerne wissen, was ihm durch den Kopf geht. Plötzlich gibt er mir den Brief und das Buch zurück und greift sich Papier und Stift vom Schreibtisch. »Entschuldigt, ich muss wieder.« Und ehe wir ein Wort einwenden können, ist er schon hinausgegangen und hat die Tür hinter sich geschlossen.

Leslie und ich schauen uns ratlos an, während sich draußen im Gang seine Schritte entfernen.

— 46 —

Giacomo

London, 17. Juni 1981

Giacomo hatte sie sofort angerufen, als er ganz sicher war: »Nimm dir für den 17. nichts vor. Ich hab die Karten bekommen.«

Und voller Genugtuung hatte er Claire jubeln hören.

Und dieser Tag war endlich da.

Am Mittwoch, den 17. Juni, fand in der Earl's Court Arena das Abschlusskonzert der *The Wall*-Tournee statt. Anderthalb Jahre lang war Pink Floyd mit der Show durch die halbe Welt gereist. Und jetzt ging diese triumphale Tour mit ihren dreißig Konzerten, zunächst in den USA und dann in Europa, sozusagen vor Giacomos Haustür zu Ende. Und er würde das Finale mit Claire erleben können.

Eine Stunde vor Konzertbeginn trafen sie sich vor der Halle, wo es schon von Besuchern wimmelte, viele Jugendliche, aber auch ergraute Haarschöpfe überall.

»Wie viel kostet das?«, fragte Giacomo, indem er an einem Stand das weiße T-Shirt mit den Backsteinen und dem Schriftzug THE WALL in die Hand nahm und es dem Verkäufer hinhielt, der ihm zur Antwort »zehn« mit beiden Händen zeigte. Giacomo nickte und holte zwei Geldscheine hervor, einen Zehner und einen Fünfer, und versuchte den Händler in dem Chaos um sie herum dazu zu bringen, ihm für fünfzehn Pfund zwei T-Shirts, eins für sich und eins für Claire, zu überlassen. Dieser, ein Typ mit langen fettigen Haaren, schaute ihn mit entnervter Miene an, nahm ihm ein T-Shirt wieder aus der Hand und gab ihm den Fünf-Pfund-Schein zurück. Schließlich war es Giacomo, der nachgab.

»Immerhin, du hast's versucht«, lachte Claire, »auch wenn das jetzt für einen Trader nicht gerade eine Glanzleistung war. Hoffentlich stellst du dich bei Kohle geschickter an.« Sie küsste ihn.

Die Earl's Court Arena war einer der Tempel der britischen Rockmusik: Gleich hinter dem majestätischen Eingang unter den hohen weißen Säulen der Fassade blieb Giacomo stehen und betrachtete sich die Poster an den Wänden, die an andere Rockstars erinnerten, die hier aufgetreten waren. Die Konzerte der Stones, von Led Zeppelin, Queen, Genesis und vieler anderer. Die Luft war zum Schneiden stickig, und die Atmosphäre war voller knisternder Spannung.

Dann der Aufschrei, der alles andere zum Verstummen brachte, als die Gitarre von David Gilmour und der Bass von Roger Waters, nach einem verhaltenen Hammond-Orgel-Auftakt, mit den Klängen von *In the Flesh* einsetzte.

Mit tausenden anderen grölte Giacomo die Verse von *Another Brick in The Wall* und fragte sich dann, als der beängstigend dünne Roger Waters, der mit den Kopfhörern über den Ohren wie eine große Maus aussah, das Lied *Mother* sang, ob diese besitzergreifende Mutter nicht ein wenig seiner eigenen ähnlich war. Aber vielleicht war sie es nicht mehr als die meisten Mütter auf der ganzen Welt, die ihren Kindern mit einer sogenannten Liebe die Luft nahmen, deren Bestandteile oft genug Zwang und Eifersucht waren.

Er spürte, wie ihm bei *Hey You*, als Roger Waters flehend

fragte, ob ihn jemand draußen in der Kälte hören könne, ein Schauer über den Rücken lief. Seine Augen wurden feucht, als Richard Wright auf dem Klavier die ersten Akkorde von *Nobody Home* spielte. Und als David Gilmour bei *Comfortably Numb* zu seinem unter die Haut gehenden Gitarrensolo ansetzte, nahm er Claire noch fester in den Arm, küsste sie und spürte auf der Zunge den salzigen Geschmack ihrer Tränen.

Benommen strömten sie schließlich mit den anderen aus der Halle. Dass sie noch zu laut redeten, merkten sie erst, als sich einige Gäste in dem Pub, wo sie noch auf ein Bier eingekehrt waren, verwundert zu ihnen umdrehten.

»Das war Wahnsinn«, sagte Claire.

»Wenn ich das meinen alten Schulkameraden erzähle, platzen die vor Neid. Pink Floyd, live, unglaublich.«

»Es ist so schön, dass ich das mit dir teilen konnte. Diese Erinnerung wird uns immer bleiben.«

Giacomo schaute sie an, fuhr mit den Fingerkuppen über ihre Wange, dann ihren Zopf, aus dem sich, in dem Gewusel beim Konzert, einige Strähnen gelöst hatten. Claire sah wunderschön aus.

»Mehr will ich gar nicht. Ich bin glücklich, Claire.«

»Ich auch, Giacomo.«

»Gehen wir nach Hause?«

»Ja.«

Sie verließen den Pub, überquerten die Cromwell Road und liefen Hand in Hand, ohne Eile, Richtung Lexham Gardens. In der Wohnung machte Giacomo das Bett zurecht, und Claire zog sich die Schuhe aus. So legten sie sich lang, auf dem Betttuch, noch in Kleidern.

Giacomo küsste sie lange, dann sah er sie an.

»Nun weiß ich es ganz genau: Du bist mein Leben, das, was ich will, jetzt und für immer.«

»Du übertreibst«, antwortete sie, doch er merkte, dass sie errötete und ihre Augen glänzten. Er hatte den Eindruck, dass sie sogar ausnahmsweise einmal ein wenig verlegen war, und er wurde sich dessen noch sicherer, als sie ihn nur an sich zog und ihre Lippen auf seinen Mund presste.

»Schlaf mit mir«, raunte er ihr zu, und zur Antwort umarmte sie ihn noch inniger.

Dann ein Gedanke, der die Magie des Augenblicks vertrieb. Giacomo fiel ein, dass ihm die Kondome ausgegangen waren.

»Es geht nicht.«

Sie war dabei, ihm das Hemd aufzuknöpfen, und hielt inne.

»Warum?«

»Ich hab keine Kondome mehr.«

Claire lächelte und fuhr ihm mit der Fingerspitze über die Lippen.

»Das ist egal.«

»Wie, das ist egal?«

»Du musst eben aufpassen.«

»Ich weiß nicht, ob ich …«

Mit einem Kuss brachte sie ihn zum Schweigen und streifte ihm das Hemd über die Schultern, und seine Hände zitterten, als er sich den Hosengürtel aufschnallte, während sie sich die Jeans auszog. So lagen sie beieinander, er mit der Hand unter ihrem Slip, sie mit der ihren unter seinen Boxershorts.

»Ich will dich in mir spüren«, flüsterte sie, während sie ihm die Shorts hinunterstreifte, und Giacomo setzte sich rittlings auf sie und begann, ihr den Slip auszuziehen. Einen Moment lang verharrte er so und betrachtete sie, wie sie ganz nackt unter ihm lag.

Dann beugte er sich hinab, küsste ihren Bauchnabel, ging höher, streifte mit den Lippen ihre Brüste, fand ihre Lippen, spürte ihre Zunge, ihre Zähne, ihre Knie an seinen Schenkeln. Claire hatte die Beine gespreizt.

Er musste aufpassen, rief er sich noch einmal in Erinnerung, musste gut aufpassen, dann hörte er sie stöhnen, während er sich in ihr bewegte, zwei-, drei-, viermal. Er wusste, dass er schnell kommen würde, und wollte sich schon zurückziehen, als er Claires Fingernägel spürte, die sich ihm in den Rücken bohrten, und so stieß er noch ein-, zweimal feste zu, worauf sie ihm mit einem fast kehligen Stöhnen antwortete, was ihn so ungeheuer erregte, dass ihm dieser Gedanke: »Noch einmal«, durch den Kopf schoss, und da geschah es, bevor er endlich aus ihr hinausglitt.

Die Augen geschlossen, der Kopf zu einer Seite geneigt, lag Claire da, und er, immer noch ein wenig keuchend, neben ihr, während ihm eine Frage keine Ruhe ließ: Was, wenn ich zu lange in ihr gewesen bin?

47

Viola

Schweiz, 26. Januar 2011

Die beiden haben kurz vor der Treppe auf uns gewartet. Ich sehe es an Credinos ungeduldiger Miene, die er auch aufsetzt, wenn er unbedingt mit seiner Playstation spielen will, Mama es ihm jedoch verbietet. In aller Ruhe, meine Logopädiesitzung beginnt erst in einer Stunde, sind Leslie und ich aus dem Speisesaal zurückgetrudelt, als sie uns plötzlich in den Weg treten.

Ibra fährt sich mit dem Finger über die Oberlippe, sieht aus wie eine einstudierte Geste, um beim Sprechen seinen Mund zu verbergen: kein Wunder bei dem, was er uns zu sagen hat.

»Wir haben's geschafft.«

»Was denn«, fragt Leslie, als wenn sie auf den Kopf gefallen wäre.

»Mann, du weißt schon: Wir haben es geknackt.«

»Und funktioniert es?«

Offenbar gekränkt runzelt Ibra die Stirn, und Tancredi fährt fort. »Meinst du echt, bei so was machen wir Witze? Natürlich klappt das.«

Dann sind beide still und scheinen auf etwas zu warten, und ich frage mich, ob sie plötzlich noch mehr verlangen werden. Tancredi scheint meinen Gedanken zu erraten.

»Wir sagen euch noch, wann wir das Notebook brauchen, aber im Moment verlangen wir nur, dass ihr das Passwort niemandem verratet. Schließlich haben wir es auch ein wenig dir, Viola, zu verdanken, dass wir es überhaupt knacken konnten.«

Mir? Mit einer Handbewegung gibt Tancredi das Wort an Ibra weiter.

»Ich hatte nur zwei Anhaltspunkte. Erstens, dass es ein langes Passwort aus Ziffern und Buchstaben ist. Zweitens, dass es mit 53 anfängt, denn ich habe mal beobachtet, wie unser Informatiklehrer diese Zahl eingegeben hat. Außerdem hat mir jemand verraten, dass es mit ME aufhört. Der war sich aber nicht hundertprozentig sicher. Wir haben's dann beide versucht, Tancredi und ich, aber es ist nichts dabei rausgekommen. Dann vor zwei Tagen kommt er jubelnd ins Zimmer gerannt. Ach Tan, erzähl du doch weiter …«

»Du weißt doch, Viola, dieses alte Buch von deinem Vater mit dem Code drinnen. Da entspricht jeder Buchstabe einer Zahl … Da ist mir ein Licht aufgegangen. Vielleicht ist das WLAN-Passwort nach einem ähnlichen Prinzip aufgebaut, habe ich gedacht, mit Ziffern für Buchstaben, aber nach dem Alphabet geordnet. Überleg mal: Wir hatten die ersten beiden Zeichen, 5 und 3, und wenn meine Theorie stimmte, ständen sie für die Buchstaben E und C. Und der Schluss war vielleicht nicht ME, sondern NE.«

Das verstehe ich jetzt überhaupt nicht mehr.

Tancredi lächelt mit den Augen und wirft seinem Freund einen wissenden Blick zu, bevor er fortfährt. »Als ich Ibra von meiner Idee erzählt habe, hat er noch eine Weile mit mir herumgeknobelt, und dann lacht er plötzlich: Er hatte es raus. EC, das ist der Name unserer Schule, *Écureuil jaune*, das erste Wort in Ziffern, das zweite in Buchstaben!«

»Nach ein paar Versuchen«, fährt nun Ibra fort, »sind wir tatsächlich reingekommen. Hier ist das Passwort, Viola. Aber, behalte es für dich.«

Tancredi reicht mir einen gefalteten Zettel. Ich schaue mich um, ob uns jemand beobachtet, und öffne ihn dann. *5 3 21 18 21 9 12 jaune*, lese ich.

Dann macht Tancredi etwas, was ich noch nie von ihm erlebt habe: Er neigt sich vor und gibt mir doch tatsächlich einen Kuss auf die Backe, um sich danach aber, so als bereue er es schon wieder, gleich mit dem Handrücken über die Lippen zu fahren, wie um sich den Mund abzuputzen. Dann wendet er sich ab, und die beiden gehen davon. Doch nach zwei Schritten dreht er sich noch einmal zu mir um.

»Weißt du, was ich als Erstes getan habe, als ich online war?«

Ich denke mir, dass er sich wohl ein Spiel heruntergeladen hat, schüttele aber den Kopf.

»Ich hab meiner Mutter geschrieben.«

~ 48 ~

Giacomo

London, 6. Juli 1981

»Du sollst zu Collins hochkommen.«

Sie hatten gerade erst das Büro betreten, als Lily hereingeplatzt war, die jetzt mit ernsterer Miene als gewöhnlich vor ihrem Schreibtisch stand. Fulvio lächelte sie an.

»Guten Morgen, Lily. Wird gemacht, ich gehe sofort.«

Sie blieb ernst und schaute Giacomo an.

»Du auch. Collins will euch beide sehen. Als ich um acht ins Büro kam, war er längst schon da, vielleicht schon seit sechs. Jedenfalls hat er mich angewiesen, euch, sobald ihr kommt, zu ihm raufzuschicken.

»Was kann der nur wollen?«, fragte Giacomo, mit Block und Stift in Händen, auf dem Weg hinauf an Fulvio gewandt. Aber der wusste auch keine Antwort.

Sachte klopften sie an. Keine Antwort. Nach dem zweiten, entschlosseneren Versuch hatten sie den Eindruck, aus Collins' Büro ein »Herein« zu vernehmen und drückten die Klinke hinunter. Ihr Chef saß hinter seinem Schreibtisch und trug etwas in einen Hefter ein. »Setzt euch«, sagte er, ohne aufzublicken, und so saßen sie dann da und warteten. Nach einer Weile begann Giacomo, mit dem Kugelschreiber nervös auf seinem Block zu trommeln, ließ es aber sofort sein, als sein Chef tadelnd eine Augenbraue hob.

Schließlich griff Collins zum Telefon. »Lily? Keine Anrufe jetzt, bis ich hier fertig bin. Ich sag dir Bescheid.« Er beugte sich wieder über seine Unterlagen und schrieb weiter, während Giacomo und Fulvio steif auf ihren Stühlen vor ihm saßen. Die Spannung war mit Händen zu greifen, und einen Moment lang schauten sich die beiden an und versuchten zu erkennen, ob sich der andere vielleicht einen Reim auf diese Vorführung machen konnte. Endlich legte Collins den Stift zur Seite, klappte den Hefter zu, nahm seine Lesebrille ab und starrte auf einen festen Punkt zwischen den beiden.

»Ich hab euch rufen lassen, weil es eine Programmänderung gibt, die euch beide betrifft.«

Beide schlugen die Blocks auf, um sich Notizen zu machen.

»Nein, lasst nur, diesmal müsst ihr euch nichts aufschreiben: Ich bin sicher, dass ihr euch das sehr gut merken werdet.«

In diesem Moment klingelte das Telefon, und Collins nahm verärgert ab.

»Kein Anruf, hatte ich doch gesagt ... Ach, okay: Stell ihn mir durch ...»Hallo? Guten Morgen, Mister Ferretti ... Ja, die sitzen hier vor mir.« Nein, noch nicht ... Das ist nicht nötig, danke, das schaffe ich allein ... Ja, danke, ich weiß das sehr zu schätzen. Bis bald dann.«

Er legte auf und sah Fulvio eindringlich an. »Diese Programmänderung, von der ich sprach, betrifft dich, beziehungsweise deine Reise nach Australien. Du bleibst hier, und Giacomo wird die Aufgabe dort für dich übernehmen.«

Fulvio sperrte den Mund auf. Es dauerte eine Weile, bis ein zaghaftes »Aber ... warum?« hervorkam.

»Die Gründe können dir gleich sein. Ich habe es so beschlossen, und basta.«

»Das verstehe ich nicht, Philip … Mister Collins, habe ich irgendeinen Fehler gemacht?«

Collins bedachte ihn mit einem kühlen Blick. »Ich weiß es nicht, Fulvio. Aber das ist jetzt auch egal. Die Sache ist entschieden. Gib alle Unterlagen an Giacomo weiter, damit er sich in die Sache einarbeiten kann und weiß, was er dort unten zu tun hat. Ihr könnt gehen.«

»Aber …«

»Ich hab gesagt, ihr könnt gehen.«

Damit setzte er die Brille wieder auf und widmete sich erneut seinen Papieren. Ohne weitere Worte standen beide auf und verließen den Raum.

Giacomo war selbst überrascht, welchen Gefühlsausbruch diese Ankündigung in ihm auslöste. Es hätte ihm einfach nur leidtun müssen für seinen Freund, doch stattdessen verspürte er auch Erregung und Freude bei dem Gedanken, so unverhofft nach Sydney reisen zu dürfen. Wahrscheinlich war das angedeutete Lächeln, das deswegen seine Lippen umspielte, auch der Grund, weshalb Fulvio auf halber Treppe stehen blieb und sich mit zorniger Miene zu ihm umdrehte.

»Na, freust du dich?«

»Unsinn, Fulvio, was redest du da?«

»Aber entsetzt kommst du mir auch nicht vor.«

»Nein … das heißt … ja natürlich, das tut mir unheimlich leid für dich.«

»Das sieht man.«

Fulvio wandte sich ab, um Giacomo stehen zu lassen, aber der hielt ihn an der Schulter zurück.

»Was soll das, Fulvio? Ich kann doch auch nichts daran ändern.«

»Jetzt nicht mehr. Aber das heißt nicht, dass du nicht *vor-*

her irgendwas getan hast«, fuhr Fulvio fort, ihm weiter den Rücken zuwendend.

»Was willst du damit sagen?«

»Ich weiß es nicht, Giacomo. Woher soll ich das wissen? Aber fest steht doch, dass mich Collins bis heute vielleicht nicht wie einen Sohn aber wie einen jüngeren Freund behandelt hat, einen Menschen, dem man vertraut. Und jetzt plötzlich, nichts mehr … Das kann doch kein Zufall sein …«

»Und was heißt das für dich?«

Fulvio schwieg einen Augenblick, machte sich dann von Giacomo los und ging einige Stufen weiter hinunter, bevor er antwortete. »Das heißt für mich: Du kannst mich mal …«

49

Viola

Schweiz, 26. Januar 2011

Ich warte lange, und es ist schon spät, als Leslie endlich schläft. Erst dann schalte ich zuerst das Licht und dann mein Notebook ein. Problemlos komme ich ins Internet und gebe die Adresse ein, die ich in Papas Dateien gefunden habe. Sofort weiß ich, was ich da vor mir habe: *Alan's Books and Bindings*, die Website der Buchhandlung von Claires Onkel in England. Und ich frage mich, ob sich Papa die Seite oft angesehen hat und was er dabei empfunden haben mag.

Aufgeführt sind jede Menge Bücher. Moderne und alte, manche scheinen Hunderte von Jahren alt zu sein. Ich schaue mir die Illustrationen an, die Kupferstiche, die Farbdrucke. Die wertvollsten Bücher sind in Leder gebunden, so wie das von Papa, das Fulvio mir vermacht hat. Manche kosten ein Vermögen, andere fast nichts. Ich klicke alles durch, auf der Suche nach Themen, die mich interessieren. Fehlanzeige. Schließlich gelange ich auf die Seite zur Geschichte der Buchhandlung.

Und da sehe ich sie.

Es sind drei Aufnahmen. Die eine, schwarz-weiß, zeigt einen ebenso groß gewachsenen wie korpulenten Mann mit einem sympathischen Gesicht vor dem Schaufenster der Buchhandlung gegen Ende der Sechzigerjahre. Auf dem nächsten erkenne ich eben diesen Mann, merklich gealtert, zusammen mit Claire. Sie sieht aus wie auf den Fotos, die ich schon von ihr gesehen habe, mit diesen langen, zu einem dicken Zopf geflochtenen Haaren. Sie lächelt, doch anstatt ins Objektiv zu blicken, schaut sie zu Boden und streck die Arme aus, um etwas zu greifen. Nur ist das Foto abgeschnitten, sodass sich nicht erkennen lässt, was sie da genau tut. Auch der Mann steht in diese Richtung gewandt. In der Erläuterung darunter heißt es: »Claire Mayes 1982 mit Alan Kettle, dem Gründer dieser Buchhandlung.«

Und dann das letzte Foto, aus dem Jahre 2009. Claire trägt immer noch die gleiche Frisur und ist mit drei jungen Leuten zu sehen, zwei Männern und einer Frau. In der Bildunterschrift heißt es: »Das Herz von *Alan's Books and Bindings* schlägt heute immer noch, wie seit der Gründung, in dem gemütlichen Laden zu Füßen der Burg. Dennoch sind wir mit der Zeit gegangen und arbeiten online mit Sammlern und Bibliotheken in der ganzen Welt zusammen. Dazu stehen Claire Mayes diese jungen Mitarbeiter – Alice, Peter und Jack – zur Seite, die sich um den Internetauftritt kümmern und Ihre E-Mails, die Sie mit Fragen und Wünschen an uns richten, jederzeit gern beantworten werden.«

Claire.

Ich weiß gar nicht, wie lange ich so dasitze und sie mir anschaue. Zunächst als junges Mädchen, mit ihrem Onkel, dann wie heute, als Fünfzigjährige, die sich bestens gehalten hat. Was mag Papa wohl gedacht haben, als er dieses Foto gesehen hat. Und was mag ihm wohl besonders an ihr gefallen haben? Klar ist jedenfalls, eine Frau, die über dreißig Jahre die gleiche Zopffrisur trägt, muss eine starke Persönlichkeit sein.

Als Leslie aufwacht und sich zu mir setzt, sind alle Zweifel bei mir verflogen. Ich zeige ihr die Fotos von Claire und schreibe auf einen Zettel: *Und? Fahren wir hin?*

Leslie schaut mich an, wie um zu prüfen, ob ich es dieses Mal tatsächlich ernst meine, und erläutert mir dann ihren Plan.

»Das Erste, was wir jetzt tun müssen, ist, Mrs. Mayes, also Claire, einen Brief zu schreiben.«

Ich nicke dankbar. Wir klicken die E-Mail-Adresse auf der Website an, und Leslie beginnt zu tippen.

Von: Leslie Preston.
An: Alan's Books and Bindings
Betreff: Kaufangebot für wertvolle Bibliothek

Sehr geehrte Damen und Herren,
diese Zeilen schreibe ich im Auftrag meiner Mutter, die kürzlich von ihrer Familie eine ganze Bibliothek mit einem großen Bestand antiquarischer Bücher geerbt hat. Aus Gründen der Diskretion kann ich Ihnen den Namen dieser Familie nicht nennen, da es sich um ein altes Adelsgeschlecht handelt, dem nicht daran gelegen ist, seine finanzielle Situation zu offenbaren. Jedenfalls möchten wir diese Bibliothek nun verkaufen. Wir haben Informationen eingeholt und konnten uns von der Seriosität Ihres Geschäfts überzeugen. Allerdings würden wir Sie gerne noch persönlich treffen, bevor wir einen Besichtigungstermin auf unserem Landsitz in Sussex mit Ihnen vereinbaren.
Meine Mutter lässt fragen, ob Sie es einrichten könnten, uns am Freitag, den 18. Februar in Ihrer Buchhandlung zu empfangen.

Eine weitere Voraussetzung wäre allerdings, neben der bereits erwähnten absoluten Diskretion, dass meine Mutter direkt mit Mrs. Mayes verhandeln kann. Es müsste also gewährleistet sein, dass diese am 18. Februar anzutreffen ist. Wir danken Ihnen und hoffen auf eine baldige Antwort.
Mit freundlichen Grüßen
Leslie Preston

Ich bin beeindruckt, wie seriös Leslie das formuliert hat, man meint, das blaue Blut in den Formulierungen zu spüren, und ich bekenne ihr mit Kopfbewegungen meine Bewunderung.

»Das ist nur der erste Schritt«, meint sie. »Den zweiten musst du machen. Du musst deine Mutter dazu bringen, dich mit mir nach England fahren zu lassen.«

50

Giacomo

London, 28. Juli 1981

Giacomo war zutiefst erleichtert, als der Abreisetag endlich gekommen war. Das vorher so harmonische Zusammenleben mit Fulvio war zu einer Tortur geworden: Abgesehen von der Übergabe aller Unterlagen für Flug und Vertragsabschluss, hatten sie seit dem Gespräch in Collins Büro kein Wort mehr miteinander geredet.

Sie fuhren getrennt zur Arbeit, und wenn einer von ihnen zu Hause aß, richtete der andere es so ein, dass er irgendwo draußen beschäftigt war. Ja, sie vermieden es sogar, morgens gemeinsam am Tisch einen Kaffee zu trinken. Dann aber nachts in ein und demselben Zimmer schlafen zu müssen, war sowohl für Giacomo als auch für Fulvio eine Qual. Einmal waren sie abends beide zum Essen nach Hause gekommen, und Giacomo hatte sich bemüht, ein Gespräch zu beginnen, doch Fulvios Antwort bestand nur darin, dass er zu seiner Jacke griff und das Haus verließ.

Giacomo hatte sogar überlegt, bei Collins im Büro vorstellig zu werden und ihn zu bitten, doch, wie eigentlich vorgesehen, Fulvio nach Australien fliegen zu lassen, aber dann hatte er nicht den Mut, oder den Willen, aufgebracht, es tatsächlich zu tun.

Auch die Stunden, die er an den letzten Tagen vor dem

Abflug mit Claire verbracht hatte, waren nicht ungetrübt. Als sie ihm vorschlug, am Samstag mit nach Arundel zu fahren, hatte Giacomo sofort zugestimmt: Die Begegnung mit ihrem Onkel Alan zählte zu jenen Momenten des letzten Sommers, an die er sich besonders gerne erinnerte, nicht zuletzt, weil er seit diesem Tag mit Claire zusammen war.

Auf der Fahrt unterhielten sie sich wieder einmal über seine Reise nach Australien, vor allem aber über den Schlag, den Fulvio hatte einstecken müssen. Giacomo suchte Unterstützung, doch Claire fühlte sich schon die ganze Woche körperlich nicht auf der Höhe und war entsprechend zerstreut, und irgendwann verlor Giacomo die Geduld.

»Herrje, was ist denn eigentlich mit dir los?«

»Nichts Besonderes, Giacomo. Nur dass wir über nichts anderes mehr reden und ich es gar nicht erwarten kann, bis diese Geschichte mit Sydney endlich ausgestanden ist.«

»Ja, aber Fulvio ...«

»Fulvio ist wütend, klar. Aber das wird sich irgendwann auch wieder legen.«

Einige Minuten schwiegen sie, bis Claire wieder das Wort ergriff: »Ich mache mir Sorgen.«

»Worum.«

»Um Onkel Alan.«

»Wieso?«

»Er war so seltsam am Telefon.«

In Arundel stellten sie den Wagen auf dem Parkplatz vor der Burg ab und gingen zu Fuß zum Laden. Als sie eintraten, war niemand zu sehen. Sie warteten einen Moment, dann rief Claire, mit lauter Stimme: »Onkel Alan!«

Mit einem dicken Buch in Händen tauchte dieser aus seinem Hinterzimmer auf.

»Hallo ihr beiden. Herzlich willkommen. Schön, euch zu sehen. Kommt mal mit … ich muss euch was zeigen.«

Giacomo hatte den Eindruck, dass Alan seit ihrem letzten Besuch ziemlich abgenommen hatte, doch war er noch genauso gut gelaunt wie immer, und so führte er sie nun in seinen verborgenen Unterschlupf und legte das Buch vorsichtig dort auf einem Tischchen ab.

»Schaut mal, meine neueste Eroberung: Was haltet ihr davon?«

Es handelte sich um eine Heiligenvita in lateinischer Sprache. Das kostbarste und schönste war aber mit Sicherheit der Einband aus braunem Leder mit goldenen Verzierungen. Und vorne in der Mitte prangte in einem von einer Krone überragten Achteck ein silbernes Wappen. Claire fuhr mit den Fingerspitzen darüber.

»Das ist wirklich wunderschön, Onkel. Aber mehr als ein ästhetisches Urteil kann ich dir im Moment noch nicht dazu abgeben. Dafür weiß ich zu wenig darüber.«

Alan lächelte und deutete auf das Wappen.

»Was siehst du da?«

»Einen Schild.«

»Und darauf?«

»Ein … Rutenbündel? Ist das ein faschistisches Buch?«

Alan lächelte wieder.

»Ja, das ist ein Rutenbündel, aber ein faschistisches Buch ist es nicht. Komisch ist nur, dass mir ein Kollege, als ich es bei einer Auktion vor zwei Wochen ersteigert habe, eine ganz ähnliche Frage gestellt hat. Sie klang nur etwas arroganter: Ob dieses Werk meinen politischen Anschauungen entgegenkomme, hat er mich gefragt. Die Frage hat mich nicht bekümmert, zumal dieser Mann, derzeit einer der erfolgreichsten Antiquare unserer Zunft, im Grunde von einer erschreckenden Ignoranz ist. Kurzum, er nimmt mich ein wenig auf den Arm, indem er mir eine Nähe zu den Faschisten unterstellt. Und da viele Kollegen ihn leider für ein Genie halten, orientieren sie sich an ihm, sodass ich auf der Auktion als Einziger für das Buch biete und es mir für ein paar Pence sichern kann. Beim Rausgehen sehe ich ihr mitleidiges Lächeln, aber was soll's? Ich werde ihnen bald schon die Lektion erteilen, die sie verdient haben. Dann nämlich, wenn dieses Buch in die wichtigste Kollektion außerordentlicher Bucheinbände in England aufgenommen wird und alle erkennen, wie kostbar es ist.«

Claire und Giacomo wechselten einen Blick und warteten darauf, dass er fortfuhr.

»Giacomo, du als Italiener, weißt du, wer Kardinal Mazzarino war.«

»O Gott, ja, mehr oder weniger. Hat der nicht was mit der Französischen Revolution zu tun?«

»Nun, mit Frankreich schon, mit der Revolution eher nicht. Wie auch, wenn man im 17. Jahrhundert gelebt hat? Jedenfalls ging er nach Frankreich und wurde als Kardinal Mazarin Nachfolger von Kardinal Richelieu, dem wichtigsten Minister unter Ludwig XIV., dem berühmten Sonnenkönig.«

»Ach ja, das hatte ich vergessen ...«

»Halb so wild. Und hast du schon mal von der Kirche Santi Vincenzo e Anastasio in Rom gehört?«

»Nein, in Rom war ich nur einmal, auf Klassenfahrt ...«

»Schon gut, schon gut, du musst dich doch nicht rechtfertigen. Aber wenn du dir eines Tages diese Kirche, die direkt gegenüber des Trevibrunnens steht, doch noch mal ansiehst, wirst du an der Fassade einen Schild mit einem eingemeißelten Rutenbündel entdecken. Es ist das Wappen der Familie Mazzarino. Und dieses Buch hat einmal diesem berühmten Kardinal gehört und stand in seiner Privatbibliothek. Schwer zu sagen, ob er es auch gelesen hat – nach dem, was wir von ihm wissen, war er sehr viel stärker am politischen Leben als an dem von Heiligen interessiert –, aber gehört hat es ihm mit Sicherheit.«

Ausnahmsweise einmal hatte Alan die Buchhandlung über Mittag zugesperrt und war mit den beiden im *Red Lion* essen gegangen. Den Nachmittag verbrachten sie dann im Laden: Giacomo und Claire halfen, die Regale ein wenig ordentlicher zu sortieren, aber Alan hatte auch nichts dagegen, dass sie sich um den ein oder anderen Kunden kümmerten.

Schließlich fragte der Antiquar Giacomo, ob er sich schon ein wenig mit dem Buch von Hobhouse beschäftigt habe.

»Er hat das Buch in Mailand gelassen«, antwortete Claire an seiner Stelle, etwas herablassend, wie er fand, »stattdessen aber einen ganzen Stapel von Fotokopien über den Lebenslauf des Autors mitgebracht, die ich inzwischen an mich genommen und auch gelesen habe. Ich glaube, Byrons Ausschweifungen interessieren Giacomo mehr als die Feinheiten der Bewertungen italienischer Literatur und Kunst im frühen 19. Jahrhundert. «

Er sei dadurch aber auch auf eine bestimmte Vermutung gekommen, wandte nun Giacomo ein. Die beiden, Lord Byron und Hobhouse, seien nicht nur sehr eng befreundet gewesen, hätten nicht nur gemeinsam Weinflaschen geleert, sondern sich auch bei den Büchern gegenseitig geholfen. Und da sie auch gemeinsam in Italien gewesen seien, gemeinsam ein damals bekanntes Drama aus dem Italienischen übersetzten, liege es für ihn nahe, dass vielleicht Lord Byron in diesem Buch von Hobhouse auch mitgeschrieben habe.

»Interessante Theorie, Giacomo, da könnte was dran sein. Aber in diesem Buch gibt es auch eine Passage über den Autor, den du in der Schule einmal vorgestellt hast, Ugo Foscolo.«

Claire stieß einen Pfiff aus. »Ja, stimmt, als du mir gesagt hast, ich soll dieses Buch meinem italienischen Freund geben, hast du mir doch so etwas gesagt, wie: Für einen Liebhaber von *Die letzten Briefe des Jacopo Ortis* müsste es interessant sein.«

Alan nickte und lächelte.

»Ach so«, meinte Giacomo verlegen. Er versprach, sich das Buch von seinen Eltern aus Mailand hierherschicken zu lassen, doch davor warnte ihn der Antiquar, wenn es auf dem Postweg verloren gehe, sei es für immer verschwunden, weil es mit Sicherheit in die Hände von Leuten gerate, die nichts damit anfangen könnten. »Dann muss ich eben, wenn ich aus Australien zurückgekehrt bin, einmal meine Eltern in Mailand besuchen und das Buch dann hierherbringen«, sagte Giacomo entschlossen.

Als es dann Zeit wurde, sich zu verabschieden, bat Alan Giacomo, ein paar Minuten auf die Kasse aufzupassen, weil er Claire etwas zeigen müsse. Onkel und Nichte zogen sich in das Hinterzimmer zurück, und als sich die Tür wieder öffnete, hatte Claire feuchte Augen. Alan brachte seine Besucher noch zum Auto, und dort schlang ihm Claire die Arme um den Hals und drückte ihn ganz fest.

Sie waren schon ein paar Minuten unterwegs, als Giacomo bemerkte, dass Claire weinte, und fragte, was geschehen sei.

»Onkel Alan ist sehr krank. Er meint, wenn er sich nicht operieren lässt, hat er noch ein Jahr, allerhöchstens zwei. Aber auch wenn er sich darauf einlässt, heißt das nicht, dass ihm noch mehr Zeit bleibt ...«

Während Giacomo nun darauf wartete, dass sein British-Airways-Flug über Singapur nach Sydney aufgerufen wurde, erinnerte er sich an diesen Tag und spürte einen Druck auf der Brust.

Hinzu kam der stetige Gedanke daran, dass – Claire ihn nicht nach Heathrow hatte begleiten können. Oder *wollen*? Seit ihrer Rückkehr aus Arundel schien sie schlechter Stimmung und bedrückt zu sein. War das wirklich ausschließlich wegen des Schicksals ihres Onkels? Am Sonntag war sie zu Hause geblieben – sie habe schlecht geschlafen und es gehe ihr nicht gut, hatte sie zu ihm gesagt –, und am Montagabend, ihr letzter Abend vor seinem Abflug, hatte sie ihn auch nur angerufen und ihm mitgeteilt, dass sie sich noch zu schwach fühle, um zu ihm zu kommen.

Er würde am späten Mittwochnachmittag in Sydney landen und dann mit einem Mietwagen gleich nach Newcastle weiterfahren, einem der bedeutendsten Kohlehäfen der Welt, von dem aus ihre Frachtschiffe nach Italien in See stechen sollten. Er selbst würde dort auch den Direktor der Mine treffen, um sicherzugehen, dass die Termine für die Lieferungen auch eingehalten würden.

Danach konnte er nach Sydney zurückfahren und dort einen Urlaubstag verbringen. Er wollte die Oper besuchen, den Botanischen Garten und vielleicht, wenn es das Wetter trotz der Jahreszeit erlaubte, auch einmal zum Bondi Beach hinausfahren. Der Rückflug war für Sonntagnachmittag geplant und die Ankunft in London gegen Montagmittag: Wie üblich war er noch nicht einmal aufgebrochen und dachte schon an die Heimkehr.

Wieder einmal fragte er sich, welchen Sinn diese Reise, die als Belohnung für Fulvio gedacht war, für ihn haben konnte. Während er sich seine Terminplanung noch einmal ansah, dachte er, dass sie auch zu kurz war, um sie überhaupt zu genießen. Er würde noch nicht einmal dazu kommen, den Jetlag zu überwinden, dann war es schon wieder Zeit, zum Flughafen zu fahren.

Er hatte einen Fensterplatz im hinteren Teil der Maschine, einer Boing 747. Neben ihm saß ein englisches Pärchen, er picklig und trotz seiner jungen Jahre schon halb kahl, sie pausbäckig und mit einer für ihren Oberschenkelumfang zu eng sitzenden Hose. Sogleich stellten sie sich vor und verkündeten freudig, dass sie letzten Samstag erst geheiratet hätten und jetzt auf Hochzeitsreise nach Australien gingen. Nur beim Start verstummte das Pärchen für einige Minuten, und als dann die Tabletts mit dem Frühstück serviert wurden, spachtelten die beiden ihre Ration hastig in sich hinein, um dann mit halb missbilligender, halb gieriger Miene auf Giacomos Teller zu starren, der kaum etwas anrührte, weil sein Magen wie verschlossen war.

Der Flugkapitän hatte gerade mitgeteilt, dass sie nun die Türkei überflogen, als eine Stewardess zu ihnen trat und sich leicht zu Giacomo vorneigte. »*Mister Zicini?*«

Seine Sitznachbarn, nicht eben ein Muster an Diskretion, beobachteten ihn unverwandt, während er jetzt lächelte, weil die Stewardess seinen Namen so englisch ausgesprochen hatte.

»Ja, das bin ich.«

»Wären Sie bitte so freundlich, mir zu folgen?«

Die Frischvermählten erhoben sich, um ihn vorbeizulassen, und schauten ihm misstrauisch nach, wie er sich durch den Gang entfernte.

»Verzeihung, was ist denn los?«

»Jemand hat nach Ihnen gefragt«, antwortete die Stewardess.

»Wer denn?«

»Die Chefstewardess im Oberdeck. Bitte hier entlang.«

Sie stieg ihm voraus eine schmale Treppe hinauf, die zum oberen Bereich, der Business Class, führte. Hier nahm ihn eine andere, jüngere und schönere Stewardess in Empfang und brachte ihn zu einem breiten leeren Sessel.

»Bis zur Landung in Singapur können Sie sich hier aufhalten. Dann sollten Sie auf Ihren Platz zurückkehren. Darf ich Ihnen unterdessen etwas zu trinken bringen?«

»Nein. Aber danke. Doch wie komme ich zu diesem unverhofften Luxus?«

»Danken Sie nicht mir, sondern der jungen Dame dort.«

Aus dem Nebensessel sah er ein Gesicht auftauchen.

»Ciao Giacomo.«

»Elena?«

~ 51 ~

Viola

Schweiz, 28. Januar 2011

»Wo ist dein Mut geblieben, den du vorgestern noch hattest? Es muss doch irgendeine Möglichkeit geben, dass du mitfahren kannst.«

Nein, gibt's nicht.

Leslie liest die Worte auf meinem Block und schüttelt den Kopf. Dabei weiß sie sehr genau, dass meine Mutter beschlossen hat, dass ich mit ihr und ihrem Gian in den Urlaub fahre. Sie wird sich nicht umstimmen lassen. Als komplette Rabenmutter möchte sie auch nicht vor sich und der Welt dastehen.

Wir stehen im Hof, in der Kälte, aber es ist der einzige Ort, neben unserem Zimmer, wo wir uns unterhalten können, ohne befürchten zu müssen, dass wir belauscht werden. Wir zittern beide. Wir haben gegessen und warten aufs Läuten, das Zeichen, dass wir uns in unsere Zimmer zurückziehen dürfen.

»Es hat nur Sinn, wenn *du* Claire treffen und ihr den Brief geben kannst. Klar, wir warten noch auf die Antwort der Buchhandlung. Aber wenn sie zusagt, *musst* du mitkommen und darfst dich nicht so anstellen. Na endlich, es läutet. Komm, wir gehen.«

Auf dem Zimmer schließen wir die Tür ab. Leslie nimmt

sich mein Notebook vor und stößt einen Schrei aus, als sie das Postfach öffnet.

»Sie haben geschrieben!«

Von: Alan's Books and Bindings
An: Leslie Preston

Liebe Miss Preston,
wir danken Ihnen für Ihre freundliche Nachfrage. Wie Sie wissen, blickt unser Antiquaritat, Alan's Books and Bindings, *auf eine lange Erfahrung und Tradition im Buchhandel zurück, sodass sie sich ohne Einschränkungen auf unsere Diskretion verlassen können, egal welchen Ausgang unsere Verhandlungen nehmen sollten.*
Mrs. Mayes hält sich augenblicklich zum Besuch einer Fachmesse in den USA auf, ich habe sie aber über Ihr Anliegen unterrichtet und kann Ihnen mitteilen, dass sie am 18. Februar hier vor Ort sein wird.
Noch einmal danke für Ihr Vertrauen. In Erwartung unseres Treffens verbleibe ich mit den besten Wünschen für Sie und Ihre Mutter.
Mit freundlichen Grüßen
Jack (im Auftrag von Claire Mayes)

»Jetzt können wir nicht mehr zurück.«

Aber bring du ihr den Brief.

»Unsinn. Wie kommst du bloß darauf, dass ich das für dich erledige? Aber pass mal auf, ich habe da eine Idee, es ist nicht ganz ungefährlich, aber uns bleibt nichts anderes übrig. Wir haben ja alles versucht, und fahren müssen wir, unbedingt.

Das heißt, du wirst eben auf die Erlaubnis deiner Mutter verzichten.«

Bist du wahnsinnig?

»Nein, gar nicht. Ich hab mir schon überlegt, wie wir das anstellen können. Du weißt ja, dass ich einen Tag früher in die Ferien darf. Am 18. Februar kommt mich meine Mutter schon abholen, während hier im Internat noch das große Konzert steigt. Deine Mutter und ihr Typ werden dann am 19., dem Samstag, hier eintreffen. Die Bergson muss jetzt nur glauben, dass du vorher schon mit mir fahren darfst. Dazu schreibst du ihr eine Nachricht und gibst dich als deine Mutter aus. Dann ist es kein Problem mehr, Claire tatsächlich zu treffen.«

Ich stelle den Satz, den ich gerade geschrieben habe, um: *Du bist wahnsinnig.*

»Vertrau mir. Wir erfinden ein Postfach mit dem Namen deiner Mutter und schicken der Bergson von dort aus eine Mail. Das können wir, mittlerweile sind wir doch geübte Hacker. Was hältst du davon?«

Okay, vielleicht hast du recht. Es ist Wahnsinn, aber es lohnt einen Versuch. Und ein Postfach erfinden müssen wir auch nicht. Ich greife zu meinem Notebook.

»Was machst du denn?«

Ich schreibe. Ich schreibe, weil du recht hast. Jetzt müssen wir die Sache auch durchziehen. Ich weiß nicht, ob ich es für Papa tue oder für mich, aber ich weiß, dass ich es tun muss. Dass ich damals allein in Gians Büro war, und das auch noch am Tag vor Papas Beerdigung, hat jetzt immerhin den Vorteil, dass ich mich an das Kennwort von meiner Mutter erinnere, »Anna« mit »Zorn«, *ira.*

username: arianna
password: annaira

»Stark, Viola. Du kennst das Passwort von deiner Mutter!«

Von: *arianna@medusianemedusian.it*
An: *bergson@ecureuiljaune.ch*

Sehr geehrte Madame Bergson,
während der Weihnachtsfeiertage hatte Viola den Wunsch geäußert, die Winterferien zu Ende des Semesters mit ihrer Zimmernachbarin Leslie und deren Familie zu verbringen.
Anfangs war ich nicht damit einverstanden, da wir bereits einen gemeinsamen Skiurlaub in den Schweizer Bergen geplant hatten. Doch nach Rücksprache mit einigen Fachärzten bin ich nun zu der Überzeugung gelangt, dass wir Violas Wünschen so weit wie möglich nachkommen sollten, weil das für ihre Gesundung sehr wichtig sein kann. Daher wäre ich Ihnen dankbar, wenn auch von Ihrer Seite aus keine Einwände beständen und Sie Viola persönlich mitteilen könnten, dass sie mit Leslie zusammen das Internat verlassen darf.
Wir selbst werden, wie Sie wissen, am Samstag, den 19. bei Ihnen eintreffen, um unseren Tancredi abzuholen.
Ich verbleibe mit freundlichen Grüßen und herzlichem Dank für die vorzügliche Arbeit, die Sie an Ihrem Institut gerade auch im Hinblick auf meine Tochter leisten.
Arianna Bruggi Medusian.

Diesmal ist es Leslie, die über *meine* Fähigkeiten staunt. Das habe ich von meiner Mutter gelernt. So redet sie, Leslie. Formell perfekt, aber …

»Nun müssen wir aber aufpassen, dass wir keinen Fehler machen. Wir müssen die Nachricht aus dem Postfach ›gesendete Objekte‹ löschen, die Antworten abpassen und alle Spuren verwischen.«

52

Giacomo

Sydney, 1. August 1981

Den ersten Abschnitt des Fluges verbrachte Giacomo bei Elena. Sie erzählte ihm, dass sie diese Reise schon lange geplant habe, es handele sich um ein Geschenk Ihres Vaters zu Ende des Auslandssemesters auf der London School of Economics. »Als ich Lily gebeten habe, sich um mein Ticket zu kümmern, verriet sie mir, dass du auch nach Australien fliegst. Ich konnte es gar nicht fassen. Und stell dir mal vor, wir wohnen sogar im selben Hotel, dem Chevron, in Potts Point.«

In Singapur füllten sich die letzten freien Plätze der Business Class, und Giacomo kehrte wieder zum Hochzeitspärchen zurück. Nach der Landung erinnerte Elena ihn beim Abschied noch mal daran, dass sie sich am Samstag wiedersehen würden, und lief dann zu einem blonden jungen Mann, der offenbar auf sie gewartet hatte, und umarmte ihn stürmisch.

In Newcastle ging alles glatt über die Bühne. Jedenfalls hatte Giacomo diesen Eindruck, sowohl bei dem Leiter der Mine als auch in der Reederei, wo Transportdetails geklärt wurden. Mitten in der Nacht, als es in London Tag war, rief er im Büro an, um Collins zu unterrichten, doch Lily erklärte, sie sei beauftragt, alle Mitteilungen entgegenzunehmen, es sei denn, dass unerwartete Probleme auftreten.

Dann rief er Claire an, doch ihr Vater weigerte sich, sie an den Apparat zu holen.

»Sie schläft, es geht ihr nicht gut«, sagte er mit jener kühlen Stimme, die Giacomo von der Silvesternacht noch sehr gut in Erinnerung hatte. Also hatte er nur gebeten, ihr Grüße von ihm auszurichten, und die Nummer seines Hotel sowohl in Newcastle als auch in Sydney, wo er jetzt eintraf, hinterlassen.

Das Chevron war ein gigantischer Klotz aus den Sechzigerjahren, der einen gesamten Häuserblock für sich beanspruchte: Mindestens 300 Zimmer über rund 15 Stockwerke verteilt, schätzte Giacomo.

Am Empfang händigte er seinen Reisepass aus, und die junge Angestellte in dem blauen Kostümchen teilte ihm sofort mit, dass sie eine Nachricht für ihn habe. Er lächelte: Also hatte Claire angerufen. Doch als er den Zettel las, veränderte sich seine Miene.

Herzlich willkommen in Sydney. Mach dir einen schönen Tag.
Heute Abend gehst du mit uns essen.
Die Option »Nein danke« ist ausgeschlossen.
Wir kommen dich um 18.30 Uhr im Hotel abholen.
Bis später,
Elena

Er fuhr zum Zimmer 914 im neunten Stock hinauf, stellte nur sein Gepäck ab und machte sich sogleich wieder auf den Weg. Am Empfang ließ er sich einen Stadtplan geben und spazierte zu Fuß bis zum Opera House und bestaunte das berühmte Dach aus gekrümmten weißen Schalen. Er bummelte an den

Geschäften des Circular Quay entlang und holte sich gegen Mittag ein Sandwich, trank ein Bier dazu und ruhte sich auf einer Bank der Royal Botanic Gardens aus. Als ihm bewusst wurde, dass ihm Füße und Beine schmerzten, dachte er unwillkürlich zurück an seine erste Sightseeing-Tour mit Claire durch London. Seit dem Vorabend seiner Abreise hatten sie nicht mehr miteinander gesprochen. Hatte sie sich vielleicht doch in diesen Ben verknallt. Nein, er verwarf diesen Verdacht.

Stattdessen hatte er auf dieser Reise Elena wiedergetroffen, unter Umständen, die so unwahrscheinlich klangen, dass sie kaum einem Zufall geschuldet sein konnten. Elena irritierte ihn, brachte seine Sicherheiten ins Wanken, und vielleicht wäre es besser, so überlegte er, weiteren Begegnungen mit ihr rigoros aus dem Weg zu gehen. Aber schließlich fragte er sich, was er denn zu befürchten habe. Und außerdem hatte sie ja geschrieben, dass sie eine Absage nicht akzeptieren würde.

Er kehrte auf sein Hotelzimmer zurück und duschte. Bis zur Verabredung war es noch eine ganze Stunde, und so legte er sich aufs Bett und begann in einem Krimi, der in Sydney spielte, zu lesen.

Als das Telefon klingelte, schreckte er aus dem Schlaf auf. Er nahm ab, seine Stimme war rau. »Hallo? Claire?«

»Tut mir leid, dich enttäuschen zu müssen, Giacomo …«

»Ach, entschuldige, Elena. Ich muss eingeschlafen sein.«

»Sieht so aus. Wir warten auf dich …«

»Wie spät ist es denn?«

»Viertel nach sieben, Sydney-Zeit.«

»O verdammt, entschuldige, tut mir wirklich leid. Ich bin sofort da.«

Er stürzte ins Bad, wusch sich das Gesicht und spülte sich den Mund aus. Hastig zog er sich an und fuhr hinunter. Elena stellte ihm ihre Freunde vor.

»Das sind Ann und Hans.«

Als er ihm die Hand schüttelte, erkannte Giacomo den jungen Mann vom Flughafen wieder.

»Hans' Familie kommt aus Deutschland, aber er selbst ist hier geboren. Die von Ann ist dagegen schon seit Generationen in Australien heimisch. Die beiden führen uns heute aus. Du wirst staunen. Wollen wir?«

Hans setzte sich ans Steuer eines betagten, aber sehr gepflegten erbsengrünen VW-Käfers und bat Giacomo vorne neben ihm Platz zu nehmen, während sich die beiden Frauen auf die Rückbank zwängten. Sie unterhielten sich über Fußball (vorne) und Mode (hinten), und nach knapp einer Viertelstunde erreichten sie Leichardt, einen italienisch geprägten Vorort von Sydney.

»Willkommen in Little Italy«, sagte Hans, während er den Wagen abstellte, und führte sie dann zu einem Hauseingang, über dem ein großes Schild mit dem Schriftzug LA BOTTE D'ORO. RISTORANTE PIZZERIA prangte.

Der Wirt begrüßte sie herzlich, und kaum hatte er in Giacomo und Elena Landsleute entdeckt, begann er, ihnen seine Lebensgeschichte zu erzählen, dass er Ende der Sechzigerjahre mit der Gugliemo Marconi in Sydney gelandet war, sich mit zahlreichen Gelegenheitsjobs durchgeschlagen, eine Australierin geheiratet und schließlich 1977 dieses Restaurant eröffnet hatte.

»Überlassen Sie mir die Wahl, Sie können mir vertrauen«, forderte er seine Gäste auf und verwöhnte sie dann mit einem Berg von Meeresfrüchten, von Fisch und Krustentieren und servierte dazu einen Sauvignon aus der Gegend. Sie unterhielten sich über ihre verschiedenen Leben, die so extrem weit, geografisch wie ökonomisch, auseinanderlagen. Elena ließ beiläufig fallen, dass Giacomo für ihren Vater arbeitete, und er versuchte Eindruck zu schinden, indem er von dem gerade erlebten Pink-Floyd-Konzert in London berichtete. Dabei wanderten seine Gedanken unwillkürlich zu Claire, und ihn drückte das schlechte Gewissen, weil er hier mit Elena zusammensaß, ohne dass sie etwas davon ahnte.

Sie spazierten noch die Norton Street entlang, ließen sich von der frischen Abendbrise aus der Benommenheit nach dem üppigen Essen und den zwei Flaschen Weißwein wecken, und schließlich brachten Hans und Ann sie zum Hotel zurück.

»Hoffentlich kommen sie gut nach Hause, nach dem vielen Wein …«, murmelte Elena kopfschüttelnd, während sie den beiden nachwinkte, die sich im Wagen entfernten.

An der Rezeption begrüßte sie ein junger Angestellter asiatischer Herkunft.

»Guten Abend, Ihre Zimmernummer bitte?«

»914«, sagte Giacomo.

»Ach so ein Zufall: Für mich 915. Wir sind Zimmernachbarn.«

Sie betraten den Fahrstuhl, und einen Moment lang entstand ein verlegenes Schweigen, das Elena aber rasch verscheuchte. »Dann reist du also morgen schon wieder ab …«

»Tja …«

»Ich hab dich noch gar nicht gefragt, wie es in Newcastle gelaufen ist.«

»Gut, denke ich jedenfalls. Letztlich liegt die Entscheidung aber bei Collins.«

»Collins, Collins, immer dieser Collins. Der hat euch ganz schön im Griff.«

Die Lifttür öffnete sich auf den Flur im neunten Stock, und schließlich erreichten sie ihre Zimmer.

»Dann gute Nacht.« Giacomo hielt ihr steif die Hand hin.

Elena blickte auf diese Hand hinunter und ergriff sie nicht.

»Hör mal, Hans und Ann haben mir eine Flasche Wein geschenkt, die ich nicht nach Italien mitschleppen will. Aber sie hier einfach stehen zu lassen, fände ich auch schade. Wie wär's, hast du Lust, noch ein Glas mit mir zu trinken?«

Giacomo sah sie aufmerksam an und hörte genau in diesem Moment, dass in seinem Zimmer das Telefon klingelte. Er war sich sicher, dass auch Elena es hörte. Aber er beschloss, sich nichts anmerken zu lassen.

»Ja, gern.«

Elena ließ ihn eintreten, und er sah, dass ihr Zimmer doppelt so groß wie seines war. Und es war mit einem Ehebett ausgestattet, während seines nur ein Singlebett besaß. Sie setzte sich auf den Bettrand und streifte sich die Schuhe von den Füßen. Die Zehennägel ihrer nackten Füße auf dem Teppichboden waren dunkelrot lackiert.

»Machst du den Wein auf? Er steht dort auf der Kommode, bei den Gläsern.«

Giacomo nahm die Flasche australischen Syrah zur Hand und hantierte eine Weile mit dem Korkenzieher herum, füllte dann zwei Gläser und drehte sich zu Elena um, die mit der flachen Hand neben sich auf die Matratze schlug.

»Komm, setzt dich zu mir.«

Er reichte ihr ein Glas und setzte sich neben sie.

»*Cheers!* Auf unsere letzte Nacht in Sydney.«

Sie ließ die Gläser klingen und genehmigte sich einen

ordentlichen Schluck, während Giacomo, dem die doppelte Portion Krebse, die er verzehrt hatte, unangenehm schwer im Magen lag, nur kurz an seinem Glas nippte.

Elena nahm es ihm aus der Hand, stellte es, während sie kurz aufstand, so wie ihr eigenes auch, auf dem Nachttisch ab. Jetzt setzte sie sich wieder, aber nicht an seine Seite, sondern rittlings auf seine Beine. Giacomo schnappte nach Luft. Jetzt küsste sie ihn.

In Giacomos Kopf begann sich alles zu drehen, aber Elenas Tempo ließ ihm keine Zeit nachzudenken, oder gar Einwände zu erheben. Sie drückte ihn auf die Matratze, und er spürte ihre Hand, die ihm unter das T-Shirt fuhr, und ihre Fingernägel auf seiner Haut. Da packte er ihre Brüste und drückte sie so fest, als wollte er sie auspressen, und es erregte ihn, sie aufstöhnen zu hören.

Er jetzt merkte er, dass Elena begonnen hatte, ihm die Hose aufzuschnallen, und er half ihr, indem er sich den Stoff mit einer Hand über die Beine hinunterschob und mit der anderen ihre Bluse aufknöpfte. Dann kniete sie wieder neben ihm auf dem Bett, und mit einer raschen, ja, wie Giacomo es wahrnahm, einzigen Bewegung entblößte sie ihre Brüste und trug jetzt nur noch einen mikroskopisch winzigen schwarzen Slip. Sie legte sich auf ihn, und ihr Busen kam Giacomo riesig vor.

Mit der Zunge fuhr sie ihm über den Hals, die Brust, während sie sich selbst dabei den Slip abstreifte, glitt noch tiefer, immer tiefer und nahm ihn in den Mund. Giacomo erstarrte und fürchtete, sofort zu kommen, doch Elena hielt inne, streckte sich neben ihm aus, nahm seine Hand und führte sie zwischen ihre Beine. Sie bäumte sich auf, als sie ihren Orgasmus nahen spürte und spannte den Arm an, um Giacomo auf sich zu ziehen. Einen Moment lang überkam ihn ein Gefühl echten Entsetzens, vermischt aber mit einer so gewaltigen Erregung, wie er sie noch nie verspürt hatte, und während er in sie eindrang, fragte er: »Muss ich aufpassen?«

Sie antwortete mit einem Wimmern, und er verstand das Wort »Pille«, und er drang ganz in sie ein, und sobald er spürte, dass sich Elenas Beine um seinen Rücken schlangen, durchfuhr ihn ein heftiger Schauer, und er kam.

Einige Augenblicke blieb er noch auf ihr liegen, rollte sich dann hinunter und lag keuchend neben ihr, mit schlaffem Glied, das auf seinem Unterleib klebte. Elena richtete sich ein wenig auf, und auf einen Ellbogen gestützt, betrachtete sie ihn.

»Giacomo, Giacomo ... Was würde nur Claire sagen, wenn sie das wüsste? Aber keine Angst, von mir erfährt sie nichts. Jetzt verstehe ich allerdings, warum Collins dich nicht hierherschicken wollte. Ich musste ihn ganz schön bearbeiten, bis ich ihn so weit hatte. Geschafft habe ich es erst, als ich ihm sagte, dass mir dein lieber Freund Fulvio die unglückliche Geschichte von seiner Tochter erzählt hat ...«

Giacomo riss die Augen auf.

»Dann steckst du also dahinter! Außerdem stimmt das ja gar nicht. Ich hab dir das von Collins Tochter erzählt, nicht Fulvio.«

»Ja, ich erinnere mich sehr wohl. Aber er gefällt mir nicht. Du schon.«

Zum ersten Mal verweilte Giacomos Blick bei ihrem Mund, den dünnen Lippen, die ihre Zähne fast ganz verbargen. Dann heftete sie diese Lippen auf seinen Mund zu einem Kuss, den er nicht erwiderte. Ihm war, als hörte er sie kichern, während sie sich umdrehte und sich das Laken über die Schultern zog.

Innerhalb weniger Minuten war sie eingeschlafen, und Giacomo, der auf der Bettdecke lag, begann zu frösteln: Er hatte Bauschmerzen, und ihm war schlecht von den Krebsen.

Warum hatte er das getan? Von Anfang an, seit jenem Kuss in Madonna di Campiglio, hatte er gewusst, dass es so kommen könnte. Die Vorstellung, sich von ihr verführen zu lassen, von diesem reichen Mädchen, das jeden Mann haben konnte – und sich unter allen ihn aussuchte –, hatte ihm, wie er zugeben musste, noch nie missfallen. Aber war es das wert gewesen?

Außerdem konnte er jetzt, während er so dalag, in dieser Stille, die nur von Elenas Atemzügen durchbrochen wurde, eine Tatsache, die er immer gespürt hatte, nicht länger leugnen, dass es nämlich seine Schuld war, dass man Fulvio die Australienreise gestrichen hatte, wegen dieser unbesonnenen Worte, zu denen er sich an jenem Abend bei Elena hatte hinreißen lassen. Und während er darüber nachdachte, kam er sich noch erbärmlicher vor: Er war zu feige gewesen, es seinem Freund oder auch Collins gegenüber zuzugeben, und hatte vor jedermann, vor allem auch vor Claire so getan, als wüsste er nicht, was hinter diesem plötzlichen Meinungsumschwung steckte.

Elena zuckte im Schlaf zusammen, als er am Bettlaken zog, und während er ihre nackten Brüste betrachtete, überkam ihn eine grenzenlos tiefe Einsamkeit. In diesem Moment hörte er wieder, dass im Nebenzimmer das Telefon klingelte.

53

Viola

Schweiz, 30. Januar 2011

Gestern hat es den ganzen Tag geschneit. Es ist Sonntagmorgen, die Sonne strahlt, und die Landschaft sieht fantastisch aus. Der Hof, im Park die Bäume, die Bänke, der Springbrunnen, alles liegt unter einer weißen Decke. Ich stehe eine ganze Weile am Fenster, schaue hinaus und lausche dabei auf die Atemzüge von Leslie, die noch schläft.

Irgendwann höre ich, wie sie sich hinter mir im Bett bewegt, ich drehe mich um, sie ist wach.

»Morgen, Viola. Alles okay.«

Ja, eigentlich schon.

»Machst du dir Gedanken?«

Ein wenig. Wir haben uns weit treiben lassen, und nicht nur für mich könnte es jetzt brenzlig werden. Ich nehme meinen Block vom Nachttisch und schreibe: *Du nicht?*

»Meinetwegen musst du dir aber keine Gedanken machen. Da kannst du unbesorgt sein. Und außerdem …«

Wir schauen beide zur Tür. Da waren Schritte, ein Umschlag wird durch den Spalt geschoben und gleitet über den Fußboden in unser Zimmer. Leslie strampelt das Federbett zurück, springt auf und nimmt ihn an sich.

»Der ist für dich.«

Auf dem Umschlag steht nur mein Name. Ich drehe ihn

zwischen den Fingern hin und her und spüre dabei Leslies Blick. Ich setze mich aufs Bett, und sie setzt sich zu mir. Als ich mich endlich daranmache, den Umschlag zu öffnen, liegt ihr Kinn auf meiner Schulter. Bei dem Blatt, das ich hervorziehe, handelt es sich um den ausgedruckten Brief, den ich unter dem Namen meiner Mutter geschrieben habe: Mein eigener Name ist mit einem orangefarbenen Textmarker unterstrichen und darunter steht einfach nur »OK, fb.«, also Flora Bergson. Leslie umarmt mich.

»Wir haben es geschafft, Viola. Ich glaub es nicht. Jetzt müssen wir unbedingt noch alle Spuren dieses Briefwechsels löschen. Komm schon, hol deinen Computer raus. Schauen wir mal, was die Bergson geantwortet hat.«

Von: *bergson@ecureuiljaune.ch*
An: *arianna@medusianemedusian.it*

Liebe Signora Medusian,
danke für Ihren Brief. Ich glaube auch, dass Viola Fortschritte macht, auch wenn die Logopädin auf den endgültigen Durchbruch noch wartet, und bin ebenso wie Sie überzeugt, dass es ihr weiter helfen wird, wenn sie nun mit Leslie, mit der sie sich sehr gut zu verstehen scheint, ein paar Ferientage verbringt.
Ich werde ihr selbst auch Bescheid geben lassen und freue mich darauf, sie in Kürze hier persönlich begrüßen zu können.

Mit freundlichen Grüßen
Flora Bergson

»Großartig! Jetzt müssen wir nur noch diese zwei Wochen abwarten und darauf hoffen, dass nichts mehr unseren Plan in letzter Minute vereitelt.

Schon nach einer Weile dringt vom Hof Lachen und Rufen zu uns. Wir treten ans Fenster und sehen, dass dort unten eine Schneeballschlacht tobt.

»Komm, wir gehen auch runter.«

Wir ziehen uns rasch was über, gehen beim Speisesaal vorbei, wo Sonntags die Frühstückszeiten etwas flexibler gehandhabt werden, stärken uns mit einer Tasse Milch, mit Schwarzbrot und Erdbeermarmelade und sind schon wieder draußen.

Die makellose Schneedecke, die ich vom Fenster aus bewundert habe, ist jetzt überall aufgewühlt, von Fußspuren, von Rinnen und breiteren Flächen, wo sich wahrscheinlich jemand Schnee gegriffen oder eine Rangelei stattgefunden hat. Fröstelnd, die Schultern hochgezogen, stehe ich da, als ich plötzlich so etwas wie einen eisigen Peitschenhieb im Nacken spüre und gleich darauf, wie mir etwas kalt den Rücken hinunterläuft.

»Ach, tut mir leid, Viola, jetzt hab ich dich erwischt! Ciao Leslie. Wie geht's?«

»Ciao Tancredi, uns geht's gut. Und dir? Du scheinst ja mächtig Spaß zu haben.

So wie er aussieht, hat Credino schon einige Kämpfe hinter sich. Unter der völlig eingeweißten Mütze, schauen ein paar nasse Haarsträhnen hervor, die ihm ins tiefrote Gesicht hängen. Seine Jacke ist weiß getüpfelt, seine Jeans von den Knien bis zu den Knöcheln durchnässt.

»Wir haben die Jungs der Parallelklasse herausgefordert und es ihnen ziemlich gezeigt.«

»Schön für dich. Dann vergnüg dich mal weiter auf deine Weise. Wir suchen uns eine Ecke, wo wir weniger gefährdet sind.«

»Nein, wartet doch mal. Ich wollte doch noch was wissen: Ich hab vorhin so eine Mitteilung bekommen, und bevor ich sonst jemanden frage, was das soll, wollte ich mit euch darüber sprechen, weil ich nicht richtig verstanden habe ...«

Er fummelt ein wenig am Reißverschluss seiner Jackentasche herum und holt einen feuchten, zerknitterten Umschlag hervor. Als er ihn aufmacht, hab ich plötzlich eine weitere Kopie des Briefes vor Augen, den ich als meine Mutter geschrieben habe, nur ist hier sein Name orangefarben markiert.

»Als ich den gelesen habe, hab ich gedacht: ›Violas Mutter ist wohl verrückt geworden.‹ Verrückt in dem Sinne, dass so eine nette Geste gar nicht zu ihr passt. Jedenfalls kam mir das seltsam vor. Aber dann hab ich mir gesagt: ›Wenn Viola mit Leslie fahren darf, warum soll ich dann eigentlich nicht mit Ibra mitfahren dürfen?‹ Und darüber wollte ich jetzt mit euch reden. Was meint ihr dazu?«

Verdammt. Wie konnte ich nur so dumm sein. In der Mail hätten wir Credino gar nicht erwähnen sollen.

Leslie schaut mich an. Und zum ersten Mal meine ich in ihrem Blick etwas zu erkennen, was an Angst erinnert. Zum ersten Mal scheint sie nicht zu wissen, was sie tun soll. Doch es ist nur ein Moment. Dann wendet sie sich wieder Tancredi zu.

»Was willst du?«

»Nichts, ich will nur wissen, was da gespielt wird ...«

»Bevor ich dir das erkläre, vertreibe ich dir lieber mit dieser Faust dein Scheiß-Lächeln aus dem Gesicht. Erst machst du groß auf Freund, und dann willst du uns in den Arsch treten?«

»Aber Leslie. Warum so brutal und ordinär? So wirkst du sonst gar nicht. Das heißt, doch: Bei deinen schwarzen Klamotten und der schrecklichen Musik, die du hörst. Aber ich bin trotzdem sicher, dass wir eine Einigung finden werden. Vorausgesetzt, ihr sagt mir jetzt offen und ehrlich, was da mit der Bergson läuft.«

Ich drücke Leslies Arm und nicke. Wir müssen ihm die Wahrheit sagen.

»Okay, die Mail haben wir geschrieben.«

»Aha. Ich bin eben nicht doof.«

»Aber ein Arschloch. Das bist du.«

»Pass auf, was du sagst. Vergiss nicht: Ihr wolltet mich reinlegen, und nicht umgekehrt. Ich hatte klar und deutlich gesagt, dass ihr alles auspacken solltet, und ihr habt mir nur einen Teil der Geschichte erzählt.«

»Und du vergiss nicht, dass wir jederzeit verraten können, dass ihr auch ins Internet geht.«

»Stimmt, das könntet ihr. Aber was würde euch das bringen? Wir würden alle nur verlieren. Stattdessen könnten wir uns was einfallen lassen, wovon wir alle was haben.«

»Für Viola ist die Reise wirklich sehr wichtig. Du kannst dir gar nicht vorstellen, wie sehr.«

»Ich verstehe nur nicht, was ihr dieser Engländerin erzählen wollt, Viola. Dass dein Vater gestorben ist? Dass er sie geliebt hat? Dass du ihre Tochter hättest werden können? Erzählt es mir, ich komme nicht drauf.«

So brutal es klingt, aber Credino hat recht. Was soll ich zu Claire sagen, wenn sie tatsächlich vor mir steht? Und warum genau will ich sie eigentlich treffen? Dreißig Jahre sind seit damals vergangen. Vielleicht ist Papa noch nicht mal mehr eine schwache Erinnerung für sie. Vielleicht sollte ich mir Tancredis Worte zu Herzen nehmen: Noch ist Zeit, mir diesen Wahnsinn aus dem Kopf zu schlagen und Leslie vielleicht großen Ärger zu ersparen, und mir und diesem kleinen Erpresser Credino natürlich auch ... Dann reißt mich Leslies Stimme aus meinen Gedanken.

»Lass es! Das geht dich alles gar nichts an. Sag lieber, was du verlangst, damit du den Mund hältst.«

»Okay, das ist doch mal eine vernünftige Antwort. Was ich will, ist ganz einfach. In dieser Scheiß-Schule sind meine Noten im Keller, und wenn das so weitergeht, krieg ich einen blauen Brief. Und das heißt: einen Monat lang keinen Wochenendausgang und dafür umso mehr Büffeln mit den Lehrern. Mit anderen Worte: die Hölle für mich. Bei den Klassenarbeiten nächste Woche entscheidet sich wahrscheinlich, ob ich die Schule überhaupt schaffe. Und du, Leslie, bist eins der Genies hier.

»Ja und?«

»Hilf mir ...«

54

Giacomo

London, 3. und 8. August 1981

Erst in Heathrow sah er sie wieder.

In der Nacht hatte er Elenas Zimmer schon verlassen, während sie noch schlief, und dann kein Auge mehr zugemacht. Lange lag er nur da, auf seinem Bett, und starrte zur Decke, ging dann irgendwann ins Bad, kniete sich vor die Kloschüssel und erbrach sich: Dreimal riss es ihn heftig nach vorn, dann verharrte er in dieser Haltung, mit blutunterlaufenen Augen und von Tränen verschleiertem Blick, und betrachtete das, was von den Krebsen, die jetzt in einer ekligen Brühe umherschwammen, übrig geblieben war.

Viel zu früh traf er dann am Flughafen ein und war unter den Ersten, die an Bord gingen. Hin und wieder hob er den Blick, um zu sehen, ob sie vielleicht in der Nähe war. Nein. Möglicherweise hatte sie einen längeren Aufenthalt in Australien gebucht, überlegte er.

Erst in London, vor dem Laufband, das ihr Gepäck ausspucken sollte, beantwortete sich die Frage. Da stand Elena und unterhielt sich mit einem Herrn mit schütterem Haar, wahrscheinlich ihr Sitznachbar in der Business Class. So als spürte sie Giacomos Blick, drehte sie sich um und sah ihn an. Er errötete, und zum Zeichen, dass er sie bemerkt hatte, hob er die Hand, doch sie reagierte nicht.

Mittlerweile lief das Band, und Giacomo erkannte sofort seinen Koffer, hob ihn hinunter und bewegte sich damit, ohne sich noch einmal nach Elena umzusehen, auf den Ausgang zu.

Kaum trat er durch die Tür, da sah er ihn.

Erik.

Giacomo erstarrte, während der Wikinger ihn wohl nicht erkannte und unverwandt weiter zu der Schiebetür blickte. Da plötzlich verzog sich seine Miene zu einem breiten Lächeln, und Giacomo beobachtete, wie Elena an ihm vorüberrauschte und, einen spitzen Schrei ausstoßend, in Eriks Arme flog. Dann drehte sie sich zu Giacomo um und rief ihn herbei.

»Giacomo, du erinnerst dich doch an meinen Freund, Erik? Ihr habt euch in Madonna di Campiglio kennengelernt. Du wirst es nicht glauben, Schatz. Giacomo und ich hatten zufällig denselben Flug und wussten gar nichts voneinander.«

»Ja … ciao Erik … wie geht's?«

»Gut, und dir? Willst du mit uns fahren?«

Giacomo vermied es, Elena anzuschauen, und hielt den Blick konzentriert auf ihren skandinavischen Freund gerichtet, doch das half nichts, um ein Erröten zu verhindern.

»Nein, danke. Ich werde auch abgeholt. Die scheinen sich verspätet zu haben.«

»Dann auf Wiedersehen, Giacomo. Vielleicht bald schon, in den nächsten Tagen in London. Wir könnten doch alle mal zusammen ausgehen. Was hältst du davon? Ich, Erik, du und Claire.«

»Ja …«

Sie entfernte sich, während Giacomo zurückblieb und so

tat, als wartete er auf jemanden. Aber es würde niemand kommen. Er hatte es nur behauptet, um der peinlichen Situation zu entkommen.

Erst jetzt zog er die Bilanz dieser Australienreise: Das Verhältnis zu seinem einzigen Freund in London war zerstört, und er hatte Claire betrogen, mit einer Frau, die offensichtlich nur mit ihm spielte. Eine reife Leistung für nicht einmal eine Woche.

Er stieg in den Zug Richtung Earl's Court ein. Nach drei Stationen jedoch bemerkte er, dass er kaum Luft bekam, und in Boston Manor, noch nicht einmal auf halbem Weg, stieg er wieder aus.

Der Bahnhof lag im Freien, und er setzte sich auf eine Bank, um kräftig durchzuatmen. Dann entdeckte er ein Münztelefon und wählte eine Nummer der *Ferrcoal.*

»Ciao Fulvio, ich bin's.«

»…«

»Fulvio? Hörst du mich? Hier ist Giacomo.«

»Ja, Giacomo, ich höre. Was gibt's?«

»Ich bin zurück.«

»Schön.«

»Hör mal … ich … ich weiß, dass … Du weißt sicher nicht …«

»Pass auf, Giacomo, ich hab jetzt keine Zeit. Ich hab zu tun.«

»Ja, klar, tut mir leid.«

»Collins hat mir einen anderen Auftrag gegeben.

»Gut, ich hab wirklich …«

»Noch mal, ich hab jetzt keine Zeit … Aber meinetwegen können wir ein andermal drüber reden …«

»Okay …«

»Eins noch: Claire hat mich angerufen.«

»Claire? Und was hat sie gesagt?«

»Dass sie dich nicht erreichen kann. Sie hat versucht, dich in Sydney anzurufen, aber es ist wohl nie jemand rangegangen, und sie wollte von mir wissen, ob ich was von dir gehört habe.«

»Nein, so ist es auch nicht. Wenn jemand angerufen hat, dann war ich das, aber ihr war immer schlecht, und ihr Vater …«

»Halt, stopp: Das interessiert mich gar nicht. Damit hab ich nichts zu tun, das ist eure Sache. Ich muss jetzt los. Ciao.«

Giacomo war, als habe Fulvio schon aufgelegt, bevor er selbst Ciao gesagt hatte. Mindestens eine Stunde lang rührte er sich nicht von diesem Bahnsteig, sah die Züge ein- und ausfahren und wie sich der Himmel der ersten Augusttage immer dichter bewölkte, bevor die Sonne ihn wieder aufriss. Dann endlich fuhr er weiter.

Als er in Earl's Court ausstieg, kam ihm sein Koffer unerträglich schwer vor. In ihrer Wohnung ließ er ihn nur fallen, ohne sich weiter darum zu kümmern. Er schaute auf die Uhr: Claire musste jetzt eigentlich schon zu Hause sein, montags endeten ihre Seminare immer etwas früher. Er ging zu dem Fernsprecher an der Wand und wählte ihre Nummer.

»Hallo?«

»Ciao Claire: Ich bin zurück.«

»Ah, schön. Wie geht's dir?«

»Gut, und dir?«

»Auch gut, danke.«

»Schön.«

»Schön.«

»…«

»…«

»Ist irgendwas?«

»Nein. Sollte es?«

»Nein, eigentlich nicht, das heißt, ich weiß es nicht.«

»Ich hab gestern versucht, dich anzurufen.«

Sofort schoss es Giacomo durch den Kopf, wo und mit wem er zusammen war, als er das Telefon hatte klingeln hören.

»Tatsächlich? Das hat man mir gar nicht ausgerichtet.«

»Ich hab auch keine Nachricht hinterlassen. Die haben mich gleich in dein Zimmer durchgestellt. Drei, vier Mal hab ich's versucht, zu unterschiedlichen Zeiten. Ich hab nachgerechnet, als ich das letzte Mal die Nummer gewählt habe, muss es in Sydney tiefste Nacht gewesen sein, zwei oder drei Uhr, wenn nicht noch später.«

»Mein Telefon hat nicht geklingelt. Die haben dir wahrscheinlich das falsche Zimmer gegeben.«

»Die 914. War das nicht dein Zimmer?«

»Doch, schon. Das verstehe ich nicht…«

»Heute Morgen habe ich dann Fulvio angerufen, um zu erfahren, ob er was von dir gehört hat.«

»Ja, ich weiß.«

»Wieso weißt du das?«

»Ich hab eben mit ihm gesprochen.«

»Ach, du hast mit ihm gesprochen. Dann hast du ihn also vor mir angerufen?«

»Nein, das heißt, ja, aber das war anders. Ich musste im Büro anrufen, um etwas Geschäftliches mitzuteilen, und da ist er an den Apparat gegangen.«

Wenn man einmal zu lügen begann, ging es Giacomo durch den Kopf, ließ es sich nicht mehr aufhalten, es war wie ein Abhang, denn man hinunterglitt und kaum wieder hinaufkam.

»Und dann hat er dir gesagt, dass ich so lange versucht habe, dich zu erreichen?«

»Nein, oder doch ja, ich weiß es nicht mehr.«

»Du weißt es nicht mehr? Giacomo, ist dir nicht gut?«

»Doch, Claire, ich bin nur hundemüde, ich bin seit Tagen unterwegs, kann sein, dass ich im Moment nicht ganz klar bin …«

»Ach so. Willst du lieber ein Nickerchen machen?«

»Deinen Spott kannst du dir sparen.«

»Oh entschuldige vielmals.«

»Darf ich dich daran erinnern, dass ich mich vor meinem Abflug noch nicht einmal richtig von dir verabschieden durfte.«

»Ich weiß. Mir ging es nicht gut.«

»Dann hab ich dich von Newcastle aus angerufen, aber dein Vater hat mich abgewimmelt und gesagt, dass du nicht ans Telefon kommen kannst.«

»Da ging's mir immer noch nicht gut.«

»Es ging dir so schlecht, dass du noch nicht mal ans Telefon kommen konntest?«

»Ja, so schlecht ging es mir.«

»Ich verstehe.«

»Nein, das Problem ist, dass du überhaupt nichts versteht.«

»Dann erklär's mir.«

Giacomo meinte, am anderen Ende der Leitung ein leises höhnisches Lachen zu hören, und das gab ihm Gelegenheit, die Stimme zu erheben.

»Hör auf! Wenn du mir was zu sagen hast, dann sag es!«

»Nicht jetzt.«

»Wann dann?«

»Am Samstag. Wir sehen uns am Samstag.«

»Vorher nicht?«

»Nein, vorher nicht. Wir treffen uns im Hyde Park, bei der Bank, wo wir damals die Fotos gemacht haben.«

»Und was ist vorher? Telefonieren wir?«

»Besser nicht.«

Giacomo verabscheute sich bereits selbst, als er den Satz formulierte, aber er konnte sich nicht bremsen. »Weil du mit deinem Freund Ben beschäftigt bist?«

»Geh zum Teufel, Giacomo.«

Mit dem Hörer in der Hand, der nur noch das Tut-Tut der unterbrochenen Verbindung von sich gab, stand Giacomo einen Moment wie gelähmt da. Dann packte ihn die Wut, und er knallte ihn zwei-, dreimal so heftig auf den Apparat, dass ein schwarzer Plastiksplitter absprang. Sein Blick folgte dem Bogen, den er beschrieb, bevor er neben seinen Schuhen landete.

Abends wartete er auf dem Sofa, dass Fulvio heimkam, und sprang sofort auf, als er einen Schlüssel im Schloss hörte. Ein paar Sekunden lang standen sie nur da und schauten sich an, der eine mit nackten Füßen und hängenden Armen vor dem Sofa, der andere in der offenen Tür und mit der Hand auf dem noch steckenden Schlüsselbund. Fulvio schien noch unentschlossen, ob er ihn rausziehen und eintreten oder sogleich wieder die Tür hinter sich schließen und die Flucht ergreifen sollte. Es war Giacomo, der dem Schweigen ein Ende machte.

»Entschuldigung.«

»...«

»Entschuldigung, Fulvio.«

»...«

»Ich bitte dich um Entschuldigung. Entschuldigung, Entschuldigung, Entschuldigung. Ich kann jetzt nichts anderes mehr tun, und wenn du vorhast, bis zum Ende deiner Tage nicht mehr mit mir zu reden, dann verstehe ich das, aber ich hoffe trotzdem, dass du mir verzeihen kannst, denn für mich bist du mein bester Freund, und außerdem wird das Zusammenleben hier sonst zum Albtraum für uns, also, noch mal, es tut mir leid, bitte verzeih mir.«

In einem Atemzug, und ohne ihn sich vorher zurechtgelegt zu haben, hatte er diesen ganzen Satz gesprochen, und jetzt war ihm, als bemerkte er die Andeutung eines Lächelns in Fulvios Gesicht, der sich, vielleicht eben um dies zu verbergen, jetzt umdrehte, um den Schlüssel aus dem Schloss zu ziehen, und in dieser Haltung einen Moment lang verharrte. Und ohne ihn anzuschauen, richtete er endlich auch das Wort an ihn.

»Du bist ein Arschloch, Giacomo. Das weißt du doch, oder?«

»Ja, das weiß ich.«

»Und dass ich nicht verdient habe, was du da getan hast, weißt du das auch?«

»Ja, das weiß ich.«

Erst jetzt drehte sich Fulvio zu Giacomo um und blickte auf die Hand, die dieser ihm hinstreckte.

»Collins hat mich bei einem anderen Auftrag hinzugezogen.«

»Das freut mich.«

»Ein Transport von Südafrika nach Genua.«

»Wunderbar.«

»Wenn alles gut geht, fliege ich in ein paar Monaten hin.«

»Wohin?«

»Nicht nach Genau, nach Südafrika natürlich, du Schwachkopf.«

»Ja, schon klar. Sollte ein Scherz sein.«

»So weit bin ich noch nicht, dass ich mit dir lachen könnte.«

»Entschuldige.«

»Und eins muss ich dir noch sagen.«

»Ja, schieß los.«

»Wenn diese Reise wieder deinetwegen für mich ins Wasser fällt, bringe ich dich um und schmeiß deine Leiche in die Themse.«

»Ja, ist klar.«

»Es wäre gut, wenn du das nicht vergisst. Denn ich werde es wirklich tun ...«

Giacomo lächelte, und erst jetzt ergriff Fulvio seine Hand und murmelte so etwas wie »Du verdammter Scheißkerl«.

Sie unterhielten sich lange, brachten einander auf den aktuellen Stand, was Neuigkeiten im Büro einerseits und Giacomos Erfahrungen in der australischen Reederei andererseits anging. Irgendwann dann berührte Fulvio auch den wunden Punkt, den Giacomo um jeden Preis hatte ausklammern wollen.

»Und wie geht's Claire?«

»Gut ... glaube ich. Jedenfalls besser, scheint mir.«

»Glaube ich ... scheint mir ... Ist denn wirklich alles in Ordnung.«

»Ehrlich gesagt, weiß ich es nicht.«

»Wie, du weißt es nicht?«

»Sie ist so komisch in letzter Zeit. Das war sie auch schon, bevor ich losgeflogen bin.«

»Und wieso?«

»Keine Ahnung.«

»Habt ihr denn nicht miteinander gesprochen.«

»Doch, ich hab sie vorhin angerufen.«

»Und trefft ihr euch nicht heute Abend?«

»Nein, das wollte sie nicht. Wir treffen uns Samstag.«

»Und wie willst du das aushalten bis Samstag, mit dieser Unsicherheit, nicht zu wissen, was mit ihr los ist.«

»Eigentlich ist es so, dass ich ihr auch was zu sagen hätte.«

»Was meinst du damit?«

Und nun begann Giacomo zu erzählen, von der Überraschung, die er in der Business Class erlebt hatte, von dem Abendessen im *Botte d'oro* und dem, was sich nach dem Restaurantbesuch im Zimmer 915 abgespielt hatte, von den Lügengeschichten, die Elena Collins aufgetischt hatte, von den Krebsen, die dann in der Kloschüssel umherschwammen, von der Ankunft in London, von Erik und von dem Vorschlag, sich mal gemeinsam zu treffen. Fulvio hörte schweigend zu und zischte dann nur, als Giacomo geendet hatte.

»So ein Miststück!«

»...«

»Und du bist wirklich ein Idiot.«

»...«

»Und was gedenkst du jetzt zu tun?«

»Ich weiß es nicht.«

»Du musst dir doch Gedanken darüber gemacht haben. Willst du es Claire sagen oder nicht?«

»Ich weiß es wirklich nicht. Je länger ich darüber nachdenke, desto unsicherer werde ich. Wenn ich es verschweige, behalte ich etwas für mich, das mir keine Ruhe lassen wird und früher oder später vielleicht doch rauskommt. Mit noch schlimmeren Folgen. Aber wenn ich es ihr gestehe, weiß ich auch nicht, wie sie reagieren wird, vor allem wenn ich mir überlege, dass sie in letzter Zeit ohnehin so gereizt ist.«

»Und das heißt?«

»Das heißt, warten wir erst mal den Samstag ab.«

Zehn Minuten zu früh und mit nassen Schuhen traf Giacomo bei der Bank ein: Die Wiesen im Hyde Park waren nach den Regenfällen der letzten beiden Tage noch nicht abgetrocknet. Claire war schon da. Über ein Buch gebeugt, saß sie auf der Bank: Wie schaffte sie es jetzt, in Ruhe zu lesen? Er trat auf sie zu, und sie hob den Blick und klappte das Buch zu, ohne ein Lesezeichen zwischen die Seiten zu legen.

»Ciao Claire.«

»Ciao.«

»Wartest du schon lange?«

»Nein, ich bin gerade erst gekommen.«

»Okay … Kann ich mich zu dir setzen?«

»Ich würde lieber ein paar Schritte laufen, ja?«

Ohne seine Antwort abzuwarten, stand Claire auf und ging mit verschränkten Armen los. Er schloss zu ihr auf, die Hände in den Hosentaschen. »Wie denkst du über uns, Giacomo«, fragte sie, ohne lange Vorrede.

»Was meinst du?«

»Nun, was siehst du, wenn du an morgen denkst – und mit morgen meine ich die Zeit in einem Monat, einem Jahr, in zehn Jahren …«

»Ich … ach, ich weiß nicht, daran denke ich gar nicht. Mir fällt es schon nicht leicht, in der Gegenwart zu leben.«

»Ja, das merke ich. Was ich aber sagen will, ist: Denkst du dass es für uns, für mich und dich, eine Gegenwart gibt, die eine Zukunft werden kann.«

»Das sind seltsame Überlegungen, Claire.«

»Ich weiß, das ist mir klar. Aber mir ging es sehr schlecht die letzten Tage. Mir ging es schlecht, weil ich gespürt habe, wie fern du mir bist. Und damit meine ich nicht, dass du dich auf der anderen Seite der Weltkugel aufgehalten hast.«

Giacomo dachte an Sydney zurück, an Elenas Mund auf seinen Lippen, und das Telefonklingeln im Nebenzimmer hallte ihm wieder durch den Kopf. Er schwieg und starrte auf seine verschlammten Schuhe, während Claire fortfuhr.

»Ich muss es aber wissen, Giacomo, hier und jetzt: Bist du bei mir oder nicht. Und du darfst mich nicht anlügen.«

»Ja …«

»Ja? Ja, du lügst mich nicht an, oder ja, du bist bei mir.«

»Ja, ich bin bei dir. Ich bin bei dir und will mit dir zusammen sein.«

»Um jeden Preis?«

»Ja, um jeden Preis.«

»Bist du sicher.«

»Ja, ich bin sicher.«

Giacomo bemerkte die Träne, die Claire über die Wange lief. Dann spürte er ihre Hand, die sich in seine Hosentasche schob, um seine Hand zu ergreifen, während sie ihm den Kopf auf die Schulter legte. Und eine Wärme durchströmte ihn, als habe sich die ganze, so lange aufgebaute Anspannung durch diese Geste gelöst.

Dann sprach Claire weiter. »Ich erwarte ein Kind.«

~ 55 ~

Viola

Schweiz, 18. Februar 2011

»Wonach riecht es denn hier, Papa?«

»Schwer zu sagen, Viola: nach Erde, Feuchtigkeit, Eisen, Öl. Und nach Menschheit. Hab ich dir schon mal erzählt, dass wir auf dem Gymnasium einen Philosophielehrer hatten, der immer, wenn er die Klasse betrat, sofort die Fenster öffnen ließ und dazu rief: ›Auf damit, auf damit, hier stinkt's nach verlorener Menschheit!‹?«

»Ja, Papa, das erzählst du mir jedes Mal, wenn du nach Hause kommt und es in der Wohnung nach Essen oder sonst was riecht.«

»Willst du mir damit sagen, dass ich langsam senil werde, weil ich immer wieder die gleiche Geschichte erzähle?«

»Schon ein wenig, Papa, in letzter Zeit schon ...«

Sie lachen, und er ergreift ihre Hand, und sie fahren hinab, auf einer Rolltreppe, die kein Ende zu nehmen scheint. Sie stehen hintereinander, beide mit der Rechten auf dem Handlauf, er vorn und sie auf einer höheren Stufe hinter ihm. Als sie endlich unten ankommen, ist da ein Mädchen, das zur Gitarre singt. Sie ist ganz in Schwarz gekleidet, ihre Fingernägel sind dunkelviolett lackiert, und eine Haarsträhne in der gleichen Farbe verdeckt fast ihre Augen. Der Instrumentenkasten vor ihr am Boden ist aufgeklappt, um Spenden von

Passanten zu sammeln. Ihr Vater kramt ein wenig Kleingeld aus der Tasche und wirft es hinein. Das Mädchen nickt ihm zu, ohne im Gesang innezuhalten, und als sie schon vorüber sind, ruft sie ihr nach: »Danke, Viola.«

Sie fährt herum, aber das Mädchen steht schon auf der Rolltreppe, um hinauf ins Freie zu fahren, und die Gitarre, wie ein Rucksack über die Schultern gehängt, sieht jetzt noch mächtiger aus.

Sie erreichen den Bahnsteig. Dort steht ein Pulk Kinder in Schuluniform, und ein eleganter Herr mit Anzug und Krawatte liest seine Zeitung. Plötzlich knüllt er sie zusammen, legt sich auf einer Bank lang und steckt sich das Knäuel als Kissen unter den Kopf. Nach einem kurzen Moment setzt er sich noch einmal auf, zieht sich die Schuhe aus, stellt sie perfekt ausgerichtet nebeneinander hin, legt sich wieder und schläft augenblicklich ein.

»Warum schläft der Mann denn hier?«

»Weil er so lange warten muss.«

In der Ferne hören sie ein Rauschen, das näher und näher kommt und ohrenbetäubend laut wird. Viola merkt, dass ihr Vater mit ihr redet, aber sie hört ihn nicht mehr.

»Ich verstehe dich nicht, Papa, es ist zu laut.«

Er seinerseits hört sie auch nicht und redet weiter, bis der Zug vor ihnen hält, sich die Türen öffnen und die Leute hinausströmen.

»Entschuldigung, Papa, ich hab kein Wort verstanden …«

»Dann habe ich eine halbe Stunde lang umsonst geredet?«

»Doch keine halbe Stunde. Nur jetzt gerade. Der Lärm des Zuges hat deine Stimme übertönt. Steigen wir ein?«

»Nein, das ist nicht unser Zug.«

»Wann kommt denn unsrer?«

»Gleich.«

»Und wann gleich?«

»Gleich eben. Komm, wir setzen uns.«

Ihr Vater scheucht den schlafenden Herrn auf. Der grummelt, nimmt seine zusammengeknüllte Zeitung in eine, die Schuhe in die andere Hand und zieht um zur nicht weit entfernten nächsten Bank.

»Wo sind wir hier, Papa?«

»Das ist der Bahnhof Earl's Court. Hier kreuzen sich eine ganze Reihe von U-Bahn-Linien.«

»Und wozu sind wir hier?«

»Ich hab hier was zu erledigen.«

»Und was?«

Er wendet sich ab, und Viola richtet den Blick auf den gegenüberliegenden Bahnsteig, jenseits der Gleise, wo die Leute, die in die Gegenrichtung wollen, auf ihren Zug warten. Da fällt ihr ein junges Paar auf: er mit kurzen Haaren und einer Weste, sie mit einem langen blonden Zopf. Erregt reden sie aufeinander ein. Vielleicht streiten sie. Plötzlich drehen sie sich um, und Viola ist sicher, dass sie zu ihr hinüberschauen, und so hebt sie die Hand und winkt ihnen zu. Doch die beiden reagieren nicht und setzen nun ihren Wortwechsel fort.

»Papa, kennst du die beiden?«

Er dreht sich noch nicht einmal um und starrt weiter ins Leere.

»Nein.«

»Schau sie dir doch wenigstens mal an. Bist du sicher, dass du sie nicht kennst?«

»Ja. Wenn ich's doch sage.«

Der Zug auf der Gegenseite kommt an. Die beiden jungen

Leute steigen ein, aber Viola kann sie weiter durch das Fenster sehen. Plötzlich dreht sich der junge Mann in der Weste erneut zu ihr um und lächelt sie an.

»Papa, er hat mich gegrüßt.«

»Ich kenne den Typ nicht. Verdammt noch mal, ich weiß nicht, was das für Leute sind. Hör endlich auf, mir auf die Nerven zu gehen.«

»Ja, schon gut, tut mir leid, warum bist du denn so sauer?«

Da springt ihr Vater auf, beugt sich zu ihr nieder und brüllt sie an, brüllt Dinge, die sie nicht versteht, aber sie weiß, dass sie schrecklich sind. Sein Gesicht ist kaum noch einen Zentimeter von dem ihren entfernt, und sie spürt seinen Atem auf der Haut und kneift die Augen zusammen. Die Leute um sie herum sind stehen geblieben und starren sie an, auch der elegante Herr hat sich wieder auf seiner Bank aufgesetzt und steigt jetzt in seine Schuhe.

Sie möchte etwas erwidern, aber sie kann nicht, kein Wort dringt aus ihrem Mund, sie nimmt die Hände vors Gesicht, um sich gegen eine Backpfeife zu schützen, die sie nahen spürt, während ihr Vater immer noch lauter brüllt. Seine Stimme ist schrill und drohend, sein Gesicht vor Wut so entstellt, dass sie sich nicht sicher ist, ob das überhaupt noch er ist.

»Wirst du wohl endlich aufhören mit deinen Fragen! Ich hab sie satt, deine Scheiß-Fragen! Und wach endlich mal auf. Wach auf. Du musst aufwachen, Viola!«

»Wach auf, Viola! WACH AUF!«

Leslie …

»Mein Gott, was hast du denn geträumt? Du hast mir vielleicht einen Schrecken eingejagt. Du hast deine Decke weggestrampelt, mit den geballten Fäusten auf die Matratze gehämmert und so heftig nach Atem gerungen, dass ich schon dachte, dich trifft der Schlag.«

Es ist noch kaum hell, aber wir haben beide keine Lust mehr, uns noch mal hinzulegen. *Ich hab Angst,* schreibe ich Leslie auf meinen Block. Dieser Traum, so absurd er war, ist doch ein Zeichen, dass ich vor einer Türe stehe, die ich lieber nicht öffnen sollte.

Leslie schlägt mir auf die Schultern und lächelt mich an. »Das musst du nicht. Du wirst sehen, das läuft glatt.« Aber ich glaube, dass sie selbst zumindest auch ein wenig um unsere Zukunft bangt. Was wird aus uns, wenn sie uns aus dem Internat hinauswerfen? Sie hilft mir beim Packen, und dabei merke ich, dass sie auf meine Hände starrt. Sie zittern, während ich meine Pullover zusammenlege und noch mal im Kulturbeutel nachsehe, ob ich Zahnbürste und Seife dabeihabe. Dann nehme ich mir ein T-Shirt und wickele es um die beiden Notizbücher und das alte Buch von Papa, aus dem 19. Jahrhundert, bevor ich die Sachen sicher in meiner Handtasche verstaue.

Irgendwann entscheidet Leslie, dass es nun so weit ist.

»So, Viola, das Konzert beginnt um zwei, also in einer halben Stunde. Das heißt, die ganze Schule tummelt sich jetzt schon vorm Theatersaal, um die besten Plätze zu ergattern. Wir gehen jetzt auch hinunter, stellen unsere Koffer bei der Pförtnerloge ab und suchen uns Plätze in der letzten Reihe. Besser, wenn wir dabei Credino nicht über den Weg laufen.«

In den letzten Tagen hat Leslie ihm ständig Nachhilfe gegeben, nahezu in allen Fächern, hat ihm vor allem in Mathe geholfen und Tests in Erdkunde und Geschichte schreiben lassen. Ich habe gehört, wie sie ihm Tipps gab, welche Kapitel er sich unbedingt noch mal ansehen soll und welche er vernachlässigen kann. Und dies alles mit einer Engelsgeduld, obwohl Tancredi kaum zu bändigen ist, wenn er mal länger als eine Viertelstunde über seinen Büchern hocken soll. ADHS – Aufmerksamkeitsdefizit-Hyperaktivitätsstörung – nennt man das, es klingt fast noch schlimmer als mein selektiver Mutismus. Doch trotz Leslies Bemühungen scheint es längst nicht sicher, dass Tancredi die Prüfungen gemeistert hat. Wenn er scheitert und von der Schule fliegt, könnte er sich wieder in den unberechenbaren Burschen von früher zurückverwandeln.

»Denk dran, dass wir auf alle Fälle ein paar Minuten vor Konzertende gehen müssen.«

Ja, schade, dass ich das Ende verpasse.

»Du wirst sicher noch häufiger Gelegenheit haben, deinen Star zu bewundern. Da bin ich ganz sicher. Also, bist du so weit? Dann los.«

Mit einem Höllenlärm rattern unsere Rollkoffer durch den ansonsten so stillen Korridor. Leslie lächelt die Frau in der Pförtnerloge unentwegt an, während sie ihr erklärt, dass wir beide vor Ende der Vorstellung das Haus verlassen müssen. Aus dem Theatersaal dringt schon Musik und das begeisterte Geschrei einiger Hundert Jugendlicher zu uns.

»Entschuldigen Sie, aber wir müssen jetzt los. Beeil dich, Viola, oder willst du auch noch den Anfang versäumen?«

Auf dem Weg kommen wir am Schwarzen Brett vorbei und sehen, dass dort schon die Noten aushängen. Wir bleiben stehen. Wie nicht anders zu erwarten, hat Leslie alles mit Auszeichnung bestanden, ich hab einen Durchschnitt, der alles in allem nicht zu verachten ist, aber angesichts der Ergebnisse der unteren Klassen gefriert uns das Blut in den Adern.

»Dein Stief- oder Wie-auch-immer-Bruder hat's nicht geschafft. So ein Mist. Jetzt müssen wir höllisch aufpassen. Komm, wir stürzen uns ins Getümmel und sehen zu, dass er uns nicht entdeckt. Es ist ja nicht mehr lange.«

Wir laufen weiter zum Theatersaal, während der Lärm von dort immer lauter wird. Lola muss schon auf der Bühne stehen.

»Noch eines. Das Konzert wird genau eine Stunde dauern, und zum letzten Song, *Diving*, darf jemand aus dem Publikum mit auf die Bühne. Aber lass dir um Himmels willen nicht einfallen, dass du das sein könntest. Wir müssen vorher weg.«

Ich wundere mich, dass Leslie über diesen Auftritt einer Sängerin, die überhaupt nicht ihren Musikstil trifft, so gut Bescheid weiß, als wäre sie deren persönlicher Road Manager. Wenn ich sprechen könnte, würde ich ihr eine Frage stellen, so aber nicke ich nur

»Also los, rein mit uns.«

Der Saal, in dem wir in den vergangenen Monaten ernste Filme wie *Schindlers Liste* oder *Die Farbe Lila* gesehen haben, in dem von Oberstufenklassen Theaterstücke aufgeführt und von Absolventen des Leistungskurses Musik Gitarren- oder Klavierkonzerte gegeben wurden, ist nicht wiederzuerkennen. Das Licht pulsiert in Rot, in Blau und blendendem Weiß. Alles bewegt sich im Rhythmus, die nickenden Köpfe wirken wie von unsichtbarer Hand gelenkt. In einer Ecke sehe sich sogar unsere Sportlehrerin tanzen.

Und auf der Bühne steht sie, Ginger Lola: Sie trägt eine blitzblaue Perücke, die von Marge Simpson geklaut sein könnte. Ihr schwarzes Glitzerkleid ist nicht so tief ausgeschnitten, wie ich es von vielen ihrer Videos kenne, vielleicht wegen der Internatsregeln, doch ihre Schuhe haben Absätze, die von hier aus mindestens zwanzig Zentimeter hoch aussehen. Sie tanzt und kleidet sich wie ein Teenager, doch in einer Illustrierten habe ich gelesen, dass sie der Vierzig näher als der Dreißig sein soll.

Sobald der weiße Scheinwerfer über das Publikum schwenkt, versuche ich Credino zu entdecken, kann ihn aber nirgends ausmachen. Dafür erblicke ich Petra und Sabine: Sie stehen in der allerersten Reihe, gleich vor dem wassergefüllten gläsernen Becken am Bühnenrand. Auf den Würfeln links und rechts verbiegen sich perfekt gebaute Tänzer in Shorts und Muscle-Shirts. Auf den dritten Würfel, hinter der Wanne, steigt hin und wieder die rastlos singende und tanzende Ginger Lola. Es ist das gleiche Setting wie bei dem Video von *Diving*, nur dass die Tänzer da im Lendenschurz herumhüpfen und sie in ihrem winzigen Bikini über einem sehr viel größeren Becken hin und her schaukelt.

Ich hab das Gefühl, erst ein paar Augenblicke im Saal zu sein, als mir Leslie auf die Schulter tippt und auf die Uhr zeigt. Es ist zehn vor drei, Gitarre und Schlagzeug spielen die ersten Tonfolgen von *Diving*. In die Hände klatschend, läuft Lola von einem Bühnenrand zum anderen, und das Publikum klatscht mit, bis sie plötzlich stehen bleibt und auf ein Mädchen in der ersten Reihe zeigt. Der Scheinwerfer erfasst sie, während sie ungläubig die Hände vor ihren weit aufgerissenen Mund legt. Ich kann es selbst nicht glauben: Es ist Sabine.

»Wie heißt du?«, fragt die Sängerin.

»Sabine, Madame.«

Ein Gelächter brandet auf, das einen Moment lang sogar die Musik übertönt.

»Nenn mich Lola, Sabine, okay?«

»Okay.«

»Kennst du den Song?«

»Ja, klar kenn ich den, Lola.«

»Bist du bereit?«

»Ja, Lola.«

»Dann los. *Yé-yé-yé Diving*!«

»Ginger Lola stimmt ihr berühmtestes Stück an, und das ganze Internat singt mit. Anfangs wirkt Sabine mächtig unbeholfen, aber nach und nach scheint sie sich immer wohler zu fühlen. Ich glaube, jedes Mädchen im Saal wird sie zumindest ein wenig beneiden. Außer Leslie natürlich, die allerdings den Blick nicht von Lola abwendet.

Beim Refrain steigen die beiden Tänzer in das Becken, schwingen Arme und Beine und marschieren auf der Stelle, wobei sie zunächst ins Publikum schauen, dann einander den Rücken und schließlich das Gesicht zuwenden. In diesem Moment steigt Lola wieder auf ihren Würfel und lässt sich einfach rückwärts fallen, und die beiden in dem Becken fangen sie auf und stemmen sie hoch, während sie unbeeindruckt weitersingt.

Schließlich setzen sie Lola wieder auf dem Würfel ab, und sie gibt Sabine ein Zeichen, das wie ein »So, jetzt bist du an der Reihe« aussieht. Jetzt endgültig wächst mein Neid ins Unermessliche. Von all den Schülerinnen und Schülern hier ist es ausgerechnet Sabine, die von meiner Lieblingssängerin auf die Bühne gebeten wird, Sabine, die mich auf dem Skihang einfach abhängte und zurückließ, die Schauermärchen über Leslies Mutter verbreitete und mir damit beinahe meine einzige Freundin geraubt hätte. Wie ungerecht soll es eigentlich noch werden, in meinem armseligen Leben?

Sabine hat die Arme ausgebreitet und lässt sich rückwärts fallen, doch die Tänzer haben sich gerade abgewendet und stehen Rücken an Rücken. Wäre es nicht völlig undenkbar, würde ich fast sagen, dass sie es mit Absicht getan haben. Jedenfalls plumpst Sabine ins Wasser, das bis in die erste Reihe aufspritzt. Der Saal tobt, während sie, klitschnass und gedemütigt, aus dem Becken zu klettern versucht. Auf dem Höhepunkt meiner Schadenfreude ergreift Leslie meinen Arm. »Es ist Zeit, wir müssen weg.«

Wir lassen die Geräuschkulisse aus Gesang, Trommelschlägen und Gelächter hinter uns.

»Das geschieht Sabine recht«, sagt Leslie und lacht, während wir mit raschen Schritten, fast laufend, zum Ausgang hasten. Da lässt uns eine Stimme hinter uns erstarren.

»Leslie, Viola, wartet einen Moment.«

Wir fahren herum. Es ist die Bergson.

»Hier will jemand mit euch sprechen.«

Credino.

~ 56 ~

Giacomo

London, 14. August 1981

»Und was hast du geantwortet?«

»Das habe ich doch schon gesagt: ›Aha‹.«

»›Aha‹? Was Besseres ist dir nicht eingefallen?«

»Das hat sie mich auch gefragt.«

»Und dann?«

»Dann hab ich sie geküsst. Und sie hat geweint. Und ich auch.«

»Und wie seid ihr verblieben?«

»Wie sollen wir verblieben sein?«

»Was weiß denn ich? Ich hab doch niemanden geschwängert.«

»Reg dich wieder ab … Ich hab ihr gesagt, dass wir uns zusammen Gedanken machen und dass ich ihr, egal was sein mag, auf alle Fälle beistehen werde.«

»Und das heißt in klaren Worten …?«

»Lass es, Fulvio. Du hast leicht reden, du sitzt nicht in der Scheiße. Aber wenn du es genau wissen willst, in klaren Worten heißt das: Ich hab keinen Schimmer, was ich jetzt tun soll.«

So hatte es begonnen, am Samstagabend, als Giacomo heimkam und seinem Freund, der schon im Pyjama, aber noch wach war, alles erzählte. In der folgenden Woche sprachen sie dann immer wieder darüber, morgens in aller Frühe ebenso wie spätabends noch, in der U-Bahn und im Büro, beim Mittagessen oder vor dem laufenden Fernseher, dem keiner von beiden Beachtung schenkte.

Und eben an einem solchen Abend, als sie wieder mal über das langweilige BBC-Programm stöhnten, sprang Fulvio plötzlich vom Sofa auf, schaltete den Apparat aus und sah Giacomo eindringlich an. »Ich denke, die einzig wichtige Frage ist die, die dir Claire gestellt hat: Was siehst du, wenn du an die Zukunft denkst?«

Giacomo machte eine resignierende Handbewegung und fragte, was er denn, bitte schön, sehen solle.

»Eben das ist das Problem, Giacomo. Das Leben hat dich zu einer Weggabelung geführt, und du musst jetzt entscheiden. Und das schreckt dich: weniger die Folgen deiner Entscheidung, sondern die Tatsache, dass du eine Entscheidung treffen musst.«

Dies wiederum leugnete Giacomo vehement, indem er darauf verwies, wie schnell er von Mailand nach London gezogen sei, um diese Stelle anzutreten.

»Es war doch eigentlich Ferretti, der deinem Vater nahegelegt hat, dich nach London ziehen zu lassen. Sei mal ganz ehrlich: Hättest du dich sonst, selbst in dem Wissen, dass Claire hier wohnt, dazu durchgerungen, den Job anzunehmen?«

»Warum denn nicht?«

»Warum nicht? Das kann ich dir sagen: Weil es dir vielleicht zu schwer gefallen wäre, es deinen Eltern zu sagen. Und ich betone, ›zu sagen‹, nicht ›zu tun‹, denn dass du es dann ohne Schwierigkeiten getan hast, liegt ja auf der Hand.«

»Ich weiß nicht …«

»Doch, Giacomo. Leider bekomme ich ja auch deine Telefonate mit deinen Eltern mit. Die hören sich für mich wie Geschäftsgespräche an. Die sind so formell. Ihr fragt euch gegenseitig ab, wie es euch geht, worauf jeder unweigerlich ›gut‹ antwortet. Und sollte mal etwas nicht gut sein, erzählt ihr von Erkältungen oder von Müdigkeit, aber nie von dem, was ihr tatsächlich fühlt, von Ängsten, Einsamkeit, Liebe oder Schmerz. Mich würde mal interessieren: Deine Mutter weiß doch von Claire, oder?«

»Ja.«

»Sie weiß, dass du im Grunde ihretwegen hier bist.«

»Und wegen des Wehrdienstes, den ich mir sparen will.«

»Klar, okay. Aber wenn Claire nicht hier wohnen würde, wärest du doch wahrscheinlich auch nicht nach London gezogen, oder?«

»Mag sein.«

»Gut. Aber wenn deine Mutter weiß, wie wichtig Claire für dich ist, wieso fragt sie dann nie nach ihr? Warum will sie sie nicht mal kennenlernen?«

»So ist sie eben.«

»Da machst du es dir zu einfach. Das Problem ist nämlich, dass Claire in dieser Beziehung genau das Gegenteil ist. Ihr kann man nichts verheimlichen, weil sie auch selbst so geschaffen ist, dass sie über alles offen redet. Wenn sie Ben trifft, scheut sie sich nicht, dir davon zu erzählen, weil sie weiß, dass sie nichts Schlimmes tut, während man von dir und Elena eben das nicht sagen kann …«

Giacomo warf ihm einen strafenden Blick zu, als hätte Fulvio soeben Hochverrat begangen.

»Okay, entschuldige, aber du weißt selbst, dass es so ist. Tatsache ist nämlich, dass du Claire liebst, dich aber auch gleichzeitig alles, was mit ihr zu tun hat, in Unruhe versetzt. Und wenn du dein Leben wie ein Band zurückspulen und zu jenem Tag im letzten Sommer in Brighton zurückkehren könntest, würdest du an dieser Fish-'n'-Chips-Bude an der Strandpromenade nicht stehen bleiben, sondern schnurstracks weitergehen.«

»Das ist nicht wahr.«

»Ja, vielleicht. Trotzdem denke ich, dass du an deinem täglichen Einerlei hängst und all die Gewohnheiten, die dir angeblich, wie du häufig gesagt hast, so zum Hals raushängen, tatsächlich untrennbar zu deinem Charakter gehören. Vielleicht ist es einfach zu schmerzhaft für dich, dich davon loszumachen: Bis jetzt hast du dich sicher gefühlt, weil andere für dich entschieden haben. Aber mittlerweile, und besonders in den letzten Tagen, bist du an einen Punkt gelangt, wo das nicht mehr möglich ist.«

»Ich weiß.«

»Gut, wenn du es weißt, dann mach endlich den Mund auf, sprich, aber nicht mit mir, ich bin dabei nicht wichtig, sondern mit Claire. Mit Claire musst du reden, sie hat es verdient, dass du ehrlich zu ihr bist, auch wenn das, was du sagst, vielleicht brutal für sie ist. Nur dieses Zögern läuft jetzt nicht mehr. Du hast eine seltsame Art, mit den Menschen umzugehen, an denen dir etwas liegt. Vielleicht glaubst du, sie zu beschützen, indem du verschweigst, was du tatsächlich denkst, aber damit treibst du sie nur von dir fort. Weißt du, in welcher Situation ich dich tatsächlich als einen echten Freund empfunden habe?«

»In welcher?«

»Als du mir von dem Mist erzählt hast, den du mit Elena in Sydney gebaut hast, als du dich entblößt und dich in deiner

Schwäche gezeigt hast. Claire verlangt genau das von dir, sie will wissen, was der Mann denkt, von dem sie ein Kind erwartet. Wenn du einen Sohn hättest – und damit meine ich jetzt nicht dieses Kind, sondern ganz abstrakt einen Sohn –, wie würdest du ihn dir wünschen?«

»Was weiß ich, wie soll ich …?«

»Du sollst jetzt nicht sagen: Ich hoffe, er ist blond, groß, intelligent oder dergleichen. Stell dir vor, dein Sohn geht mit zwanzig nach London und erlebt das, was du gerade erlebst. Das Telefon läutet, er ist dran, und du fragst ihn, wie es ihm geht. Willst du, dass er dir dann ›Gut, Papa, und dir?‹ antwortet?«

»Nein, ich würde mir wünschen, dass er ›Ich stecke in der Scheiße, hilf mir, Papa‹ sagt.«

»Und genau das wünscht sich Claire. Dass du offen bist. Sprich mit ihr, Giacomo. Aber lass dein Herz sprechen, und nicht deinen verdammten Schädel.«

Giacomo lächelte, zum ersten Mal seit vielen Tagen. Er hatte das Gefühl, das sein Freund ihm die Augen für das Wesentliche geöffnet habe, sodass er sich endlich zu einer klaren Position durchringen konnte. Ja, er hatte sich entschieden. Freitagabend fuhren sie dann alle zusammen zur Geburtstagsparty eines Kollegen nach Hampstead. Vor der Haustür bat er Fulvio, schon mal vorzugehen und nahm Claire zur Seite. Als er sie umarmte, spürte er ihren steifen Körper unter seinen Händen, aber er neigte sich vor und flüsterte ihr ins Ohr: »Wie wollen wir es nennen?«

Da löste sich etwas in ihr, sie schlang ihre Arme um ihn, und indem sie ihn fest an sich drückte, hauchte sie zur Antwort: »Ich weiß nicht, das überlegen wir noch, mein Schatz. Wir haben Zeit.«

Sie traten ein, und Giacomo stellte Claire den Leuten vor, die sie noch nicht kannten. Er mochte das, so sehr wie kaum etwas sonst, sie vorzustellen und zu sagen »Das ist meine Freundin«. Da fühlte er sich gut.

Sie trennten sich. Claire plauderte – und lachte, wie Giacomo es schon zu lange nicht mehr von ihr gehört hatte – mit einem Grüppchen junger Leute, mit denen sie, wie sich schnell herausgestellt, gemeinsame Freunde hatte. Giacomo schenkte sich ein Bier ein und trat, mit einem zweiten Glas in der Hand, auf Fulvio zu.

»Und?«

»Ich hab mit ihr gesprochen.«

»Und?«

»Ich hab sie gefragt, wie wir das Kind nennen wollen ...«

»Großartig, Zecchini, du hast es geschafft! Du hast deine Entscheidung getroffen und sie gleich mitgeteilt. Und wie fühlst du dich jetzt?«

»Beschissen.«

»Das verstehe ich. Das wird nicht einfach für euch. Aber du kannst stolz auf dich sein.«

Kaum wieder allein, spürte Giacomo, wie aus seinem tiefsten Innern eine entsetzliche Beklemmung aufstieg. Was hatte er da getan? Wollte er das wirklich? Er beobachtete, wie Fulvio auf Claire zu trat, und hörte sie wieder lachen.

Da blitzte das grelle Licht einer Kamera auf. Es war Vaughn, der fotografierte. Fulvio drehte sich zu dem Waliser um. »Die Fotos von diesem Abend bekomme ich aber auch, ja?«

~ 57 ~

Viola

Schweiz, 18. Februar 2011

»Dein Bruder möchte mit dir sprechen. Den ganzen Morgen wartet er schon auf dich. Er hat dir etwas Wichtiges zu sagen und mich gebeten, dabei zu sein. Jetzt sprich, Tancredi.«

Bastard.

»Weißt du, Viola, wir beide haben uns ja eigentlich nie besonders gut verstanden.«

Das muss er mir nicht sagen.

»Aber ich habe gedacht, wenn wir zusammen dieses Internat hier besuchen, würde sich unser Verhältnis vielleicht verbessern. Ich hab mir vorgestellt, dass wir so etwas wie Bruder und Schwester werden könnten, auch wenn wir das eigentlich gar nicht sind. Und eigentlich sind wir uns ja auch ein wenig näher gekommen, oder? Deswegen hab ich mich auch so auf die gemeinsamen Skiferien gefreut.«

Na bitte. Ich hab's gewusst.

»Aber dann hab ich erfahren, dass du die Woche mit Leslie verbringen wirst, und hab gar nicht verstanden, warum dir deine Mutter das doch noch erlaubt, wo sie sonst so streng ist. Und ich hab mir gesagt: ›So was, ausgerechnet jetzt lässt Viola mich mit meinem Vater und ihrer Mutter eine Woche allein, und das auch noch mit diesem Zeugnis, mit dem sie mich die ganze Zeit nerven werden.‹«

Er dreht sich zur Bergson um, die nickt.

»Deshalb wollte ich dir sagen, dass es mir leidtut.«

Ich verstehe nicht, was er damit meint. Ich hole meinen Block hervor und schreibe: *Was?*

»Ich weiß, ich hab dich oft in den Wahnsinn getrieben, obwohl es dir doch so schlecht gegangen ist wegen deinem Vater. Das ist mir jetzt klar geworden, und deshalb hoffe ich einfach, dass dir diese Tage mit Leslie etwas bringen. Und dann wollte ich dir noch das hier geben.«

Er reicht mir einen Brief, während vom Theatersaal donnernder Applaus zu uns dringt, der die letzten Klänge des Konzerts übertönt. Mit flehender Miene schaut Leslie zur Bergson.

»In Ordnung, Mädchen, geht nur. Und denk dran, Leslie, pass immer gut auf Viola auf. Das Auto deiner Mutter wartet schon draußen. Ich hab sie ja gestern schon begrüßt. Ach übrigens, Viola, mit deiner Mutter habe ich auch gestern gesprochen.«

Nein!

»Nachdem ich diese Mail erhalten habe, von der ihr, wie ich glaube, auch etwas wisst, habe ich in der Kanzlei ihres Mannes angerufen und mich mit ihr verbinden lassen … Es war nicht ganz leicht, sie davon zu überzeugen, dass diese Woche mit Leslie für dich sehr wertvoll sein könnte, weil du dich in einer entscheidenden Phase deiner Therapie befindest und wir jederzeit den Durchbruch erwarten. Sie war anfangs gar nicht einverstanden, weil sie ja Leslies Familie überhaupt nicht kennt. Doch schließlich hat sie dann doch nachgegeben, sodass ihr beiden jetzt ganz beruhigt fahren könnt. Und noch eins: Rechnet damit, dass nach eurer Rückkehr alle Pass- und Kennwörter geändert sein werden.

»Danke, Madame.

Danke.

Leslie umarmt meinen Bruder. »Ciao, Tancredi.«

»Ciao, Leslie«, antwortet er, »und ciao, Stummmme.«

Und dabei lacht er, und dieses Mal muss ich auch lachen. Wir treten ins Tageslicht und sehen vor einem riesigen schwarzen Geländewagen einen mindestens hundert Kilo schweren Muskeltyp stehen, der uns den Schlag öffnet.

»Hi, Leslie, good to see you.«

»Hello, Steve, thank you, good to see you too.«

Als ich im Wagen sitze, öffne ich sofort Credinos Brief.

Liebe Viola,
ich habe verstanden, dass diese Fahrt wichtig für dich ist, und hatte keine Lust, dich reinzulegen. Versprich mir aber, dass du redest, wenn du zurückkommst, denn ich habs jetzt wirklich satt, mit einer Stummen im Haus zu leben: Ich will eine Schwester – oder so was Ähnliches wenigstens-, die spricht. Und noch was Wichtiges: Erinnere Leslie daran, dass sie ihr Versprechen halten soll!
Ciao
Tan

Ich deute für Leslie auf die Stelle: Was für ein Versprechen?

»Ich hab ihm versprochen, dass ich ihm die neueste Version von UFC *Undisputed* und *Call of Duty* für den PS_3 mitbringe. Du hast doch wohl nicht gedacht, dass er was umsonst für uns macht?«

Steve lässt den Wagen an und rollt zum Ostflügel des Gebäudes, wo die Küchen liegen, hinüber. Bei laufendem Motor steigt er aus und öffnet die Tür auf der Beifahrerseite.

Eine zierliche Frau mit kurzem Haar, eingepackt in eine drei Nummern zu große Daunenjacke, steigt ein. Ihr Blick hatte etwas Selbstbewusstes, Unbeirrbares, was vielleicht auch an den dornig spitzen Lidstrichen lag, die ihre farblosen, aber klaren Augen umgaben.

»Hallo Mädchen.«

»Ciao Mama.«

Ich reiße den Mund vor Staunen auf: Diese Frau habe ich vor wenigen Augenblicken noch auf der Bühne gesehen: Es ist Ginger Lola.

~ 58 ~

Giacomo

London, 9. September 1981

»Was ist denn los mit dir?«

»Tut mir leid, wahrscheinlich bin ich zu angespannt. Aber die Situation ist ja auch nicht so ganz einfach. Hinzu kommt, dass du es noch nicht mal deinen Eltern gesagt hast, und ich meinen auch nicht.«

Giacomo zog sich den Slip wieder an und zwang sich zu einem Lächeln, doch was sich auf seinem Gesicht abzeichnete, war eher eine Grimasse. Zum letzten Mal mit Claire geschlafen hatte er vor der Australienreise. Und jetzt klappte es nicht. Sie lagen auf dem Sofa des Apartments in der Lexham Gardens. Fulvio war mit Vaughn und einigen weiteren Kollegen einen trinken gegangen, vielleicht schon mit der Absicht, ihnen das Zimmer zu überlassen. Claires Bluse war weit aufgeknöpft über ihren mittlerweile schon üppigen Brüsten.

Giacomo stand auf und ging ein Bier holen, das er auf zwei Gläser verteilte.

»Du nennst es Anspannung, aber vielleicht ist es sogar Angst. Aber glaub nicht, dass es mir besser geht. Ich weiß nicht, wie mein Vater es aufnehmen wird. Jubeln wird er jedenfalls ganz sicher nicht. Und wenn ich mir vorstelle, bald ein Kind zu haben, kriege ich, gelinde gesagt, auch einen Schreck. Aber das ist es nicht, was mir die größte Angst macht.«

»Sondern?«

»Du.«

In mancher Situation wäre es besser, einfach nur: »Ja, ich weiß« zu antworten, aber dann behält der Stolz – oder die Dummheit – doch die Oberhand. »Wieso das denn?«

»Weil ich manchmal den Eindruck habe, dich gar nicht mehr zu kennen. Irgendetwas verheimlichst du mir.«

»Ach, immer wieder die gleiche Geschichte. Ich hab genug davon, Claire, ich kann's nicht mehr hören, du bist paranoid!«

Er merkte, dass er die Stimme erhoben hatte, und sah in Claires Augen, wenn auch nur für einen kurzen Augenblick, dass sie erschrak. Ebenso wie er selbst, als ihm klar wurde, was er da gerade getan hatte: Nun beobachtete er, wie in gelben Streifen sein Bier die Wand hinunterlief, nachdem er sein Glas mit voller Wucht dagegengeschleudert hatte. Wo kam diese Wut her?

»Tut mir leid, Claire.«

»...«

»Ich hab gesagt, es tut mir leid.«

»Sag das lieber deinem Vermieter, nicht mir.«

»Ach, der soll sich nicht so anstellen. Der hat uns in den letzten Monaten so oft beklaut, dass er ruhig mal einen Anstreicher beschäftigen kann. Stell dir mal vor, einmal sind Fulvio und ich nach Hause gekommen, wir öffnen den Kühlschrank, und was sehen wir ...«

»Giacomo?«

»Ja?«

»Versuch nicht abzulenken.«

»...«

»Du bist sonderbar. Schaust mich an und sagst kein Wort. Hast du mir nichts Interessantes zu erzählen?«

»Nein. Ich bin wohl ein Mann ohne Eigenschaften. Da kann man nichts machen.«

»Du mit deinen Scheiß-Zitaten.«

»Schade, auch das ist wieder nicht recht.«

»Ach du Ärmster, du hast es ja so schwer mit mir.«

»Was willst du eigentlich, Claire?«

»Was soll ich wollen? Nur die Wahrheit.«

»Aber worüber?«

»Über dich. Über uns. Wir erwarten ein Kind. Da wäre es vielleicht ratsam, sich einzugestehen, dass hier irgendwas schiefläuft. Das Ganze ist kein Spiel.«

Das Telefon klingelte. Für Giacomo war dieser Klang wie der Gong zum Rundenende für einen Boxer, der gerade von seinem Gegner ordentlich in die Mangel genommen wurde. Geradezu dankbar nahm er den Hörer ab.

»Hallo?«

»Ciao, mein Junge.«

»Ciao Mama.«

Am liebsten wäre er verschwunden, im Erdboden versunken, damit Claire dieses Gespräch nicht mithörte. Wäre es möglich gewesen, hätte er den Kopf in den Hörer gesteckt. So aber stand er da und starrte auf das Bier, das an der Wand zu glitzernden Streifen trocknen würde. Später, wenn er allein war, würde er mit einem nassen Lappen drübergehen. Er fragte sich, warum sein Gehirn in einem solchen Moment so nichtige Gedanken hervorbrachte.

»Giacomo? Hörst du mich?«

»Ja, ja, ich hör dich.«

»Du hast dich länger nicht gemeldet. Ist alles in Ordnung?«

»Ja, alles in Ordnung.«

»Gibt's was Neues?«

»Nein, eigentlich nicht.«

Er spürte Claires Blick in seinem Rücken und musste sich zwingen, sich nicht umzudrehen.

»Und im Büro?«

»Da ist auch alles in Ordnung.«

»Und was macht dein Freund Fulvio? Geht's ihm gut?«

»Ja, dem geht's gut, Mama.«

»Und deiner Freundin, Claire?«

»Der auch.«

»Ach Giacomo ...«

»Ja?«

»Pass nur gut auf ...«

»Worauf denn?«

»Auf dich.«

»Ja, keine Sorge, Mama.«

»Ciao dann.«

»Ciao.«

»Melde dich mal.«

»Ja, mach ich. Grüß Papa von mir.«

»Ja, ich soll dich auch grüßen.«

»Ciao.«

»Ciao.«

Er hängte ein und verharrte noch einen Moment lang mit der Hand auf dem Hörer.

»Ich weiß gar nicht, wie oft du deiner Mutter gerade ›Es ist alles in Ordnung‹ gesagt hast. Erklär mir doch mal: Was ist denn in Ordnung?«

»Was soll ich ihr denn sagen?«

»Vielleicht nicht die ganze Wahrheit, aber Andeutungen, dass du Probleme hast.«

»Wozu? Damit sie sich sorgt?«

»Komisch, um alle machst du dir Gedanken, nur nicht um mich.«

»Das stimmt nicht.«

»Was stimmt denn überhaupt noch zwischen uns?«

Giacomo gingen die Szenen der zurückliegenden Wochen durch den Kopf. Und er verabscheute sich, während das Bild der nackt unter ihm liegenden Elena vor seinem geistigen Auge auftauchte. Was für ein Vater würde er sein? Was für ein Mann war er? Einer, der bei erstbester Gelegenheit andere Frauen vögelte? Seit Claire ihm gesagt hatte, dass sie schwanger war, hatte er noch keine Klarheit darüber gewonnen, was er selbst tatsächlich wollte … Aber wie hätte er ihr in die Augen sehen und erklären können, dass er im Grunde noch gar nicht wusste, ob er dieses Kind tatsächlich haben wollte oder nicht. Er hatte sich selbst dabei ertappt, dass er hoffte, sie würde das Kind verlieren, sodass ihnen die Entscheidung abgenommen wäre. Die typische Giacomo-Zecchini-Lösung. Was war er nur für ein Mensch geworden? Oder war er immer schon so gewesen? Claire hatte ihn gefragt, was zwischen ihnen beiden noch stimmte. Und er antwortete ihr mit matter Stimme, dass er es nicht wisse, was sie wiederum in Rage brachte, zumal er auch auf weiteres Nachbohren nichts Bestimmteres zu antworten wusste. Als er sich aufs Seufzen verlegte, sagte Claire mit kühler Stimme: »Mir reicht's, Giacomo. Ich hab die Nase voll. Ich will nur noch, dass du mir eine ganz einfach Frage beantwortest, ein Frage, die keine großen Überlegungen verlangt. Antworte mir einfach mit Ja oder Nein. Willst du dieses Kind?«

Giacomo schaute sie fest an, und er spürte, wie seine Lippen sich öffneten und ihm ein tiefer Seufzer entwich. Aber er antwortete nicht.

Er sah ihr zu, während sie aufstand, in ihre Schuhe schlüpfte, die sie vor dem Sofa achtlos abgestreift hatte, die oberen Knöpfe ihrer Bluse schloss, sich ihren Baumwollpullover über die Schultern warf und auf die Tür zu trat.

Er machte einen Schritt auf sie zu, hob eine Hand, um sie zu berühren, zog sie aber wieder zurück, während sie die ihre auf die Türklinke legte.

»Warte! Geh nicht!«

»Ja oder nein?«

»Claire, ich ... ich ...«

Die Tür schloss sich hinter ihr, und gleich darauf hörte er, wie die Haustür aufsprang. Ihm war, als bliebe Claire vor der Glasfassade des Erkers stehen, doch als er herumfuhr, war nichts von ihr zu erkennen.

Er ging zum Spülbecken, drehte den Wasserhahn auf, tränkte einen Lappen unter dem Strahl und fing an, die Bierflecken von der Wand zu schrubben. Er wunderte sich selbst über die automatenhafte Ausdauer und Gleichförmigkeit, mit der er den Lappen rauf und runter fuhr, bis der erste Flecken sich aufgelöst hatte.

~ 59 ~

Viola

Genf, 18. Februar 2011

»Ach Leslie, das war doch das Mädchen, dem du einen Denkzettel verpassen wolltest, oder?«

»Ja, das war Sabine.«

O Gott, das war alles abgesprochen.

»Allerdings habe ich dazu deine Direktorin einweihen müssen. Das heißt, ein Geheimnis mehr, das wir mit ihr teilen. Aber man muss ihr wirklich zugutehalten, dass sie es ganz gelassen genommen hat. Ja sie hat mir sogar ein Foto von Sabine gezeigt, damit ich nicht die Falsche erwische ...«

»Alle Achtung, die Bergson. Die Frau überrascht mich immer wieder.«

»Nun, Viola, Leslie hat mir schon viel von dir erzählt ...«

Ich sitze mit Ginger Lola im Auto.

»Okay, Viola, jetzt mach den Mund wieder zu. Das ist meine Mutter. Jetzt weißt du's, also sieh zu, dass du dich von dem Schock erholst, damit man wieder was mit dir anfangen kann.«

»Nimm's ihr nicht übel, Viola. Leslie ist da ein bisschen seltsam. Sie verrät niemandem, wer ihre Mutter ist. Auf dem Internat bist du jetzt mit der Direktorin die Einzige, die davon weiß. Es ist ihre Entscheidung, und die respektiere ich, auch wenn ich dich, Leslie, da manchmal ...«

»Mama, bitte, fang nicht wieder damit an.«

»… nicht verstehe. Denn auf diese Weise geraten doch nur Klatschgeschichten über mich in Umlauf. So wie das neueste Gerücht eben, das diese Sabine aufgebracht hat. Wie war das noch. Welchen Beruf soll ich demnach ausüben?«

»Pornostar.«

»Tja. Das ist doch nicht schön für mich, Leslie …«

»Mama …«

»Wirklich Leslie. Was willst du damit erreichen? Erklär mir das bitte mal.«

»Ich hab's dir schon tausend Mal gesagt: Ich will, dass die anderen mich akzeptieren, weil ich so bin, wie ich bin, und nicht als Tochter von Ginger Lola.«

»Da hast du wirklich einen Spleen. Und dadurch kommt es so weit, dass ich dich nicht, wie andere sogenannte normale Eltern, einfach von der Schule abholen kann, sondern dazu nach einem Auftritt durch den Dienstboteneingang fliehen muss, um nicht mit dir gesehen zu werden. Hältst du das für normal?«

»Gut, das mag komisch sein. Aber ich möchte es so.«

»Und was ich möchte, ist dir ganz egal? Ich möchte doch auch gern mal eine Aufführung mit dir sehen, möchte deine Freundinnen treffen und zu ihnen sagen: Hallo, ich bin Lidia, Leslies Mutter.«

»Das kannst du ja jetzt bei Viola machen. Sie ist ohnehin die einzige echte Freundin, die ich auf dieser Schule habe.«

»Gut, einverstanden. Dann fangen wir eben noch mal von vorne an. Freut mich, dich kennenzulernen, Viola. Ich bin Lidia, Leslies Mutter.«

Ihre Hand ist klein, ihre Nägel sind orangefarben lackiert.

Ich drücke sie fest und sehe ihr erst jetzt zum ersten Mal in die Augen und finde die von Leslie wieder.

»Leslie hat mir erklärt, dass wir heute Abend, bevor wir nach Hause fahren, noch einen Abstecher nach Arundel machen müssen, zu einer Buchhandlung, um etwas zu erledigen.«

»Darum musst du dich gar nicht kümmern, Mama. Warte einfach im Wagen auf uns.«

»Schon gut, schon gut, ich mische mich gar nicht ein. Also, jetzt fahren wir erst mal zum Genfer Flughafen: Bist du schon mal mit einem kleinen Jet geflogen, Viola? Nein? Es wird dir bestimmt gefallen, ein Privatflugzeug, wir sind die einzigen Passagiere an Bord. Ich denke, gegen sechs werden wir spätestens bei eurer Buchhandlung sein, und danach geht's weiter nach West Sussex, das fast in der Nähe liegt. Was sagst du dazu, Viola?«

Ich hab Angst. Und Leslie merkt das sofort.

»Mach nicht so ein Gesicht, Viola. Der Flug ist völlig harmlos. Wir sind schon gleich da.«

Tatsächlich fährt Steve nach ein paar Minuten in eine Parkbucht ein, schaltet den Motor aus, lässt sich unsere Pässe geben, steigt aus und hält schnurstracks auf das Gebäude zu. Und während wir ihm schnellen Schritts folgen, spüre ich die neugierigen Blicke derer, die Ginger Lola erkannt haben. Aber nicht lange, dann sind wir schon in einem reservierten Bereich.

Nach den Formalitäten treten wir wieder ins Freie und sehen unser Gepäck aufgereiht vor einem schwarzen Transporter stehen. Ein Herr in blauer Uniform bittet uns zu prüfen, dass auch nichts fehlt, lädt dann alles hinten ein, während wir schon im Wagen Platz nehmen. Nur wenige Minuten vergehen, dann halten wir schon wieder, und zwar neben unserem Flieger, einem kleinen schmalen Jet, zu dem eine kurze Leiter hinaufführt. Während das Gepäck wieder ausgeladen wird, wendet sich Leslies Mutter an mich: »Willst du noch etwas aus deinem Koffer ins Handgepäck nehmen, bevor es losgeht?«, fragt sie.

Nein. Ach doch, die Notizbücher und das alte Buch von Papa. Ich drücke sie an mich, während ich hinter Leslie die wenigen Stufen hinaufsteige.

»Willkommen an Bord dieser Cessna Citation CJ2 auf dem Flug von Genf zum Airport Biggin Hill, London. Mein Name ist Carlo Canzano, und ich bin der Flugkapitän. Wie ich gehört habe, darf ich heute auch eine junge Italienerin an Bord begrüßen, und das tue ich besonders gerne in unserer Muttersprache. Der Flug dauert eine Stunde und fünf Minuten, die Landung ist für 16.55 Uhr Greenwich-Zeit vorgesehen. Die Wetteraussichten sind gut, also genießen Sie den Flug.«

Wir sitzen in einer Art kleinem Wohnzimmer, Leslie und ich nebeneinander in riesengroßen Sesseln. Steve hinter uns schnarcht bereits. Vor uns, durch einen Tisch getrennt, Ginger Lola, die irgendwelche Papiere durchgeht und dabei Musik aus dem iPod hört. Ich mache mich lang, um zu sehen, was sie da hört, und sie bemerkt es.

»Das ist Johnny Cash. Kennst du ihn? Bestimmt, oder? Er war ein ganz Großer der Countrymusik.«

»Wundere dich nicht, Viola. Meine Mutter liebt schreckliche Musik. Sie macht sie, und sie hört sie.«

»He, was erlaubst du dir?! Über meine Songs darfst du herziehen, aber die von Johnny sind unsterblich.«

Beide lachen, und Lola beugt sich vor und wuschelt Leslie

durch die Haare. Die nimmt den Kopf ein wenig zurück, aber ich merke trotzdem, dass sie das mag, und während sie jetzt auch noch die Hand ihrer Mutter heruntemimmt, hält sie diese, wie ich zu erkennen glaube, einen Moment länger fest, als es nötig ist.

Und dann unterhalten sie sich angeregt miteinander. Lola fragt ihre Tochter genauer, wie es in der Schule laufe, und nach einem kurzen Zögern, lässt sich Leslie darauf ein, erzählt ihr vom Unterricht, ihren Noten, unserem Ausflug im Schnee, von mir und meinem Bruder.

Mir wird bewusst, wie ich sie beobachte und belausche, und die beiden drehen sich jetzt auch noch zu mir um, ich errötete, aber Ginger Lola – oder auch Lidia, wie man will – beugt sich vor und streichelt mir über die Wange.

Schließlich nehme ich mal wieder das alte Buch von Papa zur Hand. Auf den hinteren Seiten stoße ich auf einen Notizzettel, von Papa geschrieben. Es ist seine Handschrift, und er schreibt, dass das Buch zum größten Teil gar nicht von John Cam Hobhouse, wie auf der Titelseite steht, verfasst worden sei, sondern von dem großen italienischen Dichter Ugo Foscolo, der seinerzeit in England gelebt habe und vor allem wegen seines *Jacopo Ortis*-Romans berühmt gewesen sei. Foscolo und Hobhouse waren sich 1816 in der Schweiz begegnet. Er hat diesen Essay zur italienischen Literatur seinerzeit geschrieben, und in seiner Notiz bemerkt Papa, dass man dem rothaarigen Foscolo seine harten Urteile über die Schriftstellerkollegen daheim in Italien ziemlich übel genommen habe. Lord Byron nannte Foscolo einen Scharlatan, bis er erfuhr, dass Foscolo ein Werk von ihm lobte.

Gedankenverloren blättere ich wieder zurück und komme zum Clou des Buches, einer Art Geheimnis, das in seinem

Herzen verborgen ist. Ungefähr in der Mitte stößt man auf eine weiße, nicht bedruckte Seite, die mit einer zierlichen Handschrift beschrieben ist. Die Zeilen sind Foscolo gewidmet, und da heißt es, voller Respekt, dass der Dichter ein Genie sei und bedauerlicherweise in London über seine Verhältnisse gelebt habe und dort schließlich völlig verarmt gestorben sei. Unterzeichnet sind die Zeilen mit ICH, John Cam Hobhouse, unter dessen Namen Foscolo den Essay geschrieben hat.

In dieses alte Buch habe ich den Brief hineingesteckt, den mein Vater kurz vor seinem Tod an Claire geschrieben hat, sowie das Foto, das vorne in dem Notizbuch eingeklebt war, jenes, das ihn, lachend auf der Bank sitzend, zeigt, während Claire nur von hinten zu sehen ist, wie sie zu ihm läuft und der Zopf hin und her fliegt.

Was sollte sie dir verzeihen, Papa? Und warum bittest du nicht mich um Entschuldigung, weil du so plötzlich gegangen bist und mich allein zurückgelassen hast? Was hast du dieser Claire angetan, dass du in den letzten Tagen vor deinem Tod mehr an sie als an mich gedacht hast? Und warum hast du mich in diesem Traum letzte Nacht so angeschrien?

Ich weiß nicht, ob es richtig ist, Claire zu treffen. Soll ich lieber nicht hinfahren, Papa? Oder soll ich ihr deinen Brief geben? Ich weiß nicht mehr, was ich tun soll, Papa, ich weiß es nicht.

60

Giacomo

London, 20. September 1981

Es war Fulvio, der ihm am Samstagabend die Nachricht überbrachte.

»Claire hat beschlossen, das Kind abzutreiben: Ich hab's von Stuart und Debbie gehört.«

Zur Antwort hatte Giacomo nur die Handflächen nach oben gekehrt.

»Was soll diese Geste bedeuten? Heißt das: ›Gut, wenn sie das so beschlossen hat …‹? Oder: ›Tja, das ist eine üble Geschichte.‹ Oder vielleicht auch: ›Wenn das so ist, was soll ich da noch tun?‹ Rede, Giacomo, um Himmels willen, rede!«

»Ich weiß nicht, was ich sagen soll.«

»Das kann nicht sein. Jeder normale Mensch zeigt angesichts einer solchen Wendung irgendeine Reaktion: weint, schlägt mit der Faust auf den Tisch oder – warum nicht? – jubelt. Aber sich einfach nicht rühren? Nein.

»Mir geht's nicht gut.«

»Meinst du, Claire geht es besser?«

»Nein, das meine ich nicht. Aber sieh mal, ich …«

»Ich, ich, ich. Du bist so gut darin, ›Ich‹ zu sagen.«

»Jetzt meckerst du auch wieder an mir herum.«

»Und ob ich das tue. Du bist mein Freund. Soll ich etwa den Mund halten und so tun, als wenn nichts wäre?«

»Ich brauche aber jemanden, der auf meiner Seite steht.«

»Gleich sagst du noch: Ich will meine Mama.«

»Richtig.«

»Wie bitte?«

»Ich will nach Hause.«

»Was heißt das, nach Hause? Und was ist mit Claire?«

»Meinem Vater geht es nicht gut.«

»Unsinn! Du willst abhauen, sonst nichts.«

»Nein, gar nicht. Ich werde mich nur ein paar Tage in Mailand aufhalten. Ich brauche einen klaren Kopf, um herauszufinden, was ich wirklich will. Hier verliere ich noch den Verstand.«

»Du weißt sehr genau, was du willst. Du hast nur Angst, es ihr zu sagen. Du bist ein Feigling.«

Giacomo war aufgesprungen, die Fäuste geballt, die Arme auf halber Höhe links und rechts des Körpers. Fulvio blieb auf dem Sofa sitzen und rührte sich nicht.

»Was hast du vor? Willst du mich zusammenschlagen? Warum machst du es nicht? Damit würdest du wenigstens zeigen, dass du lebst, dass sich noch irgendein verdammtes Gefühl in dir regt.«

Giacomo ließ sich aufs Sofa zurücksinken und saß dann da, die Ellbogen auf den Oberschenkeln und den Kopf in den Händen, presste die Handgelenke gegen die Schläfen und spürte sein Blut pulsieren.

»Ich kann es nicht, Fulvio. Ich kann es nicht ...«

»Wann willst du Claire denn sagen, dass du zurückfliegst?«

»Es wäre doch nur für ein paar Tage, und dann ...«

»Okay. Und wann sagst du es ihr?«

»...«

»Seit wann redet ihr schon nicht mehr miteinander?«

»Zehn Tage.«

»Aha. Und jetzt willst du einfach verschwinden, ohne ihr auch nur Bescheid zu sagen.«

Giacomo hob den Blick und schaute den Freund verstört an, öffnete ein wenig den Mund, aber sagte kein Wort. So war es Fulvio, der fortfuhr.

»Okay, ich sag's dir jetzt, obwohl mich Debbie gebeten hat, den Mund zu halten, denn Claire will nicht, dass du denkst, es sei ein Trick, damit du wieder auf sie zugehst. Aber das ist mir jetzt egal. Ich denke, du solltest es wissen: Montagmorgen hat Claire einen Termin im *St. Mary's Hospital*. Sie soll um neun da sein, zu einer Vorbesprechung mit dem Arzt wegen des Eingriffs.«

»Danke.«

»Wofür?«

»Dass du es mir gesagt hast.«

»Ach, leck mich ...«

Fulvio stand auf, machte sein Bett zurecht, zog sich aus und kroch hinein. Lange noch hörte Giacomo, wie er sich bewegte, sich von einer Seite zur anderen wälzte, sich das Kissen unter dem Kopf zurechtrückte. Er selbst saß da und rührte sich nicht. Er wünschte sich, etwas zu spüren, Ängste, Gedanken, Zweifel, von denen ihm der Schädel platzte. Aber da war nichts, nur eine große Leere im Kopf. So ballte er die Fäuste, kniff die Augen fest zusammen und hielt den Atem an, als wollte er sich, wenn schon kein echtes Gefühl, so doch die Andeutung irgendeiner Emotion abpressen, die aber unerreichbar in seinem tiefsten Innern erstarrt war. Erst als er sicher war, dass Fulvio schlief, legte er sich auch nieder. Aber er fand keine Ruhe, nickte nur einige Male kurz ein, um bald schon wieder mit diesem tauben Gefühl zu erwachen.

Es war kaum hell, als er am Sonntagmorgen aufstand. So leise wie möglich, um nicht wieder eine Diskussion mit Fulvio riskieren zu müssen, zog er sich an, zuletzt den grauen Pullover, den Claire ihm zu Weihnachten geschenkt und den er schon lange nicht mehr getragen hatte, und darüber die Jacke. Er verließ das Haus und schlug den Weg Richtung Holland Park ein. Er durchquerte die Kensington Gardens, betrat den Hyde Park und erreichte die Bank, wo sie vor ewigen Zeiten, wie es ihm jetzt schien, dieses Foto gemacht hatten. Mit den Fingerkuppen fuhr er über die Inschriften im Holz. Eine weitere war hinzugekommen, in japanischen Schriftzeichen, wie ihm schien.

Er legte sich lang und spürte die Latten der Sitzfläche in seinem Rücken. Das Sonnenlicht sickerte durch das Laub der Eiche, und mit einem Arm schirmte er die Augen dagegen ab. Und schloss sie.

Er öffnete sie erst wieder, als er merkte, dass ihn jemand an der Schulter berührte, und sah zwei Polizisten in signalgelben Westen. »Ist Ihnen nicht gut?«

»Doch, doch, mir geht's sehr gut. Ich muss eingeschlafen sein.«

Es war fast dunkel. Er musste viele Stunden hier draußen geschlafen haben. Er richtete sich auf, und ein schmerzhafter Stich fuhr ihm in den Nacken, der nach dem langen Liegen in dieser unbequemen Position steif geworden war. Und ebenso seine Beine, sodass er, als er jetzt aufstand, fast das Gleichgewicht verlor. Einer der Polizisten neigte sich vor, um ihn zu stützen und ihn abermals nach seinem Wohlergehen zu fragen.

»Ja, ja, mir geht's gut. Danke. Ich bin nur ein wenig schwach.«

Obwohl er den ganzen Tag nichts gegessen hatte, verspürte er keinen Hunger. Hart, klein und verschrumpelt wie eine Nuss, so kam ihm sein Magen in diesem Moment vor.

Er bedankte sich noch einmal bei den Polizisten, und während er sich entfernte, spürte er noch lange ihre misstrauischen Blicke im Rücken. Er vermied es, sich noch einmal umzudrehen. Durch eins der Tore, die sich zum Viertel Bayswater hin öffneten, verließ er den Park und blieb bei einer Telefonzelle stehen.

»Hallo?«

»Claire …«

»…«

»Claire, bitte sag was.«

»Was willst du?«

»Ich hab jetzt die Antwort.«

»Deine Antwort hast du mir schon gegeben.«

Eine Stimme im Hintergrund fragte, wer dran sei.

»Es ist für mich, Papa.«

Giacamo durchlief ein Schauer, den er liebend gern nicht der Angst, sondern purer Erschöpfung zugeschrieben hätte.

»Hast du es deinen Eltern gesagt?«

»Deswegen musst du dir keine Gedanken mehr machen.«

»Doch, ich denke schon, nach allem …«

»Was soll das heißen: nach allem? Du hast wirklich Mut, Giacomo. Nach zehn Tagen völliger Funkstille rufst du hier an und stellst mir solche Fragen. Wer bist du eigentlich, Giacomo? Hab ich dich je richtig kennengelernt?«

»Ja, du kennst mich. Du kannst in mich hineinblicken, besser als irgendjemand sonst. Und du siehst Abstoßendes und jede Menge Mist, aber auch, was gut ist in mir. Glaube ich. Oder nicht?«

»Ich weiß nicht, was ich noch in dir sehe. Ich weiß nur, dass ich dies alles nicht für uns gewollt habe.«

»Ich auch nicht.«

»Das ist es wieder … Du besitzt eine besondere Begabung, immer die richtigen Worte und den richtigen Zeitpunkt zu verpassen. Weißt du das, Giacomo?«

»Was hab ich denn jetzt wieder gesagt?«

»Ist egal. Ich denke, es ist alles gesagt, Giacomo. Ich leg jetzt auf. Ich bin müde. Und morgen … Und morgen erwartet mich ein schwerer Tag.«

Da war sie, die Gelegenheit. Unbewusst hatte Claire sie ihm eröffnet. Es hätte jetzt gereicht, »Ich weiß« zu sagen. Doch etwas anderes kam ihm über die Lippen.

»Okay.«

»Okay … klar, okay …«

»…«

»Ciao, Giacomo.«

»Ciao, Claire … Aber …«

»Aber?«

»Ach nichts. Es ist nicht so wichtig.«

»Ja, genau … So erkenne ich dich auch wieder. Noch schnell eine Andeutung im Ausklang … Apropos Andeutung. Ich habe neulich mit Onkel Alan über dich gesprochen, er mag dich eigentlich sehr. Immer noch. Aber er ist schon einigermaßen erstaunt, dass du das Geheimnis um das Buch von Hobhouse nicht gelüftet hast. Es war dir zu wenig kurzweilig, es einfach mal ganz durchzulesen oder auch nur mit Bedacht durchzublättern, stattdessen nimmst du mit großem Aufwand Umwege, die aber vom Ziel wegführen. Ciao, Giacomo. Mach's gut.«

Sie legte auf.

Eine ganze Weile stand Giacomo wie betäubt in der Telefonzelle und starrte an die Wand, las die erotischen Angebote auf den Zetteln, die dort klebten. Der Gedanke, dass er so schnell nie wieder ein literarisches Werk lesen oder darüber sprechen und grübeln würde, stand ihm plötzlich wie eine Eingebung im Bewusstsein, die er aber rasch verscheuchte. Dann wählte er noch einmal Claires Nummer, hängte aber ein, bevor es bei ihr läutete.

Egal, er glaubte zu wissen, was er zu tun hatte: Am anderen Morgen würde er zum *St. Mary's Hospital* fahren und dort auf Claire warten.

61

Viola

Arundel Castle, 18. Februar 2011

»Lasst euch so viel Zeit, wie ihr braucht, Mädchen. Steve und ich warten im Wagen.«

Wir sind in Arundel vor dem Antiquariat eingetroffen. Das Schaufenster ist mit zahlreichen Büchern dekoriert. Einige sind aufgeschlagen und zeigen Bilder von Kathedralen und Schlössern. Auf einem großen gerahmten Druck ist ein Vogel in leuchtendem Türkis dargestellt: Er sitzt auf einem Ast und hält einen Fisch in seinem orangefarbenen Schnabel. In der Bildunterschrift heißt es nur: »*Kingfisher*«. Auf einem Regal etwas höher reihen sich rote Lederbände, es sind mindestens ein Dutzend, und sie sehen alle gleich aus. Ein Schildchen erläutert: *»Dickens. Complete Works«*.

Neben der Tür steht ein Stuhl, an dem ein Schild hängt. Doch Regen und Feuchtigkeit haben die Schrift gelöscht.

Leslie legt mir eine Hand auf die Schulter.

»Bist du bereit?«

Eine Glocke ertönt, als ich die Tür aufstoße, und ich hebe den Blick. Das Erste, was mir auffällt, ist der Geruch. Nach Staub. Nach alten Dingen. Das Licht ist schwach, und ich muss warten, bis sich meine Augen daran gewöhnt haben. Ringsumher Regale voller Bücher. Ganz oben, über jedem Abschnitt, die entsprechende Rubrik: *Literature, Science,*

Religion, Travel, Illustrated, History. Einige besonders große Bände sind aufeinandergestapelt, die meisten aber, in allen möglichen Farben, reihen sich Rücken an Rücken. Auf einem langen Tisch sind geografische Karten ausgebreitet, dazwischen das Porträt eines Soldaten mit Schnurrbart, Spitzbart, langem gelocktem Haar und Schulterschützern, die wohl Teil einer Rüstung sind. Ich trete näher, um seinen Namen zu lesen: »*Lord Fairfax*«.

Eine Urkunde an einer Wand klärt darüber auf, dass *Alan's Books and Bindings* im Jahre 1999 eine Auszeichnung erhielt: »*Antiquarian Bookshop of the Year 1999*« . Ein Stück weiter, hinter der Kasse, einige Fotos. Auf einem sitzt der ältere Mann, den ich schon auf der Website gesehen habe und der hier sehr krank aussieht, auf einem Stuhl vor dem Laden, auf den Knien ein großes Bilderbuch, das er offensichtlich dem kleinen Jungen mit den blonden Locken, der neben ihm steht, zeigt. Auch das Foto dieses Mannes mit Claire, das ich bereits auf der Website gesehen habe, hängt da. Nur ist das Bild hier nicht abgeschnitten …

Einen Moment lang schnürt es mir die Kehle zu, und ich bin drauf und dran, auf der Stelle kehrtzumachen. Leslie hält meinen Arm in der Höhe des Ellbogens, aber ich habe das Gefühl, dass ihre Stimme ein wenig zittert, als sie jetzt ruft: »Guten Abend! Ist da jemand?«

Eine Tür im hinteren Teil des Ladens geht auf. Beide hatten wir sie nicht bemerkt und schrecken jetzt auf, als ein jüngerer Mann mit blondem Bart und zu einem Pferdeschwanz gerafften langen Haaren hervortritt. Ich habe das Gefühl, ihn zu kennen, dann wird mir klar, dass ich auch ihn auf der Website des Antiquariats gesehen habe.

»Guten Abend. Tut mir leid, ich habe euch nicht hereinkommen hören. Aber eigentlich haben wir auch schon geschlossen. Wir warten nur noch auf einen bestimmten Kunden.«

»Das bin ich. Das heißt, das sind wir. Ich bin Leslie Preston, und das ist Viola.«

»Ach so, ich bin Jack, ich habe auf die Mail geantwortet. Tja, tut mir leid, ich hatte jemanden erwartet, der … nun … erwachsener ist.«

»Ja, klar. Meine Mutter ist noch draußen im Auto. Sie hat uns vorgeschickt, weil wir zuerst noch Mrs. Mayes etwas auszuhändigen hätten. Ist sie da?«

»Worum handelt es sich denn, wenn ich fragen darf?«

Ich hole Papas Buch hervor, nehme den Brief und das Foto, das ich aus dem Notizbuch gelöst habe, heraus und reiche es ihm. Er betrachtet es, blättert es rasch durch, schaut dann mich wieder an: Etwas in seinem Blick veranlasst mich, die Augen niederzuschlagen.

»Einen Moment bitte.«

Er verschwindet hinter der Tür und lässt sie offen stehen. Mein Blick fällt auf die Vitrine direkt hinter dem Mahagoni-Schreibtisch, die vorher von Jack verdeckt worden war, und ich sehe die Buchtitel: *Byron, Hobhouse und Foscolo. New Documents in the History of Collaboration. E.R. Vincent. Cambridge*. Ein Schauer läuft mir über den Rücken, denn mir wird klar, dass die Besitzer dieses Ladens Papa nie vergessen haben.

Es muss Claires Stimme sein, die nun aus dem hinteren Raum zu uns dringt.

Und dann steht sie vor mir.

Ihre Haare sind immer noch zum Zopf geflochten. Sie trägt eine weiße Bluse und verblichene Bluejeans. Ihre Brille mit dem roten Gestell hat sie sich über die Stirn hinaufgeschoben, und im Ausschnitt über der Brust baumelt ein goldenes Kettchen mit einem Anhänger in Form eines winzigen Buches. Claire ist zierlicher, als ich sie mir vorgestellt habe. Ihr Blick wandert zwischen Leslie und mir hin und her. Jack steht unmittelbar hinter ihr.

»Darf ich euch fragen, wie ihr an dieses Buch kommt?«

Leslie schaut mich an. »Jetzt bist du dran«, zischt sie mir zu, und ich trete vor und reiche Claire zunächst das Foto, wobei meine Fingerkuppe über ein Klümpchen Klebstoff auf der Rückseite streift, dann den Brief. Für einen Moment, der nicht enden will, schaut sie mich an. Dann wendet sie das Foto zwischen den Finger hin und her. Schließlich öffnet sie den Brief und beginnt zu lesen. Ihre Augen glänzen. Sie dreht sich um und sagt etwas zu Jack, das ich nicht verstehe. Dann streichelt sie ihm über den blonden Bart, und er nimmt ihre Hand und hält sie auf seiner Wange, während er mich unverwandt ansieht.

Ich muss an meinen Vater denken, an den Tag, als er gestorben ist. Ich denke an meine Mutter und an Tancredi, an Fulvio und an Leslie. Mir fallen die Briefe ein, die sich zwei junge Menschen vor dreißig Jahren geschrieben haben, sowie jener, den ein Mann in den mittleren Jahren noch geschrieben hatte, kurz bevor er starb. Dann betrachte ich wieder Claire und Jack und Leslie und dieses Foto an der Wand, das zwanzigjährige Mädchen und den älteren Mann mit dem kleinen Jungen. Und während mir eine Träne die Wange hinunterläuft, die erste nach so langer Zeit, verstehe ich plötzlich, warum ich hierhergekommen bin.

Und dann höre ich sie.

Meine Stimme.

62

Claire

London, 21. März 1982

Als sie das Krankenhaus verließ, kam sie an einer korpulenten Krankenschwester vorüber, und sie erinnerte sich an die Frau, so wie an jedes andere Detail jenes schrecklichen Tages auch. An diesem Tag hatte sie Giacomo zum letzten Mal gesehen. Nach ihrem Termin bei dem Arzt war sie ins Freie getreten und hatte erwartet, ihn immer noch dort stehen zu sehen. Doch er war fort. Einige Tage später erfuhr sie, dass er nach Italien geflogen war, und wie die Wochen vergingen, wurde ihr immer klarer, dass er nicht zurückkehren würde.

Nun war Onkel Alan bei ihr vor dem *St. Mary's*. Nach seiner letzten Untersuchung auf einer anderen Station hatte er auf sie gewartet. Im Grunde war es so, als würden sie sich ablösen, denn wenige Tage später sollte er sich dort in Behandlung begeben. Der Antiquar betrachtete Claire und gab ihr einen Kuss auf die Wange. »Du siehst wunderschön aus.«

»Lügner, aber trotzdem: danke.«

»Du hast von deinen beiden Eltern das Beste mitbekommen.«

»Mag sein, aber apropos Eltern: Meinst du, sie haben mir verziehen?«

»Ganz sicher: Sie warten zu Hause auf dich.«

Sie drückte sich an ihn und spürte, wie gebrechlich dieser

einst stattliche Körper geworden war. Und so als hätte er ihre Gedanken erraten, streichelte er ihr über die Wange. »Es wird alles gut.«

Es war ein freundlicher Tag, und als sie auf dem Gehweg waren, holte Alan einen kleinen Fotoapparat hervor.

»Diesen Moment müssen wir festhalten.«

Er sprach einen Passanten an, einen Jugendlichen in grünem Sweatshirt.

»Könntest du bitte ein Foto von uns machen.«

Sie nahmen Aufstellung, und dabei flüsterte Alan ihr ins Ohr.

»Ich mag ihn.«

»Wen?«

»Den Namen: Jack. Der ist schön.«

Der Junge rief: »Noch etwas näher zusammen! So ist gut, nicht bewegen!«

Doch genau in diesem Moment, ließ das Baby ein Wimmern vernehmen, sodass Claire die Hand zum Kinderwagen ausstreckte, um die Decke ein wenig zurechtzurücken, die ihm übers Kinn gerutscht war, und auch Alans Blick wurde durch diese Bewegung abgelenkt.

Als sie beide wieder hochschauten, um sich erneut in Positur zu stellen, merkten sie, dass der Junge in dem grünen Sweatshirt mit der Kamera schon wieder neben ihnen stand.

»So, erledigt.«

Danksagungen

Einen Roman zu schreiben, bedeutet auch, sich bei vielen, die mich vor Irrtümern bewahrt haben, bedanken zu müssen. Was hiermit geschieht:

Loredana Pilati vom »Italienischer Verband für Selektiven Mutismus« (*Associazione Italiana Mutismo Selettivo*) hat mir die verschiedensten Aspekte einer häufig übersehenen Störung erläutert. Daniela Sesenna, Journalistin und Freiwillige beim Sanitätsdienst *Croce Rosa Celeste*, hat mir alle Abläufe bei einem Notruf erklärt. Alfonso Rizzo hat mir mit den Berichten von seiner Schulzeit in einem Schweizer Internat dabei geholfen, das Umfeld des *Écureuil Jaune* zu gestalten. Simone Colombati verdanke ich alles, was ich über Förderung und Handel von Kohle weiß. Paolo Bongiorno war mir eine wertvolle Informationsquelle, was das Sammeln alter Bücher und Antiquariate angeht. Die Beziehungen zwischen Lord Byron, John Cam Hobhouse und Ugo Foscolo entschlüsselte: *E.R. Vincent: Byron, Hobhouse and Foscolo, New Documents in the History of a Collaboration. Cambridge 1949.* Mein Dank auch an Dario Colombo, der mir den Schauplatz Madonna di Campiglio, sowie Tonino Cacace, der mir die Abläufe beim Fliegen mit einem Privatjet erläutert hat. Luca Aresu war mir ein unersetzlicher Helfer beim Thema Unterhaltungselektronik.

Um das London der Achtzigerjahre möglichste authentisch zu gestalten, habe ich vielen Freunden mit meinen Anfragen keine Ruhe gelassen: Ich werde sicher noch Gelegenheit haben, mich dafür im Pub erkenntlich zu zeigen, aber hier schon mal mein Dank an Duncan Campbell, Darach McQuaid, David Nicholls, Ben Schott und Stuart Selner.

In den letzten Jahren hatte ich Gelegenheit, eine Reihe von Autoren kennenzulernen und mich mit einigen auch anzufreunden. Sie haben mich inspiriert und angeregt und mir, gerade in letzter Zeit, noch sehr viel konkreter geholfen: Meinen herzlichen Dank an Leonardo Colombati, Paolo Giordano, Marco Missiroli, Alessandro Piperno und Marco Presta. Einen besonderen Dank hinsichtlich dieses Romanes an Luca Di Fulvio, Fabio Genovesi und Chiara Valerio, die mich ermutigt und beraten haben. Sowie an Daniel Wallace, er weiß wofür.

In unterschiedlichen Phasen des Schreibens habe ich Entwürfe, Manuskripte oder Fahnen Freunden vorgelegt, die mir mit wohlmeinenden Korrekturen und Verbesserungsvorschlägen weitergeholfen haben: darunter Ada, Valentino und Betty Caramelli, Adolfo Frediani, Cristina Lucchini, Monica Ripamonti, Mara Vitali, Fernando Zarone.

Dank auch meinen Agenten Marco Vigevani und Claire Sabatié-Garat, die sehr früh schon, mit den ersten Seiten, an an diesen Roman geglaubt haben. Und Dank auch dem Verlag Rizzoli, im Besonderen Rosanna Paradiso und meinen Lektoren Michele Rossi und Gemma Trevisani.

»Geduld« ist das Stichwort, bei dem ich besonders meinen Kindern Valentina, Luca, Matilde und Matteo zu danken habe, die meine Launen und meine Nachmittage am Computer gelassen ertragen haben: Ich weiß nicht, ob es von Nutzen ist, aber ich bin jetzt wieder einsatzbereit, mit ihnen die Hausaufgaben zu machen.

Dank auch an meine Eltern, für alles, was sie mir ermöglicht haben. Es ist ein wunderbares Geschenk.

Schließlich den größten Dank an Marta: Ohne sie würde es dieses Buch nicht geben. Und manchmal habe ich den Eindruck, ohne sie würde auch ich nicht sein.

HEYNE <

»Dennoch bin ich mir im Moment nicht sicher, was aus uns wird. Als du mich an Silvester gefragt hast, wie das Jahr für uns wird, habe ich geantwortet, dass es an uns liegt, und die Enttäuschung in deinen Augen bemerkt. Du willst das nicht von mir hören, denn in ein paar Wochen wirst du hier sein, und dann haben wir die Chance, unsere Liebe zu leben. Jedenfalls ist es zu früh, um zu sagen, ob diese Liebe hält, ob sie in unserem Leben Spuren hinterlassen wird oder der Wind sie verweht und nichts davon bleibt, wie heute von den Wolken an diesem blankgefegten Himmel über London.«

DEUTSCHE ERSTAUSGABE

ISBN: 978-3-453-41928-5 € 9,99 [D]
€ 10,30 [A]

FSC

9 783453 419285 01

WWW.HEYNE.DE